ALIDA LEIMBACH

Deichkrone

SPÄTE RACHE Eine nächtliche Landstraße in Ostfriesland: Georg Cannstetter, Leiter eines Osnabrücker Gymnasiums, fühlt sich verfolgt. Sein letztes Telefongespräch bricht plötzlich ab. In Norddeich erwartet ihn seine Geliebte Bianca Noll vergeblich. Sie macht sich Sorgen, schaltet jedoch nicht die Polizei ein, da niemand von ihrer Affäre erfahren darf. Am nächsten Morgen finden Polizisten den toten Cannstetter in seinem Fahrzeug. Auf dem Beifahrersitz liegt eine Drohmail. Bei der Untersuchung des Wagens stellt sich heraus, dass der Bremsschlauch manipuliert wurde. Die Osnabrücker Kommissarin Birthe Schöndorf pendelt zwischen Osnabrück und Ostfriesland, um zu ermitteln. Schon bald kommt sie dem Doppelleben Cannstetters auf die Spur, der mit seiner Geliebten eine zweite Familie hatte. Während Birthe Schöndorf den Kreis der Verdächtigen immer enger zieht, geschehen weitere Unglücksfälle nach dem gleichen Muster. Dem Täter dicht auf den Fersen, schwebt Birthe Schöndorf schon bald selbst in tödlicher Gefahr.

Alida Leimbach, Jahrgang 1964, ist in Lüneburg geboren und in Osnabrück aufgewachsen. Nachdem sie einige Jahre als Übersetzerin in Frankfurt am Main tätig war, studierte sie noch einmal: evangelische Theologie, Germanistik und Englisch für das Lehramt. Sie lebt mit ihrer Familie in der Nähe von Frankfurt.

Bisherige Veröffentlichungen im Gmeiner-Verlag:
Ostfriesenkind (2016)
Börsentöpfchen (2014)
Villenzauber (2013)
Wintergruft (2011)

ALIDA LEIMBACH

Deichkrone

Kriminalroman

GMEINER SPANNUNG

Besuchen Sie uns im Internet:
www.gmeiner-verlag.de

Im Ehnried 5, 88605 Meßkirch
Telefon 0 75 75 / 20 95 - 0
info@gmeiner-verlag.de

1. Auflage 2017

Lektorat: Katja Ernst
Herstellung: Mirjam Hecht
Umschlaggestaltung: U.O.R.G. Lutz Eberle, Stuttgart
unter Verwendung eines Fotos von: © ts-fotografik.de / photocase.de
Druck: CPI GmbH, Leck
Printed in Germany
ISBN 978-3-8392-2140-2

Personen und Handlung sind frei erfunden. Ähnlichkeiten mit lebenden oder toten Personen sind rein zufällig und nicht beabsichtigt. Selbstverständlich ist auch das Osnabrücker Erich-Kästner-Gymnasium fiktiv.

Die Lust an der Macht hat ihren Ursprung nicht in der Stärke, sondern in der Schwäche.

Erich Kästner

KAPITEL 1

Verdammte Scheinwerfer, das war kein Abblendlicht. Irgendein Irrer fuhr mit Fernlicht dicht auf. Warum überholte er nicht? Es war Platz genug, kein anderes Fahrzeug weit und breit. »Was willst du denn, du Nusskuchen? Soll ich den Kofferraum aufmachen, damit du noch näher auffahren kannst?« Georg Cannstetter wischte sich die Handflächen an der Jeans ab. Er spürte einen Druck auf der Brust, der ihm das Atmen schwer machte. Auf der Stirn und unter den Achseln bildete sich Schweiß, obwohl die Klimaanlage auf Hochtouren lief. Er hielt sich so weit wie möglich rechts, aber der Hintermann verstand nicht oder wollte nicht verstehen.

Georg überlegte fieberhaft, was er tun sollte: das Tempo halten, beschleunigen oder abbremsen? Wer auffuhr, war schuld, so hieß es doch. Sollte er es darauf ankommen lassen?

Er schüttelte den Kopf. Es war viel zu gefährlich. Die Allee war unbeleuchtet, teils kurvig und eng. Wegen der vielen Bäume am Straßenrand existierte keine Ausweichmöglichkeit. Konzentriert hielt er die Spur. Adrenalin schoss ihm durch die Adern, bis der Fahrer hinter ihm endlich abblendete und das Tempo drosselte.

Georg fuhr sich mit dem Handrücken über die Augen. Er war müde nach der langen Konferenz an diesem Donnerstag. Von den hochsommerlichen Temperaturen hatte er kaum etwas gehabt. Morgen hatte er zum Glück frei. Lieber wäre er jetzt nach Hause gefahren, hätte den Rest des Abends vor dem Fernseher verbracht und wäre früh schlafen gegangen. Aber Bianca wartete auf ihn; sie sahen sich ohnehin selten genug. Das erste Wochenende eines Monats gehörte ihnen – daran hielten sie seit Jahren nach Möglichkeit fest.

Ein Blick auf das Navigationsgerät sagte ihm, dass er es bald geschafft hatte. Diese Strecke war er noch nie gefahren. Das Navi hatte ihn über die Landstraße geführt – warum auch immer. Vielleicht hatte sich auf der Bundesstraße ein Unfall ereignet. Es kam schon mal vor, dass ein Sattelschlepper quer lag.

Georg drehte das Radio lauter, um sich abzulenken. Ein Lied aus seiner Jugendzeit, das er mitsummte. Er freute sich auf Bianca, auf das seltene Zusammensein mit ihr, hoffte aber auch, dass sie ihm keine Szene machte. Manchmal überkam es sie. Da wollte sie unbedingt Tacheles reden, wie sie es formulierte. Dann forderte sie, er solle sich endlich von seiner Frau trennen und sich zu ihr bekennen. Das Versteckspiel stresste sie. Das verstand er, aber es gelang ihm besser als Bianca, Schwierigkeiten auszublenden. Er wollte die Stunden mit ihr genießen und keine Probleme wälzen. Er hatte keine Lust zu reden. Ein bisschen Zweisamkeit, ein paar Häppchen und ein, zwei Gläser Wein in Biancas gemütlichem Wohnzimmer, kuscheln auf dem Sofa und dann Sex in ihrem breiten, weichen Bett, das wäre jetzt genau das Richtige. Keine zermürbenden Diskussionen, darauf würde er sich nicht einlassen. Nicht heute. Nicht nach diesem Tag.

Er stellte sich vor, was sie gerade machte. Vielleicht kochte sie für ihn – in ihrer weißen Landhausküche mit den Sprossenfenstern und der winzigen Häkelgardine davor. Er fand den Fetzen lächerlich, aber er passte zu ihr.

Bianca wohnte mit ihrem kleinen Sohn in der unteren Etage eines Backsteinhauses. Sie hatte eine Vorliebe für den schwedischen Landhausstil und bevorzugte helle Farben. Die obere Etage wurde von der Eigentümerin zeitweise als Ferienwohnung vermietet. Im Sommer war da Highlife – die Gäste gaben sich fast jeden Samstag die Klinke in die Hand –, aber ab

November wurde es ruhig. Nur über Weihnachten und Silvester ging vorübergehend der Trubel noch einmal los. Danach hatten sie wochenlang das Haus für sich allein, bis Ostern wieder die ersten Feriengäste eintrafen.

Seine Frau hatte ihn seltsam angesehen, als er seine Reisetasche gepackt und sich von ihr verabschiedet hatte. Ob er unbedingt nach Greetsiel müsse, ausgerechnet jetzt, wo ihre und seine Eltern sich zum Besuch angekündigt hatten, um ihren Geburtstag nachzufeiern. »Du weißt doch warum«, hatte er gesagt; das Boot, die Verabredung mit dem Skipper und dem Mechaniker, die hohe Liegegebühr am Hafen, die sich bezahlt machen muss, die Reparaturen – ein Boot macht nun einmal viel Arbeit. Sie hatte genickt und ihn dann einfach stehen lassen. Vielleicht hatte sie gehofft, dass er die Reise absagen würde. Situationen wie diese mochte er gar nicht. An manchen Tagen fand er sie so belastend, dass er Martha am liebsten in den Arm nehmen, alles zugeben, ihr seinen Fehltritt gestehen und sie um Verzeihung bitten würde. Oft genug beschloss er, seine Beziehung zu Bianca seiner Frau zuliebe aufzugeben. Aber wenn er Bianca dann in der Tür stehen sah mit ihren langen Haaren und dem hübschen Lächeln, das ihn vom ersten Augenblick an verzaubert hatte, konnte er nicht widerstehen und er musste sie einfach in seine Arme ziehen.

Ob seine Frau etwas ahnte? Ihm wurde flau bei diesem Gedanken. Manchmal war er sich sicher. Er wählte Marthas Nummer und drehte den Ton des Radios ab.

»Mausi? Alles klar bei euch? Schläft Samuel schon?« Er schnaufte und hatte seine Stimme nicht ganz im Griff. Sie klang metallisch, etwas heiser.

»Ja klar«, kam die prompte Antwort.

Er wartete ab, ob sie noch etwas sagen würde, aber das tat sie nicht. Kein Zweifel, sie war eingeschnappt.

»Dann ist es ja gut«, sagte er mit brüchiger Stimme. »So, ich bin gleich da! Greetsiel ist direkt um die Ecke. Noch ein paar Minuten, dann habe ich es geschafft. Ich hasse es, in der Dunkelheit zu fahren. Alles duster, einzelne Höfe, kein Licht weit und breit und enge Alleen. Die andere Strecke fährt sich besser.«

»Warum nimmst du sie dann nicht?«

»Das Navi hat mich hierher geschickt, warum auch immer. Tiefstes Ostfriesland – du hast das Gefühl, am Arsch der Welt zu sein!«

»Wozu brauchst du überhaupt noch ein Navi? Müsstest die Strecke doch längst in- und auswendig kennen!«

Sie hatte recht. Eigentlich brauchte er kein technisches Hilfsmittel. Er nutzte das Navi, um über Staus und Verzögerungen auf dem Laufenden zu bleiben. Außerdem wollte er die Route vor Augen haben und vor allem die Ankunftszeit. Jeder Kilometer, jede Kurve, die er gemeistert hatte, brachte ihn seiner Geliebten etwas näher. Er räusperte sich. »Das stimmt schon, Mausi, aber du weißt doch, dass ich gern die Strecke auf der Karte mitverfolge. Ich werde auf dem Segelboot übernachten. Wenn was ist, melde dich! Sonst rufe ich morgen wieder an, okay? Schlaft gut, ihr zwei!«

»Du auch.«

Er spürte die Kälte zwischen ihnen und bekam sofort ein schlechtes Gewissen. Er ließ drei Sekunden verstreichen, dann erklärte er: »Da ist so ein Scheißtyp hinter mir, der blendet mich. Ich sehe nichts mehr. Keine Ahnung, was der von mir will.«

Er wusste nicht, warum er das gesagt hatte, zumal der Verfolger nun in gebührendem Abstand hinter ihm fuhr. Vielleicht wollte er, dass sie sich Sorgen um ihn machte, so wie früher.

Aber sie reagierte nicht.

Nach ein paar dahingemurmelten Abschiedsworten legte Georg auf. Er spürte, wie sich seine Stimmung rapide verschlechterte. Er hatte Bianca seit Wochen nicht gesehen; sie hatte einen gutgelaunten Liebhaber verdient. Kurz entschlossen rief er sie an. Er musste wissen, ob sie sich auf ihn freute, ob eine Belohnung auf ihn wartete. Die brauchte er ganz dringend. Sie hatte ihm auf seinem Handy eine Nachricht hinterlassen, die ihn ein wenig nervös machte, sie sprach von einer Überraschung, die auf ihn warte. Mehr hatte sie nicht gesagt. Natürlich war er neugierig, hoffte auf etwas Gutes, etwas, das ihn aufheiterte, denn er hatte heute wieder so eine E-Mail bekommen. Die zweite innerhalb von zwei Wochen. Der Ausdruck lag neben ihm auf dem Beifahrersitz. Er wollte ihn Bianca zeigen, sie wusste immer einen Rat. Sie war gefühlsbetont, bewahrte aber dennoch einen kühlen Kopf. Es war ihm wichtig, ihre Meinung zu hören. Fast immer gelang es ihr, unangenehme Situationen zu entschärfen und ihn zu beruhigen.

Bianca war sofort dran.

»Mausi«, schnaufte er aufgeregt ins Mobiltelefon, »geht's dir gut? Ich bin gleich bei dir. Es ist doch nichts passiert? Welche Überraschung meinst du, Schatz?« Anfangs war er sich blöd vorgekommen, beide Frauen mit demselben Kosenamen anzureden, aber so war es sicherer. Er hatte Bianca nie bei ihrem Vornamen genannt, denn er fürchtete zu sehr, sich einmal zu verraten, und sei es nur im Schlaf.

»Was soll sein? Es geht mir gut. Ich wollte nur, dass du dich schon einmal seelisch darauf vorbereitest, dass etwas Besonderes auf dich wartet.«

»Etwas Schönes?«

»Natürlich. Etwas sehr Schönes.«

Er hörte das Lächeln in ihrer rauchigen Stimme und seufzte. »Hab Lust auf dich, Süße. Schläft der Kleine?«

»Ja, schon seit einer Stunde. Tief und fest.«

»Was für ein Glück! Hoffentlich wacht er nicht auf. Wir müssen leise sein. Geht es ihm besser?«

»Es war nur ein leichter Infekt. Ihm geht's wieder gut. Moritz beißt sich durch, das hat er von seinem Vater.«

Georg lachte kurz auf. »Was machst du gerade?«

»Ich sehe einen Krimi.«

»Ist er gut?«

»Weiß nicht so genau, ich koche nebenbei, da bekomme ich nicht alles mit.«

Er räusperte sich. »Was hast du an?«

»Was hättest du denn gerne?«

»Na, die neuen Teile, von denen du mir erzählt hast, bin schon ganz neugierig.«

»Die neuen Dessous«, sagte sie und kicherte leise. »Typisch, was ich darüber anhabe, ist dir egal.«

»Egal nicht«, widersprach er. »Hauptsache, es lässt sich schnell ausziehen. Oh verdammt!«

»Was ist los?«

»Da ist jemand hinter mir, der blendet mich schon die ganze Zeit. Der Vollhorst ist mit Fernlicht unterwegs, fährt dicht auf, der tickt nicht richtig! Ein Idiot ist das! Der kann doch überholen! Wieso überholt er mich nicht?«

»Was ist das für ein Wagen? Siehst du das Nummernschild?«

»Quatsch. Kann ich nicht erkennen. Der ist zu dicht hinter mir. Gleich fährt er mir in den Kofferraum. Was geht hier ab? Weit und breit ist niemand, der kann problemlos überholen, aber das tut er nicht. Der Scheißkerl soll mich in Ruhe lassen! Und irgendwas ist auch mit meiner Bremse! Hab ich eben schon gemerkt! Da stimmt was nicht!« Sein Herz schlug hart und schnell, der Adrenalinschub verursachte ein leichtes Zittern. Sein Fuß auf dem Bremspedal wollte ihm nicht mehr gehorchen.

»Hast du ihn geärgert? Will er sich jetzt irgendwie rächen?«

»Nein, Unsinn. Ich habe nichts getan!«

»Was ist mit der Bremse?«

»Weiß nicht. Die greift nicht richtig.«

»War das schon mal?«

»Nein. Ist mir bisher noch nie aufgefallen.«

»Und der Typ? Fahr besser rechts ran und lass ihn vorbei. Dann versuch, das Nummernschild zu notieren. Zeig ihn auf jeden Fall an!«

»Dunkles Auto, warte, ich versuche es …« Er schwitzte. Das Handy glitt ihm aus der Hand und verschwand im Fußraum.

Das Fahrzeug war jetzt unmittelbar hinter ihm. Grelles Licht flammte auf und nahm ihm die Sicht. Er gab Gas. Jetzt galt es, alles aus dem Volvo herauszuholen. Er musste weg, so schnell wie möglich, nur weg. Der Motor heulte auf, als er beschleunigte. Etwa 200 Meter ging das gut. Es gelang ihm, den Abstand zwischen sich und dem Verfolger zu vergrößern. Bis zur nächsten Kurve. Die Bäume standen hier dicht an dicht. Er bremste, aber der Wagen reagierte nicht wie sonst, er schlingerte, scherte aus. Keine Kontrolle mehr. Ein Ruck ließ ihn nach vorn schnellen. Georg verriss das Steuer. Alles schien so unwirklich, dass er den Aufprall kaum mitbekam.

Der ohrenbetäubende Knall wunderte ihn, er konnte ihn nicht einordnen. Seine linke Hand, die noch das Steuer hielt, wurde warm und klebrig. Verwundert betrachtete er das Blut. So viel Blut. Seltsamerweise verspürte er keine Angst, nicht einmal Schmerz. Im Gegenteil, er fühlte sich frei und unbeschwert. Er war ganz ruhig.

Stimmungsvolle Bilder tauchten auf, in leuchtenden, sonnigen, warmen Farben. Es war schön, er wollte in sie eintauchen, für immer in dem wonnigen Gefühl baden. Er sah Blumen und Schmetterlinge, Kringel und Kreise, runde und ovale Muster in Rot, Orange und Pink. Muster seiner Kindheit. Die bunte 70er-Jahre-Tapete in seinem Kinderzimmer. Seine Mutter, die an seinem Bett saß und ihm über den Kopf strich. »Schorschi«, sagte sie leise.

»Mama«, flüsterte er.

Warm lief es an seinem Körper hinunter, warm aus ihm heraus. Er dachte nicht darüber nach, was es sein könnte. Er dachte überhaupt nichts mehr. Alles war friedlich und still. Watteweich. Er war glücklich und leicht, wie ein Vogel, wie ein Schmetterling. Noch nie in seinem Leben hatte er sich so vollkommen gefühlt, ruhig und frei.

Plötzlich trübten sich die Bilder, die ihn eben noch verzaubert hatten – wie ein Schatten, der sich vor die sonnigen Farben schob. Dunkelheit und Kälte umfingen ihn und ließen ihn frösteln. Er spürte einen starken Druck auf der Lunge und auf den Ohren, hörte ein unerträgliches, immer stärker werdendes Rauschen. Sein Kopf zog sich zu, wie in einem Schraubstock. Es klopfte, stach und pochte in seinem Schädel. Ein wahnsinniger, nie gefühlter Schmerz durchbohrte ihn. Etwas schnürte ihm den Brustkorb zu. Er wollte tief durchatmen, um sich zu befreien, doch es gelang ihm nicht. Er schnappte nach Luft. Er wollte schreien, brachte aber keinen Ton heraus.

KAPITEL 2

In der Norderneyer Straße in Norden bereitete sich Bianca Noll auf Georgs Besuch vor. Sie legte die neuen Dessous aufs Bett und zog sich vor dem großen Spiegel aus. Seit sie mit Georg zusammen war, war es ihr gelungen, sich mit ihren Makeln zu arrangieren, die sie immer gestört hatten. Durch seine Liebe sah sie sich selbst mit anderen Augen. Sie hatte sich mit ihren

Haaren versöhnt, die sich nur schwer bändigen ließen und bei feuchter Luft spröde und kraus wurden, mit ihren kräftigen Oberschenkeln, dem etwas zu breiten Hintern und den ausladenden Hüften. Sie hatte nicht die Maße eines Models, doch die brauchte sie auch nicht. Stattdessen waren ihr endlich ihre schönen Seiten aufgefallen, die sie lange vernachlässigt hatte. Im Spiegel sah sie eine zufriedene, lebensfreudige Frau. Sie sprühte sich mit ihrem Lieblingsduft ein, bevor sie in das knappe, hellblaue Höschen stieg. Sie stellte sich vor, wie er gleich damit spielen würde, bis er es vor Ungeduld nicht mehr aushalten und es ihr herunterstreifen würde.

Er müsste jeden Moment da sein. Sie beeilte sich mit dem BH, zog sich das blaue Kleid mit dem weichen Stoff über, das er so an ihr liebte, weil es ihre Kurven betonte. Dann bürstete sie noch einmal ihre langen braunen Haare, schlüpfte in ihre Pumps und ging zurück ins Wohnzimmer. Zeit, die Kerzen anzuzünden.

Den Tisch im Blick überlegte sie, ob noch etwas fehlte. Teller, Gläser, Besteck, Servietten, Kerzen – es war perfekt. Alles war farblich auf die helle Inneneinrichtung abgestimmt. Im Ofen schmorte der Braten auf niedriger Temperatur. Der Salat musste nur noch angerichtet werden. Sie suchte eine ruhige CD heraus, die Georg gerne hörte, und legte sie ein. Dann setzte sie sich auf die Couch und sah erneut auf ihre Armbanduhr. Eine leise Unruhe überkam sie. Irgendetwas war anders. Ihr Herz begann stärker zu klopfen.

Es war doch nichts passiert? Er hatte gehetzt geklungen, sogar ängstlich, als er von dem Fahrzeug erzählt hatte, das ihn blendete. War nicht sogar ein Knall zu hören gewesen? Sie war sich nicht sicher. In der Ferienwohnung über ihr war gerade eine lebhafte Familie eingezogen. Vielleicht hatte jemand eine Tür zugeschlagen. Außerdem war vorhin der Fernseher gelaufen. Ein Krimi aus Skandinavien. Möglicherweise war das Geräusch auch darin vorgekommen. Die Musik konnte sie nicht beruhigen; im Gegenteil. Bianca sprang auf und drehte sie leiser, bis fast nichts mehr zu hören war. Unruhig lief sie im Raum umher. Schließlich hielt sie es nicht mehr aus. Aus einem Gefühl der Leere und Einsamkeit heraus hatte sie plötzlich das Bedürfnis, ihren Sohn zu sehen. Moritz' Kinderzimmer befand sich am Ende des Flurs. Einen Moment blieb sie vor seiner Tür mit den bunten Holzbuchstaben stehen, bevor sie leise die Klinke herunterdrückte.

Friedlich lag Moritz in seinem Kinderbett. Die blonden Haare verstrubbelt, die Decke hatte er von sich gestrampelt, ein Arm mit einer kleinen, dicken Faust hing zwischen den Gitterstäben hindurch. Sein Atem ging ruhig und gleichmäßig. Das beruhigte auch sie für einen Moment. Liebevoll betrachtete sie ihn. Er sah seinem Vater ähnlich, von ihr hingegen hatte er nichts außer der feinen Nase. Sie liebte dieses Kind über alles. Sanft deckte sie Moritz zu und strich ihm über den Kopf.

Dann trat sie ans Fenster und sah auf die Norderneyer Straße hinaus, die in völliger Dunkelheit lag.

KAPITEL 3

»Kaffee?«, fragte Kommissarin Birthe Schöndorf von der Osnabrücker Polizeiinspektion und hielt ihrem Kollegen Daniel Brunner die Warmhaltekanne hin.

»Sehr gerne«, sagte er und rieb sich die Augen. »Die Schicht hat gerade erst begonnen, ich weiß nicht, wie ich die nächsten Stunden durchstehen soll. Letzte Nacht mussten wir zweimal ausrücken, ich hoffe, heute wird es ruhiger. Massenschlägereien sind nicht mein Ding. Ich hasse das. Die Kerle werden immer brutaler, die schrecken vor nichts zurück. Meine Güte, die waren zum Teil bewaffnet bis auf die Zähne! Und überhaupt keinen Respekt vor der Polizei mehr. Als wären sie auf Augenhöhe mit uns. Die ticken doch nicht mehr richtig! Ich bin langsam urlaubsreif. Carlo hat's gut, der liegt gerade mit seiner Gudrun auf dem Sofa und zischt ein paar Bierchen.« Er gähnte ausgiebig, ohne sich die Hand vor den Mund zu halten.

Birthe schenkte ihm und sich selbst Kaffee ein. Dann bot sie ihm Hedeweggen aus einer Bäckertüte an. Sie wusste, dass Daniel keine Antwort erwartete. Er hörte sich selbst gerne reden und war froh, wenn sie nicht widersprach.

Daniel betrachtete die Rosinenbrötchen. »Kohlenhydrate«, sagte er verächtlich. »Mensch, Birthe, du weißt doch, dass ich darauf achte, viel Eiweiß zu essen. Besonders abends kannst du mich mit Kohlenhydraten jagen. No carb.« Er massierte demonstrativ seine muskulösen Oberarme.

»Wozu? Für wen?«, frotzelte sie.

»Du wirst dich wundern«, sagte er, »aktuell streiten sich sogar zwei um mich.«

»Ach komm«, winkte sie spöttisch ab und biss in ihr Teilchen.

»Oh doch! Eine Melli und eine Manu. Die eine blond wie du, die andere brünett. Top-Figürchen alle beide.« Er reckte den Daumen nach oben und grinste.

»Aha«, gab Birthe gelangweilt von sich. »Darf ich fragen, wo du die jetzt wieder aufgegabelt hast? Fitnessstudio oder Waschsalon?«

Er sah sie überrascht an. »Woher weißt du?«

»Weil ich seit Jahren mit dir zusammenarbeite, du Schnösel, und deine Freizeitvorlieben kenne. Du solltest dir mal eine eigene Waschmaschine zulegen. Vielleicht lernst du dann endlich die Richtige kennen.« Mit der Hand fuhr sie sich durch ihre kurzen blonden Haare.

»Bei den vielen Umzügen? Da streiken meine Kumpels. Die haben alle Rücken.«

»Trotz Studio?«

»Richtig. Außerdem wäre Mama beleidigt, wenn sie nicht ab und zu noch etwas für mich tun dürfte.«

In dem Moment knarzte sein Funkgerät. »Osna 8/20. Die Auricher Polizei meldet schweren Verkehrsunfall mit Osnabrücker Kennzeichen. L 26, Ostfriesland, 200 Meter hinter Ortsschild Canhusen, Richtung Wirdum und Grimersum, nach langgestreckter Rechtskurve. Pkw neben der Fahrbahn in Böschung, überschlagen, vermutlich ungebremst gegen Baum geprallt, eine verletzte Person, möglicherweise leblos, eingeklemmt. Rettungskräfte laufen.«

»Betrifft uns zum Glück nicht«, stellte Birthe fest und nahm einen Schluck Kaffee.

Daniel räusperte sich. »Du, Birthe?«

»Ja?«

»Wenn wir keinen Dienst schieben müssten und ich dich einfach fragen würde, ob du mit mir in der Altstadt einen trinken gehst, zum Beispiel in der Peitsche oder in der Grünen Gans, was würdest du sagen?«

Sie runzelte die Stirn. »Komm, lass es. Bitte!«

»Nur ein Bier, meine Güte, die Frage darf doch erlaubt sein.« Einen flotten Dreier ergänzte er in Gedanken, ohne es auszusprechen. Meistens fiel seine Wahl auf das Gericht, wenn er in der Grünen Gans war – ein Pfefferstück mit Bier und Korn, aber Birthe sah ihn so streng an, dass er sich nicht traute, weiter zu fragen.

»Im Moment habe ich viel um die Ohren.«

»Gönnst du dir keine Pause? Nie?«

»Doch, aber dann lese ich oder schlafe.«

»Schade«, meinte er. »Vielleicht irgendwann?«

Birthe drehte sich mit dem Bürostuhl von ihm weg. »So, ich kümmere mich jetzt um die Ablage«, sagte sie seufzend. »Irgendjemand muss es ja tun.«

Eine Viertelstunde später erschien auf dem Display des Telefons die Nummer von Birthes Chef. Kein gutes Zeichen um diese Uhrzeit. Sie hob ab.

»Hier Hurdelkamp. Haben Sie den Funkspruch mitbekommen, Frau Schöndorf?«

»Welchen meinen Sie?«

»Verkehrsunfall in Ostfriesland.«

Sie überlegte kurz. »Ja, aber das ist doch für die Kollegen von der Verkehrspolizei.«

»Es betrifft möglicherweise auch Sie. Auf dem Beifahrersitz lag ein Drohbrief.«

»Okay. Was ist mit dem Fahrer?«

»Er ist tot. Am Unglücksort verstorben.«

»Mann oder Frau?«

»Eine männliche Leiche, Georg Cannstetter, 47 Jahre alt, wohnhaft in Osnabrück in der Kölner Straße. Ich dachte, Sie fahren hin und benachrichtigen die Angehörigen.«

»Jetzt noch?« Birthe sah auf die Uhr. Es war kurz vor Mitternacht. Ihr lief ein Schauer über den Rücken.

Hurdelkamp zögerte. »Wäre das ein Problem für Sie? Der NDR wird über den Unfall in den Morgennachrichten berichten. Sie wissen, wie schlimm das für die Hinterbliebenen ist, wenn sie es aus dem Radio erfahren. Frau Schöndorf, Sie machen das doch nicht zum ersten Mal.«

»Entschuldigung, ich habe mehr mit mir selbst gesprochen.«

»Dann sind wir uns ja einig.«

»Haben Sie schon einen Notfallseelsorger verständigt?«

Hurdelkamp zögerte. Ein leises Stöhnen war vernehmbar. »Ich kümmere mich darum. Sonst fährt eben Ihr diensthabender Kollege mit.«

»Daniel Brunner?« Sie war etwas zu laut mit der Frage herausgeplatzt und warf einen Blick auf ihren Kollegen.

»Warum nicht? Halten Sie ihn für ungeeignet?«

»Ich weiß nicht, Herr Hurdelkamp.« Unglücklich stützte sie ihren Kopf auf.

»Ist gut. Ich benachrichtige einen Seelsorger und rufe Sie zurück.«

KAPITEL 4

Die Luft war kühl und feucht, als Carlo Oltmann am Freitagmorgen das Polizeipräsidium am Kollegienwall in Osnabrück betrat. Es war der 10. Juli. Der Wetterbericht sagte einen heißen Hochsommertag voraus. Im Flur roch es angenehm nach Kaffee. Die Vorfreude auf einen aromatischen Becher des heißen Getränks besserte seine Laune etwas. Der Arbeitstag begann wie immer. Mails checken, Anrufbeantworter abhören, Akten sichten, Berichte schreiben. Bevor der Kriminalkommissar jedoch zu Punkt drei kam, war das zweite Frühstück fällig. Er war dazu übergegangen, selbst dafür Sorge zu tragen, denn seine Frau hatte ihn auf Dauerdiät gesetzt. Ihre dünn bestrichenen Knäckebrote mit Gurken- und Tomatenscheiben konnten ihm gestohlen bleiben. Ihre Kommentare zu seiner Figur ebenfalls. Nun gut, er hatte etwas zugelegt, seit er vor rund 30 Jahren in den Polizeidienst getreten war. Sein Mountainbike hatte er schon lange nicht mehr aus dem Keller geholt und die Spaziergänge wurden kürzer und gemächlicher, nachdem auch Hugo, der Berner Sennenhund der Familie, älter und gemütlicher geworden war. Aber das war in Ordnung so. Carlo Oltmann musste nicht mehr hinter jedem Straftäter herjagen, dafür waren die jüngeren Kollegen da. Die wussten oft nicht, wohin mit ihrem Testosteron und Adrenalin.

Die Plätze gegenüber seinem Schreibtisch waren leer. Dort saßen normalerweise Kriminaloberkommissarin Birthe Schöndorf und Kriminalkommissar Daniel Brunner. Vom Alter her hätten sie seine Kinder sein können, wenn er sehr früh angefangen hätte. Carlo Oltmann verstand nicht immer, was in ihnen vorging, doch das war er von seiner Tochter Jana gewöhnt. Er musste auch nicht alles verstehen. Sein gesetztes Alter verlieh ihm die nötige Ruhe und Gelassenheit, sich auf die Dinge zu konzentrieren, die im Leben wirklich zählten.

Wie es aussah, mussten seine Kollegen, wenn sie endlich eintrafen, gleich einen unbeliebten Auftrag erledigen. Die Hinterbliebenen eines Verstorbenen zu benachrichtigen, gehörte zu den Aufgaben, um die sich niemand riss. Carlo fand es sehr bedauerlich, dass seine Kollegen dieser Sache nicht schon in der Nacht nachkommen konnten, aber als durch den hinzugezogenen Notfallseelsorger bekannt geworden war, dass ein behindertes Kind in der Wohnung lebte, hatte man sich darauf verständigt, die Todesnachricht auf den nächsten Morgen zu vertagen.

Als er gerade sein Springbrötchen in die Hand nahm, ging

die Tür auf. Birthe Schöndorf und Daniel Brunner tauchten auf und hinter ihnen ein graubärtiger, schlaksiger Mann in einer neongelben Notfallseelsorgerjacke, den Birthe als Pastor Udo Meierbrink vorstellte.

»Moin, Carlo«, sagte Birthe. »Wir fahren jetzt zu den Hinterbliebenen von Georg Cannstetter, dem Unfallopfer der vergangenen Nacht. Willst du uns begleiten?«

»Ihr seid doch schon zu dritt«, erwiderte Carlo mit vollem Mund.

Birthe setzte einen flehentlichen Gesichtsausdruck auf. »Daniel und ich haben uns gerade geeinigt, dass er auf der Wache die Stellung hält. Du bist erfahrener in diesen Dingen, nenn es feinfühliger, okay?«

»Danke«, murmelte er und steckte den Rest seines Brötchens in die Tüte zurück.

»Moment noch«, sagte Birthe und reichte ihm einen Mailausdruck in Folie. »Ich muss dir etwas zeigen. Das hier haben die Kollegen auf Cannstetters Beifahrersitz gefunden.«

Carlo setzte seine Lesebrille auf.

Für das, was du getan hast, du Dreckssstift, gibt es keine Entschuldigung. Du hast einen riesengroßen Fehler gemacht, genau genommen sind es mehrere Fehler, und es ist an der Zeit, dass du dafür bezahlst. Vielleicht ist dies dein letzter Tag, du elender Klugscheißer, also genieße ihn. Ich werde dir von jetzt an auf den Fersen sein, du wirst mich nicht mehr los.

Carlo runzelte die Stirn und seufzte. »Datiert vom 8. Juli, 23.45 Uhr. Habt ihr schon gecheckt, von welchem Server die Mail abgeschickt worden ist?«

»Die IT-Spezialisten kümmern sich darum«, erklärte Birthe.

»Dann bleibt mir wohl nichts anderes übrig«, sagte Carlo leise und erhob sich.

KAPITEL 5

Im Halbdunkel streckte sie den Arm aus. Das Bett neben ihr war leer. Martha kannte das schon. Alle vier Wochen blieb die andere Betthälfte unberührt. Sein Segelboot in Greetsiel hatte sich in ihre Ehe gedrängt. Schon seit Jahren ging das so. Oder war das nicht die volle Wahrheit? Sie ahnte es seit Langem. Ahnte, dass eine andere Frau dahintersteckte. Bestimmt hätte sie längst mit ihm reden sollen, ihm sagen, was er ihr bedeutete, dass sie ihn liebte. Mittlerweile wollte sie nichts mehr, als mit ihm zusammen zu sein. Und zwar richtig, nicht nur auf dem Papier. Doch sie traute sich nicht, ihre Sorgen zum Thema zu machen. Einmal ausgesprochen, gab es kein Zurück. Wenn er tatsächlich eine Affäre hatte, hatte sie nur zwei Möglichkeiten: bleiben oder gehen. Die erste kannte sie bereits und wusste, wie sie sich anfühlte, die zweite noch nicht. Davor fürchtete sie sich. Wenn sie eine Lawine lostreten würde, müsste sie mit den Konsequenzen leben. Ob sie dazu in der Lage war?

Die andere Frage war: Wusste er, dass sie ihm misstraute? Georg wich ihr geschickt aus, hatte es immer eilig, war selten zu Hause. Aber so konnte es nicht weitergehen. Wenn er am Sonntagabend zurückkam, würde sie ihn zur Rede stellen.

Der Radiowecker sprang an. Martha seufzte, ließ die Nachrichten und den Wetterbericht über sich ergehen und erhob sich schwerfällig. Sie ging nach nebenan, um Samuel zu wecken. Ihren schlafenden Sohn zu sehen, rührte sie jedes Mal aufs Neue, auch wenn er längst dem Baby- und Kleinkindalter entwachsen war. Er lag so friedlich da, so still, atmete ruhig und gleichmäßig. Sein Mund stand halb offen. Am liebsten hätte sie ihn einfach liegen gelassen, aber noch waren keine Sommerferien. Samuel konnte es kaum noch erwarten, endlich ausschlafen zu können, und auch sie freute sich auf die Zeit ohne Termine und Verpflichtungen.

Seit Tagen war das Wetter endlich so, wie man es sich im Sommer wünschte. Wer wusste schon, ob es bis zu den Ferien anhielt? Sie dachte an das letzte Jahr zurück, als Samuel bei brütender Hitze im Klassenzimmer hatte sitzen müssen, und als die Kinder endlich freigehabt hatten, hatte es fast täglich geregnet bei Temperaturen um die 15 Grad. Bei Regenwetter war es schwer, Samuel zu beschäftigen. Die Tage zogen sich endlos. Und sie wollte nicht, dass er stundenlang vor dem Fernseher oder dem Computer saß. In den Urlaub waren sie schon lange nicht mehr gefahren. Samuel brauchte seine gewohnte Umgebung, er hasste es, woanders zu schlafen, und ließ seine schlechte Laune an seinen Eltern aus. Da konnten sechs Wochen Sommerferien zu einer Qual werden.

Zärtlich strich sie ihm über den Kopf und zog die Jalousie zur Hälfte hoch. Samuel stöhnte und drehte sich auf die andere Seite. »Lass mich in Ruhe«, knurrte er.

»Noch fünf Minuten, Samuel, dann musst du aufstehen.«

Im Bad ließ sich Martha eiskaltes Wasser über die Handgelenke laufen und spritzte es sich ins Gesicht. Als sie sich aufrichtete, begegnete sie ihrem Spiegelbild. Ihr Gesicht wirkte gräulich und eingefallen. Tiefe Ringe unter den Augen ließen sie älter erscheinen als sie war. Angewidert wandte sie sich ab. Das kalte Wasser lief in ihren Nacken und tropfte auf ihre Schultern, aber es kümmerte sie nicht. Wie ferngesteuert putzte sie sich die Zähne und spulte ihr morgendliches Programm ab.

Sie schlüpfte in Jeans und T-Shirt, ermahnte ihren Sohn aufzustehen und ging hinunter in die Küche, um Kaffee zu kochen und den Frühstückstisch zu decken. Anschließend röstete sie zwei Scheiben Toast und bereitete das Müsli für Samuel vor. Beim Blick auf die Uhr befiel sie Hektik. Sie hastete die Treppe hinauf, zurück zu Samuel, und schlug seine Bettdecke zurück. »Hopp, hopp, Sohnemann, mach, dass du aus den Federn kommst! Ihr habt doch heute Fußball-AG, die willst du wohl kaum verpassen, oder?«

»Ich hab Bauchschmerzen«, protestierte er.

»Das hast du gestern auch gesagt. Und als du von der Schule kamst, konntest du dich nicht mehr daran erinnern. So schlimm wird es also nicht gewesen sein. Jetzt beeil dich, damit du noch etwas frühstücken kannst.«

»Wo ist Papa?«

»In Greetsiel, bei seinem Segelboot.« Sie zog die Stirn kraus. In diesem Moment wurde ihr schmerzlich bewusst, dass Georg ihr nicht einmal eine Nachricht geschickt hatte, als er angekommen war. Zumindest das hatte er bisher immer getan. War sie für ihn schon keine Ehefrau mehr, sondern nur noch eine Mitbewohnerin?

»Der hat's gut«, sagte Samuel. »Ich möchte auch mit aufs Segelboot.«

»Das ist weit weg, Schatz. Und du willst doch nicht woanders übernachten.«

»Auf dem Segelboot schon. Das ist ja kein Haus.«

»Wir fragen Papa, ob er dich in den Sommerferien mal mitnimmt an die Nordsee. Vielleicht klappt es ja. Bist doch inzwischen ein großer Junge!« Sie half ihm beim Waschen, Zähneputzen und Anziehen und ging mit ihm die Treppe hinunter.

Während er frühstückte, schmierte sie Schulbrote, schnippelte Obst und packte Samuels Schultasche.

»Freust du dich auf den Kuchen heute Nachmittag, Samuel? Beide Omas und Opas kommen.«

Samuel strahlte übers ganze Gesicht. Essen war seine Leidenschaft, besonders Kuchen liebte er.

»Es gibt Apfelkuchen und Bienenstich. Den bringt Oma Hilde mit. Die Mama hatte doch vor Kurzem Geburtstag, aber da waren Oma Monika und Opa Wolfgang auf ihrem Kreuzfahrtschiff. Welchen magst du am liebsten?«

»Alle beide«, sagte er und strahlte.

»Ich habe nichts anderes erwartet«, erwiderte sie lachend. »Jetzt zieh deine Sandalen an. Der Bus kommt gleich.«

Während Samuel trödelte und mit seinem Tablet spielte, warf Martha einen Blick aus dem Küchenfenster auf die Kölner Straße im Osnabrücker Stadtteil Schinkel.

»Da ist er schon!«, rief sie und half Samuel mit den Sandalen. »Fünf Minuten zu früh. Jetzt fang nicht wieder an zu weinen. Ich werde mit Herrn Meier reden. Du ziehst dir so lange deine Jacke an.«

Sie ging vor und begrüßte den Fahrer des Schulbusses, der ihren Sohn jeden Morgen um halb acht zu seiner Förderschule brachte. Mit schnellen Worten erzählte sie ihm, dass Samuels Sitznachbar im Bus ihn am Vortag an den Haaren gerissen und ihn in den Arm gekniffen habe. Der Fahrer versprach, auf die beiden zu achten, und Samuel stieg mit mürrischem Gesicht ein. Martha seufzte, winkte dem Bus hinterher und ging ins Haus zurück. Die Luft war um diese Zeit schon angenehm lau. Der Wetterbericht hatte einen herrlichen Sommertag vorhergesagt. Aber im Grunde genommen war es ihr egal.

Sie zögerte einen Moment, bevor sie ihre Tablette nahm, dann ging sie ins Wohnzimmer und schaltete den Fernseher ein. Auch wenn sie sich kaum auf das Programm konzentrieren konnte, brauchte sie die Berieselung, damit die Einsamkeit sie nicht erdrückte. An manchen Tagen ertrug sie die Leere besser, an anderen brauchte sie schon morgens um

9 Uhr ein Glas Rotwein. Heute war so ein Tag. Sie wollte sich gerade einschenken, als es an der Tür klingelte.

Vor ihr standen drei Unbekannte. Einer von ihnen trug eine neongelbe Jacke. Etwa auf Brusthöhe war ein kleines Schild mit einem Stern angebracht. Darunter waren im Halbkreis Buchstaben angeordnet. »Notfallseelsorger« entzifferte sie, blickte in die todernsten Gesichter und dachte nichts mehr. Der Boden unter ihren Füßen begann zu schwanken.

Martha hielt sich an der Flurkommode fest und wagte nicht, sich von der Stelle zu rühren. Sie hätte es auch nicht geschafft. Wie angewurzelt stand sie da. Ihre Augen suchten nach Halt in dem schwankenden Raum. Einer der Polizisten kam ihr entgegen und bot ihr seinen starken Arm an. Er war um die 50 und von etwas untersetzter Statur. Seine Kollegin war wesentlich jünger, groß und blond, und sie hatte ein sympathisches, offenes Gesicht.

»Carlo Oltmann ist mein Name, von der Osnabrücker Kriminalpolizei. Das sind meine Kollegin Birthe Schöndorf und Herr Pastor Meierbrink. Sind Sie Martha Cannstetter?«

Martha wurde blass. »Ja«, sagte sie kaum vernehmbar.

»Wohnt hier ein Georg Cannstetter?«

»Ja«, flüsterte Martha erneut. »Was ist mit meinem Mann?«

»Dürfen wir hereinkommen?«

»Was ist passiert?«, wiederholte Martha.

»Können wir irgendwo ungestört sprechen?«

»Im Wohnzimmer«, murmelte Martha und stolperte mit unsicheren Schritten voran.

»Ich muss Ihnen leider eine bedauerliche Mitteilung machen«, sagte Carlo, nachdem sie ihre Plätze eingenommen hatten. »Ihr Ehegatte Georg Cannstetter hatte gestern Abend einen schweren Verkehrsunfall.« Er senkte kurz den Blick und atmete geräuschvoll aus.

»Wo ist er?«, fragte Martha schwach mit weit aufgerissenen Augen und bleichem Gesicht. »Im Krankenhaus?«

Carlo schüttelte traurig den Kopf. »Der Unfall hat sich gestern am späten Abend auf der L 26 bei Canhusen in Richtung Norddeich zugetragen. Ihr Ehemann Georg Cannstetter hat ihn leider nicht überlebt. Er ist noch am Unfallort verstorben. Ich möchte Ihnen und Ihrer Familie mein Beileid ausdrücken.« Er seufzte leise.

»Mein Beileid«, murmelten Birthe und der Pastor.

Martha begriff die gesprochenen Worte nicht. Sie kamen nicht an sie heran. Wie in Watte gepackt, die alles einhüllte – die fremden Menschen, den Raum, die Geräusche, die Gerüche, alles um sie herum, sodass nichts zu ihr vordringen konnte. Es war ihr, als sei sie nicht länger sie selbst. Sie war jemand anders, nicht mehr Martha Cannstetter. Irgendein Mensch, der einfach nur funktionieren musste. Sie hörte die schlimme Nachricht, fühlte sich jedoch nicht persönlich betroffen. Georg war gestorben, aber was hatte das mit ihr zu tun? Sie war nicht in der Lage, einen klaren Gedanken zu fassen. »Wie denn? Ich meine, wo ist er gestorben?«, hörte sie sich fragen. Sie vernahm ihre Stimme wie aus weiter Ferne, verstand ihre eigenen Worte nicht. »Auf der Landstraße in Richtung Aurich/Norddeich. Sein Fahrzeug ist gegen einen Baum geprallt. Mehr wissen wir leider noch nicht. Nach dem aktuellen Stand der Ermittlungen gibt es keine weiteren Beteiligten an dem Unfall«, antwortete der Polizist ruhig.

Martha versuchte zu verstehen. »Vor Aurich/Norddeich? Er wollte doch nach Greetsiel! Wann wurde er gefunden?«

»Der Unfall wurde uns um 22.35 Uhr gemeldet. Laut ersten Ermittlungen war Ihr Mann auf der Stelle tot.«

»Ich verstehe nicht«, sagte Martha kaum hörbar. »Was ist passiert? Und warum Norddeich?«

»Frau Cannstetter«, sprach Birthe Schöndorf sie mit sanfter Stimme an. »Das wissen wir noch nicht. Es tut mir sehr leid. Der Wagen wurde abgeschleppt und wird auf Unfallspuren untersucht. Zum jetzigen Zeitpunkt lässt sich nichts Genaues über den Unfallhergang sagen. Eine Möglichkeit wäre, dass Ihr Mann die Kontrolle über den Wagen verloren hat, vielleicht Sekundenschlaf oder ein gesundheitliches Problem. Alkohol hatte er jedenfalls nicht im Blut. Sind Erkrankungen bekannt?«

»Nein«, murmelte Martha, »nein, nein, es ging ihm gut.«

»Wann haben Sie Ihren Mann das letzte Mal gesehen?«

»Gestern Abend. Er war nur kurz da. Vorher hat er an einer Konferenz teilgenommen, dann kam er auf einen Sprung vorbei, packte seine Sachen, aß im Stehen ein Käsebrot und fuhr los.«

»Wie hat er auf Sie gewirkt?«

»Nervös. Und müde. Ja, müde war er. Wann kann ich zu meinem Mann? Wo ist er jetzt?«

»Sobald er freigegeben ist«, sagte Carlo Oltmann. »Da es sich um einen unnatürlichen Todesfall handelt, befindet er sich in der Gerichtsmedizin.«

»Unnatürlicher Todesfall? Gerichtsmedizin? Warum?« Martha starrte den Kommissar entgeistert an.

Carlo Oltmann erhob sich. »Meine Kollegin Birthe Schöndorf und ich gehen jetzt, Frau Cannstetter. Pastor Meierbrink bleibt bei Ihnen. Wir kommen auf Sie zu, sobald wir Näheres wissen.«

KAPITEL 6

Vor der Vertretungstafel eines Osnabrücker Gymnasiums stand Jutta Tiemeyer in ihrer langen, dünnen Strickjacke, die ihre Kurven umschmeichelte, und schob Plastiktäfelchen hin und her.

»Was soll das werden?«, fragte Ansgar Westendorp die Mittfünfzigerin ohne Gruß.

Die Lehrerin strich sich eine graublonde Strähne hinters Ohr. »Frau Lüders hat sich krankgemeldet und ich mache den Vertretungsplan. Es ist ja kein anderer da.«

»Was soll das heißen, kein anderer? Was ist mit Georg? Wo steckt er?«

Jutta Tiemeyer zuckte mit den Schultern. »Ich dachte, Sie wüssten Bescheid. Herr Cannstetter hat einmal im Monat freitags frei. Er bündelt dafür sein Deutschseminar und zieht die Stunden vor.«

»Mein Gott, an dieser Schule macht auch jeder, was er will. Der Cannstetter meint wohl, in seiner Stellung kann er sich alles erlauben. Und was Sie betrifft, Sie überschreiten schon wieder Ihre Grenzen.«

»Ja, aber ich habe mir erlaubt, schon mal …«

»Frau Tiemeyer«, sagte Westendorp gedehnt und steckte seine Hände in die Hosentaschen, »nett, dass Sie sich engagieren, aber Sie überschreiten Ihren Kompetenzbereich. Sie sind nicht zuständig für den Vertretungsplan, auch nicht in meiner oder Herrn Cannstetters Abwesenheit. Sie kennen die Hierarchie, nehme ich an? An oberster Stelle steht Cannstetter. Und danach komme ich. Und da Herr Cannstetter nicht da ist, warum auch immer, bin ich zuständig. Und im Übrigen, mit dieser Lüders werde ich ein ernstes Wörtchen reden müssen. Ständig meldet sie sich krank.«

»Sie hat ein kleines Kind«, bemerkte Jutta Tiemeyer.

»Ich weiß, doch das lasse ich nicht als Entschuldigung gelten. Frau Lüders sollte ihren Job wie alle anderen wahrnehmen. Sie muss ihr Privatleben organisieren, es interessiert keinen, was bei ihr zu Hause los ist. Entweder man arbeitet oder bleibt mit dem Kind zu Hause. Anders geht es nicht.«

»Sie ist momentan sehr gefordert, Herr Westendorp. Das Kind, die Prüfungen …«

Ansgar bedachte sie mit einem grimmigen Blick. »Das ist nicht unser Problem, Frau Tiemeyer, was? Das kann nicht zu unseren Lasten gehen. Es gibt Kinderkrippen.«

»Und wenn das Kind krank ist? Was soll sie dann machen?«

Ansgar Westendorp stemmte seine Hände in die Hüften. »Ich glaube, wir alle wissen, was sie dann macht«, sagte er und stöhnte demonstrativ.

Die Kollegin sah ihn verständnislos an. Dann schlug sie sich mit der Hand vor die Stirn. »Ach, Entschuldigung, Sie haben ja heute Geburtstag. Also, herzlichen Glückwunsch!«, stammelte sie und schluckte.

»Danke«, sagte Westendorp trocken.

Da Tiemeyer keine Anstalten machte, aus dem Weg zu gehen, musterte er sie scharf und knurrte: »Haben Sie nichts zu tun?«

Die Kollegin warf ihm einen beleidigten Blick zu und verließ das Lehrerzimmer. Ansgar Westendorp stellte sich vor den Plan und verschob die Täfelchen. Verteilte sie auf dem Brett, setzte sie hierhin und dorthin, bis sie schließlich doch wieder genau so platziert waren wie zuvor. Es ärgerte ihn, dass die übereifrige Oberstudienrätin offenbar eine Lösung gefunden hatte.

»Sorgen Sie dafür, dass die Kinder heute aufgeteilt werden«, rief er einer jüngeren Kollegin zu. »Frau Kettner übernimmt die Pausenaufsicht für Frau Lüders. Ab morgen kommt ein Vertretungsplan zum Einsatz.«

»In Ordnung«, antwortete die junge Lehrerin schüchtern.

Ansgar Westendorp nahm seine Tasche und marschierte schlecht gelaunt über den langen Flur zu seinem Klassenraum. In der 7b ging es drunter und drüber. Er hatte es schon lange aufgegeben, die Kinder freundlich zu begrüßen. Westendorp hasste seinen Beruf.

KAPITEL 7

»Die Drohmail habt ihr nicht erwähnt?« Daniel Brunner hielt die Arme hinter seinem Kopf verschränkt.

»Die Frau stand vollkommen neben sich«, sagte Birthe. »Sie hat kaum verstanden, was geschehen ist. Wir warten lieber noch.«

»Wann wird sie davon erfahren?«

»Wir fahren Montag noch mal raus«, sagte Carlo Oltmann. »Ich denke, das ist früh genug. Kommst du mit?«

Daniel tippte auf sein zitronengelbes Shirt mit der Aufschrift *Ich habe eine Lösung, aber sie passt nicht zum Problem.* »Ich? Nicht Birthe?«

»Birthe fährt am Montag nach Greetsiel. Anordnung von oben.«

»Davon weiß ich ja noch gar nichts«, protestierte Birthe. »Ich soll nach Greetsiel? Wer hat das gesagt?«

»Cheffe hat eine Mail geschickt.«

»Warum ausgerechnet ich?«

»Keine Ahnung«, sagte Carlo. »Du bist jung, du bist flexibel …«

Birthe stöhnte. »Das ist Daniel auch.«

Carlo verzog sein Gesicht. »Jaaa«, brummte er. »Er will aber dich, Birthe. Er wird schon wissen, warum.« Er zwinkerte und lächelte verschmitzt.

»Puh«, machte Birthe, »Greetsiel – na ja, warum nicht? Ich war schon lange nicht mehr an der Nordsee.«

»Dann mach das Beste draus. Das Wetter soll schön bleiben in den nächsten Tagen. Es gibt Schlimmeres, als ein paar Tage in Ostfriesland zu ermitteln.«

*

Franziska Blankenfeld stellte ihr Auto in einer Seitenstraße der Lotter Straße ab und blieb noch eine Weile hinter dem Steuer sitzen. Es waren nur wenige Meter bis zu dem Hotel, in dem sie ihn gleich treffen würde. Wie immer vor einem heimlichen Date spielten ihre Gefühle verrückt. Sie war sich nicht sicher, ob sie diese Treffen wirklich wollte oder sie sich nur darauf einließ, um sich an Alexander zu rächen. Anfangs war es so gewesen. Alexander war als Chefarzt einer Osnabrücker Klinik viel unterwegs, auf Dienstreisen und Kongressen. Manchmal war er die ganze Woche über nicht da. Das war früher nicht so gewesen, da hatte er sich noch Zeit genommen für seine Familie, für Konrad und sie. Sie waren gemeinsam in den Urlaub gefahren oder wenigstens für ein verlängertes Wochenende nach Juist oder Sylt. Das alles schien ihn neuerdings nicht mehr zu interessieren. Eine Freundin aus dem Golfclub hatte ihr gesteckt, ihn einige Male in Begleitung einer attraktiven Frau gesehen zu haben, mit der er sich sehr gut zu verstehen schien. Sie arbeitete in derselben Klinik wie er.

In ihren dunkelsten Stunden, in denen sich Franziska fast zerfleischt hatte vor Selbstmitleid und Selbstvorwürfen, war dieser fremde Mann plötzlich aufgetaucht. Sie hatte Ferdinand beim Bäcker kennengelernt, als sie an einem Samstagmorgen für die Familie Brötchen holte. Er lehnte lässig an der Theke des Cafés und trank Kaffee. Als sie mit ihrer Bäckertüte an ihm vorbeiging, sprach er sie an und wollte wissen, woher er sie kannte. Sie war sich sicher, ihn noch nie gesehen zu haben. So ein gutaussehender Mann wäre ihr aufgefallen. Nach einem kurzen Wortwechsel steckte er ihr seine Visitenkarte zu. »Ich hätte Lust, mal mit Ihnen zu telefonieren. Ihre Stimme gefällt mir. Ich würde Ihnen gerne länger zuhören. Rufen Sie mich an, wenn Sie Zeit und Lust haben.« Er sah sie mit einem ernsten Ausdruck an, weniger flirtend, sondern so, dass ihr warm ums Herz wurde und sie sich zum ersten Mal seit langer Zeit wieder fühlte, als würde sie tatsächlich gesehen. Vielleicht war dies der Moment, in dem es eigentlich schon zu spät war. Ihre Augen trafen sich, lange genug, dass sie errötete. Er gefiel ihr. Die leicht gebogene Nase passte zu ihm, zu seiner gesamten attraktiven Erscheinung, seinem adeligen Aussehen. Seine Kleidung war klassisch, edel und gewiss teuer. Seinem Auftreten nach zu urteilen hätte er ein Gutsbesitzer sein können. Vor ihrem inneren Auge zogen Bilder vorbei. Sie sah ihn Pfeife rauchend in einem tiefen Sessel vor einem Kamin sitzen, ein Jagdhund zu seinen Füßen. Über dem Kamin eine Bildergalerie in Öl. Regalwände aus dunklem Holz, gefüllt mit Büchern der Weltliteratur, dominierten den repräsentativen Raum. In der Mitte ein großer englischer Schreibtisch mit einer grünen Wallstreet-Leuchte und teuren Dekorationsobjekten. Dunkelrote Orientteppiche auf dem glänzenden Holzdielenboden verliehen dem Raum eine warme Note. An so einen Ort passte er, der Anlage- und Vermögensberater Ferdinand von Hellensdorf.

Dieses Bild hatte sie lange von ihm.

Einen Landsitz besaß er nicht, dafür eine Penthouse-Wohnung in der Innenstadt, die sie noch nie zu Gesicht bekommen hatte. Immer nur dieses Hotel, das Doppelzimmer im Hotel Klute, das zu ihrem geheimen Treffpunkt geworden war.

Er war ein guter, aufmerksamer Liebhaber. Und er ließ sie vergessen, dass sie eine frustrierte Ehefrau war, die jahrelang unter dem Desinteresse und der Lieblosigkeit ihres Mannes gelitten hatte.

Was machte er nur mit ihr, dass sie sich an seiner Seite wie jemand anders fühlte, wie eine andere Frau aus einem anderen Leben, sinnlich, erotisch, sexy, begehrenswert, fragte sie sich oft. Seit der ersten Begegnung beim Bäcker hatte ihr Selbstbewusstsein einen enormen Auftrieb erfahren. Sie liebte dieses Gefühl, diesen spannenden Cocktail aus Vorfreude, Aufregung, schlechtem Gewissen und Angst. Es machte sie lebendig, bewies ihr, dass sie noch am Leben war und nicht in einem zwar schicken, aber langweiligen Einfamilienhaus vermoderte. Es zeigte ihr, dass das Leben aus mehr bestand als aus Routine, Haushalt, Mann, Eltern, Schwiegereltern und Sorgen um ihren Sohn. Konrad strengte sich an, doch es war nicht sicher, ob er auf dem Gymnasium bleiben konnte. Seine Versetzung war gefährdet, schon zum zweiten Mal. Auch darunter litt ihre Ehe, denn Alexander verfolgte den verbissenen Plan, dass Konrad in seine Fußstapfen treten und wie er Medizin studieren sollte. Dazu brauchte er ein Einser-Abitur. So wie es aussah, würde er dieses Ziel jedoch nie erreichen.

Sie hatte ein Recht darauf, sich eine Affäre zu gönnen, genau wie Alexander. Oder? Sie nagte an ihrer Unterlippe. Wenn er nun doch keine hatte und tatsächlich nur der ambitionierte plastische Chirurg und Gynäkologe war, der ein wenig zu oft an Fortbildungen und Kongressen teilnahm, dann war sie diejenige, die ihre Ehe leichtfertig wegwarf. In diesem Moment hasste sie sich selbst, denn sie wusste, die Gewissensbisse würden ihr hinterher das Leben zur Hölle machen.

Je länger diese Sache mit Ferdinand andauerte, desto mehr wurde ihr bewusst, dass sie das eigentlich nicht wollte. Sie hatte sich immer nach einer heilen Familie gesehnt, mit Mann, Kind und einem behaglichen Heim. Dieser Traum hatte viele Jahre lang ihr Leben beherrscht, darauf hatte sie hingearbeitet und alles daran gesetzt, ihn sich irgendwann einmal zu erfüllen.

Dieser verdammt gutaussehende Don Juan hatte in ihren Träumen jedoch keine Rolle gespielt. Ein zweiter Mann war nicht vorgesehen. Oft fragte sie sich nach dem Sinn dieser merkwürdigen Begegnung. Sie brauchte sich nichts vorzumachen: Für ihn war sie nur eine Episode, ein Abenteuer, eines unter vielen.

So konnte es nicht weitergehen. Sie hatte sich vorgenommen, noch an diesem Tag mit Ferdinand zu reden. Sie musste die Sache mit ihm beenden, solange sie noch nicht allzu sehr in die Affäre verstrickt war. Einen Kaffee wollte sie mit ihm noch trinken, nett plaudern, sich für die kurze, intensive Zeit bedanken, ihm sagen, dass er ihr gutgetan habe und sie gerne mit ihm in Verbindung bleiben würde, allerdings nur locker, freundschaftlich. Die üblichen Floskeln, die am Ende gesagt werden, um den anderen nicht zu brüskieren. Und dabei wussten beide, dass diese Worte keine Bedeutung hatten. Nach Franziskas Erfahrung konnte es keine Freundschaft zwischen Mann und Frau geben, die einmal Sex miteinander gehabt hatten.

Aufgewühlt zog sie den Schlüssel ab, stieg aus, griff nach ihrer kleinen Handtasche auf dem Beifahrersitz und stöckelte den Weg entlang, den sie bereits gut kannte.

KAPITEL 8

Olaf Hurdelkamp, Polizeihauptkommissar und Leiter der polizeilichen Dienststelle, hatte seine engsten Mitarbeiter im Besprechungszimmer versammelt. Der Reihe nach sah er sie über seine Lesebrille hinweg an, bevor er die Akte Cannstetter aufschlug. »Wir kommen dann zu dem Verkehrsunfall vom letzten Donnerstag auf der L 26 in Richtung Aurich.« Er räusperte sich und strich sich über den nicht mehr vorhandenen Bart. Hurdelkamp war Ende 40 und hatte ein interessantes, wenn auch nicht sonderlich attraktives Gesicht. Es war kantig, ein wenig unregelmäßig, mit breiten Wangenknochen. Eine große, dunkle Brille verlieh ihm einen leicht intellektuellen Anstrich. Zum Lesen tauschte er sie gegen ein kleines, dezenteres Modell, weil er, wie jeder im Kollegenkreis wusste, mit Gleitsichtgläsern nicht zurechtkam. Der Leiter der Dienststelle besaß eine natürliche Autorität, die oft selbst die hartgesottensten Straftäter zum Reden brachte. »Interessanterweise liegt von dem Unfallopfer, Georg Cannstetter, eine Strafanzeige vor. Er hat sie zwei Wochen vor seinem Tod hier auf der Wache erstattet. Gegenstand der Anzeige war eine anonyme Drohmail. Cannstetter war Oberstudiendirektor an einem Osnabrücker Gymnasium, dem Erich-Kästner-Gymnasium. Ich gebe mal weiter an Herrn Schröder, der seinerzeit die Strafanzeige des Geschädigten aufgenommen hat.«

»Also, es war so«, meldete sich Dietmar Schröder, Polizeiobermeister von Mitte 40, zu Wort. »Herr Cannstetter war sehr aufgeregt, als er zu mir kam. Er zeigte mir die Mail und sagte aus, er hätte große Probleme mit einigen Schülern, Eltern und Kollegen, wollte jedoch keine Namen nennen. Er wollte wohl niemanden als Urheber verdächtigen. Einen konkreten Verdacht hat er nicht geäußert. Er fühlte sich gemobbt, gab an, ein paar Personen von der Schule hätten sich gegen ihn verschworen. Das Vernehmungsprotokoll kann von jedem eingesehen werden. Natürlich habe ich seine Sorgen ernst genommen, aber ich fand die Mail jetzt nicht so schlimm und habe versucht, ihn zu beschwichtigen. Ehrlich gesagt, habe ich an einen harmlosen Streich gedacht, zumal Cannstetter wohl öfter als disziplinarische Maßnahme den Schülern ihre Handys abgenommen und erst am nächsten Tag wieder herausgegeben hat. Das ist für manche natürlich eine Katastrophe. Da Cannstetter keinen Namen genannt hat, blieb es leider bei einer Anzeige gegen Unbekannt. Wir konnten der Sache nicht weiter nachgehen.«

»Finde ich gut«, kommentierte Carlo.

»Wie bitte?«, fragte Schröder irritiert.

»Na, den Schülern ihre Smartphones abzunehmen. Was haben die auch im Unterricht zu suchen?«

»Oh, du klingst wie ein Pauker«, warf Daniel ein. »Ich hätte mir damals so ein Ding gewünscht gegen die Langeweile, nur leider gab es zu unserer Zeit nichts anderes als Briefchen schreiben, *Schiffe versenken* spielen und Papierflieger basteln.«

»Vielleicht hättest du ab und zu mal im Unterricht aufpassen sollen«, sagte Carlo schmunzelnd. »Das hätte dir sicher nicht geschadet. Wie lautet der Inhalt der Mail und was ist mit dem Absender?«

Hurdelkamp las vor: »Du wirst verrecken, du elender Klugscheißer, wenn du nicht bereust und dich nicht für deine Fehler entschuldigst. Denk immer daran, dass ich dich beobachte.« Über seine Lesebrille hinweg blickte er in die Runde. »Die Mailadresse existiert inzwischen nicht mehr.« Sie ist wohl extra für diese Mail eingerichtet worden: P.Mueller02@web.

de. Die Zahl könnte einen Hinweis geben auf das Geburtsjahr des Absenders«, fügte er nach einer kleinen Pause hinzu.

»Was hat die Mail mit dem Unfall zu tun?«, wollte Daniel wissen. »Schüler einer achten oder neunten Klasse können wohl kaum Auto fahren, oder?«

»Warum nicht?« Carlo verschränkte die Arme vor seinem ausladenden Oberkörper. »Du hast wohl damals schon zu viele Liebesbriefe geschrieben. Mit 14 Jahren bin ich schon heimlich auf dem Hof meines Onkels gefahren. Der war nur vier Jahre älter als ich und stolz wie Oskar, mir alles zeigen zu können.«

»Mit 13 saß ich das erste Mal am Steuer eines Porsche«, sagte Daniel, der ihm in nichts nachstehen wollte.

»Darf ich die Mail sehen?«, fragte Carlo Oltmann stirnrunzelnd.

Hurdelkamp reichte ihm den Ausdruck.

»Es war nur diese eine Mail?«

»Ja, nur die eine, die zur Anzeige gebracht wurde«, erwiderte Hurdelkamp.

»Was ist mit dem Ausdruck, der auf Cannstetters Beifahrersitz gefunden wurde?«

Hurdelkamp zog das Schreiben hervor und las laut vor: »Für das, was du getan hast, du Drecksstift, gibt es keine Entschuldigung. Du hast einen riesengroßen Fehler gemacht, genau genommen sind es mehrere Fehler, und es ist an der Zeit, dass du dafür bezahlst. Vielleicht ist dies dein letzter Tag, du elender Klugscheißer, also genieße ihn. Ich werde dir von jetzt an auf den Fersen sein, du wirst mich nicht mehr los.« Er wandte sich an seine Kollegen. »Fällt Ihnen etwas auf?«

Die Anwesenden nickten nach und nach.

»Zweimal Klugscheißer«, sagte Daniel.

Hurdelkamp schien zufrieden.

»Und zweimal das Wort ›Fehler‹«, ergänzte Carlo.

»Sehr gut«, lobte der Chef. »Beide Schreiben werden aktuell von unseren IT-Experten auf ihre Urheber überprüft. Es ist davon auszugehen, dass sie von ein und demselben Verfasser stammen und am selben Computer geschrieben wurden. Der Schrifttyp ist der gleiche. Times New Roman, Größe 16. Auffällig ist die Rede von Fehlern in jeder Mail und die Betonung darauf, dass der Adressat keine Ruhe mehr zu erwarten habe. In jedem Schreiben wird Cannstetter als ›Klugscheißer‹ bezeichnet, wie Sie ja schon festgestellt haben. Nur dass in der ersten Mail noch die Möglichkeit einer Entschuldigung gegeben wird, in der zweiten jedoch nicht mehr.«

»Wie hoch ist die Erfolgsprognose, den Verfasser zu stellen?«, fragte Daniel.

Hurdelkamp wiegte den Kopf. »Eher schwierig, würde ich sagen. Die Mails wurden von einem osteuropäischen Server verschickt. Das Internetprotokoll, kurz IP, ist nicht mehr nachvollziehbar. IPs werden nicht fest vergeben, sondern individuell und sind meist nur 24 Stunden lang gespeichert. Die Personalien bei den Freemail-Anbietern werden nicht verifiziert, aber da erzähle ich Ihnen ja nichts Neues. Ich habe bei beiden Mails sofort an einen Schüler gedacht.«

»Wie kommen Sie darauf?«, fragte Carlo. »Wenn ich an den Inhalt der Mails denke … Ist das der sprachliche Duktus eines Pubertierenden? Ich habe eine Tochter, die kaum älter ist … also, die drückt sich anders aus.«

»Das heißt nichts«, meinte Daniel. »Kann er irgendwo aus dem Netz gefischt haben. Genauso gut kann es sich um die Mail eines Erwachsenen handeln, der sich als Schüler tarnt. Herr Hurdelkamp sagte ja bereits, die Adresse kann eine bewusste Täuschung sein.«

Hurdelkamp wartete ab, ob noch jemand etwas hinzufügen wollte. Als das nicht der Fall war, fuhr er fort: »Vielleicht liegt es an dem Wort ›Fehler‹, das in beiden Fällen verwendet wurde.

Schüler denken in diesen Kategorien. Für sie gibt es nur richtig oder falsch. Aber sicher bin ich mir natürlich nicht. Sicher bin ich mir nur in einem Punkt: Wir müssen von einem Attentat auf den Schulleiter ausgehen. Cannstetters Wagen ist seitlich gestreift worden. Es finden sich Lack- und Kratzspuren auf der Fahrerseite, die von einem schwarzen Fahrzeug stammen. Sollten sie neu sein, was hoffentlich die Witwe bezeugen kann und ohnehin untersucht wird, dann hat sich der Fahrer nach der Kollision aus dem Staub gemacht. Die Polizeiinspektion Norden ermittelt wegen Unfallflucht, Nötigung, Beleidigung, Androhung einer Straftat sowie Körperverletzung mit Todesfolge. Cannstetters Fahrzeug, ein silberfarbener Volvo V60, wird auf technische Mängel untersucht. Da warten wir die weiteren Ergebnisse noch ab. Darüber hinaus schalten wir Anzeigen und geben einen Zeugenaufruf an die Radiostationen durch.«

»Was ist mit den Einzelverbindungsnachweisen seines Smartphones und Festnetzanschlusses?«, wollte Daniel wissen.

»Wir brauchen einen richterlichen Beschluss. Ich habe einen Eilantrag an die Staatsanwaltschaft gestellt. Koswalla hat zugesagt, dass wir den heute noch bekommen. – Herr Brunner, Herr Oltmann, Sie fahren heute bitte zur Schule, in der Cannstetter gearbeitet hat und reden mit dem stellvertretenden Schulleiter. Außerdem statten Sie zeitnah Cannstetters Witwe einen Besuch ab und zeigen ihr die Droh-E-Mails. Möglicherweise waren diese beiden nicht die einzigen, die Cannstetter bekommen hat. Und nehmen Sie bitte die persönlichen Dinge Cannstetters in Augenschein.«

KAPITEL 9

»Wir dürfen uns nicht mehr sehen«, erklärte Franziska, als sie Ferdinand schließlich in seinem Hotelzimmer gegenüberstand, und vermied es, ihm in die Augen zu sehen. »Heute ist das letzte Mal, verstehst du?« Erfolglos kämpfte sie gegen ihre Nervosität an.

»Wie viel Zeit haben wir?«, fragte er leise und zog sie in seine Arme.

»Zwei Stunden. Höchstens. Ich erwarte Gäste zum Kaffee und muss noch etwas vorbereiten.« Sie wand sich aus seiner Umarmung. »Was ist mit deiner Handynummer? Hast du sie schon wieder geändert?«

»Scht«, machte er. »Was dagegen? Ich habe jetzt einen günstigeren Tarif. Ich hätte sie dir schon noch gegeben, keine Sorge, Liebes.«

»Das meine ich nicht, aber … eigentlich …«

»Was … eigentlich?«, flüsterte er in ihr Ohr und verteilte Küsse auf ihrem Hals. »Machst dir wie immer zu viele Gedanken, mein Hase.«

»Ich finde es nicht richtig.«

Er seufzte. »Das sagst du jedes Mal, Schatz. Dein Mann muss es ja nicht erfahren.«

»Nein, aber es ist nicht in Ordnung. Mir geht es nicht gut damit. Wir sollten es nicht tun.« Verzweifelt sah sie ihn an.

»Sei nicht so verkopft, ich mag dich anders lieber. Deine weiche, feminine Seite gefällt mir viel besser.« Verlangend streckte er die Hand nach ihr aus, doch sie wich zurück. »Sag mal, was arbeitet dein Mann eigentlich? Wir haben nie über ihn gesprochen.«

»Brüste. Er macht Brüste«, sagte sie.

»Ach so. Sind deine auch von ihm?«, fragte er und tastete interessiert ihre Figur mit den Augen ab.

»Nein. Das will ich nicht. Auch wenn er mich zu gerne nach seinen Vorstellungen formen würde.«

»Gönn ihm doch seinen Spaß«, bemerkte er mit anzüglicher Miene. »Du würdest sicher himmlisch aussehen und dich prächtig anfühlen.«

»Wenn ich dir nicht gefalle, musst du es mir nur sagen.«

»Quatsch. Das war ein Scherz, Süße! Du gefällst mir so, wie du bist!« Er legte seinen Kopf schief und lächelte sie versöhnlich an.

»Was ist eigentlich mit deiner Wohnung? Ist sie immer noch nicht fertig?«

»Leider nicht, mein Schatz. Eine Penthouse-Wohnung ist ein Fass ohne Boden. Die Liste der Arbeiten wird immer länger, wenn die Handwerker erst einmal angefangen haben. Der Parkettboden muss abgeschliffen werden, in allen Zimmern sollen neue Leisten angebracht und schallisolierte Fenster eingebaut werden. Die Türen gefallen mir nicht mehr, sie sind altbacken und passen nicht zum Stil der Wohnung. Außerdem wird mein Bad saniert. Die Fliesen sind zu großflächig und ich möchte die Dusche vergrößern. All das dauert.«

»Ich möchte deine Wohnung gerne einmal sehen, ist doch egal, wenn sie gerade im Rohbau ist.« Kaum hatte sie das gesagt, ärgerte sie sich über sich selbst. Was ging sie überhaupt seine Wohnung an! Sie hatte sich vorgenommen, die Beziehung mit ihm zu beenden, da spielte es keine Rolle, ob er in einer Villa residierte oder in einer Blechhütte hauste.

»Das sollst du auch bald. Wenn sie fertig ist, lade ich dich zu mir nach Hause ein. Wir trinken etwas an meiner Bar und dann zeige ich dir meine Sauna und meinen Whirlpool. Alles total privat. Da kann uns keiner stören. Nur wir beide.

Wir trinken Champagner auf meiner Dachterrasse und lassen es uns gutgehen. Anschließend nehme ich dich mit in mein Schlafzimmer. Ich habe ein superbequemes nachtblaues Kingsize-Bett. Wie in einem Fünfsternehotel. Es wird dir gefallen ...«

»Und von deiner Wohnung aus hat man einen Blick über die ganze Stadt?«, unterbrach sie ihn.

»Von allen Fenstern aus. Auch vom Whirlpool, das war mir wichtig. Osnabrück liegt mir zu Füßen. Der Dom, die Katharinenkirche, die Altstadt, die abends so schön beleuchtet ist – ein Traum, Franzi. Ich genieße diesen Ausblick immer noch, auch nach so vielen Jahren. Er ist einfach himmlisch.« Seine Stimme wurde weich.

»Hier fühle ich mich nicht so wohl«, sagte sie und blickte sich um. »Das Hotel Klute ist ja nett für ein, zwei Nächte vielleicht, aber immer nur in diesem Hotelzimmer? Ich weiß nicht. Ich komme mir irgendwie verdorben vor.« Sie biss sich auf die Lippen. Noch immer war sie unsicher in ihrer Entscheidung. Sie sollte ihm endlich den Laufpass geben. Warum schaffte sie das nicht?

»Ach, Süße«, sagte er und streichelte ihren Nacken. Er war fast einen Kopf größer als sie, selbst wenn sie hohe Schuhe trug. Zärtlich zog er sie an sich und diesmal schlang sie ihre Arme um seinen Hals. »Vergiss nicht, wir leben nur einmal. Wie heißt es so schön: Das Leben ist keine Generalprobe; es ist bereits die Premiere! Carpe diem! Lass uns keine Zeit verlieren. Er tut es doch auch nicht. Bestimmt nicht.« Seine Stimme war sanft und weich. Seine großen, warmen Hände lösten ihr Haargummi, streiften seitlich an ihrem Körper entlang, erreichten die Hüften, massierten sie mit festem Druck. Er verteilte schnelle Küsse in ihrem Nacken. Sein Atem wurde schneller.

»Das letzte Mal, verstehst du?«, flüsterte sie. »Bitte, versprich es mir, Ferdinand, nur noch dieses eine Mal, dann muss Schluss sein.«

»Das letzte Mal, wenn du willst«, stieß er heftig atmend hervor, während er damit begann, sie auszuziehen. »Das allerletzte Mal, und ich werde alles dafür tun, dass du es nie vergisst!«

Ihre Sinne schwanden. Sie fühlte, wie sie willenlos wurde. Mit einem Ruck hob er sie hoch und trug sie zum Bett.

*

Als sie fast zwei Stunden später in ihrem Cabrio saß, kamen die Leere, die Einsamkeit und die Schuldgefühle mit voller Wucht zurück. Und gleichzeitig war da etwas, das nach Wiederholung schrie. Sie musste jetzt einen kühlen Kopf bewahren. Ein weiteres Treffen kam nicht infrage. Sie durfte Ferdinand nicht mehr sehen, egal, was Alexander hinter ihrem Rücken tat. Sie konnte es nicht. Die innere Zerrissenheit ließ sie inzwischen nachts keine Ruhe mehr finden. Ihr Sohn brauchte eine intakte Familie. Konrad hatte schon genug Probleme; weitere würde er nicht verkraften. In der Schule wurde er wegen seiner künstlerischen Ader und seiner weichen, femininen Art gemobbt. Er hatte keine Freunde. Niemand lud ihn zum Geburtstag ein, und bei Ballspielen war er der Letzte, der aufgestellt wurde. Und als ob das nicht schon schlimm genug wäre, fielen seine Leistungen in der Schule stetig ab.

Leider hatte sie sich erneut von Ferdinand überrumpeln lassen. Er wusste einfach immer die richtigen Knöpfe zu drücken. Es gab nur eins: Sie musste den Kontakt zu ihm komplett abbrechen. Noch heute würde sie ihm eine Mail schreiben und ihm ihre Entscheidung mitteilen.

Franziska startete den Motor ihres BMW Cabrio. Ihre Hand zitterte und sie merkte, wie unkonzentriert sie war. Ziellos fuhr sie umher, ließ sich treiben. Irgendwann fand sie sich in der Wittkopstraße wieder. In der Nähe des Bürgerparks hatte sie früher einmal gewohnt. Dorthin zog es sie jetzt. Sie würde spazieren gehen, sich auf eine Bank in die Sonne setzen und warten, bis es Zeit war, nach Hause zu fahren. Ihr Sohn war der einzige Grund, der sie überhaupt dorthin zurückzog.

KAPITEL 10

Ein Gewitter hatte über Nacht für etwas Abkühlung gesorgt. Doch schon gegen Mittag war die Luft wieder schwül und stickig. Deprimiert saßen sie in ihrem völlig überhitzten Auto und hingen dem belastenden Besuch bei ihrer Tochter und ihrem Enkel nach.

»Ich mache mir Vorwürfe«, sagte Hilde Hagedorn und umklammerte ihre abgewetzte, beigefarbene Handtasche. Ihr Mann überholte umständlich einen Kleinwagen. Er gab zu wenig Gas, sodass der entgegenkommende Fahrer warnend die Lichthupe betätigte.

»Diese Idioten müsste man anzeigen«, schimpfte er. »Immer gleich die Lichthupe, so was hat's früher nicht gegeben. Unmöglich. Was hast du gesagt?«

»Dass ich mir Vorwürfe mache. Ich hätte Martha nicht allein lassen dürfen mit dem Kind. Sie waren beide fix und fertig. Besonders Samuel kann gar nicht begreifen, was da gerade geschieht. Fahr anständig, Horst. Und mach die Klimaanlage an. Im Auto ist es nicht auszuhalten!«

»Jetzt fang du nicht auch noch damit an. Martha wollte allein sein. Du musst aufhören, sie wie ein kleines Kind zu behandeln. Unsere Tochter ist eine erwachsene Frau. Sie ist stark. Sie weiß, was sie will. Sie wird darüber hinwegkommen. Und Samuel auch.«

»Nachher tut sie sich noch was an. Sie war so aufgelöst.« Hilde zog ein Taschentuch aus ihrer Jackentasche und tupfte sich damit über Stirn und Nase. Sie konnte nicht verhindern, dass sich ihre Augen mit Tränen füllten.

Horst schlug mit den Händen aufs Lenkrad. »Ach was, ihre Reaktion in dieser Situation war völlig normal. Jetzt heul du nicht auch noch. Martha ist zäh, sie wird damit klarkommen.«

»Sag nur, du bist froh, dass Georg tot ist!«

Er fuhr herum. »Was soll das denn heißen?«

»Nichts. Du hast Georg nicht gemocht, das ist kein Geheimnis. Aber gut, wen magst du schon?«

»Was soll das? Ich behandle meine Leute anständig. Wer sich an die Regeln hält, der hat von mir nichts zu befürchten.«

»An deine Regeln?«

»Jetzt hör mal gut zu: Ich bin nicht froh darüber, dass meine Tochter ihren Mann verloren hat. Ist das klar? Ich liebe Martha über alles. Ich will, dass sie glücklich ist. Nur das zählt. Ich vermisse meinen Schwiegersohn nicht, aber ich will keine trauernde Tochter, die wie das heulende Elend zu Hause sitzt und Trübsal bläst.«

»Du wolltest immer, dass sie stark ist wie ein Mann. Du hättest lieber einen Sohn gehabt, nicht wahr?«

Anstelle einer Antwort schaltete Horst Hagedorn in den nächsten Gang.

»Du hast dir einen Nachfolger gewünscht für die Firma

und warst enttäuscht, als es mit Martha nicht so geklappt hat, wie du dir das vorgestellt hast!«, fuhr Hilde fort.

»Nun hör endlich auf. Mit dem Thema habe ich längst abgeschlossen.«

Hilde starrte aus dem Fenster. Die milchig hochsommerliche Landschaft zog vorüber. Seit Wochen hatte es nicht geregnet, Wiesen und Felder waren gelbbraun verdorrt. Das Laub veränderte hier und da schon seine Farbe. Ein toter Fuchs am Straßenrand trieb ihr erneut Tränen in die Augen. Alles war so trostlos.

»Du hast Martha immer überfordert«, brach es aus ihr heraus. »Sie war immer nur dazu da, um deine Träume und Sehnsüchte zu erfüllen. Einen anderen Wert hatte sie nicht für dich.«

»Das ist nicht wahr, und das weißt du. Ich habe Martha nie gedrängt, bei mir in der Werkstatt anzufangen. Sie hätte sich auch für einen anderen Beruf entscheiden können.«

Hilde dachte kurz über seine Worte nach. »Das stimmt so nicht. Ein anderer Beruf stand überhaupt nicht zur Debatte. Weißt du, dass Martha lieber Erzieherin geworden wäre?«

Horst reagierte nicht. Mit starrem Blick fixierte er die Straße und verriss immer wieder das Steuer, als wäre er ein Fahranfänger.

»Sie liebt Kinder. Es hätte ihr Spaß gemacht, mit ihnen zu spielen, zu basteln und zu singen.«

»Davon weiß ich nichts«, erwiderte er schließlich mürrisch. »Kann ich mir auch nicht vorstellen. Martha ist handwerklich begabt, genau wie ich. Sie ist eine erstklassige Schreinerin, besitzt großes Talent. Ich bedaure sehr, dass sie ihren Beruf aufgegeben hat. Außerdem, was hat das damit zu tun, dass Georg tot ist?«

»Nichts«, gab Hilde kaum hörbar zurück. »Außer, dass Martha ihr ganzes Leben lang unglücklich war. Hat sie mir neulich erst wieder gesagt. In der Küche habe ich eine Tablettenschachtel entdeckt, irgendetwas für die Nerven. Und daneben stand eine halbvolle Flasche Rotwein. Ich mache mir Sorgen, Horst. Ich bin ihre Mutter. Wie soll sie je glücklich werden? Jetzt ist sie auch noch Witwe und alleinerziehende Mutter. Das macht es nicht besser. Martha war schon vorher überfordert.«

»Du redest Unsinn, Hilde. Martha war nie unglücklich. Sie ist nicht überfordert. Sie hat ihre Entscheidungen immer selbst getroffen. Für ihren Beruf, für ihren Mann, für ihren Sohn. Für ihr ganzes verdammtes Leben.« Seine Stimme klang hart.

Eine Weile schwiegen sie. Jeder hing seinen Gedanken nach.

»Ich muss noch Holzschutzmittel und Farbe kaufen für den Jägerzaun«, brach Horst schließlich die Stille. »Wenn ich nicht aufpasse, modert der uns weg.«

»Wie kannst du an den blöden Jägerzaun denken, wo Georg tot ist?«

»Das Leben geht weiter«, sagte Horst ungerührt. »Ich trauere auf meine Weise, auch wenn man es mir vielleicht nicht ansieht. Aber es hilft weder Martha noch Georg, wenn ich jetzt in Depressionen versinke. Ich kann auch an beide denken, während ich den Zaun streiche. Vielleicht sogar noch besser. Arbeit ist die beste Medizin.«

»Horst, was sollen die Leute denken? Der Schwiegersohn gerade gestorben und du werkelst im Garten herum.«

»Das ist mir egal«, brummte er. »Was andere über mich denken, ist mir wurst.«

»Das weiß ich, Horst«, sagte Hilde trübsinnig. »Das weiß ich.«

*

Gegen 19 Uhr schloss Alwin Müller die Haustür auf, darauf bedacht, keinen Lärm zu machen. Er wollte seine Mutter nicht wecken, mit der er eine Doppelhaushälfte in Gretesch bewohnte, in der Nähe des Hallenbads. Als kleiner Junge hatte er beim TSG Burg Gretesch Schwimmen gelernt, später für den Verein Wettkämpfe bestritten und Medaillen erkämpft. Auch wenn diese sportlich aktive Zeit, die ihm Ruhm und Anerkennung gebracht hatte, längst hinter ihm lag, zog er nach wie vor zweimal wöchentlich im Hallenbad seine Bahnen. Das gab ihm Kraft und Energie, die er dringend brauchte.

Leise schlich er die Treppe hinauf und hängte seine Schwimmsachen im Bad auf. Nachdem er sich in der kleinen Küche einen Kaffee zubereitet und ein Käsebrot geschmiert hatte, ging er zu seinem Terrarium. Die Bartagame hockte wie immer auf einem breiten Ast und bewegte die Augen, als sie Alwin bemerkte.

»Na, Paule, wie war dein Tag«, sagte Alwin und streichelte dem Reptil liebevoll über den Kopf. »Bestimmt besser als meiner, denke ich. Hast sicher Hunger, oder? So ein Tag kann ganz schön lang sein, wenn man alleine ist. Warte, ich hole dir was Feines.«

In der Küche hielt er Frischfutter für sein Haustier bereit. Löwenzahn und Gänseblümchen pflückte er zu dieser Jahreszeit im Garten, die wuchsen dort mehr als reichlich, während er Gemüse und Salat im Supermarkt besorgte. Er füllte die Wasserschüssel neu auf und legte eine Karotte und ein Salatblatt daneben. Das Reptil rührte sich nicht, beäugte ihn nur misstrauisch. »Gefällt dir nicht? Bei der Hitze brauchst du Flüssigkeit, Junge. Na ja, hast recht, ist mal wieder Zeit für was Herzhaftes, was?« Mithilfe einer Pinzette zog er aus einer Faunabox eine Heuschrecke hervor und reichte sie ihm. Sofort kam Leben in die Bartagame. Gierig machte sie sich über die Heuschrecke her.

Alwins Gesicht entspannte sich. »Na siehst du, ich kenne dich doch, mein Junge. Ich mag auch lieber ein ordentliches Stück Fleisch als so eine kraftlose Beilage. Wir haben was zu feiern, Paule, weißt du? Wir haben es geschafft, wir zwei. Er ist weg! Man muss nur lange genug warten, dann kommt man ans Ziel. Geduld, Paule, Geduld, das ist das Einzige, was sich am Ende auszahlt. Schmeckt's dir? Was, schon fertig? Du willst mehr? Hast noch nicht genug? Gut, eine noch, das muss wieder für zwei Tage reichen, sonst bekommst du einen Bierbauch wie ich.« Er lachte und hielt Paule zum Nachtisch noch eine Schabe hin. »Bist mein Freund, hm? Der beste, den ich je hatte. Du verstehst mich, Paule. Bin froh, dass es dich gibt!« Er streichelte das Tier und freute sich, dass es ihm schmeckte.

»Alwin!«, dröhnte es von unten. »Bist du da?« Alwin hob den Kopf und lauschte. Noch dreimal wurde sein Name gerufen, bis er sich endlich rührte.

Die Tür zum Wohnzimmer stand offen. Seine Mutter hatte also auf ihn gewartet. »Bist du schon lange da? Hab gar nicht gehört, wie du gekommen bist.«

Er zwang sich zur Freundlichkeit. »Wie geht es dir, Mama?« Neben dem Pflegebett seiner Mutter stand ein Beistelltisch mit kleinen Snacks und Getränken, die er ihr am Morgen gebracht hatte. Er reichte ihr eine Schnabeltasse.

»Heute ist es wieder ganz schlecht«, jammerte Inge Müller und blickte kläglich zu ihm auf. Ihre blassblauen Augen lagen in tiefen Höhlen, die Haut war fahl und ledern.

»War der Pflegedienst nicht da?«

»Doch, aber die haben ja nie Zeit.«

»Du solltest in ein Heim gehen, Mama. Wir haben schon oft darüber gesprochen. Ich kann nicht länger für dich sorgen. Ich habe zu viel zu tun. Und es ist nicht gut, wenn du so viel allein bist.«

»Nein, ich bleibe hier. Das geht schon. Das ist immer gegangen und wird auch weiter gehen. Mach dir um mich keine Sorgen. Und nun bring mir bitte eine Suppe, Alwin.«

Er seufzte. »Egal, welche?«

»Egal. Irgendeine.« Inge schloss die Augen und faltete ihre dürren Hände über der Bettdecke.

*

Franziska hatte geduscht und sich danach komplett umgezogen. Sie roch nach dem Parfüm, das ihr Mann ihr kürzlich geschenkt hatte. Auf dem gepflegten Esstisch stand eine Blumenvase mit roten Gladiolen, lila Cosmea und weißen Lilien, die Franziska im Garten gepflückt hatte. Den Bungalow im Osnabrücker Stadtteil Wüste hatten sie vor 15 Jahren gekauft und komplett renoviert.

»Möchtest du noch etwas von der Lasagne?« Franziskas Stimme klang angespannt.

Dr. Alexander Blankenfeld nickte. Er war gerade von einem Ärztekongress zurückgekommen und hatte seine Familie die ganze Woche nicht gesehen. »Was machen die Patienten?«, wollte er wissen.

»Was sollen sie schon machen? Sie sind froh, wenn sie mal einen Tag weniger Schmerzen haben und sich besser bewegen können«, gab Franziska knapp zur Auskunft. Sie arbeitete an zwei Tagen in der Woche als Physiotherapeutin im Klinikum Osnabrück.

Er hatte nicht richtig zugehört, aber das war für Franziska nichts Neues.

»Wo ist Konrad? Warum ist er nicht hier?«

Die immer gleichen Fragen, dachte Franziska genervt. Eine wirkliche Unterhaltung war schon lange nicht mehr zustande gekommen. Im Grunde interessierte Alexander sich nur für sich selbst, seine Karriere, seinen Ruf als Mediziner, seine Fortschritte auf dem Golfplatz. Am Leben seines Sohnes nahm er nur teil, solange er gute Noten mit nach Hause brachte. Konrad musste funktionieren. Genau wie sie selbst funktionieren musste – als Mutter, Haus- und Ehefrau. Sie fühlte sich wie ein Hamster im Laufrad. Jeden Tag seit Jahren das Gleiche. Kein Entkommen, keine Aussicht auf ein kleines bisschen Glück. »Konrad ist auf seinem Zimmer. Er muss noch für die Schule lernen«, erklärte sie mit teilnahmsloser Stimme.

»Wenigstens essen könnte er mit uns, findest du nicht?«

Sie stöhnte. »Soll ich ihn rufen?«

»Warte noch einen Moment. Wie läuft es bei ihm? Seine Versetzung ist wieder einmal gefährdet, sagst du?«

»Es liegt hauptsächlich an Mathe. Er versteht es einfach nicht.«

»Dann bekommt er Nachhilfe. Was ist mit dem Lehrer?«

»Cannstetter hat Urlaub.«

Er runzelte die Stirn. »Was sagst du da? Cannstetter hat Urlaub? Das habe ich noch nie gehört. Die Pauker haben doch zwölf Wochen Ferien im Jahr. Was braucht er da noch zusätzlichen Urlaub? Wer genehmigt so was? Er selbst, hä, der feine Herr Direktor. Er wusste wohl, warum er sich auf diesen Posten beworben hat. Da kann ihm keiner so leicht dazwischenfunken. Ich werde mich mal beim Schulamt informieren, ob das rechtens ist und ob die überhaupt Bescheid wissen, was in der Schule vor sich geht. Das Erich-Kästner-Gymnasium hat schließlich einen Ruf zu verteidigen.«

Genervt sah Franziska an ihm vorbei. Ihre Gedanken wanderten zu Ferdinand. Leider hatte sie noch nicht den Mut gefunden, die E-Mail an ihn abzuschicken, die sie bereits geschrieben hatte, sie war immer noch in ihrem Entwürfe-Ordner. Vielleicht morgen. Oder übermorgen. »Wann steht die nächste Arbeit an?«, wollte Dr. Blankenfeld wissen und eröffnete mit seiner Frage wieder einmal ein Streitthema. »Du weißt, dass das Pensum jetzt anzieht. Konrad kommt demnächst in die neunte Klasse, wenn es überhaupt klappt mit der Versetzung.«

»Er schreibt keine Arbeit mehr vor den Ferien«, sagte Franziska in gereiztem Tonfall. »Dafür hat er nächste Woche einen Auftritt in der Musikschule und hofft, dass du endlich mal mit dabei bist.«

Dr. Blankenfelds Gesichtsausdruck verdüsterte sich. »Über den Klavierunterricht müssen wir noch reden. Das ist reine Zeitverschwendung. Im Augenblick zählt nur eins: dass Konrad auf dem Gymnasium bleiben kann. Hätte er von Anfang an qualifizierten Mathematikunterricht genossen und einen Lehrer, der ihn fördert, wäre es nie so weit gekommen. Dann müssten wir uns heute keine Sorgen machen.«

»Sorgen? Dass Konrad eines fernen Tages sein Abitur nicht schafft und nicht den nötigen Notendurchschnitt erreicht, um Medizin studieren zu können? Er will nicht in deine Fußstapfen treten, Alexander, er will nicht Gynäkologe werden wie du! Es soll Menschen geben, die auch ohne Einser-Abi glücklich werden. Noten sind nicht alles. Viele Wege im Leben führen zum Ziel. Sein Weg ist ein anderer. Er möchte auf das Konservatorium, Klavier und Cello studieren und Berufsmusiker werden.« Sie verfluchte ihre Stimme, die ausgerechnet in den entscheidenden Momenten piepsig klang.

Alexander Blankenfeld stützte seinen Kopf auf die Hände und atmete übertrieben ein und aus. Das Thema Schule langweilte ihn. Sein Kind langweilte ihn. Es war ihm deutlich anzusehen. Außerdem ging ihm seine Frau auf die Nerven.

»Man kann sich die Lehrer nicht aussuchen«, beschwichtigte Franziska. »Konrad muss lernen, mit den unterschiedlichsten Menschen zurechtzukommen. Es ist nicht allein seine Schuld, dass es momentan nicht rund läuft.«

»Wozu hast du dich in den Elternbeirat wählen lassen? Schreib eine Rundmail, heute noch, und trommle die Eltern zusammen. Wer nicht im Verteiler steht, wird angerufen. Ich will, dass spätestens nächste Woche das Thema Cannstetter auf den Tisch kommt. Es ist viel zu viel Zeit ins Land gezogen.

Länger schaue ich mir das nicht an. Ich fordere, dass unsere Kinder einen anderen Mathematiklehrer bekommen, sonst können sie ihr Abitur in den Wind schreiben.«

»Na ja, etwas Zeit ist ja noch bis zum Abi«, meinte Franziska gedehnt. »Konrad ist gerade erst 14 geworden.«

»Das geht schneller, als man glaubt. Wenn er sich jetzt nicht anstrengt, wird es nichts werden. Man darf nie das Ziel aus den Augen verlieren. Das richtige Ziel.« Dr. Blankenfeld setzte sein Glas ab. »Auch wir mussten zu unserer Zeit kämpfen. Unsere Kinder haben vielleicht etwas schwierigere Voraussetzungen. Da zählt jeder Tag.«

Franziska hielt es nicht länger aus. Sie dachte an Ferdinand. Sie brauchte ihn. Sie brauchte Trost, Wärme, sie brauchte das Gefühl von Liebe und Verständnis, eine warme Hand auf ihrem Rücken; ja, sie brauchte Sex, gerade jetzt.

»Ich werde mal nach ihm schauen.« Franziska stand auf.

Konrad saß mit dem Rücken zur Tür, als Franziska nach kurzem Anklopfen eintrat. Er schrak zusammen und klappte schnell den Deckel seines Laptops zu.

»Was machst du?«, fragte sie. »Warum erscheinst du nicht zum Abendessen? Papa ist gerade gekommen und will dich sehen.«

»Ich will ihn aber nicht sehen.« Seine Stimme klang aufgeregt. Er war knallrot geworden.

»Was hast du da gerade gemacht?«

»Was meinst du?«, fragte er atemlos.

»Na, am Laptop. Kann ich sehen, woran du gearbeitet hast?«

»Nein, das ist privat.«

»Machst du etwas Verbotenes?«

»Quatsch, ich doch nicht.«

»Hör mal, ich bin deine Mutter, du kannst mir ja wohl zeigen, womit du dich beschäftigt hast.«

»Was für die Schule«, sagte er hastig und senkte den Blick.

»Aha, und was? Für ein bestimmtes Fach? Vielleicht kann ich dir helfen!«

»Nein, kannst du nicht. Ich komme schon klar.« Mit einer Hand fuhr er sich durch das kurzgeschnittene Haar.

»Den Eindruck habe ich nicht. Welche Seiten hast du dir gerade angeschaut?«

»Das geht dich nichts an.«

Wie angewurzelt blieb sie an der Tür stehen. Seit wann war Konrad so? Er schloss sie aus seinem Leben aus, genau wie Alexander. Hatte sie sich in letzter Zeit zu wenig um ihn gekümmert?

»Okay, ich habe verstanden«, sagte sie beklommen und zog die Tür hinter sich zu.

KAPITEL 11

Als Birthe am Montagmorgen ihre Kosmetiktasche packen wollte, klingelte es an der Haustür. Ihr fiel ein, dass heute Frau-Siebkötter-Tag war. Birthe drückte auf den Summer und zwei Minuten später stand die Reinigungsfachkraft im Hausflur.

»Nanu? Was ham Se vor? Tun Se etwa verreisen?«, fragte Eva Siebkötter mit Blick auf Birthes Gepäckstücke im Flur.

»Ja, Frau Siebkötter, hallo erst mal. Ich muss für ein paar Tage dienstlich an die Nordsee. Es ist nett, dass Sie sich freischaufeln konnten, denn Yuki und Hoi-Hoi sind auch nicht da.«

»Anne Noadsee, Donnerschlach, da tu ich Se beneiden drum, wüaklich, da würd ich auch gern mal wieder hin, anne See. Son lecker Fischbrötchen und Krabbenbrot vom Kutter, das wär was. Und ein kühles Jever dazu und abends schwofen gehen inne Tanzdiele. Wo genau wolln Se denn hin?« Frau Siebkötter zog ihre Schuhe aus und stellte sie unter die Flurgarderobe. Dann nahm sie ihre Gesundheitslatschen aus einem Stoffbeutel und schlüpfte hinein. Als sie sich anschließend aufrichtete und umdrehte, fiel Birthes Blick auf ihr T-Shirt, das sich über ihre voluminöse Brust spannte. Es war ein Fan-Shirt des Schlagersängers, den Daniel Birthe kürzlich auf Youtube vorgespielt hatte. Auf Brusthöhe prangte in golden glitzernden Lettern auf schwarzem Grund der Name des Künstlers, der ihr längst entfallen gewesen war: Tony Tyler. Darunter sein Konterfei: schwarze Pomade, wulstige Lippen, Silberblick aus dunkelbraunen Augen.

»Oh, neues Shirt?«, fragte Birthe so beiläufig wie möglich.

Eva Siebkötter spannte den Stoff zwischen den Händen, sodass Schriftzug und Foto noch besser zur Geltung kamen. »Toll, wa?«, fragte sie strahlend. »Der ist klasse, sar ich Ihnen, jetzt mal in Ernst. Macht ne Tournee, tut auch hier ein Konzert geben, in Osnabrück, hörn Se ma. Tony Tyler ist echt super.«

»Ich dachte, das wäre Florian Silbereisen.«

Erschrocken winkte Frau Siebkötter ab. »Ach was! Das ist doch Geschichte, Frau Schöndorf. Näh, da kommt nix mehr bei rum! Den kann ich nich mehr gut am Kopp ham. Tony Tyler is ne ganz ne annere Nummer. Der singt toll, hörn Se ma, der tut auch richtig hammer aussehn. Ich hätt so gean ein Autogramm von dem oder am besten noch ein Foto mitte Handy, wir zwei Backe an Backe, Dunni noch eins, da würde die Rita ausse Nachbarwohnung aber Augen machen!«

Birthe warf ihr einen ratlosen Blick zu, doch Frau Siebkötter war in ihrer Begeisterung nicht zu stoppen.

»Wollen Se mal hören?«

Birthe wollte nicht. Frau Siebkötter hatte jedoch bereits ihr Handy aus der bunten Patchwork-Handtasche gefischt und mit ein paarmal wischen die Musik zum Laufen gebracht. *Ich will zurück nach Norderney* erschallte scheppernd aus dem Minigerät. Eva Siebkötter strahlte übers ganze Gesicht. Tony Tylers schmachtende Stimme und der billige Synthesizer-Sound dröhnten durch den schmalen Flur der Altbauwohnung.

»Das kenne ich schon«, winkte Birthe unhöflich ab. Sie konnte sich gerade noch zur Ordnung rufen, nicht die Augen zu verdrehen.

»Wüaklich? Hätt ich nie im Leem gedacht, das Se auch auf den stehn tun.« Frau Siebkötter sang völlig unmusikalisch den Text mit und brachte ihre Kurven zum Schwingen.

Ich will zurück nach Norderney
Mit dir, mein süßer Schatz,
Hand in Hand
Wo die Sonne so oft scheint
Und wir wieder sind vereint
Hand in Hand
Wo die Wolken weiterziehen
Und wir uns ganz innig spürn
Hand in Hand
Sommersonne im Gesicht
Und vom Meer das milde Licht
Hand in Hand

Ich will zurück nach Norderney
Hohe Dünen, heller Sand
Hand in Hand

Bunte Wiesen, grünes Land
Raue Stürme wehn vom Meer
Hand in Hand
Muschelschalen vom Wind verweht
Zieht es uns zum Leuchtturm hin
Hand in Hand
Ohne Zeit und ohne Raum
Unsere Insel ist ein Traum
Norderney

Birthe ging kopfschüttelnd zurück ins Bad, um die restlichen Körperpflegeutensilien einzupacken. Frau Siebkötter folgte ihr tänzelnd mit dem Handy in der Hand. »Ich tu Se auch mitnehm, wenn Se wolln. Wie viele Karten brauchen Se wohl? Hm, hm, hm … unsere Insel ist ein Traum, hm, hm, hm.«

»Bitte?«

»Wie viele Karten Se wolln für dem sein Konzert?«

Birthe war froh, dass in diesem Moment das Telefon klingelte. Ihr Chef war am anderen Ende der Leitung, um ihr letzte Instruktionen für ihre Dienstreise nach Greetsiel zu geben.

Nachdem das Gespräch relativ abrupt beendet worden war, hatte auch der zweite Durchlauf des niveaulosen Norderney-Songs ein Ende gefunden. Eva Siebkötter war gerade dabei, einen neuen Filter in den Staubsauger einzulegen.

»Wo sind se denn hin, die Schnesen?«, wollte sie wissen.

»Meine beiden Mitbewohnerinnen sind zurzeit in Köln.«

»Was wolln se denn da?«

»Ach, ich hatte Ihnen doch erzählt, dass sie sich bei *Bauer sucht Frau* beworben hatten, ist schon länger her. Erst hatte es nicht geklappt, aber nun haben sie tatsächlich eine Einladung zum Scheunenfest bei RTL in Köln bekommen.«

»Is nich' wahr!«

»Doch«, sagte Birthe grinsend. »Jetzt sind Yuki und Hoi-

Hoi Konkurrentinnen und buhlen um die Gunst eines gewissen Jochen, Schweinebauer aus einem Kaff in der Nähe von Gießen. Der hat die beiden ausgewählt und will eine von ihnen zur Hofwoche mitnehmen.«

»Donnerschlach! Dann tun wir die ja bald inne Fernsehen sehn!«

»So sieht es aus.«

»Häärlich! Die zwei beiden und nur eine davon kann ihn kriegen. Das gibt noch mal Moad und Totschlach, sarich Ihn. Huuh, wasn Elend!«

Birthe zog den Reißverschluss der Kosmetiktasche zu. Sie packte noch Wasser, Kekse und Äpfel für die Fahrt ein und verabschiedete sich von Eva Siebkötter. Vor ihr lag eine knapp zweistündige Fahrt nach Greetsiel.

KAPITEL 12

Nachdem Martha ihren Sohn verabschiedet hatte, legte sie sich wieder ins Bett. Das Gedankenkarussell war nicht mehr zu stoppen. Langsam sickerte die Erkenntnis zu ihr durch, dass sie nun Witwe war und nichts mehr vom Leben zu erwarten hatte. Ihre Zukunft malte sie sich in düsteren Farben aus. Tränen rannen ihr in Strömen über die Wangen und benetzten ihr Kopfkissen und ihr Nachthemd. Nichts würde mehr sein, wie es bislang war, und das machte ihr Angst. Sie bezweifelte, dass sie jemals wieder ihren Alltag bewältigen und ihrem Sohn die Mutter sein konnte, die er brauchte. Mut- und Hoffnungslosigkeit nahmen von ihr Besitz und lähmten sie.

Eine Stunde später stand sie völlig ermattet auf und stellte sich unter die Dusche. Als das warme Wasser auf sie niederprasselte, fühlte sie sich etwas besser. Sie schäumte sich die Haare ein und spülte sie minutenlang aus. Gleich würde sie sich abtrocknen, eincremen und dann in ihren flauschigen Bademantel schlüpfen. Mit einem Becher heißen Kakaos würde sie sich vor den Fernseher setzen und sich eine belanglose Soap ansehen. Sie brauchte dieses tröstende Ritual aus Kindheitstagen, das ihr ein wenig Halt in dieser bedrückenden Zeit gab. So würde sie es heute bestimmt ohne Rotwein oder Medikamente schaffen. Ganz bestimmt.

Ihr Leben würde von nun an anders werden, dachte sie erneut, vollkommen anders. Doch diesmal mischte sich ein erster Hoffnungsschimmer hinein. Vielleicht wäre es nicht einmal schlechter als zuvor. Dies war der erste zuversichtliche Gedanke, den sie seit Freitagabend gefasst hatte. Georg hatte ihr das Leben oft schwer gemacht; er war bei Weitem nicht der Traummann gewesen, den sie sich gewünscht hatte. Wie oft hatte sie sich an seiner Engstirnigkeit, seiner Bevormundung und Besserwisserei gestört, wie oft hatte sie sich über seinen Geiz geärgert.

Sie erinnerte sich an die Anfangszeit, als sie frisch verliebt gewesen waren. Schon da hatte er sie zu getrennten Kassen gedrängt. Nie hatte er sie zum Essen oder ins Kino eingeladen. Selbst bei der ersten Verabredung hatte er darauf bestanden, dass sie die Hälfte der Rechnung übernahm. Nachdem sie ihren Beruf an den Nagel gehängt hatte, musste sie akribisch Buch über sämtliche Ausgaben führen. Am Ende eines Monats musste sie Rechenschaft darüber ablegen, und bei jedem dritten Beleg fragte er nach, ob die Ausgabe denn wirklich hatte sein müssen.

Den Volvo wollte er unbedingt haben. Sie hatte sich in einen mintgrünen Mini Cooper verliebt, doch er hatte sie nur ausgelacht. Das sei kein richtiges Auto, meinte er, sondern nur eine Tussikutsche.

Auch bei der Einrichtung des gemeinsamen Hauses hatte er das Sagen. Sie hätte gerne das eine oder andere geerbte Möbelstück ihrer Großeltern aufgestellt, doch er setzte sich durch und kaufte neue, moderne Möbel. Sie hängte ein altes Ölgemälde auf, das ihre Großmutter als verträumtes, junges Mädchen am Tisch sitzend zeigte, und er hängte es ab und tauschte es gegen eine moderne Grafik aus. Die Erbstücke holte ein Trödler aus dem Osnabrücker Umland ab, der sie völlig überteuert weiterverkaufte.

Das Schlimmste allerdings war, dass er so wenig mit dem gemeinsamen Kind unternahm. Als Samuel klein war, hatten sie noch Urlaubsreisen an die Nordsee unternommen. Mit steigendem Alter nahmen die gemeinsamen Aktivitäten jedoch stark ab. Martha hatte das Gefühl, dass es ihrem Mann peinlich war, sich mit dem behinderten Kind in der Öffentlichkeit zu zeigen. Sie hatten allerdings nie offen über dieses Thema gesprochen. Samuel musste das gespürt haben, denn plötzlich hatte er eine Abneigung gegen fremde Betten entwickelt. Er wollte nur noch in seiner gewohnten Umgebung schlafen. Seit drei Jahren hatten sie die Ferien komplett zu Hause verbracht – mit einem sich langweilenden, maulenden, nicht ausgelasteten Jungen. Sie hatte es einfach hingenommen, um des lieben Friedens willen. Dabei hatte sie sich sehr über ihren Mann geärgert. Und nun ärgerte sie sich im Nachhinein, dass sie nicht den Mut aufgebracht hatte, sich durchzusetzen und allein mit Samuel wegzufahren, um ihm seine Ängste zu nehmen. Aber nun war ja keiner mehr da, der sie davon abhalten würde.

Sie würde es schaffen, dachte sie, auch ohne Georg. Gedankenverloren drückte sie eine Tablette aus dem Blister.

KAPITEL 13

»Meine Güte, dieser Mief«, stöhnte Daniel und stieg vor Carlo die Treppe hinauf. Das Schulsekretariat lag im ersten Stock des Erich-Kästner-Gymnasiums. »Diese Schule wollte ich eigentlich nie wieder betreten.«

»Du warst hier? Das wusste ich ja gar nicht!«

»Ja, bis zur zehnten Klasse. Dann haben sie mich mehr oder weniger höflich … nun ja, gebeten, eine andere Schule zu besuchen.«

»Sie haben dich rausgeworfen?«, fragte Carlo schmunzelnd.

Fast wären sie mit einem Mann zusammengeprallt, der ihnen mit zwei Holzstühlen entgegenkam.

Daniel erkannte den Mann im grauen Hausmeisterkittel. Wie angewurzelt blieb er stehen. Müller war ergraut und auch durch seinen krausen Vollbart zogen sich silberne Fäden. Ansonsten sah er aus wie früher. Die gleiche gedrungene Statur, der gleiche schlecht gelaunte Gesichtsausdruck. »Herr Müller, guten Tag«, sagte Daniel mit einem schiefen Grinsen. »Immer noch an der gleichen Penne?« Er würde diesen Namen nie vergessen. Alwin Müller hatte ihm jahrelang das Leben schwer gemacht. Und er ihm umgekehrt vermutlich auch.

Müller stutzte und sah Daniel durchdringend an. »Ja, isses denn die Möglichkeit?«, rief er aus. »Daniel Brunner, bist du's? Ich hätte dich fast nicht erkannt! Und was machst du so? Bist du Popstar geworden, wie du uns prophezeit hast? Hoffentlich hast du mittlerweile etwas anderes in der Birne als Blödsinn.«

»Ja klar, ich bin dienstlich hier«, sagte Daniel und fühlte sich wichtig dabei.

Müller musterte ihn von oben bis unten. »Sportlehrer, was? Das hätte man früher nicht von dir geglaubt. Ich dachte, so einer wie du wird mal kriminell!« Er lachte dröhnend und klopfte Daniel auf die Schulter. »Nichts für ungut. Man kann sich ja mal irren. Immer positiv denken, was? Ist ja ein Ding, dass du dich für unsere Schule entschieden hast!«

»Vielleicht entscheide ich mich ja auch für eine andere Schule«, sagte Daniel und zwinkerte Carlo zu. Der genoss die Situation sichtlich.

»Das würde ich dir auch raten, Bürschchen. Sonst lege ich mal die Karten auf den Tisch. Weißt du noch, wie du den Chemiesaal fast abgefackelt hast? Und der Wasserschaden in der Toilette? Der ging auf deine Rechnung! Ich erinnere mich, als wäre es gestern gewesen. Sei froh, dass deine Eltern gut versichert waren. Seitdem dürfen Schüler nur noch nach persönlicher Abmeldung und unterschriebener Schlüsselaushändigung aufs Klo. Ach, und da war noch die Stinkbombe im Musikraum … warte, mir fällt bestimmt noch was ein, kaum einer hat so viel Mist gebaut wie du. Genau, die Konfettipistole! Du hattest ganz schön damit zu tun, den Schweinkram wegzuputzen, was?«

Carlo prustete los. Das brachte Daniel noch mehr auf die Palme als das gute Erinnerungsvermögen des Hausmeisters.

Daniels Gedächtnis ließ ihn ebenfalls nicht im Stich. Er konnte sich gut daran erinnern, wie Alwin Müller ihn kräftig am Ohr gezogen hatte, nachdem er den Chemiesaal verwüstet hatte. Zu Hause hatte er sich deshalb über den Hausmeister beschwert, doch das hatte dann erst richtig Ärger gegeben. Daniel musste sich beim damaligen Schulleiter und bei Müller persönlich entschuldigen. Außerdem bekam er Hausarrest und Fernsehverbot für eine ganze Woche.

Ein anderes Mal nahm Müller ihn in Gewahrsam und schloss ihn nach Unterrichtsende stundenlang im Hausmeisterkeller ein. Dort hatte er zwischen Werkbänken, kaputten Tischen und Stühlen darüber nachsinnen müssen, ob es richtig gewesen war, die Toiletten mit Klopapier zu verstopfen. »Sperren Sie immer noch kleine Kinder ein?«, fragte er und fixierte den Hausmeister aus schmalen Augen.

»Nur wenn es sein muss. Einen so schlimmen Schüler wie dich habe ich aber zum Glück nie mehr erlebt.«

»Wiedersehen, Herr Müller. Nee, lieber nicht auf Wiedersehen. Servus. Ich habe einen Termin.« Mit hochrotem Kopf ging Daniel weiter.

»Bewirb dich lieber woanders, du Schlingel, Sportlehrer werden überall gebraucht, sonst erzähle ich denen mal, wen sie da Feines im Kollegenkreis aufnehmen. Jetzt verdienst du ja Geld und kannst alles zurückzahlen. Die Schule braucht dringend Spenden für den Bau einer neuen Sporthalle, das nur so nebenbei!«

Sie ließen den Hausmeister stehen, der noch eine Weile hinter Daniel herschimpfte.

»Wenn der wüsste«, stieß Carlo hervor. »Wir hätten vielleicht heute mal Uniform tragen sollen, hä?« Er war vom Treppensteigen und Lachen völlig außer Atem. »Weißt du eigentlich, wo wir hinmüssen?«

Daniels Mund wurde schmal. »Ich könnte mich hier blind orientieren.«

Wenig später saßen sie Ansgar Westendorp gegenüber, der sein Büro neben dem Sekretariat hatte.

»Kommen Sie bitte schnell zur Sache, ich habe nur wenig Zeit«, sagte der stellvertretende Schulleiter. »Ich muss gleich eine Prüfung abnehmen.«

Daniel war froh, ihn nicht zu kennen. Westendorp hatte zu seiner Zeit noch nicht am Kästner-Gymnasium gearbeitet. Er stellte sich und Carlo vor. »Wie Sie sicherlich wissen, ist Ihr Vorgesetzter verunglückt.« Er hatte kein Problem damit, schnell zur Sache zu kommen.

Ansgar Westendorps Gesichtsfarbe veränderte sich. »Entschuldigung, von wem sprechen Sie? Von Georg Cannstetter?«

Daniel nickte. »Er hatte einen Autounfall.«

Westendorp wirkte völlig überrascht. »Nein, das wusste ich nicht. Das weiß hier niemand. Georg hatte am Freitag frei. Wann ist das denn passiert?«

»Am Donnerstagabend. Auf einer Landstraße in Ostfriesland.«

Es dauerte einen Moment, bis Westendorp sich gefangen hatte. »Das ist ja furchtbar. War er sofort tot?«

»So wie es aussieht, ja.«

Westendorp verschränkte seine Finger, bis sie knackten. Seine Kiefer mahlten. Seine Augen starrten ins Leere. Er schien Mühe zu haben, das Gesagte zu begreifen. »Seine Frau hätte uns benachrichtigen müssen«, sagte er mit schwerer Zunge. »Schlimm, dass wir es so erfahren müssen.«

Carlo lehnte sich vor. »Woher wissen Sie überhaupt, dass Ihr Kollege tot ist? Das habe ich nicht gesagt.«

Erschrocken riss Westendorp die Augen auf. »Oh nein«, sagte er und schüttelte ungläubig den Kopf. »Oh nein, Sie unterstellen mir hoffentlich nichts? Ich habe es nur vermutet, dass er tot ist, weil sie zu zweit hier aufkreuzen. Natürlich wusste ich es nicht!«

Carlo und Daniel sahen ihn konzentriert an. Sie beobachteten, wie sich Westendorps Gesicht verfärbte und wie er nervös seine Hände knetete, bis sie weiß wurden.

»Was für ein Verhältnis hatten Sie zu Herrn Cannstetter?«, fragte Carlo. »War es nur dienstlich oder auch persönlich geprägt?«

»Ehrlich gesagt, nur dienstlich. Wir standen uns nicht besonders nahe. Wir respektierten uns, mehr auch nicht.« Westendorps Stimme klang schwach.

»Wussten Sie von anonymen Beleidigungen?«

Westendorp runzelte die Stirn.

»Ihr Vorgesetzter hat vor seinem Tod E-Mails bekommen, in denen er beschimpft und bedroht wurde.«

»Nein, davon ist mir nichts bekannt.«

»Sagt Ihnen der Name P. Müller etwas?«

Nach kurzem Nachdenken schüttelte Westendorp den Kopf. »Nein, das sagt mir nichts.«

»Jahrgang 2002. Nicht?«

»Nein.«

»In welchen Klassen finden sich Schüler des entsprechenden Jahrgangs?«, wollte Carlo wissen.

»Nun, ich denke, in den achten bis zehnten Klassen.«

»Wie viele Schüler kommen da infrage?«

»In einer Klasse sind etwa 25–30 Schüler. Wir haben zurzeit in jedem Jahrgang sieben Klassen. Demnach dürften das pro Stufe um die 200 sein. Insgesamt sprechen wir hier also von rund 600 Schülern, die infrage kommen.«

»Gibt es unter diesen 600 Schülern jemanden, mit dem Cannstetter besonders Ärger hatte? Über einen längeren Zeitraum vielleicht?«, fragte Daniel.

»Nein, da ist mir nichts bekannt.«

»Hat er sich mit jemandem angelegt?«, setzte Carlo die Befragung fort. »Kollegen, mit denen er im Clinch lag?«

»Nein … nein«, sagte Westendorp kopfschüttelnd. »Sie

hören sich an, als ob Sie nach einem Mörder suchen, aber er hatte doch einen Autounfall. Oder?«

»Ja. Es ist allerdings nicht auszuschließen, dass der Unfall provoziert worden ist.«

»Sie verdächtigen hoffentlich nicht mich?«

»So schnell geht das nicht. Erst einmal müssen wir uns ein Bild machen.«

»Dazu gehört auch, dass wir Sie fragen müssen, was Sie am Abend des 9. Juli gemacht haben.«

»War das am Donnerstag?«

Daniel nickte.

»Da war ich mit meiner Frau im Kino. Sie wollte unbedingt so eine amerikanische Schmonzette sehen. Fragen Sie mich nicht nach dem Namen des Films. Unwichtig, total unwichtig. Ich habe mich selten so gelangweilt.« Er hielt kurz inne, um die Reaktion seines Gegenübers einzuschätzen. »Ich fürchte, Sie verschwenden Ihre Zeit. An dieser Schule sind Sie jedenfalls an der falschen Adresse.« Westendorp rieb seine Handflächen an der Hose ab.

»Was macht Sie so sicher?«, fragte Daniel.

»Das weiß ich einfach.«

Skeptisch sah Daniel ihn an. »Gut, er hatte also Ihrer Ansicht nach keine Feinde an dieser Schule. Gab es denn jemanden, mit dem er besonders gut auskam?«

»Nicht unbedingt, das auch nicht, sehr beliebt war Cannstetter nicht, höchstens ... vielleicht ... na ja, die Referendarin Hannah Lüders. Die Frau von Jesper Lüders. Der war auch mal an dieser Schule.«

»Die stand ihm nahe?«

»Die konnten wohl ganz gut miteinander, mehr weiß ich nicht.«

»Ist sie heute da?«

»Sie ist da, aber Sie können sie leider nicht sprechen. Sie

hat gleich einen Unterrichtsbesuch. Frau Lüders ist ja noch in der Ausbildung.«

»Okay«, sagte Daniel, »wir kommen bestimmt wieder!«

*

Gemurmel und das Scharren von Füßen und Stühlen, die verschoben wurden, erfüllten den Raum. Hannah Lüders sortierte ihre Unterrichtsmaterialien. Sie konnte ein Zittern ihrer rechten Hand nicht unterdrücken. In der Klasse war es unruhig, dabei hatte sie den Schülern erst gestern noch verdeutlicht, wie wichtig diese Schulstunde für sie war. Sie hatte ihnen detailliert erklärt, was auf sie zukommen würde und wie sie sich zu verhalten hatten. Dass sie sich melden sollten, auch wenn sie die Antwort nicht wussten, dass sie den Mund zu halten hatten, wenn sie nicht drankamen, dass sie sich gegenseitig ausreden lassen und die Beiträge ihrer Mitschüler nicht kommentieren sollten, es sei denn, sie hatte sie darum gebeten. Sie wollte ihre Schüler – und damit auch sich selbst – im besten Licht präsentieren: lebendig, fokussiert, gut informiert und vorbereitet. Und nun hörte sie sie kichern, tuscheln und zischen. Hannah seufzte. Wie sollte sie diese Stunde überleben? Sie spürte Blicke auf sich, durchbohrende Blicke von Schülern und Erwachsenen. Ein Papierflieger segelte in ihre Richtung. Hannah versuchte ihn zu ignorieren und rückte ihre Brille zurecht. Sie wusste, dass sich hektische rote Flecken über ihr Gesicht zogen. Flüchtig sah sie von ihren Unterlagen auf. Die zehn Stühle, die sie hinter den Bankreihen der Schüler aufgestellt hatte, waren bis auf einen besetzt. Nun schaute sie doch genauer hin. Das übliche Gremium, das sich zu einem Unterrichtsbesuch zusammengefunden hatte: Ausbilder aus ihrem Studienseminar, Lehrer, einige Mitreferendare. Einer fehlte. Die Kolleginnen aus dem Studienseminar nickten ihr aufmunternd zu. Sie konnten ihre Lage am besten nachempfinden. Hannah lächelte zaghaft zurück und ließ ihren Blick schweifen. Georg war nicht da. Blut schoss ihr in den Kopf. Wer sollte dann im Anschluss mit ihr das Auswertungsgespräch führen? Georg war der Einzige, der hinter ihr stand, der stets eine Entschuldigung für ihre Nervosität parat hatte, der sie in Schutz nahm. Sie atmete flach, räusperte sich und versuchte, ein freundliches Gesicht aufzusetzen. Ihre Wangen glühten. »Guten Morgen«, sagte sie leise, viel zu leise. »Ich begrüße euch zur heutigen Unterrichtsstunde.« Erneut räusperte sie sich.

Ein paar Schüler gluckten, hielten sich die Hand vor den Mund und stupsten sich gegenseitig an.

»Ich habe euch etwas Spannendes mitgebracht«, sagte sie in dem Bemühen, ihrer Stimme einen verheißungsvollen Klang zu verleihen. »Wir wollen heute einem Gedicht ganz anders begegnen, auf völlig neue Art und Weise. Wir werden tief in das Geschehen einsteigen. Lasst euch überraschen.« Sie ging zum CD-Player und schaltete ihn ein. Er war auf Radioempfang ausgerichtet und knarzte überlaut. Komisch, sie hätte schwören können, dass sie die richtige Einstellung am Vorabend vorgenommen hatte. Lea, dachte sie ärgerlich. Ihre Kleine fummelte neuerdings an allem herum, was Knöpfe und Hebel hatte.

Lachen hallte durch die Klasse.

Hannah wurde rot. Das Herz klopfte ihr bis zum Hals. Unter den Blicken von neun Erwachsenen und 26 Schülern drehte sie an den Reglern. Endlich schaffte sie es, die CD mit dem aufgenommenen Gewitter abzuspielen. Hannah atmete tief durch und setzte sich aufs Lehrerpult. Sie wollte lässig wirken, wusste jedoch, dass es ihr nicht gelang.

Die Schüler kicherten.

KAPITEL 14

Carlo verbrachte seine Mittagspause ausnahmsweise zu Hause. Gudrun hatte eine kleine Mahlzeit vorbereitet und den Tisch nett gedeckt. »Das soll alles sein?«, fragte Carlo und starrte auf den Salat mit schmal geschnittenen Putenstreifen. »Davon soll ich satt werden? Nicht mal eine Cola? Nur fades Wasser?«

»Iss langsam«, sagte Gudrun, »und kau jeden Bissen zwanzigmal. Dazu musst du viel Wasser trinken. Dann wirst du schon satt!«

Er grinste dämlich. »Wasser. Salat. Nicht dein Ernst, Guddi. Ich glaub, ich muss mir später noch eine Pizza bestellen.« Mit einer Hand rieb er sich über den wohlgerundeten Bauch, über den sich sein kariertes Oberhemd spannte.

Ihre Augen funkelten. »Wenn du das tust, ist Schluss mit lustig! Danach kannst du dir eine eigene Bleibe suchen.«

Carlo studierte ihre Gesichtszüge, die er nicht sofort deuten konnte. Meinte sie das ernst? Seit ein paar Jahren wohnten sie in dem Haus in der Danziger Straße, einer ehemaligen Arbeitersiedlung, das Gudrun von ihren Eltern geerbt hatte. Vorher hatten sie in Lüneburg gelebt. Jana, die gemeinsame Tochter, hatte sich lange schwer mit der Umstellung getan. Auch Carlo hatte anfangs nicht gewusst, was er davon halten sollte, doch inzwischen hatte er sich mit der Situation arrangiert und Gefallen an dem Haus mit dem nostalgischen Charme gefunden. Einige Renovierungsarbeiten hatte er selbst übernommen, hatte tapeziert, gestrichen und neue Böden verlegt. Selbst die Gartenarbeit machte ihm Spaß, besonders wenn Hugo, der Berner Sennenhund, in der Sonne lag und ihm faul zublinzelte. »Damit macht man keine Scherze«, gab er tonlos zurück.

»Das war auch nicht als Scherz gemeint.« Gudrun sah ihn mit gespieltem Entsetzen an. »Seit Jahren kämpfen wir gegen dein Übergewicht an. Schau mal an dir herunter! Mit dem Bauch jagst du keinem Straftäter mehr hinterher. Mich wundert, dass dir dein Chef nicht längst die Leviten gelesen hat. Abgesehen davon will ich meinen Mann nicht bereits vor dem Rentenalter verlieren.«

»Eben konntest du mich nicht schnell genug loswerden.«

»Das war nur ein Warnschuss.«

»Ein Warnschuss, soso«, sagte er und schob sich nachdenklich ein klein geschnittenes Salatblatt in den Mund.

Eine Weile schwiegen sie.

»Wo ist Jana?«, fragte Carlo schließlich und blies Luft durch die Nasenlöcher. Gespräche dieser Art waren ihm eigentlich zuwider. Leider war die Stimmung in der letzten Zeit oft gereizt zwischen ihnen.

»Bei ihrem Freund«, erwiderte Gudrun knapp.

»Aha. Warum bringt sie ihn nicht mehr mit?«

»Vielleicht, weil du ihn neulich so von oben herab behandelt hast?«, meinte Gudrun. »Das würde ich mir auch nicht gefallen lassen.«

»Über Geschmack lässt sich nun einmal streiten.«

»Carlo, sie muss dich nicht nach deiner Meinung fragen.«

»Natürlich nicht, aber es war schön, als sie das noch getan hat.«

»Du bist beleidigt, das ist alles. Ein eingeschnappter, alter Mann.«

Bestürzt riss er die Augen auf. Hatte sie wirklich »alter Mann« gesagt? Er wartete ab, doch sie unternahm keinen Versuch, ihre Worte abzumildern. »Ich habe vorhin die Kontoauszüge eingesehen«, sagte Carlo nach einer Minute des Schweigens. »Du hast 400 Euro überwiesen. Der Empfänger sagt mir nichts. Wofür war das Geld?« Jetzt hob er den Blick.

Sie räusperte sich. »Musst du das wissen?«

»Eigentlich schon. Es ist mein Geld, oder nicht?«

»Okay, okay, ich bin zwar nur Hausfrau, Mutter, Gärtnerin, Chauffeurin und Putzfrau, aber du hast immer gesagt, dass es Mein und Dein nicht gäbe in einer Ehe.«

»Es ist ein recht hoher Betrag, Gudrun. Und so dicke haben wir es nicht. Da darf ich ja wohl mal fragen.« Er beugte sich über den Tisch und füllte beide Gläser noch einmal auf.

Ihr Blick flackerte. Es war ihr deutlich anzumerken, dass sie mit sich rang. »Versprich mir, dass du nicht sauer wirst!«

»Wie kann ich das versprechen, wenn ich nicht einmal weiß, worum es geht.«

»Ich habe etwas machen lassen«, erklärte sie mit rauer Stimme.

»Wie meinst du das, ›etwas machen lassen‹?« Aufmerksam betrachtete er sie. »An dir … oder was?«

Sie errötete, betrachtete seine Hände, betrachtete ihn. »Schon mal was von Botox gehört?«, fragte sie schnell und wagte nicht, ihn anzusehen. Sie zuckte mit den Schultern. »Ich war halt unzufrieden.«

Seine Gabel fiel zu Boden und er ließ sie einfach liegen. »Sag mal, spinnst du?«, fragte er leise. »Warum, für was und für wen?«

»Für mich! Ich wollte mir wieder gefallen.«

»Deshalb siehst du so seltsam aus, ich habe mich schon gefragt, was das sein könnte. Deine Augen sind auf einmal eigentümlich schlitzförmig, deine Wangen so prall, und wenn du lachst, hast du keine Grübchen mehr. Du hast nicht einmal mehr deine entzückenden Lachfältchen rund um die Augen, die ich immer so an dir geliebt habe. Alles weg. Alles glattgebügelt und irgendwie verschoben wie bei einer seelenlosen Schaufensterpuppe. Und für so einen Schwachsinn gibst du 400 Euro aus? Bist du übergeschnappt?«

Ihre Augen füllten sich mit Tränen. »Es war mir klar, dass du das nicht verstehst. Du achtest ja kein bisschen auf dich.«

»Bei wem hast du es machen lassen? Welchen Scharlatan hast du an dir rumexperimentieren lassen?« Er spürte, wie Wut in ihm aufstieg.

»Darauf muss ich dir keine Antwort geben. Aber wenn wir schon beim Thema sind: Ich möchte noch mehr machen lassen, Carlo. Ich möchte endlich wieder zufrieden mit mir und meinem Körper sein. Mich wohlfühlen und mich auf das Gefühl verlassen können, gut auszusehen. Dafür spare ich schon lange.«

»Aha, und für diesen Botox-Eingriff konntest du nicht sparen?«

»Ich spare für eine richtige Veränderung.«

»Meine Güte, du rennst wie eine Bekloppte durch die Gegend, hungerst dich fast zu Tode, hast das Gesicht einer seelenlosen Puppe und willst immer mehr? Wie viel Veränderung willst du mir noch zumuten?«

»Ich habe schon einen Termin für die OP.«

Er wurde blass. »Welche OP?«, fragte er und starrte sie fassungslos an.

Sie sah an sich herunter. Ihr Blick blieb auf ihren Brüsten hängen.

»Oh Gott! Gudrun!«, rief er bestürzt aus und schob den Teller von sich.

KAPITEL 15

Ferdinand legte die Rosen auf der Flurkommode ab und wollte Franziska in seine Arme ziehen. »Dein Mann ist nicht zu Hause?«

»Ich habe dir doch schon gesagt, dass er auf Dienstreise ist.«

»Und dein Sohn?«

»Der hat heute einen langen Schultag.« Sie rührte sich nicht von der Stelle. »Deine Schuhe«, sagte sie vorwurfsvoll.

»Was ist mit ihnen?« Er blickte an sich herunter, um zu prüfen, ob etwas nicht stimmte.

»Ziehst du sie bitte aus?«

Irritiert runzelte er die Stirn. »Puh, die Lady hat Ansprüche. Also gut. Warum eigentlich nicht.« Er schüttelte unwillig den Kopf, kam ihrer Aufforderung trotzdem nach.

»Was willst du hier? Und wo warst du die ganze Zeit?«, wollte sie wissen. »Ich hab auf deinen Anruf gewartet, hab dauernd versucht, dich zu erreichen, dir eine SMS zu schicken, aber es ging nicht. Ich wollte einfach noch einmal ein klärendes Gespräch mit dir. Wenn du wenigstens Festnetz hättest! Außerdem mag ich es nicht, dass du hier aufkreuzt. Das weißt du!«

»Ach, Süße«, sagte er mit einer entschuldigenden Geste und kam in roten Karostrümpfen auf sie zu. »Mein Handy ist defekt. Es ist in die Badewanne gefallen, ich brauche dringend ein neues. Es ist furchtbar, man fühlt sich wie abgeschnitten von der Welt.«

»Ich dachte, du hättest zurzeit keine Badewanne!«

Sein Zögern währte lediglich zwei Sekunden. »Die Hotelbadewanne, Schatz!«

»Da war eine Dusche.«

»Ich bin zurzeit im Remarque. Ein Freund von mir wohnt in der Schlossstraße, nicht weit von dir. Der Weg führte mich wie zufällig durch die Parkstraße, da dachte ich, komme ich mal eben auf einen Kaffee vorbei.« Charmant lächelte er sie an.

»Ich habe mir Sorgen gemacht.« Sie wusste nicht, warum sie das gesagt hatte. Es war einfach so aus ihr herausgeplatzt. Eigentlich wollte sie ihn ja loswerden. Das Leben ohne ihn war einfacher gewesen. Einfacher und überschaubarer, aber eben auch langweiliger. Viel langweiliger. Sie seufzte. Irgendeinen Preis musste man zahlen.

»Eben. Und ich bin gekommen, weil ich es vor Sehnsucht nach dir nicht mehr ausgehalten habe. Nun komm schon!« Er unternahm einen weiteren Versuch, sie an sich zu ziehen, doch sie wand sich aus seiner Umarmung.

»Wo hast du gesteckt?«, wollte sie wissen.

»Ich war im Ausland, Süße, in Luxemburg. Hatte da etwas zu erledigen, geschäftlich, weißt du, dringende Bankgeschäfte, und irgendwie bin ich nicht dazu gekommen, mich zu melden. Ich … ich war im Dauerstress. Ein Haufen Probleme, die mich in Anspruch genommen haben, ich wollte dich da nicht mit reinziehen. Du sollst nicht damit belastet werden. Hätte ich nur geahnt, dass du dir deswegen Sorgen gemacht hast! Es tut mir schrecklich leid, Helga, es wird nicht wieder vorkommen.«

»Helga?« Ihre Augen weiteten sich.

Erschrocken nahm er eine Hand vor den Mund. »Was habe ich gesagt?«

»Du hast mich Helga genannt.«

Er fasste sich an die Nase. »Entschuldigung, Kleine. Anscheinend ist heute nicht mein Tag. Nein, ich meine natürlich … Franziska. Oje. Siehst du, wie du mich verwirrst?« Er lachte. »Soll ich die Rosen für dich ins Wasser stellen? Nicht, dass sie verwelken. Ich habe sie beim besten Floristen der Stadt gekauft.« Er nahm den Strauß und schnupperte daran.

»Sie sind sehr schön«, sagte Franziska und ging voran ins Wohnzimmer. »Aber wie soll ich die Blumen meinem Mann erklären?« Die Frage hatte sie mehr sich selbst gestellt.

Er kam ihr nach und meinte fröhlich: »Liebes, du wirst dir doch selbst wohl mal etwas schenken dürfen, oder?«

»Aber doch nicht so einen teuren Rosenstrauß.«

»Unsinn, Schatz. Du solltest dich immer mal wieder belohnen, für das, was du für deine Familie tust!«

Im Wohnzimmerschrank suchte er nach einer Vase. Als er keine fand, ging er in die Diele. Franziska hörte ihn im Putzschrank rumoren. Sie war verwirrt und fühlte sich unfähig, ihn von seinem unsinnigen Tun abzuhalten. Was hatte er in ihren Schränken zu suchen? In ihrem Haus? In ihrem Leben? Ein diffuses Gefühl von Angst breitete sich in ihr aus. Sie konnte es sich nicht erklären, aber dieser Mann wurde ihr allmählich unheimlich. »Schatz, du hast keine Vasen«, rief er lachend.

»In einem der Küchenschränke«, hörte sie sich sagen. Ihre Stimme klang fremd in ihren Ohren. Sie selbst fühlte sich wie eine Fremde. Als wäre sie nicht mehr Franziska Blankenfeld, sondern jemand anders.

Sie hörte ihn in der Küche mit Wasser hantieren. Als er zurückkam, steckten die Rosen lieblos in einem Putzeimer.

Er setzte sich auf das Sofa. Wie ferngesteuert nahm auch sie Platz. Sie saßen einander zugewandt. Sein Blick wurde allmählich weicher; sie konnte zusehen, wie er sich entspannte. Ferdinand war schön im klassischen Sinne. Schön wie ein Schauspieler aus alten, amerikanischen Filmen. Und auch im wahren Leben wurde er für die immer gleiche Rolle besetzt: den Liebhaber, den Gigolo. »Ich würde dich gerne auf andere Gedanken bringen«, sagte er sanft und rückte näher an sie heran. »Aber erst, wenn du wirklich bereit dafür bist.«

Er legte seine Hand auf ihren Oberschenkel. Dort ließ er sie eine Weile liegen und versenkte seinen Blick in den ihren.

Ferdinand verteilte kleine Küsse auf ihrer Halsbeuge, während seine Hand auf ihrem Bein mutiger wurde. Er roch gut, verströmte einen männlichen Duft nach teurem Rasierwasser und Tabak. Allmählich wurde sie ruhiger und fühlte, wie sich in ihrem Körper ein angenehmes Kribbeln ausbreitete. Sie stöhnte, als seine Hand zwischen ihre Beine glitt.

Er war erfahren genug, um zu wissen, dass er sie so weit hatte. Seine Hände lösten ihr Haargummi, dann streichelte er ihren Nacken und ihre Schultern. Als er bemerkte, wie ihr letzter Widerstand wich, wie sie weich wurde unter seinen kundigen Fingern, die mittlerweile jeden Zentimeter ihres Körpers kannten, legte er ein großes Kissen für sie zurecht und drückte sie sanft, aber bestimmt, darauf zurück. Ihre halb geschlossenen Lider und der leicht geöffnete Mund signalisierten ihm, dass sie bereit war, für ein, zwei Stunden alles um sich herum zu vergessen.

KAPITEL 16

Hannah hatte ihren Unterrichtsbesuch überstanden. Mit vor Aufregung geröteten Wangen saß die Referendarin jetzt Ansgar Westendorp gegenüber und versuchte, seinen verschlossenen Gesichtsausdruck zu deuten.

»Nun, was sagen Sie selbst zu der Stunde?«

»Ich bin eigentlich ganz zufrieden.«

»Ach«, sagte er und sah sie mit kalten Augen an. »Eigentlich. Nun ja, das klingt nicht uneingeschränkt begeistert. Was würden Sie als positiv beschreiben?«

»Ich finde, die Kinder haben gut mitgemacht. Es war recht leise im Klassenraum.«

»Na, wenn Sie das schon als positiv empfinden. Leise«, schnaubte er. »Ist das ein Qualitätsmerkmal? Frau Lüders, das ist die Voraussetzung, um überhaupt unterrichten zu können. Das ist keine Leistung, die Sie sich auf die Fahne schreiben können. Und sonst?«, fragte er gelangweilt und klopfte mit seinem Stift auf die Tischplatte. »Was war gelungen, wo sehen Sie Defizite?«

Hannah senkte den Blick, zuckte mit den Schultern.

»Nun, dann will ich Ihnen mal auf die Sprünge helfen. Beginnen wir mit dem Einstieg. Der war unklar. Die Schüler wussten nicht genau, was sie davon zu halten hatten, als hätten sie noch nie zuvor eine Gedichtinterpretation vorgenommen. Der Einspieler vom Band kam unvermittelt, war vielleicht unterhaltsam, okay, hatte darüber hinaus aber keine Funktion. Und das geht schon mal gar nicht. Im Unterricht sollte jeder einzelne Schritt durchdacht sein, zielgerichtet, eine Bedeutung haben. Wir sind hier nicht auf der Kirmes. Es geht uns nicht um Unterhaltung und Zerstreuung der Schüler. Ich frage mich, warum Sie sich für diesen plumpen Einstieg entschieden haben.«

»Ich wollte die Schüler auf das Gedicht einstimmen«, wagte Hannah einen neuen Versuch. »Ganzheitliches Lernen, Kopf, Herz und Hand.«

Er lachte künstlich. »Hand?«, fragte er stirnrunzelnd. »Zum Schreiben oder wie? Was ist das Besondere? Sie hätten die Schüler zu einer szenischen Interpretation anregen können. Noch sind sie in einem Alter, in dem sie gerne schauspielern, sich in Szene setzen, aber auch dieser Ansatz misslang. Kläglicher Versuch, Frau Lüders. Heute wird Klartext geredet. Kein Georg Cannstetter, der für Sie in die Bresche springt.«

Ausdruckslos sah Hannah ihn an.

»Das Arbeitsblatt war unübersichtlich, der Arbeitsauftrag an die Schüler unverständlich«, fuhr der Konrektor ungerührt fort. »Wie soll ich Sie beurteilen, Frau Lüders? – Kommen wir zu der Phase der Erarbeitung. In dieser Zeit war es ruhig, da muss ich Ihnen recht geben. Die Schüler lasen sich das Gedicht durch. Nur wenige schrieben etwas dazu. Die meisten wirkten verloren. Zur Vertiefung haben Sie plötzlich ein anderes Gedicht aus dem Hut gezaubert. Es war ähnlich, verwirrte aber die Schüler, da sie offensichtlich den Zusammenhang nicht verstanden. Dazu hätten Sie etwas erläutern können, Frau Lüders, die Biografie des Dichters etwa. Dementsprechend mager fiel die Ergebnissicherung an der Tafel aus. Für die Präsentation der Schülerergebnisse hatten Sie keine Zeit mehr, obwohl das in Ihrer schriftlichen Unterrichtsvorbereitung so geplant war. Eine Selbstreflexion Ihrerseits hat nicht stattgefunden. Kommen wir zur Benotung. Ich will nicht lange um den heißen Brei herumreden. Ihre Leistung war ungenügend.«

Der letzte Satz ging im Läuten der Schulglocke beinahe unter. Doch Hannah hatte ihn verstanden.

Westendorp erhob sich. »Dann wollen wir mal wieder«, sagte er verstimmt und griff nach seiner Tasche.

Hannah blieb mit versteinertem Gesicht zurück.

*

»Halt mal bitte da vorne«, sagte Carlo und klammerte sich am Haltegriff von Daniels Porsche fest. Ausnahmsweise hatten sie heute nicht den Dienstwagen genommen. Carlo kannte die sportliche Fahrweise seines Kollegen. Und auch bei Parklücken musste er stets sein Können unter Beweis stellen.

»Was soll da sein?«

»Ein Bäcker. Mir hängt der Magen durch. Gudrun hat nur einen Salat zum Mittagessen gemacht. Davon wird doch keiner satt.«

»Ich kann hier nirgendwo halten, Carlo.«

»Ist ja nur für zwei Minuten. Ich weiß, was ich will. Ruck, zuck rein ins Geschäft und eine Minute später wieder raus. Mit Bäckertüte.« Er fuhr sich mit der Zunge über die Lippen.

»Bringst du mir was mit?«, fragte Daniel und lenkte seinen Sportwagen ins absolute Halteverbot.

»Klar, sag schnell, was du willst«, keuchte Carlo beim Aussteigen.

»Mann, dann komm ich eben mit. Wird ja nicht lange dauern.« Er sah sich hektisch um, bevor er ausstieg und den Wagen mit der Fernbedienung verriegelte.

Im Laden prallte Daniel fast mit einer langhaarigen Brünetten zusammen. »Sorry«, brummte er.

»Daniel!«

»Manu! Was machst du denn hier?« Unsicher griff er sich in die steif gegelte Frisur.

»Das Gleiche könnte ich dich fragen!« Ihre braunen Kulleraugen waren Daniel schon bei der ersten Begegnung aufgefallen.

»Tja, ich bin im Einsatz«, sagte Daniel wichtig.

»Das sehe ich.«

»Kleine Stärkung zwischendurch.« Er kratzte sich verlegen am Hinterkopf. »Wir haben furchtbar viel zu tun heute. Wir ermitteln in einem schwierigen Fall. Der Tag kann lang werden.«

Mit einer schwungvollen Bewegung warf sie ihre langen Haare zurück. »Hast dich nicht mehr gemeldet nach unserer gemeinsamen Nacht.«

»Stimmt«, sagte er zerknirscht, »muss mir wohl was dazwischengekommen sein.« Hilfesuchend sah er sich nach Carlo um, der war jedoch gerade mit seiner Kuchenauswahl beschäftigt.

»Kann mir schon denken, was.«

»Ach komm, Manu, hab dich nicht so. Ich hätte mich ja noch gemeldet.«

»Natürlich hättest du das.« Mit aufeinandergepressten Lippen sah sie ihn an. »Ich habe vorgestern Melli getroffen.« Sie machte eine Kunstpause und reckte ein wenig ihr Kinn nach vorn. »Melli behauptet, ihr seid zusammen!«

»Ach was, das stimmt doch nicht. Die Melli«, er blies die Luft aus und machte eine wegwerfende Handbewegung. »Wie kann die so was behaupten! Wir haben uns im Fitnesscenter getroffen und ein bisschen gequatscht! Mehr war da nicht!«

Manu stemmte die Hände in die Hüften. »Erst wirfst du mit Komplimenten um dich, dass ich dir beinahe glaube, dann nimmst du mich mit auf einen Kaffee, flirtest auf Teufel komm raus, bekommst, was du willst – und machst dich aus dem Staub. Männer wie du sind Arschgeigen.« Sie fuchtelte mit ihren schlanken Fingern herum, die von leuchtend pinken Nägeln gekrönt waren.

»Stimmt. Ich habe Mist gebaut, soll nicht wieder vorkommen«, sagte er zerknirscht. »Du hast mir mehr bedeutet, als ich mir eingestehen wollte. Darüber musste ich mir erst einmal klar werden. Hat etwas gedauert, sorry. Heute Abend wollte ich mich bei dir melden, ich schwöre. Ich hätte es getan!« Er kratzte sich am Kinn.

»Hast du mit ihr geschlafen?«

Abwehrend hob er die Hände. »Um Gottes willen!«

»Dein Blick sagt mir etwas anderes. Weißt du eigentlich, wie verletzend das ist? Ihr Männer seid alle gleich! Ich habe Gefühle für dich entwickelt, du Idiot.«

Allmählich verlor Daniel die Geduld. »Manu, gib zu, du wolltest es doch. Wieso kann es nicht einfach nur für eine Nacht gewesen sein! Wieso wollt ihr Frauen immer gleich das ganz große Kino, Happy End mit Blumen, Ring, Hokuspokus und Trallala?«

»He, darum geht es nicht, du hast mir versprochen, dich am nächsten Tag zu melden! Melli hat gesagt, du würdest jetzt sie daten.«

»Was für ein Quatsch. Einmal vielleicht, aber da war nichts dran. Wir waren nur im Blue Note, haben was getrunken, fertig. Es wird ja wohl noch erlaubt sein, mit Freunden was trinken zu gehen!«

»Mit Freunden?«, höhnte sie. »Die Melli hat was anderes erzählt, die Melli hat gesagt, du würdest mit ihr …«

»Schluss jetzt«, unterbrach er sie. »Ich weiß, ich bin ein einfach gestrickter Mann, ein testosterongesteuerter Cowboy, alles hundertmal gehört. Kann ich etwas tun, um das wiedergutzumachen?« Entwaffnend hielt er ihr seine Handflächen hin.

»Schon hundertmal?« Ihre Augen verzogen sich zu Schlitzen.

»Das war Ironie«, betonte er. »Versteht halt nicht jeder. Tut mir leid.«

»Sag nicht, ich wäre zu blöd, um Ironie zu erkennen. Die kapiere ich sehr wohl. Nur verarschen lasse ich mich nicht.«

»Ich weiß nicht, was du von mir willst. Ich habe nichts gegen dich, Manu.«

»Alles klar. Ich ruf dich an.«

»Okay«, sagte er ermattet.

»Heute Abend? Da wolltest du doch eigentlich eh mit mir reden, hast du gesagt.«

Daniel nickte müde.

Carlo nahm seine Bäckertüte entgegen.

»Was darf's sein?« Die blonde Verkäuferin blinzelte Daniel kurzsichtig an.

»Ein Springbrötchen und ein Butterhörnchen, bitte.«

»Junge!«, rief Carlo in dem Moment aus und stürzte an ihm vorbei.

Daniel spähte aus dem Fenster und entdeckte etwas, was er nicht sehen wollte. Eine Politesse in dunkelblauer Uniform stand vor seinem Porsche und war gerade dabei, etwas in ihr Lesegerät zu tippen. Währenddessen lief Carlo wild gestikulierend auf sie zu. Daniel hörte Wortfetzen, wie »Nur mal kurz … gleich wieder weg … von der Polizei … eben mal schnell in den Laden«, doch die Politesse winkte nur genervt ab und machte zur Sicherheit noch ein Foto.

*

Hannah war außer Atem, als sie vollbepackt mit zwei Einkaufstüten und ihrer Schultasche die dritte Etage des Mehrfamilienhauses in der Katharinenstraße erreichte. Jesper öffnete ihr die Tür, noch bevor sie den Schlüssel ins Schloss stecken konnte. »Warum kommst du so spät?«

»Entschuldigung, ich konnte dich nicht erreichen. Der Akku meines Handys war leer.«

»Wo kommst du her? Okay, du warst einkaufen. Aber davor?«

»Ich hatte doch einen Unterrichtsbesuch. Danach war ich noch in der Stadt, musste mich abreagieren. Ach, ja, bei Allfrisch war ich auch. Wir hatten kein Brot mehr und nur noch einen halben Liter Milch. Da habe ich gleich für die nächsten drei Tage eingekauft.«

»Das klingt, als wäre der Besuch in die Hose gegangen.«

»Ist jetzt egal. – Hi, Lea-Maus«, rief sie fröhlich und ging in die Hocke, um ihre kleine Tochter an sich zu drücken. »Wie war euer Tag?«

»Spannend wie immer«, antwortete Jesper anstelle der

Kleinen und lachte. »Ich würde gerne mit dir tauschen, glaub mir.«

»Nein, glaub ich nicht.«

Lea krallte sich an ihr Bein und krähte: »Arm! Arm!«

»Ja, Lea, ich spiel gleich mit dir.« Liebevoll verstrubbelte sie das hellblonde Haar ihrer knapp zweijährigen Tochter. »Die achte Klasse ist momentan zum Kotzen. Ich hätte am liebsten die Hälfte von denen an die Luft gesetzt. Ist noch Kaffee da?«

»Wenn du kalten Milchkaffee magst …«

»Auch das.«

Wenig später saßen sie in der kleinen Küche und erzählten sich vom Tag. Hannah hörte neidisch zu, wie Jesper ihre Erlebnisse beim Spielplatzbesuch beschrieb. Er hatte mit gleichaltrigen Frauen in der Sonne gesessen und sich mit ihnen die Zeit vertrieben. Hannah verspürte einen Stich. Sie hätte nicht nur ebenfalls gern das schöne Wetter genossen und Lea beim Spielen zugesehen, sie war vor allem eifersüchtig auf Jespers Kontakte zu Frauen in ihrem Alter. Sie wusste, dass er mit seiner unbekümmerten, jungenhaften Art gut ankam. Bei ihr hatte es schließlich auch nicht lange gedauert, um ihr Herz zu erobern.

Mit Jesper war sie seit drei Jahren zusammen. Nach einem halben Jahr Beziehung hatte sich Lea angekündigt. Hannah hatte sich ein Kind gewünscht, nur der Zeitpunkt war ungünstig gewesen, da sie sich auf das Erste Staatsexamen vorbereitet hatte. Jesper hatte ebenfalls Lehramt studiert, war jedoch zweimal durchs Examen gefallen. Momentan fuhr er in den Abendstunden Taxi, kümmerte sich um die gemeinsame Tochter und trainierte für den nächsten Hannover-Marathon.

»Jetzt guck nicht so«, sagte Jesper grinsend. »Ich habe nicht geflirtet. Wir haben uns über super spannende Themen unterhalten, zum Beispiel über Sauberkeitserziehung. Die ersten Kinder in Leas Alter tragen keine Windeln mehr. Die Weiber platzen vor Stolz. Sie reichen Plastikdosen mit gesundem Inhalt herum und rümpfen die Nase, wenn jemand Süßigkeiten oder Chips dabeihat. Und ich Rabenvater hatte mal wieder gar nichts eingepackt, nicht mal ’ne Trinkflasche. War mir ehrlich gesagt scheißegal.«

»Hm, für morgen bereite ich was vor. Das muss ja auch nicht sein«, sagte Hannah, die sich ein bisschen schämte.

»Wann hast du deinen nächsten Unterrichtsbesuch?«, fragte er, um das Thema zu wechseln.

»Nächsten Dienstag.« Deprimiert ließ sie die Schultern hängen.

»Bis dahin ist noch Zeit genug. Ich könnte Lea für drei Tage zu meinen Eltern bringen, dann kannst du dich in Ruhe vorbereiten.«

»Nein, das will ich nicht.«

»Warum sperrst du dich so? Es sind Leas Großeltern und sie wollen ihr Enkelkind auch ab und zu mal sehen. Es würde ihnen guttun. Und du hättest alle Zeit der Welt. Niemand würde dich stören, und du müsstest kein schlechtes Gewissen wegen Lea haben.«

»Mag sein, aber sie ist noch so klein, ich will mich nicht von ihr trennen. Lieber nehme ich den Stress in Kauf und arbeite nachts, wenn sie schläft.« Hannah gab ihrer Tochter ein Steckspiel, mit dem sie sich sofort beschäftigte.

»Dann verzichte ich nächste Woche auf mein Training und kümmere mich um die Kleine, wenn dir das lieber ist.«

»Nee, lass mal, das halte ich für keine gute Idee. Eine Woche Trainingspause und du kannst wieder von vorn anfangen. Ich weiß ja, wie wichtig dir der Marathon ist und dass du nur nachmittags trainieren kannst, wenn ich da bin.«

»Es sind nur noch wenige Monate bis zu deinem Examen. Du musst dir die Kraft gut einteilen, sonst machst du kurz vor dem Ziel schlapp.«

»Wie beim Marathon«, sagte sie mit einem gequälten Lächeln.

»Genau, wie beim Marathon. Und du musst dich nun mit Westendorp arrangieren, auch wenn's schwerfällt.«

»Das ist ja mein Problem. Westendorp hat die Stunde heute zerrissen, dabei hatte Cannstetter meine schriftliche Unterrichtsvorbereitung bereits abgesegnet.«

»Den gibt's ja nun nicht mehr«, sagte er lakonisch.

Hannah erstarrte innerlich. »Was sagst du da?«

»Cannstetter ist tot.«

»Du spinnst.«

»Ich spinne nicht.«

Sie wurde blass. »Woher willst du das wissen?«

Er wiegte den Kopf. »Gerüchteküche«, sagte er.

»Und wieso weiß ich nichts davon?«

Er zuckte mit den Schultern. »Vielleicht wollte man dich schonen wegen deines Unterrichtsbesuchs, was weiß ich.«

Sie fühlte sich eigenartig kraftlos. »Woran ist er gestorben?«, fragte sie leise.

»Das weiß ich nicht.«

Sie nahm einen Schluck von ihrem Milchkaffee und behielt den Becher in der Hand. »Ich habe alles satt. Am liebsten würde ich mich versetzen lassen.«

Lange sah er sie an. »Zu gerne würde ich dir das glauben«, stellte er ernst fest.

KAPITEL 17

Die Riesencouch im Wohnzimmer bot genug Platz für sie beide. Franziskas Kopf ruhte auf Ferdinands Brust. Der Rausch war verflogen. Das glückselige Gefühl völliger Harmonie, das sie nach dem Sex mit Alexander immer verspürte, zumindest in der Anfangsphase ihrer Beziehung, wollte sich nicht einstellen.

»Am besten schmeckt die Zigarette danach«, bemerkte er mit rauer Stimme.

»Seit wann rauchst du wieder? Ich dachte, du hättest aufgehört.«

»Höchstens eine am Tag, Liebes, wenn ich im Stress bin. Oder wenn es mir besonders gut geht.« Er verteilte Küsse auf ihrer Schulter.

»Alexander mag es nicht, wenn hier geraucht wird. Ab und zu genehmige ich mir auch mal eine, aber nur, wenn ich im Stress bin. Ich muss mir aber jedes Mal danach Vorhaltungen anhören.«

»Dann lüfte hinterher ordentlich und versprüh etwas Parfüm. Bis er zurück ist von seiner Dienstreise, ist alles verflogen.«

»Keine gute Idee.«

»Meine Güte, dann sag halt, du hättest mal wieder eine gebraucht. Wird schon nicht so schlimm sein!« Er küsste ihren Hals.

»Für dich ist das alles kein Problem«, erwiderte sie. »Du hast ja auch nichts zu verlieren.«

Sie schwiegen eine Weile. Er rauchte und ließ die Asche in ein Wasserglas fallen.

»Ich muss dir etwas sagen, Liebes«, sagte er sanft und hörte auf, sie zu streicheln, »nichts Schlimmes, aber auch nichts Gutes.«

Sie hielt den Atem an und lauschte angespannt.

»Ich habe dir erzählt, dass ich in Luxemburg war«, begann er. »Das stimmt auch. Wie du weißt, war es kein Wellnessurlaub. Im Gegenteil, ich bin angespannt wie lange nicht mehr. Ich stecke bis zum Hals in Schwierigkeiten. Nur vorübergehend, keine Bange. Finanzielle Dinge, mit denen ich dich nicht langweilen will.«

»Das sagtest du bereits«, entgegnete sie spitz.

Er ließ sich nicht aufhalten. »Kurz gesagt, es geht dabei um einen Kredit, den ich bis übermorgen zurückzahlen muss. Ich habe in der Vergangenheit nicht immer saubere Abschlüsse getätigt, und es kann sein, dass ich angezeigt werde. Dann ist die Steuerfahndung hinter mir her und ich bin wegen Steuerhinterziehung dran. Ist dir klar, was das bedeutet? Denk nur mal an die Affäre Hoeneß. Dann komme ich ins Gefängnis und wir können uns eine ganze Weile nicht mehr sehen.«

Bei dem Gedanken fiel Franziska in sich zusammen. »Das will ich nicht«, sagte sie. Ihr Atem ging schnell. »Erzähl, worum geht es?«

»Es ist vergleichsweise wenig. Peanuts.« Er machte eine wegwerfende Handbewegung. »Geld, das ich durchaus habe, nur woanders geparkt, und es wird nicht so schnell frei. Es handelt sich um … na schön, es sind 20.000 Euro.«

Franziska atmete zischend aus. »Puh, das ist eine ganze Menge.«

»Ja, das ist es«, sagte Ferdinand niedergeschlagen. »Aber schau, ich habe dich schon mal um einen Gefallen gebeten und du hast mir aus der Patsche geholfen.«

»Da ging es nur um 1.000 Euro.«

»Ja, und wann hast du das Geld zurückbekommen? Zusammen mit 20 roten Rosen?«

»Am übernächsten Tag«, gab sie zu.

»Na also. Ich bin jemand, der seine Schulden sofort zurückzahlt. Ein Ehrenmann. Ich bitte dich nur um einen kleinen Gefallen. Du sollst auch dafür belohnt werden, Süße.«

Eine Weile schwiegen sie, jeder in Gedanken versunken. »Ich denke, du nagst nicht am Hungertuch, wenn ich mich hier so umsehe.« Das tat er demonstrativ. »Ich denke, bei dem Gehalt deines Mannes kannst du dich nicht beklagen. Nicht viele Osnabrückerinnen haben einen dermaßen hohen Lebensstandard. 20.000 Euro, was ist das denn für dich, hm? Das sind vier bis fünf Handtaschen, mehr nicht.«

Sie folgte seinem Blick und sah das Wohnzimmer mit seinen Augen, den Parkettboden mit dem hellgrauen Teppich, die Sitzmöbel mit dezent platzierten Kissen in natürlichen Farbtönen, die edlen Designerlampen aus Natur- und Schiefertönen, die farblich passenden Grafiken an den Wänden. Alles wirkte sehr reduziert, aber auch leicht unterkühlt. Keinerlei Nippes, nichts, was den Gesamteindruck gestört hätte. Er hatte recht, von seiner Warte aus, aber sie konnte nicht fassen, dass er sie überhaupt um diesen Gefallen bat. Sie fand es ungeheuerlich.

»Ich möchte dir helfen«, sagte sie widerstrebend, als sie seinem flehentlichen Blick begegnete. »Sag mir, wie.«

»Das ist lieb von dir, aber lass mal gut sein, ich will dich da nicht mit reinziehen. Ich spüre, dass du es eigentlich nicht willst, und dann will ich dich auch nicht weiter mit meinem Problem belästigen.«

Erneut schwiegen sie. Außer tiefen Atemzügen und dem leisen Motorengeräusch eines Autos, das durch das gekippte Fenster drang, war kein Laut zu hören.

»Ich würde mich nicht gut fühlen, wenn ich es nicht täte, Ferdinand. Ich habe nun einmal ein ausgeprägtes Helfersyndrom.«

»Wenn du mir wirklich helfen willst, Franzi«, durchbrach er schließlich die Stille, nahm ihre Haare hoch und kraulte ihren Nacken, »ich verspreche dir, ich zahle das Geld zurück. So schnell wie möglich, mit Zinsen natürlich.« Zärtlich drehte er ihren Kopf zu sich hin und sah sie treuherzig an. »Und von den Zinsen kaufst du dir ein neues Paar Schuhe. Die schicksten und teuersten, die du in ganz Osnabrück finden kannst«, sagte er schmunzelnd. »Darin will ich dich sehen. In neuen, sündhaft teuren Schuhen und heißen Dessous, die ich dir ebenfalls kaufen werde!«

»Wann?«, fragte sie und verlor sich in seinem Blick.

»Sagen wir … in spätestens zwei Wochen hast du dein Geld wieder. Plus Zinsen und neckischen Extras.«

Sie überlegte kurz, rechnete nach. »Also heute in zwei Wochen.«

»Ich verspreche es dir, mein Herz. Und ich halte mein Wort! Ich habe es noch nie gebrochen.«

»Was ist eigentlich mit deiner Familie? Ich denke, du stammst aus gutem Hause. Ist deine Familie nicht vermögend? Kann sie dir nicht helfen?«

»Meine Mutter ist tot, und mein Vater hat eine kalte, herzlose Person geheiratet, die auf dem Geld unserer Familie sitzt wie eine Henne auf dem Ei.«

»Oh«, sagte Franziska betrübt. »Ich würde gerne mal jemanden aus deiner Familie kennenlernen.«

Er lachte bitter. »Das lohnt sich nicht, wirklich. Ja, so ist das, wenn alles um einen herum zusammenbricht. Wenn man sich eine Ersatzfamilie suchen muss, weil die eigene Sippe sich nicht mehr kennt. So ist das, leider. Etwas anderes kann ich dir nicht sagen.«

Sie seufzte. »Gut, ich glaube dir. Ich vertraue dir, Ferdinand.«

Er massierte ihre Schultern. »Lieb von dir, dass du mir helfen willst. Es fällt mir sehr schwer, das anzunehmen.«

Sie schloss die Augen. »Bleibt mir etwas anderes übrig?«, murmelte sie.

Zärtlich küsste er sie auf den Mund. »Du bist eine tolle Frau, Franziska, das habe ich gleich gesehen. Begehrenswert, erotisch, stark und sanft zugleich. Genau so, wie ich es mag. Ich habe noch nie eine Frau so sehr geliebt und begehrt wie dich.« Er seufzte und fuhr mit seiner Massage fort. Sie genoss die zärtlichen Berührungen für weitere zwei, drei Minuten, bis er einen Blick auf seine Armbanduhr warf. »Die Zeit drängt, Süße. Leider kann ich nicht mehr lange bleiben, aber für einen Tee wird es noch reichen. Hoffentlich bist du nicht sauer, dass ich gehen muss. Aber ich habe einen Termin. Ich schreibe dir meine Bankverbindung auf, okay?«

Sie nickte und stemmte sich hoch, um etwas zu trinken für sie zu holen.

»Du überweist den Betrag heute noch?«

»Natürlich«, sagte sie seufzend und ging nach nebenan in die Küche.

KAPITEL 18

Martha hatte den Porsche schon vom Küchenfenster aus gesehen. Sie beobachtete, wie zwei Männer ausstiegen, und stutzte. Einen erkannte sie. Es war der Polizist, der ihr vor wenigen Tagen die Todesnachricht überbracht hatte, zusammen mit einer Polizistin und einem Pfarrer. Durch das gekippte Fenster hörte sie, wie Wagentüren mit sattem Klang zufielen. »Das war deine Idee«, sagte der Jüngere aufgebracht. Er war schlank, attraktiv und sonnengebräunt. »Wenn du nicht immer so gefräßig wärst, hätte ich jetzt ein Problem weniger.«

»Reiß dich zusammen, Daniel«, erwiderte der Polizist, den sie bereits kannte, an dessen Namen sie sich jedoch nicht erinnerte. »Du brauchst nicht gleich aus der Haut zu fahren. Das kann jedem passieren, auch uns. Wir sind keine Heiligen. Jetzt mach dir mal nicht in die Hose. Wir teilen uns das Knöllchen, das ist doch Ehrensache.«

Schlecht gelaunt schlenderten sie auf das Haus zu.

Wenig später saßen sie zu dritt in der Wohnküche, jeder hatte ein Glas Milchkaffee vor sich stehen.

Carlo Oltmann räusperte sich. »Frau Cannstetter, wir sind noch einmal gekommen, weil wir von Ihnen hören möchten, wie es Ihnen geht.«

»Sie sehen doch: Ich komme zurecht. Von der ersten Lähmung habe ich mich erholt. Ich muss ja auch stark sein für meinen Sohn. Glücklicherweise habe ich liebe Menschen um mich herum, die sich um mich kümmern.«

»Es muss ein ziemlicher Schock gewesen sein.«

»Das war es und ist es immer noch. Aber damit muss ich allein fertig werden.«

»Wie geht es Ihrem Sohn? Wie verkraftet er es?«

»Hören Sie auf, den Psychologen zu spielen«, fuhr sie ihn an. »Wenn ich einen brauche, suche ich mir einen.«

Carlo nickte und rührte in seinem Glas. »Entschuldigung«, murmelte er. »Es war nicht so gemeint.«

»Von mir auch nicht«, sagte sie. »Weshalb sind Sie hier? Nur um zu fragen, wie es mir geht?«

»Natürlich nicht, Frau Cannstetter«, sagte Carlo. »Das Fahrzeug Ihres Mannes war an der Seite beschädigt. Wussten Sie davon?«

»Nein, das war mir nicht bekannt. Was für eine Beschädigung?«

»Ein Lackschaden. Es ist seitlich gestreift worden.«

Martha zuckte mit den Schultern. »Vielleicht ist das beim Unfall passiert?«

»Können Sie mir sagen, ob Ihr Mann Probleme hatte in der letzten Zeit?«, fragte Daniel vorsichtig.

»Probleme? Wie meinen Sie das?«

»Hatte er Streit?«

»Möglicherweise. Hat das nicht jeder hin und wieder?«

Daniel nickte. »Die Frage ist, ob er sich mit jemandem richtig angelegt hat. Hatte er Feinde?«

Martha verschränkte die Arme vor der Brust. »Was wollen Sie damit sagen?«

Daniel reichte ihr die Drohmail. »Das haben wir bei Ihrem Mann gefunden«, sagte er leise. »Im Auto, auf dem Beifahrersitz.«

Martha brauchte lange zum Lesen. Sie runzelte die Stirn.

»Wussten Sie von dieser E-Mail?«

Angewidert schüttelte sie den Kopf.

»Haben Sie eine Idee, von wem sie stammen könnte?«

»Nein, tut mir leid.« Sie gab den Ausdruck zurück. »Warum nimmt er so was mit, wenn er zum Segeln fährt?«, fragte sie mehr an sich selbst gerichtet. »Warum zeigt er mir das nicht?«

»Auf diese Fragen suchen auch wir eine Antwort«, sagte Carlo. »Wir dachten, dass Sie uns vielleicht dabei helfen können.« Er zeigte ihr die andere Mail, die ihr Mann 14 Tage zuvor zur Anzeige gebracht hatte. »Wussten Sie davon?«

Martha schaute an ihm vorbei aus dem Fenster.

»Hat er Ihnen von der Anzeige erzählt?«

Stumm schüttelte sie den Kopf.

»Sie wirken so nachdenklich. Woran denken Sie?«

»Ich denke gar nichts.« Martha zuckte mit den Schultern. »Vielleicht ein Schüler? Das ist das Einzige, was mir dazu einfällt. Warum zeigen Sie mir die E-Mails überhaupt? Wollen Sie mir Angst einjagen? Haben die etwas mit dem Unfall zu tun?«

»Nennen Sie mir intuitiv einen Namen, Frau Cannstetter«, forderte Carlo sie auf. »Ich sehe Ihnen an, dass Sie an jemand Bestimmtes denken. Mit wem hatte Ihr Mann Probleme?«

Martha sah ihn an, als habe sie die Frage nicht verstanden.

»Welchen Namen hat Ihr Mann manchmal im Zorn genannt?«

»Meinen Vater.« Martha verzog den Mund. »Zum Beispiel. Sie haben sich nicht besonders gut verstanden. Aber das war schon immer so. Und einen Kollegen aus der Schule, Westendorp heißt er, mit dem konnte er gar nicht. Der ist nicht gut auf ihn zu sprechen, weil mein Mann den Posten des Oberstudiendirektors bekommen hat und nicht er. Das ist ja klar, dass so einer neidisch ist. Mit einigen Eltern hatte er es nicht leicht. Georg fand die Eltern teilweise sogar schlimmer als die Schüler. ›Sie werden immer anstrengender‹, hat er mal gesagt, sie seien fordernd, rechthaberisch, oft impulsiv und respektlos. Als stünden sie eine Stufe über ihm.« Sie machte eine Pause und dachte nach. »Und dann ist da noch so ein Referendar«, fügte sie nach einer Weile hinzu. »Mein Mann hat ihn beim Zweiten Staatsexamen durchfallen lassen, weil er der Ansicht war, dass er nichts tauge als Lehrer. Der war so sauer! Er ist hier aufgekreuzt und hat fürchterlich rumgetobt, dass er eine Familie hat, die er ernähren muss. Erst als ich mit der Polizei gedroht habe, ist er endlich abgezogen.«

»Er ist hier aufgetaucht?«, hakte Carlo nach. »Bei Ihnen zu Hause?«

Martha nickte. »Er hat Sturm geklingelt, mich durch den Flur geschubst und nach meinem Mann gebrüllt. Ich hatte den Eindruck, der hatte schon einiges intus. Mein Mann war aber gerade nicht da und Samuel zum Glück auch nicht, er hätte so eine Szene nicht verkraftet.«

»Ist der Mann noch mal wiedergekommen?«

»Nein, zum Glück nicht. Ich hatte Angst, dass der Georg was tut, habe noch wochenlang die Haustür abgesperrt, auch wenn wir zu Hause waren.«

»Erinnern Sie sich an seinen Namen?«

Martha überlegte kurz, schließlich schüttelte sie den Kopf.

»Vielleicht fällt er Ihnen ja wieder ein, dann rufen Sie mich bitte an. Ich werde mich aber auch in der Schule erkundigen.«

»Ja, tun Sie das.«

»Von den Personen, die Sie eben genannt haben, Frau Cannstetter ... Hand aufs Herz, wem von ihnen würden Sie zutrauen, solche E-Mails zu schreiben?«

Martha trank einen Schluck von ihrem Kaffee und hielt das Glas umklammert, als wolle sie sich daran wärmen. Schließlich antwortete sie: »Dem Referendar. Dem auf jeden Fall. Der war so impulsiv, so hasserfüllt und obendrein betrunken. Ich hatte Angst vor ihm. Fragen Sie in der Schule meines Mannes.« Vorsichtig suchte sie Carlos Blick. Etwas ließ ihr keine Ruhe. »Sie stellen so ... so seltsame Fragen, Herr Kommissar. Es geht doch um einen Verkehrsunfall, oder nicht?«

Carlo sah sie ernst an. »Wir ermitteln in alle Richtungen, Frau Cannstetter«, erklärte er ruhig. »Und wir brauchen Zugang zu den persönlichen Sachen Ihres Mannes.«

»Sie nickte. Ich gebe Ihnen alles, was Sie brauchen.«

»Sagt Ihnen eigentlich der Name P. Müller etwas?«

»Müller«, überlegte sie. »Nein. Aber Müller ist ja ein Allerweltsname. – Das heißt, doch!« Sie hielt sich an ihrem Kaffeebecher fest, drehte ihn zwischen den Händen. »Mein Mann hat öfter von einem Alwin Müller in der Schule gesprochen. Das war der Hausmeister. Mit dem konnte er nicht.«

»Also gab es doch jemanden, mit dem er Streit hatte!«

»Von Streit weiß ich nichts. Er mochte ihn nicht. Müller hat ihn oft mit seiner Art auf die Palme gebracht. An Einzelheiten erinnere ich mich nicht. Mehr kann ich dazu nicht sagen.«

»Fällt Ihnen nichts ein, was hier von Bedeutung sein könnte? Eine bestimmte Begebenheit? Eine Situation, in der Ihr Mann wegen Alwin Müller ausgerastet ist? Hat Müller ihm gedroht? Hatte Ihr Mann Angst vor ihm?«

Martha schüttelte den Kopf. Sie schwieg beharrlich.

»Möchten oder können Sie nichts sagen?«

»Entschuldigen Sie bitte, mir ist nicht so wohl.« Sie stellte ihren Becher in die Spüle und ging voran zur Haustür.

KAPITEL 19

Nachdem Birthe ihr Zimmer in der Frühstückspension in Greetsiel bezogen hatte, suchte sie einen Fischwagen auf, kaufte sich ein Krabbenbrötchen und eine Cola light. Sie ging an Kuttern vorbei zum Jachthafen, der sich vor dem Neuen Deich befand.

Touristen strömten ihr entgegen – Einzelreisende und Familien. Ein Junge holte seinen Lenkdrachen auf einer Wiese ein. Auf der Mole hockte ein einsamer Angler und spießte einen Wattwurm auf einen Haken. Ein Liebespaar kam Arm in Arm auf sie zugeschlendert. Beide sahen wie verzaubert aus, mit einem seligen Lächeln auf den Lippen. Sie beachteten Birthe gar nicht, konnten die Blicke kaum voneinander abwenden.

Birthe sah ihnen hinterher. Wann hatte sie das letzte Mal eine richtige Beziehung gehabt, in der sie die Nummer eins war, und nicht nur eine Affäre? Es war so lange her. Sie fühlte sich sehr einsam inmitten der Urlauber. Wenn sie nicht beruflich hier wäre, hätte sie Lust, mit einem Partner Greetsiel zu erkunden. Gemeinsam würden sie eine Grachtenfahrt machen, durch die idyllisch gewundenen Kanäle schippern, vorbei an den Zwillingswindmühlen, an Trauerweiden und hübsch angelegten Ferienhäusern mit hölzernen Bootsstegen, auf denen sich Urlauber und Hunde sonnten, und sie würde entgegenkommenden Motorbooten und Kuttern zuwinken.

Am Jachtclub angekommen, blickte sie sich um. Viel war nicht los. Ein paar Kinder übten auf Skateboards, Spaziergänger schlenderten plaudernd vorbei. Ungefähr 20 Boote waren hier verankert. Sie hatte sich mehr Betrieb vorgestellt. Schließlich war der Jachtclub Greetsiel bei Seglern beliebt, das hatte sie im Freundes- und Bekanntenkreis mitbekommen.

Eine Plakatwand wies auf Veranstaltungen in den kommenden Wochen hin. Birthe blieb kurz stehen. Wattwanderungen waren angekündigt, Ausflugsfahrten mit der Frisia auf die benachbarten Nordseeinseln, Rundflüge, Strandgymnastik, Yoga, Reiten und Surfkurse für Anfänger und Fortgeschrittene, Mal- und Meditationskurse, Lesungen, Kurkonzerte und andere Musikveranstaltungen mit diversen Künstlern, darunter auch – sie stolperte über den Namen – Tony Tyler. Sie schluckte. Gleich zwei Auftritte hatte er: einmal im Haus des Gastes in Norddeich und am nächsten Abend im Kurtheater von Norderney. Birthe verzog das Gesicht und ging weiter zu den Schiffen.

Ein rothaariger Mann schrubbte das Deck seines Kajütbootes, während sein Nachbar die Reling seines Zweimasters mit Ölfarbe strich. Auf einer dritten Segeljacht saß ein älteres Paar auf dem Vordeck und trank Kaffee. Birthe trat auf sie zu.

»Entschuldigung«, rief sie, »ich suche jemanden, können Sie mir vielleicht helfen?«

»Wen suchen Sie denn?«

»Sein Name ist Georg Cannstetter. Er soll sein Segelboot hier liegen haben.«

Der Eigner des Schiffes kratzte sich verwundert am Kopf. »Cannstetter? Den Namen habe ich noch nie gehört. Den gibt es hier nicht. Oder, Ute? Sagt dir der Name was?«

Die Frau namens Ute schüttelte den Kopf. »Nein, gar nicht«, sagte sie und führte ihren Kaffeebecher zum Mund.

»Martha. Sagt Ihnen das etwas?«, wollte Birthe wissen und zeigte dem Paar ein Foto von Cannstetter auf Ihrem Handy, das Daniel von der Witwe erhalten und Birthe geschickt hatte. Im Hintergrund war Cannstetters rot-weißes Segelboot zu sehen. »Vielleicht hat er es vermietet.«

»Nee, den Mann kenne ich nicht«, sagte der Segler. »Und so ein Boot gibt es bei uns auch nicht. Das wüsste ich.«

»Sind Sie sicher?«

»Warten Sie mal!« Er deutete auf seinen Nachbarn. »Bernd«, brüllte er, »hör mal, kennst du einen Cannstetter? Der soll hier einen Liegeplatz haben für sein Boot. Es heißt Martha. Kennst du den Mann oder das Boot?«

Der Angesprochene ließ seinen Pinsel sinken und zuckte mit den Schultern. »Nie gehört«, rief er zurück. »Kenne ich nicht. Eine Martha habe ich bei uns nie gesehen. Vielleicht der Rolf? Der ist schon seit 30 Jahren im Hafen.« Er nickte mit dem Kopf in Richtung seines Nachbarn zur Linken, der gerade mit der Reinigung seines Bootes beschäftigt war. Als Birthe ihm das Foto zeigte, schüttelte er den Kopf.

»Gibt es hier einen Hafenwärter oder eine andere verantwortliche Person, die mir weiterhelfen kann?«, fragte sie. »Georg Cannstetter ist regelmäßig nach Greetsiel zum Segeln gefahren. Jemand muss ihn kennen.«

Rolf schüttete das Schmutzwasser über Bord und zeigte dann auf einen stämmigen Mann in einem dunkelblauen Kapuzenpulli, der gerade dabei war, einen Steg zu fegen. »Das ist Kurt, der Chef vom Ganzen, fragen Sie den.«

Birthe bedankte sich und wandte sich an Kurt.

»Georg Cannstetter?«, wiederholte der Hafenmeister wenig später und überlegte kurz. »Da muss ich passen. Das sagt mir nichts.«

»Aber er soll sein Segelboot in diesem Hafen liegen haben.« Leicht irritiert zeigte sie ihm das Foto von Cannstetter und seinem Boot.

Kurt wiegte den Kopf und kratzte sich am Kinn. »Ich müsste mich schwer täuschen, aber unter den Mitgliedern ist niemand, der dem auch nur annähernd ähnlich sieht. Ich kenne weder den Mann noch das Boot. Das weiß ich sicher. Was ist mit ihm? Hat er was angestellt? Wird er gesucht?« Er runzelte die Stirn.

Birthe stellte sich vor und zeigte ihren Dienstausweis. »Ich würde gerne die Liste aller Mitglieder sehen.«

»Na, dann folgen Sie mir.« Mit überraschend schnellen Schritten ging der Hafenmeister voraus in sein Büro.

*

Eine Viertelstunde später rief Birthe Daniel an und bat ihn, Cannstetters Bankverbindung herauszufinden. »Wichtig sind die Kontobewegungen im letzten halben Jahr. Wenn er Mitglied in einem anderen Segelclub war, muss das aus den Abbuchungen hervorgehen.«

»Bist du noch in Greetsiel?«

»Ja und ich bleibe so lange, bis ich weiß, warum Cannstetter regelmäßig hierherkam. Zum Segeln jedenfalls nicht.«

»Die kennen ihn nicht im Club?«, hakte Daniel nach.

»Nicht einmal der Hafenmeister.«

»Vielleicht ist er unter anderem Namen gesegelt.«

»Dann müssten sie ihn doch vom Foto her wiedererkennen. Oder sein Boot. So groß ist der Segelclub nicht.«

»Komisch«, meinte Daniel. »Vielleicht hatte er eine Geliebte?«

»Möglich ist das. Ich habe mir auch schon überlegt, ob er das Segeln nur als Vorwand benutzt hat, als Alibi, um sich ungestört mit einer Frau zu treffen. Was ich dich noch fragen wollte: Hurdelkamp hat doch einen richterlichen Beschluss beantragt wegen der Einzelnachweise von Cannstetters Telefonverbindungen. Was ist dabei herausgekommen?«

»Die Festnetzverbindungen haben nichts Besonderes ergeben. Keine Spur. Er hat sein Smartphone jedoch so gut verschlüsselt, dass die IT-Spezis den Code bisher nicht knacken konnten. Es kann sich nur noch um Tage handeln, meinen die.«

»Okay, und sonst? Gibt es Neuigkeiten aus Osnabrück?«

Daniel berichtete von seinem Gespräch mit dem stellvertretenden Schulleiter. »Kein böses Wort über Cannstetter. Für den Unfallabend hat er ein Alibi. Er war mit seiner Frau im Kino. Unter den Schülern sei keiner gewesen, mit dem er Stress hatte. Wir sind dennoch in alle achten und neunten Klassen gegangen und haben uns umgehört. Wir haben die Schüler aufgefordert, auf uns zuzukommen, wenn sie etwas zu sagen haben. Bisher alles unverdächtig. Nur eine winzige Spur.«

»Ja?«

»Vielleicht eine Eifersuchtsgeschichte. Cannstetter soll sich mit seiner Referendarin gut verstanden haben. Ihr Name ist Hannah Lüders.«

»Sagt wer?«

»Sagt Westendorp.«

»Habt ihr sie schon befragt?«

»Machen wir. Lüders war in einer Prüfung, darum konnten wir sie nicht persönlich antreffen. Noch was: Martha Cannstetter verdächtigt einen ehemaligen Referendar ihres Mannes. Und weißt du, wer das ist?«

»Ich bin gespannt.«

»Der Ehemann von Hannah Lüders.«

»Ach ja. Was für ein Zufall! Na, da habt ihr doch einen Anhaltspunkt!«

»Das war noch nicht alles: Cannstetter hatte den Hausmeister auf dem Kieker. Er heißt Alwin Müller. Und stell dir vor: Ich kenne ihn sogar. Er hat mich früher auch oft geärgert. Der Kerl treibt immer noch sein Unwesen da.«

»Ist nicht wahr.«

»Du glaubst nicht, welche Freude es mir machen wird, dem noch einmal einen Besuch abzustatten.«

»Oh ja, das kann ich mir vorstellen.«

»Was machst du jetzt?«

»Ich gehe in den Greetsieler Ortskern und werde mal schauen, ob ich im Haus der Begegnung etwas in Erfahrung bringe. Und ich werde in Cafés und Restaurants nachfragen, ob ihn jemand gesehen hat. Wenn Cannstetter kein Segelboot hier hatte, dann muss ihn etwas anderes nach Greetsiel gezogen haben.«

KAPITEL 20

Franziska fühlte sich schlecht. Hinter ihr lag eine schlaflose Nacht. »Bei Geld hört der Spaß auf«, hatte ihr Vater immer gesagt. »Leih niemals einem Freund Geld, selbst wenn er in Not ist. Schenke es ihm oder behalt es selbst!« Überdeutlich hatte sie diese Worte noch im Ohr.

Sie ärgerte sich über sich selbst, denn sie hatte gegen ihr Bauchgefühl gehandelt. Darauf verließ sie sich sonst immer, nur diesmal nicht. Ferdinand hatte sie um Geld angebettelt, und sie hatte es ihm ohne zu zögern gegeben. Meine Güte, was war los mit ihr? 20.000 Euro, ihr wurde schlecht, wenn sie an die Summe dachte. Gemessen an dem, was Alexander als Chefarzt und neuerdings sogar als Schönheitschirurg verdiente, war es kein Vermögen, aber sie selbst stammte aus bescheidenen Verhältnissen und konnte den Betrag einordnen. Als angestellte Physiotherapeutin brauchte sie Monate, um diese Summe zu erwirtschaften.

Sie bekam Beklemmungen, wenn sie an Ferdinand dachte. Sie kannte ihn im Grunde gar nicht. Er öffnete sich ihr gegenüber nicht. Er hatte ihr noch niemanden aus seiner Familie vorgestellt, war nie mit ihr in seiner Wohnung gewesen. Sie fand es seltsam, dass er nicht regelmäßig über sein Handy erreichbar war. Oft tagelang nicht. Manchmal verschwand er für einige Zeit, um dann urplötzlich wie aus dem Nichts wieder aufzutauchen. Irgendetwas an ihm kam ihr nicht ganz koscher vor. Das warme Gefühl, das sie anfangs für ihn empfunden hatte, war nicht mehr da. Sie begann, ihm zu misstrauen.

Als das Telefon klingelte, fuhr sie zusammen. Eine fremde Nummer.

»Hallo, Darling.« Eine krächzende Männerstimme.

Sie sank in sich zusammen. »Ferdinand?«, fragte sie schwach.

»Ja. Ich hatte Sehnsucht nach dir.«

»Bist du erkältet? Du klingst so seltsam.«

»Ja, ein bisschen.«

Sie fühlte sich vollkommen leer. »Das tut mir leid. Von welchem Telefon aus rufst du an?«

»Ein Freund hat mir sein Handy geliehen. Ich muss mir dringend ein neues besorgen. Ich gebe dir meine neue Nummer so bald wie möglich.«

»Aha«, sagte sie verwirrt und dachte: Schon wieder. Schon wieder das Handy. Da stimmt doch etwas nicht.

»Ist es in Ordnung, wenn ich kurz vorbeikomme?«

»Jetzt?« Sie erstarrte.

»Ja, ich muss einige Sachen aus meiner Wohnung holen und könnte anschließend bei dir vorbeischauen. Ab morgen bin ich dann für ein paar Tage unterwegs.«

»Wohin fährst du?«

»Nach Luxemburg. Sagte ich doch.«

»Nach Luxemburg? Wieder?« Ihre Stimme zitterte leicht.

»Ich würde dich bitten, mich zu begleiten, wenn ich wüsste, dass es geht. Aber du musst dich ja um deinen Sohn kümmern.«

Sie seufzte.

»Oder könntest du ihn vorübergehend woanders unterbringen? Bei deinen Eltern zum Beispiel?«

»Ich fürchte nicht«, sagte sie abwesend. Dennoch überlegte sie kurz. Ihr Mann war für einige Tage nach München geflogen, um dort eine Fortbildung zu besuchen. Konrad könnte bei einem Freund übernachten.

»Siehst du. Also, darf ich kommen?«

»Warum treffen wir uns nicht in deiner Wohnung?«

»Weil sie noch nicht fertig ist. Ich möchte sie dir erst zeigen, wenn sie in einem präsentablen Zustand ist.«

»Das ist mir egal«, sagte sie. »Ich finde Bauarbeiten ganz interessant. Wirklich, Ferdinand, ich würde sie gerne mal sehen.«

»Und ich möchte, dass du dich nur mit schönen Dingen abgibst. Eine schöne Frau sollte sich nur in einem schönen Umfeld bewegen.«

»Blödsinn, Ferdinand, wirklich.«

Sie schwiegen eine Weile. Von draußen drangen Kindergeschrei und Hundebellen zu ihr herüber. Ein Auto fuhr vorbei. Franziska spürte ihr Herz überdeutlich pochen.

»Was ist nun?«, fragte Ferdinand schließlich.

»Ja, komm nur«, sagte sie tonlos und legte auf. Warum hatte sie das gesagt? Warum?

*

Ich werde alt, dachte Daniel, als er am Dienstagmorgen den Pausenhof betrat. Fast wäre er von einer Schülerin umgerannt worden, die sich nicht einmal entschuldigte. Er kämpfte sich durch lärmende Schülermassen bis zum Eingang vor. »Moment mal«, sagte er und hielt einen Jugendlichen mit zotteligen Haaren am Arm fest, der erschrocken zusammenfuhr, weil er in sein Smartphone vertieft gewesen war. »Hey, du, wo finde ich den Hausmeister?«

Der Junge starrte ihn entgeistert an, dann deutete er mit seinem Arm in eine unbestimmte Richtung. »Da unten, Raum zwei.«

Daniel bedankte sich und suchte im Untergeschoss nach dem Hausmeisterzimmer, das nicht schwer zu finden war. »Alwin Müller, Hausmeister«, stand auf dem Türschild. »Da haben wir dich doch«, murmelte er vor sich hin. Daniel klopfte.

»Herein!«, rief eine mürrische Männerstimme und dann, nachdem Daniel forsch eingetreten war: »Ach, sieh mal an, was willst du denn schon wieder?« Alwin Müller trug wegen der Hitze keinen Hausmeisterkittel, sondern ein ausgeleiertes T-Shirt und eine Arbeitshose.

Daniel zeigte seinen Dienstausweis. »Oberkommissar Brunner«, stellte er sich förmlich vor. »Es wäre nett, wenn Sie mich siezen, Herr Müller.«

Müllers Gesichtszüge entgleisten. »Oh«, war alles, was er sagen konnte.

Daniel genoss die Situation. Er zwang sich, nicht zu grinsen. »Darf ich mich setzen?«

»Bitte!« Alwin Müller bot ihm einen niedrigen Holzstuhl an, den er gerade erst geleimt hatte. Dann atmete er tief durch und sagte beim Ausatmen: »Entschuldigung, Daniel, ich konnte ja nicht wissen …«

Daniel winkte ab. »Schon gut. Aber für Sie bitte Herr Brunner und Sie!«

Alwin Müller murmelte eine erneute Entschuldigung. »Was kann ich für Sie tun?«, fragte er kläglich und kratzte sich hinter dem Ohr.

Daniel sah sich in dem etwa 20 Quadratmeter großen Raum um. Überall kaputte Tafeln, Stühle und Tische. Es roch nach Leim, Staub und Schweiß. Über der Werkbank hing ein Fotodruck in Postergröße, ein Reptil auf einem Baumstumpf, Daniel tippte auf eine Bartagame. »Paule« stand in verschnörkelter weißer Schrift darauf. Er machte eine Kopfbewegung in Richtung des Bildes. »Gehört der Ihnen?«

Müller nickte. »Seit drei Jahren. Macht sich prima. Hätte nie gedacht, dass Paule sich bei mir so wohlfühlt.«

Daniel versuchte, es sich auf dem harten Stuhl etwas bequemer zu machen, indem er die Beine ausstreckte und sich zurücklehnte. »Mir ist zu Ohren gekommen, dass es zwischen Ihnen und Georg Cannstetter Differenzen gegeben hat. Darüber möchte ich mich gerne mit Ihnen unterhalten.«

»Da bin ich aber nicht der Einzige«, sagte Müller eifrig. »Da können Sie hier fast jeden befragen, die werden Ihnen alle eine ähnliche Auskunft geben.«

»Ich frage aber jetzt Sie, Herr Müller. Was lag an zwischen Ihnen und Herrn Cannstetter?«

»Ach, so viel war das nicht. Mal eine kleine Meinungsverschiedenheit hier und da, nichts Besonderes, wirklich«, betonte Müller beflissen.

»Worum ging es denn?«

»Kleinigkeiten. Zum Beispiel hat er seine Schüler nie angehalten, nach der letzten Stunde die Stühle hochzustellen und mal durchzufegen. In seiner Klasse sah es immer aus wie Sau. Andere Lehrer haben reagiert, wenn ich was gesagt habe, er nicht. Für ihn war ich Luft. Der war so arrogant mir gegenüber. Das hat mich halt geärgert. Da konnte ich schon mal laut werden. Er wurde dann noch lauter, ein Wort ergab das andere, so war das manchmal. Keine schöne Situation. Darüber habe ich mich aufgeregt.«

»So sehr, dass Sie ihm Drohmails geschrieben haben?«

Müller erstarrte. »Was? Was meinen Sie?«

»Na, Sie haben ihm geschrieben, mindestens zweimal, und ihm gedroht. Sie haben Mails verfasst. Damit!«, sagte Daniel und deutete auf Müllers Computer.

»Nee, auf keinen Fall«, sagte er entschieden. »Der ist nur dazu da, um die Bestände zu prüfen und Material für die Schule zu bestellen. Für was anderes wird er nicht verwendet.«

»Vielleicht nutzen Sie ja noch einen anderen Computer?«

»Für so einen Unsinn nicht«, widersprach Müller energisch.

Daniel lehnte sich vor. »Ich muss Sie fragen, was Sie am Nachmittag und Abend des 9. Juli gemacht haben. Mich interessiert der Zeitraum bis 22.30 Uhr. Am besten lückenlos!«

Kurz wirkte Alwin Müller in sich gekehrt. Er musste nachdenken. »Ich war schwimmen«, sagte er schließlich mit belegter Stimme.

»Kann das jemand bezeugen?«

»Fragen Sie den Bademeister. Hallenbad Gretesch.«

»Das werde ich tun.« Daniel machte sich eine Notiz. »Und anschließend?«

»Dann bin ich nach Hause gegangen.«

»Um welche Uhrzeit war das?«

»Gegen 20 Uhr. Meine Mutter sah gerade die Tagesschau.«

»Sie sind den ganzen Abend zu Hause geblieben?«

Müller nickte.

»Und dafür haben Sie auch Zeugen, nehme ich an.«

»Ja, meine Mutter. Sie ist allerdings pflegebedürftig und schläft viel.«

Daniel zog die Augenbrauen hoch. »Na wunderbar«, meinte er und stand auf. »Ich muss vorübergehend Ihren Computer beschlagnahmen. Reine Routinemaßnahme, Herr Müller.«

»Das geht nicht, ich brauche den.«

»Wozu?«

»Ich muss noch ein paar Stühle bestellen. Und eine Tafel. Die Schüler der 7b haben ihre gefetzt.«

»Das lässt sich sicher auch von einem anderen PC aus bewerkstelligen«, meinte Daniel ungerührt.

*

In der Teestube Witthus trank Birthe zur selben Zeit einen Ostfriesentee mit Sahne und Kluntjes und dachte in aller Ruhe nach. Sie hatte verschiedene Restaurants, Bierlokale und Cafés abgeklappert, hatte sich in der Volksbank und bei Edeka umgehört. Niemand in Greetsiel schien Georg Cannstetter jemals gesehen zu haben. Irgendetwas war faul an der Geschichte, dass er sich regelmäßig hier aufhielt, wie seine Frau behauptete. Sie kam zu dem Schluss, dass es einen anderen Ort in Ostfriesland geben musste, an den es Cannstetter zog – definitiv nicht nach Greetsiel.

Sie entschied, ihre Suche abzubrechen und direkt zur Polizeiinspektion Norden zu fahren. In dem Moment, als sie nach der Bedienung winken wollte, klingelte ihr Handy.

»Weißt du, wer heiratet?«, schallte es ihr entgegen.

Sie hielt das Telefon etwas vom Ohr entfernt, weil ihre Mutter die Angewohnheit hatte, viel zu laut zu sprechen, wenn sie aufgeregt war. »Ich will nicht unhöflich sein, aber es interessiert mich gerade nicht.«

»Rüdiger Poppe!«, schrie Doris Schöndorf in den Hörer.

»Ach was«, erwiderte Birthe matt.

»Weißt du noch, wer das ist?«

»Mein Partner vom Abschlussball von der Tanzschule Hull«, sagte Birthe gedehnt. »Muss so etwa … warte … so etwa 20 Jahre her sein.«

»Den hättest du haben können.«

»Oh, Mama.«

»Seine Eltern haben ihm das Geschäft übergeben. Fantastisch sieht er aus, groß und blond! Das hätte hübsche blonde Kinderlein gegeben! Geld hat er, du ahnst es nicht! Ein tolles Auto fährt er! Du hättest mit ihm in ein schmuckes Haus ziehen können! Ach, was hättest du es gut haben können, wenn du den genommen hättest!«

»Mama, das stand doch gar nicht zur Debatte!«

»Du hättest dich ja wenigstens um ihn bemühen können!«

Als ihre Mutter merkte, dass sie so nicht weiterkam, lenkte sie mehr oder weniger elegant über zu ihren Enkelinnen. Birthe hörte nur mit einem halben Ohr zu, denn die Anekdoten von ihren Nichten kannte sie bereits. Die Kindergeschichten dienten einzig und allein dazu, Birthe ein schlechtes Gewissen einzureden. So war das, seit vor neun Jahren Carlotta und sieben Jahre später Mia geboren worden waren.

Doris Schöndorf konnte nicht verstehen, dass Birthe mit knapp 34 Jahren immer noch Single war und nicht einmal daran zu denken schien, zu heiraten und wie ihre Schwester Sophia Kinder in die Welt zu setzen.

»Ich bin übrigens in Greetsiel, Mama.«

»Kind, was machst du denn in Greetsiel? Hast du Urlaub?«

»Nein, ich bin dienstlich hier. Ich soll einen mysteriösen Autounfall aufklären.«

»Und da haben sie dich hingeschickt? Warum ausgerechnet dich? Kann das nicht einer deiner männlichen Kollegen übernehmen?«

»Keine Ahnung, Mama, aber ich muss Schluss machen. Mein Kollege will mich noch anrufen.«

»Dann will ich nicht weiter stören. Ich ruf morgen wieder an. Schlaf gut, mein Kind.« Sie klang etwas beleidigt.

»Du auch, Mama.«

Kaum hatte sie aufgelegt, klingelte das Handy erneut. Auf dem Display erschien Daniels Nummer.

»So, wir haben eine Spur«, sagte er. »Bei den Abbuchungen taucht kein Segelclub auf, nichts, was daraufhin deutet. Dafür eine Bianca Noll aus Norden, an die monatlich ein ordentlicher Batzen Geld überwiesen wurde. Es handelt sich um 850 Euro. Ich habe mich erkundigt. Selbst der teuerste Liegeplatz für ein Segelboot in Greetsiel mit einer Bootslänge von 5,50 Metern kostet lediglich 390 Euro im Monat.«

»Hast du die Adresse von der Frau?«

»Natürlich, hast du was zum Schreiben?«

KAPITEL 21

Das Haus von Bianca Noll befand sich in der Norderneyer Straße im Ortskern von Norden. Es war ein älteres rotes Backsteinhaus mit Sprossenfenstern, umrahmt von einem kleinen, eingezäunten Garten, in dem Heckenrosen blühten. An der blau-weißen Haustür hing ein Buchsbaumkranz an einem weißen Seidenband.

Bianca Noll war eine attraktive, etwas kurvige Frau von Mitte 30 mit langen dunklen Haaren.

»Ich hätte mich heute auch bei der Polizei gemeldet«, sagte sie bei der Begrüßung. Sie bat Birthe ins Wohnzimmer, das im skandinavischen Stil eingerichtet war – eine hellgraue Sitzgruppe, weiße Schränke und Kommoden. Auf dem Couchtisch stand ein zartrosa Blumenstrauß in einer Vase, darüber hing ein weißer Kronleuchter mit Kristallanhängern. Der hellgebeizte Kiefernboden verlieh dem Raum einen rustikalen Anstrich. Kinderfotos und maritime Bilder zierten die Wände. Vor der Terrassentür befand sich eine Spielecke mit einem bunten, flauschigen Teppich, einem Holzpuppenwagen voller Puppen und Teddybären, zwei Spielzeugkisten und einem roten Kinderfahrzeug.

»Warum hatten Sie vor, sich bei uns zu melden?«

Bianca schenkte Birthe und sich Wasser ein. »Ich bin unruhig, weil ich nicht weiß, was mit meinem Freund ist.«

»Wie heißt denn Ihr Freund?«

»Georg. Georg Cannstetter.«

Birthe nickte ernst.

»Sagen Sie mir, was passiert ist«, sagte Bianca ängstlich. »Ist ihm etwas zugestoßen? Ist er das mit dem Unfall? Ich habe es in der Zeitung gelesen und eben im Radio gehört, obwohl ich dachte, nein, das kann er nicht sein, das ist nicht seine Strecke. Oder doch?«

»Warum haben Sie sich nicht schon längst bei uns gemeldet, Frau Noll?«

»Na ja, es ist eine pikante Situation, mein Freund ist verheiratet und seine Frau weiß nichts von uns.« Bianca Noll sah die Kommissarin mit einem gequälten Ausdruck an. Ihre Augen waren schreckgeweitet und rotgerändert. »Ist er tot?«

Birthe nickte. »Es tut mir leid, Frau Noll.«

Das war immer der schwerste Moment. Man wusste nie, was geschehen würde. Einige Hinterbliebene reagierten panisch auf die Todesnachricht, begannen hysterisch zu schreien und konnten nicht mehr aufhören. Andere schluchzten laut. Es gab Menschen, die ausrasteten, Gegenstände von Möbeln fegten oder sogar damit warfen. Andere blieben still, weinten leise und wollten nicht, dass man sie tröstete. Manche schienen nicht zu begreifen, was geschehen war, und zeigten nach außen hin keine Reaktion.

Bianca starrte durch das Fenster auf die kleine Terrasse hinaus. Birthe folgte ihrem Blick. Ein blau-weiß gestreifter Strandkorb, ein mit Mosaiksteinen verzierter Bistrotisch und zwei Korbstühle. In einem Zinkeimer hatte Bianca bunte Sommerblumen arrangiert.

»Welche Strecke fuhr er denn normalerweise, Frau Noll?«

»Die B 72. Über Emden nach Norden«, äußerte Bianca monoton.

»Ich verstehe«, sagte Birthe. »Die B 72 war an dem Abend gesperrt. Ein Sattelschlepper lag quer. Es gab eine Umleitung über Canhusen, Wirdum und Grimersum.«

»Okay. Die Information muss er rechtzeitig erhalten haben.« Bianca Nolls Stimme klang matt und kraftlos.

»Haben Sie hier auf ihn gewartet?«

Bianca nickte stumm.

»Wie lange waren Sie ein Paar, Frau Noll?«

»Wie bitte?« Abwesend spielte Bianca Noll mit ihrem Ring, zog ihn immer wieder ab und steckte ihn erneut an ihren schmalen Finger. Ein großer, rubinroter Schmuckstein zierte den goldenen Ring.

Birthe wiederholte ihre Frage.

Bianca sah an Birthe vorbei, als sie antwortete: »Seit ungefähr drei Jahren.«

»Haben Sie sich in Norden kennengelernt?«

»Nein. In Osnabrück. Ich habe an Georgs Schule unterrichtet. Ich bin Lehrerin.«

»Und warum sind Sie nicht mehr in Osnabrück, sondern hier?«

Bianca holte tief Luft. »Ich wollte schon immer an die Küste. Ich mag das raue Klima. Als Kind habe ich oft meine Sommerferien auf einer der Inseln verbracht. In Norden habe ich mich vom ersten Moment an wie zu Hause gefühlt.«

Birthe nickte. »Das klingt alles nachvollziehbar, aber wenn Sie sich doch in Cannstetter verliebt haben, warum sind Sie dann von Osnabrück weggezogen?«

Bianca schien darüber nachzudenken. »Vielleicht, weil ich Abstand brauchte? In Osnabrück hätte seine Frau früher oder später von uns erfahren. Hier fühle ich mich wohl, geborgen. Zumindest war es bisher so.« Sie sah traurig aus, mitgenommen.

»Ich muss Sie etwas fragen, Frau Noll. Cannstetters Witwe hat ausgesagt, ihr Mann sei regelmäßig zum Segeln nach Greetsiel gefahren. Er hat aber dort kein Segelboot.«

»Nicht mehr«, sagte sie mit rauer Stimme. »Er hatte mal eins, aber er hat es verkauft.«

»Seltsamerweise kennt ihn niemand in Greetsiel.«

»In Greetsiel war er ja auch nie. Zumindest nicht zum Segeln.« Bianca zuckte mit den Schultern. »Er fand es wahrscheinlich sicherer so, als seinen wahren Aufenthaltsort preiszugeben. Er hat vorgegeben, auf dem Segelboot zu übernachten, um keine Hoteladresse nennen zu müssen. Er wollte auf jeden Fall vermeiden, dass seine Frau hier aufkreuzt. Aber diese Angst hätte er nicht haben müssen. Seine Frau hat sich nicht für ihn interessiert. Das ist leider so.«

»Wo hatte er denn sein Boot?«

»In Norddeich. Am kleinen Jachthafen. Allerdings nur für eine Saison. Zum Segeln sind wir kaum gekommen. Ich war ja dann gleich schwanger.«

Überrascht sah Birthe auf. »Von ihm?«

Bianca antwortete nicht.

»Sie wollen es mir nicht sagen?«

»Ich will nicht unhöflich sein, aber ich will jetzt gern allein sein.«

»Das verstehe ich natürlich«, sagte Birthe und verabschiedete sich.

KAPITEL 22

Eine halbe Stunde später stand Birthe auf dem weitläufigen, mit hohen Bäumen umsäumten Marktplatz von Norden. Am Rande einer hübschen Häuserzeile befand sich die Polizeiwache, ein Haus wie aus einem Bilderbuch. Sie trat ein und meldete sich in der Zentrale. Nach zwei Minuten Wartezeit erschien ein kräftig gebauter, rotwangiger Polizeibeamter.

»Moin! Ah, die Kollegin aus Osnabrück«, sagte er in breitem Norddeutsch und sah bewundernd zu ihr auf. »Donnerwetter, sind Sie groß! Da muss ich mir das nächste Mal ja hochhackige Schuhe anziehen, was? So eine lange Dame hat uns noch nie ihre Aufwartung gemacht! Lange Been köst lange Büxen!« Er lachte über seinen eigenen Witz.

»Wie bitte?«

»Ach, das sagt man hier so. Können Sie kein Plattdeutsch?«

»Leider nein.«

»Lange Beine kosten lange Hosen.«

»Ah ja.« Sie sah ihn seltsam an.

»Ihr Kollege hat Sie angekündigt! Besuch aus der niedersächsischen Großstadt, das ist ja mal was Besonderes. Bei uns ist alles ein bisschen gemütlicher. Mein Name ist übrigens Bontjes, Fiete Bontjes«, erklärte er freundlich und reichte ihr die Hand. Er führte sie zwei Treppen höher in sein Büro, das er mit einem Kollegen teilte, wo er sich ein wenig außer Atem an seinem Schreibtisch abstützte. »Auf diesem Platz sitzt normalerweise auch so ein Stadtmensch«, erklärte er schnaufend, »aber der ist gerade ausgeflogen. Unseren Henning hat's böse erwischt – ein Wespenstich am Unterarm. Er hat sich ein Matjesbrötchen vom Fischwagen geholt und die ollen Biester haben sich wie wild auf ihn gestürzt. Nun muss er sich von der Frau Doktor wieder ganz machen lassen. Wird wohl gleich wieder da sein. Der Henning ist ziemlich in Ordnung, aber er ist nun mal nicht von hier, das merkt man. Was kann ich denn für Sie tun? Der schlimme Unfall bei Canhusen?« Er verzog das Gesicht und sprach ohne Pause weiter: »Dass die Leute immer so rasen müssen. Dabei ist da überall Tempobegrenzung. Mehr als 70 Stundenkilometer darf man da gar nicht fahren. Die Kurven, die Brücken, die Alleen – die Gemeinde hat sich schon was dabei gedacht, die Raser in die Schranken zu weisen. Aber die wollen ja nicht hören. Wie heißt es so schön, wer nicht hören will … Wollen Sie ein Koppke Tee?« Seine blauen Augen blitzten freundlich.

Birthe nickte. »Gerne. Darf auch ein Kaffee sein.«

»Bei uns in Ostfriesland trinkt man Tee. Kaffee kriegt nur der Henning«, bemerkte er verächtlich und führte mit seinen breiten Händen eine zarte Tasse zum Mund. »Spaß beiseite, natürlich können Sie Kaffee haben. Aber ob der schmeckt? Kann ich nicht für garantieren. Der ist schon ein paar Stündchen in der Warmhaltekanne. Henning trinkt den zur Not auch kalt.« Er schüttelte sich. »Ich kann leider keinen kochen, aber ich kann mal nebenan fragen. Da sitzt eine Kollegin. Vielleicht macht die das.«

Birthe schmunzelte. »Ich bin nicht so anspruchsvoll. Es liegt auf jeden Fall ein guter Kaffeeduft in der Luft.«

»Merken Sie das? Ich dachte, das wäre das Deo von Henning. Ein Kerl sollte nach frischer Luft riechen, nach Fisch und Arbeit und nicht nach Frauenparfüm. So«, sagte er und schenkte Birthe Kaffee ein. »Genug geschnackt. Nun mal Butter bei die Fische. Was kann ich für dich tun?« Übergangslos war er zum Du übergegangen. »Wegen einem Unfall kommst du doch nicht extra aus Osnabrück raus.«

Birthe erzählte ihm von der Drohmail auf Cannstetters Beifahrersitz, von der ergebnislosen Suche in Greetsiel und der Befragung der Zeugin Bianca Noll.

Bontjes gab den Namen in die Suchmaschine ein. »Völlig unbeschriebenes Blatt.« Er sah Birthe fragend an.

»Sie ist Lehrerin, hier in Norden, am Gymnasium.«

»Aha.« Bontjes rückte seine Brille gerade.

»Darüber hinaus ist sie die Geliebte des Unfallopfers. Seine Frau in Osnabrück weiß nichts von seinem Doppelleben. Außerdem vermute ich, dass sie ein gemeinsames Kind haben.«

»Wie kommen Sie darauf?«

»Weibliche Intuition. Sie druckste so herum, wollte nicht damit herausrücken, wer der Vater des Kindes ist. Allerdings waren die beiden schon zusammen, als sie schwanger wurde. Da liegt es doch nahe, dass das Kind von ihm ist.«

Er hob die Augenbrauen. »Ei, ei, ei. Interessant, ne? Wobei ich nicht von einem Kapitalverbrechen ausgehe. Klingt eher nach einem gewöhnlichen Verkehrsunfall. Das Tempolimit wurde nicht beachtet. Die Leute können das Rasen nicht lassen. Wir müssen leider oft Todesnachrichten überbringen. Schmeckt der Kaffee? Oder willst du Zucker? Kuhmilch oder Kaffeesahne? Alles da.«

»Etwas Milch, bitte.«

Fiete kam ihrem Wunsch nach. Ein bisschen ging daneben, was er mit seiner Hand wegwischte. »Meinst du … ich sag mal so, wenn es doch ein Tötungsdelikt sein sollte, was ich allerdings nicht glaube, hältst du die Frau dann für verdächtig?«

»Zum jetzigen Zeitpunkt nicht.«

»Hat sie ein Alibi?«

»Nach eigener Aussage hat sie in der Nacht auf ihn gewartet.«

»Ist nicht viel, ne? Da würde ich noch ein bisschen nachhaken.«

»Wenn es eine Beziehungstat war, traue ich es eher der Ehefrau zu.«

»Ach ja? Ich bin gespannt auf deine Version.« Über den Rand seiner Lesebrille hinweg sah er Birthe freundlich an.

»Nun, eine wirkliche Version habe ich noch nicht. Nur so viel: Die Mails können von ihr stammen. Eine Mailadresse hat man ruck, zuck angelegt und auch wieder gelöscht. Eifersucht und Rache sind starke Mordmotive, stärker als Habgier.«

»Ist wohl wahr. Und du glaubst, sie ist ihrem Mann hierher gefolgt und hat ihn in den Graben gedrängt?«

»Immerhin haben wir kein Alibi von ihr für die Unfallnacht. Sie könnte problemlos nach Ostfriesland und wieder zurückgefahren sein. Von Osnabrück nach Canhusen, wo Cannstetter verunglückt ist, benötigt man ungefähr zwei Stunden. Der Unfall hat sich zwischen 21.30 und 22.30 Uhr ereignet. Sie hätte also theoretisch genügend Zeit gehabt, ihren Mann zu verfolgen und in der Nacht nach Osnabrück zurückzukehren.«

Er musterte sie ruhig. »Hm. Warum bist du in Norden, Birthe, und nicht in Osnabrück?«

»Weil ich glaube, dass der Schlüssel hier verborgen liegt. Eine Eifersuchtsgeschichte, die in Osnabrück ihren Anfang gefunden hat und ihren Bogen bis nach Ostfriesland spannt. Jemand wusste von der Beziehung und hatte ein Interesse daran, dass sie ein Ende findet.«

Fiete Bontjes blies geräuschvoll die Luft aus und verschränkte die Hände hinter dem Kopf. »Er war Lehrer, dieser Cannstetter?«

Birthe nickte.

»Ein stressiger Beruf«, sagte Bontjes. »Mein Vater war Rektor an der Nordener Grundschule. Der hatte nie Zeit, war dauernd gestresst. Was hast du nun vor?«

»Ich will mir mal das Unfallfahrzeug ansehen.«

Er lehnte sich ein Stück vor. »Das wollte ich sowieso gerade vorschlagen. Henning versteht viel von Autos, er kann dich begleiten.« Er griff nach seinem Handy und tippte eine Nummer. »Henning?«, schrie er hinein. »Was ist mit deinem verdammten Arm? Ist er noch dran?« Lautes Lachen. »Was meinst du, wie lange brauchst du, um hier zu sein? Eine junge, hübsche Dame wartet in unserem Büro auf dich!« Fröhlich zwinkerte er Birthe zu, doch die reagierte nicht.

KAPITEL 23

Alwin Müller war nervös, als er die Haustür aufschloss. Er wollte unbemerkt die Treppe hinaufschleichen, aber da hatte er die Rechnung ohne seine Mutter gemacht.

»Alwin«, rief sie durch die offen stehende Tür, »kommst du bitte?«

Er zögerte. »Was ist denn?«, fragte er unmotiviert und betrat dann doch das Wohnzimmer. Die Jalousien waren heruntergelassen, die Luft war stickig und ungelüftet. Wie immer roch es nach Urin, Desinfektionsmittel und Staub.

»Du kannst mich doch nicht so lange allein lassen!«

»Ich muss arbeiten, Mama, das weißt du doch. War Schwester Irene nicht da?« Er konnte nicht verhindern, dass seine Stimme einen genervten Tonfall annahm.

»Das sagst du jeden Tag.«

»Aber es ist doch so. Irgendwie muss ich halt Geld verdienen. Wenn es dir hier zu einsam ist, dann bringe ich dich in ein Heim. Da hast du mehr Gesellschaft und bestimmt bessere Pflege.«

»Hör auf mit dem Quatsch und bring mir lieber etwas zu essen«, herrschte sie ihn an. »Ich verlasse dieses Haus nicht lebendig. Darauf kannst du Gift nehmen!«

Er schwitzte und fuhr sich mit einem Taschentuch über die Stirn. »Was willst du denn?«

»Nur nicht wieder so eine grässliche Suppe. Die letzte hat nach Wasser und künstlichen Aromen geschmeckt.«

»Ich kann dir ein Brot schmieren. Oder möchtest du Haferflocken?«

»Das reicht nicht. Hast du selbst keinen Hunger?«

»Ich habe in der Schulkantine gegessen.«

»Die Geschäfte haben noch geöffnet. Geh bitte los und hole etwas Vernünftiges. Kartoffeln, Rotkohl und Rouladen. Darauf habe ich Appetit. Meinetwegen auch als Fertigessen aus dem Supermarkt. Ich brauche etwas Herzhaftes, nicht immer diesen Haferbrei.«

Er fuhr sich stöhnend durch die graumelierten Haare. »Ich bin müde, Mama. Ich würde mich gerne zurückziehen.«

Sie reckte ihren kleinen Kopf in seine Richtung. »Du kannst doch eine alte, kranke Frau wie mich nicht verhungern lassen. Du hast versprochen, dich um mich zu kümmern.«

»Das war vor einem halben Jahr. Aber es wird ja nicht besser. Ich bringe dir ein Brot und einen Tee. Dann muss ich was erledigen.« Er machte auf dem Absatz kehrt.

Sie hielt ihn zurück. »Was denn? Jetzt noch? Ich denke, du warst eben schon bei der Arbeit.«

»Nicht für die Arbeit. Am Computer. Ich muss noch etwas schreiben«, sagte er. Seine Nerven waren zum Zerreißen gespannt.

»Was schreibst du denn?«

Die Hitze stieg ihm ins Gesicht. Er spürte, wie sein Hals anschwoll. »Lass mich in Ruhe, ja? Lass mich verdammt noch mal in Ruhe!« Wütend rannte er die Treppe hinauf, in sein ehemaliges Kinderzimmer, das nun sein kleines Wohnzimmer war, und hockte sich zu Paule. Liebevoll fütterte er das Reptil mit Heimchen und Fischfutter und sah zu, wie ihm die Leckerbissen schmeckten. Allmählich wurde er ruhiger.

*

Sie hatte es getan. Wieder mal. Was war nur in sie gefahren? Sie liebte diesen Mann doch gar nicht. Im Gegenteil, sie misstraute ihm inzwischen und benahm sich trotzdem wie ein hormongesteuerter Teenager.

Was war das Besondere an Ferdinand? Einige Augenblicke dachte sie darüber nach. Er gab ihr das Gefühl, eine Frau zu sein. Eine erotische, noch junge Frau. Für Alexander war sie seit Jahren nur noch die Mutter von Konrad, Hausfrau, Chauffeurin und Familienmanagerin. In Ferdinands Nähe hingegen fühlte sie sich lebendig und begehrenswert. Er vermochte es, sie mit wenigen Worten zu trösten, nahm sie in den Arm, wenn sie es gerade brauchte, heiterte sie mit Komplimenten auf und schaffte es, dass sie sich gut fühlte. Franziska wollte eigentlich gar nicht unbedingt mit ihm schlafen, doch irgendwann kam immer der Punkt, an dem sie willenlos wurde. Dann konnte er mit ihr machen, was er wollte. Es war wie eine Sucht. Er verschaffte ihr die stärksten Glücksgefühle, die sie je erlebt hatte – um sie wenig später einsam, ratlos und leer zurückzulassen. Auf den Gipfel folgte der Absturz. Das war wie ein Naturgesetz. Und sie konnte nichts dagegen tun.

Es gab Frauen, die Affären genossen, um sich anschließend gestärkt ihrem Alltag zuzuwenden. Zu diesen Frauen gehörte Franziska nicht. Sie litt unter ihrem Geheimnis, unter der Zwiespältigkeit ihrer eigenen Gefühle.

Nachdem sich Ferdinand von ihr mit einem kurzen, spröden Kuss verabschiedet hatte, sank sie deprimiert auf einem Küchenstuhl zusammen. Sie hätte gern geweint, um sich zu erleichtern, doch sie konnte nicht. Stattdessen fühlte sie wieder diese Leere, dieses Gefühl der Sinnlosigkeit, das sich wie ein Stein auf ihre Seele legte. Und gleich darauf kam die Angst zurück … Die fürchterliche Angst vor Entdeckung, vor den Anforderungen des Alltags, vor der Zukunft, die sie sich stets in düsteren Farben ausmalte. Irgendetwas musste sie tun, um sich nicht für den Rest des Tages in ihr Schneckenhaus zu verkriechen. Sie entschloss sich, die benutzten Tassen in die

Spülmaschine zu räumen, um nicht untätig herumzusitzen – immerhin ein erster Schritt.

Als sie den Deckel der Maschine zuklappte, hörte sie ein Geräusch, ein Klopfen. Es kam von der Terrassentür. Sie hob ihren Kopf in die Richtung, erstarrte und brauchte eine Weile, bis sie den Mut fasste, die Küche zu verlassen, um nachzusehen. Ein Schatten zeichnete sich hinter den Vorhängen im Wohnzimmer ab.

Zögerlich ging sie zur Terrassentür, blieb jedoch einen Moment davor stehen. Ihr Herz raste, und sie hatte das Gefühl, nicht mehr richtig durchatmen zu können. Unbeweglich starrte sie ihn durch die Scheibe an. Sein graues Gesicht irritierte sie. Er fuchtelte mit den Armen. »Mach auf!«, brüllte Ferdinand.

Da tat sie es.

Sie standen sich gegenüber – nie hatte sie ihn so fremd empfunden wie in diesem Augenblick. »Was machst du im Garten? Warum hast du nicht geklingelt?«, fragte sie mit heiserer Stimme.

Seine Augen waren kalt. Ein ungutes Gefühl schnürte ihr die Kehle zu.

»Ich habe nach Spuren gesucht. Ich bin die Straße auf und ab gelaufen, zweimal, dreimal, und habe nach Zeugen Ausschau gehalten. Aber da war niemand. Dann habe ich mich hinter dem Haus und im Garten umgesehen.«

»Warum? Was redest du für Zeug?«

»Mein Auto ist weg.« Sein Gesichtsausdruck war irgendwie irre.

»Wie – weg?« Sie hatte einen Kloß im Hals, wollte ihn runterschlucken, doch es gelang ihr nicht.

»Weg. Es ist gestohlen worden.«

Unsicher machte sie einen Schritt rückwärts. »Bitte, was? Doch nicht in dieser Straße! Nicht am helllichten Tag! Hier ist noch nie ein Auto weggekommen!«

»Woher willst du das wissen?« Er packte sie an den Schultern und schob sich an ihr vorbei. »Kann ich telefonieren? Man ist völlig aufgeschmissen ohne Handy.« Nervös lief er im Wohnzimmer hin und her.

»Ich will damit nur sagen, dass ich mir nicht vorstellen kann, dass es jemand gestohlen hat.«

Abrupt blieb er vor ihr stehen und funkelte sie an. »Sehe ich so aus, als ob ich dich anlüge? Weshalb in aller Welt sollte ich das tun?«

Sie wich vor ihm zurück. Seine dunklen, harten Gesichtszüge machten ihr Angst. »Es könnte doch sein, dass du heute woanders geparkt hast als sonst«, fügte sie kleinlaut hinzu. »Oder nicht?«

»Ich bin nicht plemplem«, fuhr er sie an und tippte sich an die Stirn. »Ich habe mein Auto abgestellt wie immer. Hältst du mich für bekloppt? Gib mir bitte das Telefon.«

»Natürlich.« Als sie das Mobilteil von der Kommode nahm und es ihm reichte, zitterte ihre Hand.

Er wählte die Rufnummer der Polizei-Leitstelle und wartete, bis man ihn durchstellte. Mit konzentrierter Miene berichtete er, was vorgefallen war. Er habe jemanden besucht, eine Dame, für eine Stunde, und als er wegfahren wollte, habe er festgestellt, dass sein Wagen nicht mehr da war.

Sie erschrak bei seinen Worten. Besuch bei einer Dame. Wenn die Polizei hier auftauchte, würde ihre Affäre auffliegen. Dann würde ihre Familie davon erfahren, ihr Mann, ihr Sohn, ihre Eltern und Schwiegereltern. Und auch andere würden sich das Maul über sie zerreißen. Sie dachte an die Nachbarschaft, ihre Bekannten, Arbeitskollegen in der Klinik, Kollegen ihres Mannes – sie stünde unfreiwillig im Mittelpunkt und wäre tagelang Gesprächsthema. Und alles nur wegen des angeblich geklauten Fahrzeugs.

»Ich soll hin«, erklärte Ferdinand knapp und gab ihr das

Telefon zurück. »Zur Polizeiinspektion in die Innenstadt. Sie wollen, dass ich eine schriftliche Anzeige mache. Kannst du mich fahren?« Seine Augen wirkten düster und verhangen.

»Ferdinand, bist du sicher?«, fragte Franziska verzweifelt. »Wollen wir nicht noch einmal gemeinsam nachsehen? Vielleicht steht das Auto woanders; man ist manchmal kopflos, das geht mir auch so, wenn ich viel um die Ohren habe. Dann stehe ich im Keller und weiß plötzlich nicht mehr, was ich dort wollte. Oder im Supermarkt und habe vergessen, was ich einkaufen wollte.«

Auf seiner Stirn bildete sich eine steile Falte, sein Körper spannte sich an. Plötzlich hob er den Arm, als wollte er sie schlagen. Erschrocken wich sie zurück. Sein sonst so bildschönes Gesicht war wutverzerrt.

»Ferdinand!«, rief sie angstvoll aus.

Schnell besann er sich und ließ den Arm sinken. »Entschuldige«, murmelte er kleinlaut und fuhr sich mit der Hand durch die perfekt geschnittenen Haare. »Meine Nerven gehen mit mir durch. Es ist gerade alles zu viel!« Seine Halsschlagader pulsierte.

»Komm, ich fahre dich«, sagte Franziska matt und nahm die Autoschlüssel vom Sideboard.

*

Alwin Müller saß an seinem Computer, vor sich ein Bier und ein Käsebrot, als er seine Mutter unten rufen hörte. Er verdrehte die Augen und stellte die Musik lauter. Viel half das jedoch nicht. Die innere Ruhe war dahin. Er konnte seine Wut nicht unterdrücken. Die Erfahrung hatte er oft genug gemacht. Mit der Konzentration war es vorbei, sobald er das Gefühl hatte, dass seine Mutter unten lag, hilflos und schwach, auf ihn wartete und sich die Lunge aus dem Leib nach ihm schrie. Also stand er auf und trottete die Treppe hinunter.

»Was ist los?«, fragte er gereizt, als er das Wohnzimmer betrat.

»Ich habe Durst«, krächzte sie.

Er kam näher. »Neben dir auf dem Tisch habe ich deinen Schnabelbecher bereitgestellt. Du brauchst nur die Hand danach auszustrecken!«

»Ich will, dass du ihn mir gibst!«

»Du wirst ihn schon selbst nehmen können, oder?« Alwin stand eine Weile starr da, innerlich kochend vor Wut, bis er ihr widerstrebend den Becher mit kaltem Früchtetee reichte.

Sie trank einen Schluck und stellte ihn ab. »Hilf mir hoch, ich will auf den Toilettenstuhl!«

»Das kannst du allein, das machst du doch auch, wenn ich nicht da bin!«

»Hilf mir gefälligst hoch!« Sie strampelte mit einer hastigen Bewegung die Bettdecke von sich.

Er reagierte nicht.

»Alwin!«, ermahnte sie.

Er sah ihre tief liegenden Augen, ihr gelblich bleiches Gesicht mit den Trockenheitsfältchen und Altersflecken, betrachtete die wirren grauen Haare, die ihr vom Kopf abstanden, ihre verhärmten Züge, die blutleeren, schmalen Lippen. Sein Blick fiel auf das Kissen am Fußende, das dicke, feste Nackenstützkissen, das sie sich oft als Rückenstütze nahm, wenn sie abends bequemer fernsehen wollte. Er griff nach dem Kissen, holte tief Luft, drehte und wendete es in seinen groben Händen, knetete es wie Teig, wrang es wie ein nasses Handtuch und sah mehrmals zwischen seiner Mutter und dem Kissen hin und her, bis er es nicht mehr aushielt und es wieder weglegte.

»Hörst du mir nicht zu? Ich will jetzt nicht fernsehen«, sagte Inge. »Komm schon, hilf mir auf den Toilettenstuhl!« Böse fixierte sie ihn mit ihren wässrigen Augen.

Da nahm er ohne zu zögern das Kissen und drückte es ihr ins Gesicht. Er hörte seine Mutter gurgeln, würgen und röcheln. Sie griff nach seinen Handgelenken und krallte ihre spitzen, brüchigen Nägel hinein. Er drückte weiter, mit wutverzerrtem Gesicht, bereit, dem Ganzen ein Ende zu bereiten. Nie wieder diese Stimme hören, dachte er, während er zudrückte, nie wieder ihr Gekeife und ihre unaufhörlichen Kommandos. Nie wieder, nie wieder, nie wieder! Noch zwei, drei Minuten, dann hätte er seine Ruhe – für immer. Für immer und ewig.

In dem Moment klingelte es an der Tür.

KAPITEL 24

Etwas verlegen standen sie nebeneinander in der Halle der Autowerkstatt. Der silberfarbene Volvo V60 von Georg Cannstetter war in einer Ecke abgestellt. Er war stark beschädigt, aber nicht so, wie man es von einem Unfallfahrzeug erwarten würde, in dem ein Mensch gestorben war. Die Windschutzscheibe war zerborsten, der Motorraum nur leicht eingedrückt.

Ein Mechaniker im Blaumann kam auf sie zu und begrüßte sie mit Handschlag. »Sie sind von der Polizei?«, wollte er wissen. »Ihr Kollege hat Sie angekündigt. Bontjes, wenn ich seinen Namen richtig verstanden habe. Offensichtlich hat der Gutachter noch nichts rübergefaxt.«

Henning zuckte mit den Schultern. »Ich glaube nicht, aber ich war auch nicht die ganze Zeit im Büro.«

»Das Fahrzeug hat technische Mängel«, erklärte der Mechaniker. »Haben Sie das gewusst?«

»Technische Mängel? Wie meinen Sie das?« Henning wechselte einen raschen Blick mit Birthe.

»Die Bremsen sind hinüber.«

»Was heißt das? Ist der Schaden durch den Unfall entstanden?«

»Andersrum. Da hat wohl jemand nachgeholfen, aber tüchtig, würde ich sagen. Die Bremsschläuche wurden manipuliert. Ich bocke den Wagen auf, dann zeige ich es Ihnen. Warten Sie ein paar Minuten. Ich muss erst noch ein wenig rangieren. Lassen Sie sich in der Zwischenzeit von unserer Sekretärin einen Kaffee geben.«

Sie setzten sich in den Vorraum und hatten zum ersten Mal etwas Zeit, sich zu beschnuppern. Die rote Schwellung an Hennings Unterarm war unübersehbar.

»Ich habe Angst vor Wespen«, sagte Birthe und erwiderte Hennings Lächeln. »Ich dachte, an der Küste hätte man wenigstens seine Ruhe.«

»Hat man ja eigentlich auch«, meinte Henning achselzuckend. »Die kommen nur zu mir. Die suchen sich ihr Opfer ganz bewusst aus. Und dabei hat die Wespenzeit noch nicht einmal begonnen. Die allerersten, frühreifen Exemplare des Sommers hatten nichts anderes im Sinn, als sich ausgerechnet auf mich zu stürzen. Ich habe mir etwas spritzen lassen, bin leider allergisch.«

Seine Stimme hatte einen angenehmen Klang. Birthe hörte ihm gerne zu. Bei Kaffee und Keksen erzählte er ihr, dass er seit vier Jahren in Norden lebte, nachdem seine langjährige

Beziehung in die Brüche gegangen war und er es nicht mehr ausgehalten hatte, allein in Hannover.

Keine 15 Minuten später wurden sie wieder in die Halle gebeten. Der Volvo war inzwischen aufgebockt.

»Jemand hat das Gummi der Bremsleitungen angeritzt, sehen Sie hier!« Der Mechaniker fummelte mit seinen kräftigen Händen an den Schläuchen herum. Die sauberen, regelmäßigen Einschnitte am Gummi waren unübersehbar. »Und zwar bei beiden Leitungen, denn dieses Fabrikat hat ein Zweikreis-Bremssystem. Das ist normalerweise sehr sicher. Der Diagonalbremskreis soll verhindern, dass bei einem technischen Defekt die Bremswirkung versagt. Wenn aber jemand gründlich nachhilft, hat der Fahrer keine Chance. Da kann er das Pedal durchtreten und durchtreten bis zum Anschlag, irgendwann tut sich gar nichts mehr.«

»Moment«, warf Birthe ein. »Der Fahrer war mindestens zwei Stunden unterwegs, bevor der Unfall passierte. Kann es sein, dass er die ganze Zeit über normal fahren und bremsen konnte? Müsste er denn nichts gemerkt haben?«

»Nicht, wenn das jemand mit System macht und die Bremsschläuche vorsichtig anritzt. Das Fahrzeug verliert nach und nach Bremsflüssigkeit. Anfangs kann der Fahrer noch völlig normal bremsen, aber nach einiger Zeit wird's dann kritisch. Wie schnell, kommt darauf an, wie oft er auf der Strecke bremsen muss. Auf kurvenreichen Strecken oder bei hohem Verkehrsaufkommen, wo viel gebremst werden muss, geht's schneller.«

»Und Sie sind sicher, dass jemand nachgeholfen hat?«, fragte Henning.

»Absolut sicher«, sagte er. »So steht es auch in dem Bericht, den der Gutachter Ihnen zufaxen wollte. Der Unfall wurde bewusst herbeigeführt.«

Birthe tauschte einen Blick mit ihrem Nordener Kollegen.

»Wenn Sie mich fragen, wer so etwas tut, hat jemanden auf dem Kieker, aber gewaltig«, fuhr der Mechaniker fort. »Der will jemandem ans Leder.«

Birthe musste seine Worte erst einmal sacken lassen. »Lässt sich abschätzen, wie lange vor dem Unfall die Bremsschläuche angeritzt wurden?«, fragte sie.

»Die Einritzungen sehen frisch aus, sonst hätte sich schon eine Dreck- und Ölspur drübergelegt. Nun, ich würde sagen, irgendwann im Laufe des Nachmittags. Der Täter wusste sicher, dass der Fahrer eine längere Fahrt vor sich hatte. Der Fahrer muss bis zu einem gewissen Zeitpunkt noch nicht allzu viel gebremst haben. Sonst hätte der Druck bald nachgelassen.«

»Die schwarzen Lackspuren und Dellen auf der Fahrerseite«, Birthe trat näher an das Wrack heran, »wie würden Sie die beurteilen?«

»Ich würde sagen, da ist jemand dem Unfallfahrzeug etwas näher gekommen.«

»Ich frage mich, ob es derjenige war, der die Bremsschläuche manipuliert hat«, dachte Birthe laut.

Der Mechaniker schlug sich auf die Brust. »Woher soll ich das wissen? Sie sind doch von der Polizei!«

Birthe betrachtete immer noch die schwarzen Kratzer.

Henning fasste sie sachte am Oberarm. »Lust auf einen leckeren Apfelkuchen mit Schlagsahne?«, fragte er. »Dabei lässt sich alles viel besser rekonstruieren.« Er lächelte verlegen.

Birthe stutzte für einen Moment, dann nickte sie.

Sie murmelten ein paar Dankes- und Abschiedsworte und verließen zügig die Werkstatt.

*

Alwin Müllers Hand zitterte, als er die Klinke der Haustür herunterdrückte. Vor ihm standen zwei Polizisten in Uniform und hielten ihm einen Durchsuchungsbefehl unter die Nase. Alwin zögerte einen Moment. Sein Herz hämmerte hart und unregelmäßig. Er hörte seine Mutter schreien und schloss kurz die Augen.

»Wer ist das?«, fragte einer der Polizisten.

»Meine Mutter. Sie ist krank. Ich pflege sie«, antwortete Alwin niedergeschlagen.

»Sie ganz allein? Dürfen wir sie mal sehen?«

Mit gesenktem Kopf trat Alwin zur Seite. »Bitte.«

»Wer ist es denn?«, krähte seine Mutter aus dem Wohnzimmer.

Der Polizist ging voran und trat an ihr Pflegebett. »Alles in Ordnung mit Ihnen? Sind Sie Frau Müller, die Mutter von Alwin Müller?«

Alwin warf ihr einen beschwörenden Blick zu.

Inge nickte lächelnd. »Wer hat Sie gerufen? Die Nachbarn?«

»Unsinn, Mama, warum sollten die Nachbarn die Polizei rufen?«, fragte Alwin kläglich.

»Ja, Frau Müller, warum?«, wollte der Polizist wissen.

Inge lächelte unsicher.

»Fühlen Sie sich gut gepflegt?« Der Polizeibeamte sah sich im Raum um und warf einen Blick auf den Toilettenstuhl, Einmalhandschuhe, eine Flasche mit Desinfektionsmittel, diverse Medikamentenschachteln und Salben, den Schnabelbecher und eine Schale mit dem Haferschleim. »Oder möchten Sie lieber in eine Klinik? Ich kann gerne für Sie einen Krankenwagen rufen.«

»Nein, alles in Ordnung«, krächzte sie. »Heute bin ich ein bisschen schwach und ruhe mich aus. Aber morgen stehe ich wieder auf. So lange wird das nicht mehr dauern, ich komme wieder auf die Beine, das hat bisher noch immer geklappt, keine Sorge. Was wollen Sie denn von meinem Sohn?«

»Nichts Schlimmes, regen Sie sich nicht auf. Nur eine Routineangelegenheit.« An Alwin gewandt sagte er: »Zeigen Sie mir bitte Ihre Privaträume, Herr Müller!«

»Kommen Sie«, sagte Alwin schnell. »Ich wohne oben, gehen Sie ruhig voran.« Erleichtert zog er die Tür zu.

KAPITEL 25

»Ich möchte dich um einen Gefallen bitten«, sagte Ferdinand, als sie nach seiner Aussage in der Polizeiinspektion in Franziskas Cabrio gestiegen waren. Wegen der kühlen Witterung hielten sie das Verdeck geschlossen. »Es ist mir ausgesprochen unangenehm, zumal du mir gerade erst die 20.000 geliehen hast.« Er sah Franziska flehentlich an.

»Was denn?«, fragte sie, auf alles gefasst. »Noch mehr Geld?«

»Nein, das nicht. Ich möchte dich bitten, mir deinen Wagen zu leihen. Nur für drei Tage, dann bekommst du ihn vollgetankt zurück.«

Sie zog die Stirn kraus. »Ferdinand, ich brauche ihn auch«, sagte sie. »Wie soll ich sonst zur Arbeit kommen?«

Er legte den Kopf schief und sein Gesicht bekam einen jungenhaften Ausdruck. »Du könntest das Fahrrad nehmen«, schlug er vor. »Das ist gesund und sportlich und würde dir sicher guttun. Du hast zwar eine Modelfigur, schaden kann es trotzdem nicht. Zumal du anscheinend gerade wieder mit dem Rauchen angefangen hast.«

»Quatsch, ich rauche nicht. Wie kommst du darauf?«

Er schnupperte. »In deinem Auto riecht es leicht nach kaltem Rauch, findest du nicht? Ich rauche zwar selbst ab und zu, aber nie im Wagen. Ich mag das nicht.«

Auch sie nahm nun den schwachen Geruch wahr. »Mag sein. Alexander war vor Kurzem mit dem Wagen unterwegs. Vielleicht hat er jemanden mitgenommen.«

»Raucht Alexander?«

»Nein. Schon lange nicht mehr.«

Er nickte. »Okay. Und jetzt? Bekomme ich dein Auto?«

Sie atmete tief durch. Erst das Geld, dann das Auto. Wohin sollte das noch führen? Wenn das so weiterging, würde er bald in ihr Haus einziehen und sie auf die Straße setzen. Das war doch nicht normal! Konnte sie ihm überhaupt trauen? Was wollte er von ihr? Sie warf einen kurzen Blick in seine Richtung. Wie ein Straftäter sah Ferdinand nicht aus, ganz im Gegenteil. Er hatte sie vom ersten Augenblick an in ihren Bann gezogen. Sie hatte wieder die Bilder von ihm im Kopf, die sie anfangs von ihm hatte. Ferdinand, der Gutsbesitzer von reicher Herkunft, mit Bibliothek, prasselndem Kaminfeuer, Ölgemälden und Jagdhund vor den Füßen. Der erste Eindruck konnte doch nicht so täuschen! Und er hatte ihr wirklich viel gegeben. Ihr Selbstbewusstsein war am Ende gewesen, als sie ihm begegnet war und hatte durch ihn einen enormen Schub bekommen. Er hatte aus ihr wieder die attraktive Frau gemacht, die sie früher war. Allein durch seine Komplimente hatte sie wieder an sich geglaubt und mehr aus sich gemacht. Mit Ferdinand hatte sie den besten Sex ihres Lebens, auch das konnte sie nicht verleugnen. Sie war viel zufriedener als noch vor ein paar Monaten. Ein gutes Leben bestand letztlich aus guten Momenten, aus guten Gefühlen. Das war mit materiellem Besitz gar nicht aufzuwiegen. Sollte sie nicht wenigstens ein bisschen dankbar sein? Ein paar Tage lang auf ihr Auto zu verzichten, würde ihr keinen Zacken aus der Krone brechen. Und Fahrradfahren war ja schließlich gesund. Bis Alexander von seiner Dienstreise zurückkäme, wäre das Auto wieder da.

»Also gut, du hast gewonnen. Für drei Tage, sagst du?«

»Keinen mehr und keinen weniger.« Er warf ihr einen Luftkuss zu. »Du bist die tollste Frau, die mir je begegnet ist. Ich bin so froh, dich kennengelernt zu haben! Ich liebe dich!«

»Hm«, machte sie und freute sich zum ersten Mal nicht über sein Kompliment.

»Gibst du mir die Papiere?« Erwartungsvoll streckte er seine Hand aus und lächelte charmant.

Sie zögerte einen Moment. »Und dann, Ferdinand? Ich meine, nach den drei Tagen hast du immer noch kein Auto.«

»Bis dahin werde ich mir eins besorgen, Darling. Das soll nicht deine Sorge sein.«

Seufzend kramte sie in ihrer Handtasche, zog die Fahrzeugpapiere heraus und reichte sie ihm.

Vom Kollegienwall bis zur Parkstraße brauchten sie weniger als zehn Minuten.

»Ich steige hier aus«, sagte Franziska. »Du kannst meinetwegen gleich weiterfahren. In spätestens drei Tagen habe ich das Auto wieder!«

Er stieg aus, um auf die Fahrerseite zu wechseln.

Vor dem Auto umarmte er sie flüchtig.

»Komm heil zurück«, sagte Franziska. »Und melde dich bitte mal zwischendurch!«

Er lachte, stieg ein und brauste mit ihrem Cabrio davon.

KAPITEL 26

Über zwei Stunden hatten sie im gemütlichen *Café ten Cate* mit nostalgischem Charme in Norden gesessen, große Tortenstücke verspeist und Ostfriesentee getrunken, der ihnen auf einem Stövchen mit Sahne und Kluntjes serviert worden war. Als Henning vorgeschlagen hatte, nach Norddeich zu fahren, um einen Spaziergang am Wattenmeer zu unternehmen, hatte sie nicht lange überlegt.

Sie erklommen den Deich und blickten auf den Strand hinunter, auf dem Kinder mit ihren Eltern Drachen steigen ließen. Bei dem herrlichen Wetter war viel Betrieb. Fast alle Strandkörbe waren besetzt. Die sommerlich gekleideten Urlauber hatten es sich mit Proviant darin bequem gemacht und schauten aufs Watt hinaus oder lasen. Möwen zogen aufgeregt flatternd und krakeelend ihre Kreise über ihren Köpfen und ließen sich manchmal direkt vor den Strandkörben nieder, in der Hoffnung auf einen Brocken Brot oder ein Stück Krabbenbrötchen.

»Einmal im Jahr brauche ich diesen Geruch«, sagte Birthe und schnupperte. Sie bereute es, keine dünneren Sachen angezogen zu haben. Mit ihren dunklen Jeans und den Doc Martens fühlte sie sich etwas unwohl. Aber im Dienst waren kurze Hosen oder Sommerröcke tabu. Immerhin trug sie ein maritimes Ringelshirt.

»Einmal in der Woche brauche ich ihn.« Henning sah sie von der Seite verschmitzt an. »Dann fahre ich mit dem Rad die paar Kilometer raus zum Strand, um auf dem Deich zu laufen. Nach einer Stunde ist mein Kopf frei und ich verspüre ein Gefühl tiefer Zufriedenheit.«

»Gehen wir zu dem Haus da hinten? Was ist das?«, fragte

Birthe und deutete auf ein rotes, langgestrecktes Gebäude mit einer Brücke aus Eisen.

»Das Haus des Gastes, ich wollte es dir sowieso gerade vorschlagen. Dort gibt es einen Turm mit einer Aussichtsplattform, und wir können auf der Terrasse Kaffee trinken.«

Birthe genoss es, neben Henning auf dem Deich zu gehen und sich den Wind um die Nase wehen zu lassen. Sie hatte das Gefühl, dass er plötzlich dicht neben ihr war. Um ihm nicht den Eindruck zu vermitteln, dass sie etwas von ihm wollte, vergrößerte sie den Abstand zwischen ihnen ein wenig.

Es war gerade Ebbe; das Meer hatte sich weit zurückgezogen. Kinder spielten mit Eimern und Keschern im Watt. Manche barfuß, viele hatten wegen der spitzen Muscheln Badeschuhe oder Gummistiefel an. Einige trugen bunte Baumwollmützen, Kappen oder Tücher, um sich vor Wind und Sonne zu schützen.

»Du kommst aus Hannover, habe ich gehört. Was hat dich hierhin verschlagen? Nur der Meergeruch?«

»Nun, meine Familie mütterlicherseits stammt aus Norden. Meine Großeltern hatten hier ein kleines Hotel. Meiner Mutter wurde es irgendwann zu eng. Mit 20 oder 21 ist sie nach Hannover gezogen, um in einem großen Haus zu arbeiten. Dort hat sie meinen Vater kennengelernt, einen Bahnbeamten. Nach seiner Frühpensionierung sind sie dann nach Norden zurückgekehrt.«

»Gibt es das Hotel noch?«

»Ja. Es war lange Zeit verpachtet, aber wird nun wieder von meinen Eltern geführt. Mein Vater macht die Büroarbeit, meine Mutter kümmert sich um alles andere, auch um die zehn Angestellten.«

»Und deine Großeltern?«

»Meine Großmutter lebt nicht mehr. Mein Großvater ist sogar noch recht fit. Er hat sich in seinem hohen Alter noch einmal verliebt und verbringt mit seiner Freundin seinen Ruhestand in einem Seniorenheim in Greetsiel. Sie genießen ihre neu entdeckte Zweisamkeit. Hoffentlich bleibt das noch lange so.«

»Schön«, sagte Birthe und betrachtete lächelnd sein Profil. Henning war ein sportlicher Typ, aber nicht so wie Daniel, der seine Muskeln zur Schau stellte und das ganze Jahr über seine künstliche Bräune kultivierte. Henning wirkte eher wie ein Naturbursche, der sich gerne draußen bewegte, eine gesunde Hautfarbe hatte und funktionelle Kleidung statt Markenklamotten bevorzugte. Die helle Hose hatte er hochgekrempelt. Dazu trug er ein weißes T-Shirt und Leinenschuhe.

»Zu meinem Großvater habe ich von klein auf ein besonderes Verhältnis«, fuhr Henning fort. »Er hat mir die Welt erklärt und viele nützliche, lebenspraktische Dinge beigebracht: wie man drei Tage in der Natur überlebt, Regale zusammenschraubt, tapeziert, Fahrräder repariert und Autoreifen wechselt. Vor allem hat er mir Werte vermittelt, die für mich heute noch gelten, die Liebe zur Natur zum Beispiel. Und den Respekt vor meinen Mitmenschen, auch wenn sie manchmal schwer zu ertragen sind. Er hat mir gezeigt, wie wichtig Toleranz ist und dass man bereit sein sollte, Kompromisse einzugehen. Niemand hat sich sein Schicksal ausgesucht. Einige haben mehr Glück, andere weniger. Mein Großvater hat mich gelehrt, sich für Schwächere einzusetzen und sich für Gerechtigkeit starkzumachen. Ohne ihn hätte ich vermutlich einen anderen Beruf ergriffen«, sagte Henning. »Und du? Warum bist du Polizistin geworden?«

»Mein Onkel ist Polizist. Ich fand seine Geschichten als Kind unglaublich spannend. Er war der Held, der böse Menschen zur Strecke brachte und für Recht und Ordnung sorgte. Jedes Abenteuer hat er gemeistert, die Guten beschützt und die Bösen bestraft. Immer Sieg auf der ganzen Linie«, sagte sie augenzwinkernd. »Das wollte ich natürlich auch.«

»Und? Hatte er zu viel versprochen, dein Onkel?«

»Okay, manchmal gibt es ein Happy End. Aber wenn wir

einen Fall nicht lösen können, deprimiert mich das. Und so abenteuerlich ist es bei Weitem nicht. Die spektakulären Verbrecherjagden, die er immer sehr wortreich geschildert hat, haben in meinem Polizeialltag bisher jedenfalls kaum stattgefunden. Stattdessen viel Büroarbeit, lästiger Schreibkram, Bürokratie, nervige Auseinandersetzungen mit der Staatsanwaltschaft, mit Anwälten, Beschuldigten und manchmal leider auch mit überbesorgten, teils uneinsichtigen und auch respektlosen Bürgern. Trotzdem liebe ich das, was ich mache, und möchte mit niemandem tauschen.«

»Ich auch nicht. Wie findest du eigentlich den Fiete?«

»Deinen Kollegen?« Sie lächelte.

»Deinem Schmunzeln entnehme ich, dass du ihn auch nicht so ganz ernst nehmen kannst.«

»Dafür kenne ich ihn noch nicht lange genug.«

»Weißt du, was sein Lieblingsspruch ist?«

Sie schüttelte den Kopf. »Der mit den langen Been und den langen Büxen?«

»Den kenne ich gar nicht. Nee, ich meine einen anderen: Beter natt vun Regen, as natt vun Sweet.«

»Heißt auf Hochdeutsch?«

»Besser nass vom Regen als nass vom Schweiß. Sagt eigentlich alles, oder?«

Sie lachten.

Henning hielt sich dicht neben ihr. Es war eine angenehme Nähe, der sie nun nicht mehr auswich. Im Gegenteil, eine Anziehungskraft ging von ihm aus, die sie sich nicht erklären konnte. Um sich nicht zu sehr von ihren Gefühlen leiten zu lassen, kam sie wieder auf den Fall Cannstetter zu sprechen. »Ich denke, ich fahre gleich noch einmal zu der Freundin des Opfers. Sie stand bei der Erstbefragung natürlich unter Schock. Aber ich habe den Eindruck, sie will noch etwas loswerden. Sie hat gesagt, sie wollte sowieso die Polizei rufen. Da will ich noch einmal nachhaken.«

»Soll ich mitkommen?«

Sie blickte in seine warmen Augen, nahm den weichen Ausdruck seines Gesichts wahr, den fein geschwungenen Mund, die Grübchen an den Wangen und am Kinn. Am liebsten hätte sie ja gesagt. »Nein, ich denke, es ist besser, ich gehe alleine hin. Von Frau zu Frau spricht es sich vielleicht einfacher.«

»Mach das man so, Birthe«, sagte er und lächelte.

*

Diesmal saßen sie in Biancas gemütlicher weißer Landhausküche bei einer Tasse Tee zusammen. Auch von hier aus führte eine Tür auf die mit rotem Klinker gepflasterte Terrasse. In einer Obstschale auf der Anrichte lagen Äpfel, Weintrauben und Bananen. Daneben befand sich eine blau-weiß gestreifte Vase mit einem bunten Wiesenstrauß darin. »Kluntjes?«, fragte Bianca und schob Birthe die Zuckerdose hin.

Birthe gab mit der silbernen Zuckerzange einen weißen Brocken in ihre zierliche Tasse. »Wie geht es Ihnen, Frau Noll?«

Bianca Noll zuckte mit den Schultern. »Ich bin ja nur die Geliebte. Trotzdem darf ich vielleicht sagen, dass es mir beschissen geht.«

»Natürlich, alles andere würde mich wundern. Meinen Sie, wir können trotzdem etwas reden? Oder soll ich an einem anderen Tag wiederkommen?«

»Nein, ist schon gut. Bitte bleiben Sie. Ich möchte nicht, dass mich dann vielleicht doch ein anderer Polizist befragt.«

»Sie wollten mir noch etwas sagen, nicht, Frau Noll?«

Überrascht sah Bianca auf.

»Ich möchte schon gern wissen, ob Cannstetter der Vater Ihres Sohnes ist.«

Schweigen. Bianca wich Birthes Blick aus.

»Der kleine Junge auf den Fotos im Wohnzimmer – ist das sein Kind? Ihr gemeinsames Kind?«

Bianca atmete tief durch und ließ sich einige Sekunden Zeit mit der Antwort. »Ja, das ist Moritz«, sagte sie mit rauer Stimme.

»Georg Cannstetters Sohn?«

»Ja«, sagte die Lehrerin leise. »Sie hätten es ja doch herausgefunden.«

»Weiß seine Frau davon? Dass er einen weiteren Sohn hat? Er hat die ganze Zeit über ein Doppelleben geführt, mit zwei Familien? Ein Sohn zu Hause in Osnabrück, ein zweiter hier in Norden, in Ostfriesland?«

»Bald sogar noch ein Kind, hier in Ostfriesland«, sagte Bianca verlegen lächelnd.

»Ach ja?«

Bianca streichelte sich über ihren Bauch, der sich bei genauem Hinsehen leicht wölbte. »Ich bin im vierten Monat. Georg wusste nichts davon. Es sollte eine Überraschung werden. Ich wollte es ihm an dem Abend sagen, an dem er verunglückte.«

»Ich nehme an, es war nicht geplant?«

»Manche Dinge im Leben kann man nicht planen, die geschehen einfach. Meine Güte, als ich mich in Georg verliebt habe, wusste ich doch nicht, dass er verheiratet ist und Familie hat! Es war wie ein Blitzschlag. Wir waren für drei Tage auf Klassenfahrt in Berlin. Bis zum Morgengrauen saßen wir in der Cafeteria bei zwei Flaschen Wein zusammen. Die Schüler waren halt sehr aktiv und hatten nachts nichts als Unsinn im Kopf. Da konnten wir nicht einfach schlafen gehen.« Sie fing Birthes fragenden Blick auf und fuhr fort: »Was glauben Sie, wie viel bei einer Freizeit passieren kann: Drogen, Alkohol, Zigaretten. Die Jungs laufen gerne mal in den Mädchentrakt hinüber und umgekehrt. Einige Jugendliche meinen auch, nachts ausbüxen zu müssen und verlassen unerlaubterweise das Haus – mein Gott, da trägt man ganz schön Verantwortung. Jedenfalls haben wir viel geredet. Jede Nacht. Er hat aber nichts von seiner Familie erzählt, ist immer ausgewichen. Da wir so viel zu reden hatten, ist es mir damals gar nicht aufgefallen. Ja, und in der dritten Nacht der Klassenfahrt ist es dann passiert. Die Kinder waren todmüde nach all den Unternehmungen. Um 21.30 Uhr war plötzlich Stille im Haus, sodass wir uns zurückziehen konnten. Es war gleich ein Volltreffer. In jener Nacht ist unser Moritz entstanden.« Sie lächelte unsicher. »Ich habe mich versetzen lassen, als ich erfahren habe, dass ich schwanger bin. Deswegen der Umzug nach Ostfriesland. Jetzt haben Sie auch eine Antwort auf diese Frage. So konnten wir unsere Affäre vor Kollegen, Schülern und vor allem seiner Frau geheim halten.«

Birthe wusste nicht, was sie von dieser Geschichte halten sollte. Sie war natürlich kein Einzelfall, solche Dinge ereigneten sich tagtäglich irgendwo in Deutschland und in der ganzen Welt in ähnlicher Form. Menschen verliebten sich, entliebten sich, wurden sich untreu und mussten die veränderten Lebensumstände irgendwie auf die Reihe bekommen. Schwierig, wenn Kinder betroffen waren. Mitunter war es tragisch. Sie sah Cannstetters Frau vor sich, stellte sich vor, wie der behinderte Junge geweint hatte, als er vom Tod seines Vaters erfahren hatte. Cannstetters zweiter Sohn lebte hier. Wusste der Kleine überhaupt, dass Georg Cannstetter sein Vater war? Sie stellte Bianca diese Frage.

»Aber sicher. ›Papa‹ war sein erstes Wort«, sagte Bianca stolz.

»Wie alt ist Moritz?«, fragte Birthe.

»Er ist zwei. Fängt gerade an zu sprechen. Er plappert den ganzen Tag, stellt eine Frage nach der anderen. Alles will er untersuchen, auseinandernehmen. Er will allen Dingen auf den Grund gehen. Ein süßes Alter, aber furchtbar anstrengend. Ich muss dauernd hinter ihm her sein.«

Birthe nickte verständnisvoll. »Ich habe eine Nichte in dem Alter. Wo ist Moritz jetzt?«

»Bei einer Tagesmutter. Ich arbeite ja als Lehrerin und hole ihn am späten Nachmittag ab, wenn ich mit allen Vor- und Nachbereitungen fertig bin. Schließlich will ich Zeit für ihn haben, wenn er bei mir ist.«

»Sie hätten sich sowieso bei der Polizei gemeldet, haben Sie gesagt.«

Bianca zwirbelte eine Haarsträhne zwischen ihren Fingern.

Birthe wartete ab.

»Ich habe ein ungutes Gefühl. Mit dem Unfall stimmt etwas nicht.« Biancas Blick ging ins Leere.

»Wie meinen Sie das?«, hakte Birthe nach.

»Er hat mich von seinem Auto aus angerufen. Wir haben ein bisschen geplaudert und dann hat er gesagt … Er hat von einer defekten Bremse gesprochen. ›Die greift nicht richtig‹, hat er gesagt. Na ja, und er war fest davon überzeugt, dass jemand ihn verfolgte.«

»Wie kam er darauf?«

»Georg war schon etwas seltsam. Der hatte fast Paranoia, ein tiefes Misstrauen gegen alles und jeden. In der letzten Zeit war das ganz schlimm geworden. Ständig blickte er sich um. Ich habe ihn nicht ernst genommen, habe ihn sogar mit seinen übertriebenen Ängsten aufgezogen. Manchmal habe ich ihn regelrecht angepflaumt, er soll mich gefälligst mit seinen bescheuerten Fantasien in Ruhe lassen und mich nicht immer damit runterziehen. Er hat mich mit seiner Ängstlichkeit tierisch genervt und mir die Laune verdorben. Aber vielleicht hatte er doch recht mit seinen Befürchtungen. Vielleicht wurde er tatsächlich verfolgt.« Sie sah Birthe fragend an.

Birthe lehnte sich vor. »Wodurch hatte er das Gefühl, beobachtet zu werden?«

»Er bekam in seinem Haus in Osnabrück seltsame Anrufe.

Das Telefon klingelte, jemand war dran, aber sagte nichts. Georg hörte nur ein Atmen, ein Keuchen und Stöhnen. Diese Anrufe konnten irgendwann kein Zufall mehr sein.«

»Ein Mann oder eine Frau?«

Bianca zuckte mit den Schultern. »Er wusste es nicht. Er vermutete einen Mann.«

»Wann begannen die Anrufe?«

Bianca ließ sich Zeit mit der Antwort. »Vor ungefähr sechs Wochen.«

»Wie oft fanden sie statt? Täglich?«

»Nein, vielleicht ein- oder zweimal in der Woche, dann gab es eine längere Pause, bis es wieder anfing.«

»Zu welcher Uhrzeit?«

»Spätabends. Seltsamerweise immer dann, wenn seine Frau schon zu Bett war. Die ist abends meistens so erschöpft, dass sie früh schlafen geht. So gegen 21.30 Uhr, wie er mir gesagt hat. Die Anrufe kamen nie vor 22.30 Uhr.«

»Die Nummer war vermutlich unterdrückt.«

»Natürlich.«

»Hat er nicht daran gedacht, den anonymen Anrufer bei der Polizei zu melden und eine Fangschaltung zu beantragen?«

»Hat er. Er ist lethargisch in diesen Dingen. Gerade in der letzten Zeit hatte er viel Stress in der Schule, Streit mit Eltern, Kollegen und Schülern. In dieser Reihenfolge. Georg litt mehr unter den Eltern als unter den Schülern. Mit seiner Frau lief es auch nicht gut. Dann die Sorge um sein Kind. Samuel hat das Downsyndrom und ist sehr anfällig. Er war allein in diesem Jahr zweimal mit einer Lungenentzündung im Krankenhaus. Einen Herzfehler hat er auch. Samuel trägt seit Jahren einen Herzschrittmacher. Abends war Georg in letzter Zeit völlig fertig. Manchmal hat er das Telefon auch läuten lassen, ist nicht drangegangen. An guten Tagen hat er es erfolgreich ignorieren können. An schlechten konnte er danach nicht schlafen.«

»Bei Ihnen gingen keine anonymen Anrufe ein?«

»Nein. Hier nicht. Bei mir hatte er seine Ruhe.«

»Hatte er jemanden in Verdacht?«

Bianca schüttelte den Kopf. »Nein. Er tappte völlig im Dunkeln.«

»Hat er Namen genannt? Man macht sich doch Gedanken, wenn man solche Anrufe erhält. Da geht einem doch automatisch was durch den Kopf.«

Nach kurzem Überlegen sagte Bianca: »Nein, nichts.«

»Waren es nur diese Telefonanrufe, die Ihren Partner beunruhigt haben?«

»Wie gesagt, er hat sich verfolgt gefühlt, besonders im Auto. Zwei-, dreimal hat er mir davon erzählt, dass ein Fahrzeug dicht aufgefahren und längere Zeit hinter ihm geblieben war, selbst, als er öfter die Spur gewechselt und die Richtung geändert hatte.«

»Ist das auch in Osnabrück passiert?«

»Ja, da hauptsächlich.«

»Hat er sich die Nummer aufgeschrieben? Was war das für ein Fahrzeug?«

»Ein dunkler BMW. Kein Kennzeichen. Das ging immer viel zu schnell.«

Birthe wartete ein paar Sekunden lang ab. »Können Sie sich an seine letzten Worte erinnern, Frau Noll?«

Bianca schwieg eine Weile. »›Der will mich fertig machen, ich mach Schluss, wir sehen uns‹ oder so … Ich habe ihm geraten, die Polizei zu rufen. Hat er das noch getan?«

»Er hat keinen Notruf mehr absetzen können. Es muss sehr schnell gegangen sein.«

»Ich habe den Knall gehört«, sagte Bianca leise.

»Den Knall des Aufpralls?«

Bianca nickte. »Ich bin mir ziemlich sicher. Wir haben ja noch telefoniert, dann kam plötzlich der Knall. Daraufhin Totenstille. Erst dachte ich, der käme aus dem Fernsehen oder so. Aber ich glaube, damit habe ich mir selbst etwas vorgemacht. Mittlerweile glaube ich, dass ich Zeugin war, wie er gestorben ist. Zeugin am Telefon.«

Birthe ließ sie reden, war darauf bedacht, sie nicht zu unterbrechen.

»Immer wieder höre ich dieses Geräusch. Es war so schrecklich. Ich war dabei und konnte ihm nicht helfen«, fuhr Bianca fort.

»Wann genau haben Sie den Knall gehört?«

»Es muss kurz nach 22 Uhr gewesen sein. Der Krimi ging bis 22.15. Kurz davor war dieses Geräusch.«

»Sind Sie sicher?«

Bianca nickte. »Dann war da noch diese Mail«, sagte sie stockend. »Ein paar Wochen vorher, sie hat ihn sehr belastet.«

»Können Sie mir die zeigen?«

»Leider nein. Georg hat mir nur davon erzählt.«

»Was war der Inhalt der Mail?«

»Beleidigungen, Drohungen. Sinngemäß: Es wäre bald aus mit ihm. Ich habe es nicht ernst genommen. Leider. Ich habe das Ganze heruntergespielt, versucht, ihn zu beruhigen. Ein Schülerstreich, habe ich gesagt, reg dich nicht so auf.«

Während Bianca redete, öffnete Birthe ihre Tasche und holte eine Kopie der ersten Drohmail hervor.

Bianca Noll las langsam, immer wieder von Neuem, als würden sie die Worte kaum erreichen. Tränen traten ihr in die Augen.

»War das die Mail?«, fragte Birthe leise.

Mit leerem Blick nickte Bianca. Sie schien weit weg zu sein.

»Ich lasse Sie jetzt in Ruhe, Frau Noll.« Sie wandte sich zum Gehen und ließ ihre Karte auf der Theke zurück.

Bianca warf einen Blick darauf. »Frau Schöndorf«, sagte sie und sah Birthe flehend an, »seine Frau weiß nichts davon. Bitte!«

»Ich kann Ihnen leider nicht versprechen, nichts zu sagen«, erklärte Birthe mitfühlend. »Ich versuche, darauf Rücksicht zu nehmen. Aber seine Frau wird wahrscheinlich im Laufe der Ermittlungen sowieso davon erfahren. Darauf müssen Sie sich einstellen.«

*

Birthe lag ausgestreckt auf ihrem Bett in der Frühstückspension und ließ sich von einer Quizsendung aus dem kleinen, alten Röhrenfernseher berieseln. Sie bekam kaum etwas mit, es interessierte sie auch nicht. Trotzdem widerstand sie dem Impuls auszuschalten, weil sie ahnte, dass sie die Stille jetzt nicht ertragen würde.

Sie ließ die letzten Stunden Revue passieren. Viele Eindrücke, Erkenntnisse und Gefühle. Es war fast zu viel für einen einzigen Tag.

Cannstetters Fahrzeug hatte technische Mängel. Die Bremse funktionierte nicht. Sie hatte bereits ihre Kollegen in Osnabrück darüber informiert.

Sein Segelboot in Greetsiel existierte nicht. Er hatte es nur als Alibi erfunden. Über viele Jahre hinweg hatte er ein kompliziertes Doppelleben geführt, aus dem ein Kind hervorgegangen war, das mit seiner Mutter in Norden lebte. Es war nicht auszuschließen, dass seine Ehefrau davon wusste. Für Martha Cannstetter wäre dieser Zustand sicherlich schwer zu ertragen. Eifersucht war auf jeden Fall ein starkes Motiv für einen Mord. Doch die Witwe hatte einen behinderten Sohn, den sie liebte und für den sie die Verantwortung trug. Wäre sie überhaupt in der Lage, ein Fahrzeug zu manipulieren, sodass die Bremsen versagten und es zu einem folgenschweren Unfall kommen konnte? Nun, sie hätte jemanden damit beauftragen können. Derjenige wäre Mittäter und hätte sich mit so einer Aktion strafbar gemacht.

Daniel und Carlo hatten ihr erzählt, dass Cannstetter einen Rivalen an der Schule gehabt hatte. Neid war ein häufiges Mordmotiv. Was wusste Westendorp? Was war noch aus ihm herauszuholen?

Schließlich wanderten ihre Gedanken zu der Begegnung mit Henning zurück. Birthe seufzte. Je mehr sie an ihn dachte, desto mehr wurde ihr bewusst, wie sehr er ihr gefiel. Der Spaziergang mit ihm über den Deich zum Strand und zurück zum Ausgangspunkt am großen Besucherparkplatz war wunderschön gewesen. Sie konnte sich gut mit ihm unterhalten und hatte seine Nähe sehr genossen. Es kribbelte, als sein Gesicht vor ihrem geistigen Auge auftauchte.

Das Klingeln ihres Handys riss sie aus ihren Gedanken.

»Das Wichtigste zuerst: Hier ist gerade ein Fax reingekommen. Die Kollegen von der Spurensuche haben DNS-Spuren in Cannstetters Pkw gefunden. Und Aschereste. Da Cannstetter nicht geraucht hat und die Witwe sich die Aschespuren nicht erklären kann, sind sie vermutlich dem Täter zuzuordnen. Wir haben einen Abgleich veranlasst, leider ohne Erfolg. Die DNS passt zu niemandem aus der Täterkartei.«

»Aha, okay. Danke, Daniel.«

»Noch mal zu den manipulierten Bremsschläuchen. Ich wollte sowieso morgen früh zur Schule fahren und weitere Kollegen Cannstetters befragen. Vielleicht bekomme ich den Hinweis auf einen Autobastler. Allerdings dürfte es nicht viele Lehrer geben, die sich mit Autos auskennen. Ich kann mir beim besten Willen nicht vorstellen, dass die privat etwas anderes machen als lesen, klassische Musik hören oder Ausstellungen besuchen.«

»Du hoffst, im Kollegium einen Autobastler zu finden?«

»Irgendwo muss ich ansetzen. Übrigens ist es endlich gelungen, Cannstetters Smartphone zu entschlüsseln.«

»Und?«

»Er hat fast täglich mit Bianca Noll telefoniert oder geschrieben. Viel, viel mehr als mit seiner Frau.«

»Klar. Gab es noch andere Kontakte, die für uns interessant sind?«

»Nichts Privates. Keine weiteren regelmäßigen Verbindungen. Wann kommst du wieder?«

»Ich fahre morgen oder übermorgen zurück«, gab Birthe zurück. »Morgen früh muss ich noch einmal auf die Wache, und wenn sich herausstellt, dass ich nicht mehr gebraucht werde, streiche ich die Segel.«

»Bist du noch in Greetsiel?«

»Ja, aber hier gibt es nichts mehr für mich zu tun. Einer der Kollegen hat vorgeschlagen, dass ich mir in Norden ein Quartier nehmen soll. Das macht mehr Sinn, schließlich hat Cannstetter einmal im Monat seinen Lebensmittelpunkt in Norden gehabt. Ich könnte mir eine Beziehungstat vorstellen. Tatmotiv Eifersucht.«

»Vielleicht war es auch jemand, dem das Doppelleben Cannstetters völlig egal war. Jemand aus dem Dunstkreis der Schule, ein Kollege oder ein Vater zum Beispiel. Cannstetter soll ja mit einigen Eltern Probleme gehabt haben.«

»Und sonst, Daniel? Alles gut, so privat, meine ich?«

»Alles bestens«, sagte er etwas zu schnell. »Na ja, etwas Stress vielleicht. So mit den Frauen, weißt du. Das Übliche.«

»Mit den Frauen?«

»Okay, ich war nicht so ganz korrekt und jetzt zicken sie ein wenig herum.«

»Dann lass sie zicken. Und Carlo?«

»Carlo scheint auch nicht besonders glücklich zu sein. Er rückt nicht heraus mit der Sprache. Bei ihm zu Hause läuft es wohl gerade nicht so rund.«

»Carlo? Der ist doch immer sehr ausgeglichen. Ein Ruhepol auf der Wache und sicher auch zu Hause.«

»Man kann in niemanden reinschauen.«

»Das ist wohl wahr.« Ein kurzes Vibrieren von Birthes

Handy zeigte den Eingang einer WhatsApp-Nachricht an. »Ich denke, es reicht, wenn ich übermorgen zurückkomme, oder? Ich will sichergehen, hier nichts übersehen zu haben.«

»Ich vertraue dir, dass du das Richtige tust. Auf den einen Tag mehr kommt es nicht an.«

Schnell beendete sie das Gespräch und rief die Nachricht auf. Ihr Herz machte einen Satz.

Der Deichspaziergang mit dir war wunderschön. Gerne morgen wieder. Viele Grüße, Henning.
PS Dabei lässt sich prima am Fall weiterarbeiten!

KAPITEL 27

Am Mittwochmorgen räumte Birthe ihr Zimmer nach dem Frühstück und fuhr zur Polizeiwache nach Norden. Eine Angestellte führte sie zum Büro von Fiete Bontjes und Henning Achterdiek. Eine merkwürdige Nervosität lag in der Luft, als sie es betrat.

»Henning ist zu einem Auswärtstermin«, erklärte Bontjes zu ihrer Enttäuschung. »Du musst mit mir vorliebnehmen. Ich denke aber, du kannst heute wieder nach Hause fahren. Der Fall ist so gut wie aufgeklärt.«

»Wie soll ich das verstehen? Was ist passiert?«, fragte Birthe.

»Wir haben den Mann«, erklärte der Nordener Kollege und bot Birthe einen Kaffee an.

»Den Unfallverursacher?«

Bontjes nickte zufrieden. »Es ging alles ganz schnell. Ein Schweinebauer aus Grimersum. Sein Name ist Arnold Frerichs, 52 Jahre alt. Er ist zur fraglichen Uhrzeit etwa zwei Kilometer nach der Unfallstelle direkt hinter einer lang gezogenen Kurve an einer stationären Anlage geblitzt worden. Da ist überall Tempo 70 vorgeschrieben und der gute Mann war mit stolzen 102 Stundenkilometern unterwegs. Die Kollegen von der Verkehrspolizei haben uns die Bilder zugespielt. Ein schwarzer Ford Mondeo, guck mal hier. Passt alles. Bin froh, dass wir den so schnell gefasst haben.« Er reichte Birthe die Fotos, die von dem fest installierten Blitzer aufgenommen worden waren. Hinter dem Steuer saß ein Mann mit einem breiten, mürrischen Gesicht. Der Wagen hatte ein Auricher Kennzeichen.

»Der sieht aber jünger aus als 52«, stellte Birthe fest.

»Ich sehe auch jünger aus als 51. Oder etwa nicht?« Er strich sich die dünnen Haare hinter die großen Ohren.

Birthe schmunzelte. »Na ja.«

»Henning ist schon vor Ort«, sagte Bontjes zufrieden und rührte in seiner Tasse. »Du kannst beruhigt nach Hause fahren und deinen Kollegen berichten, dass der Fall so gut wie abgeschlossen ist. Nehm di nix vör, denn sleit di nix fehl.«

»Wie bitte?«

»Nimm dir nichts vor, dann passieren dir auch keine Fehler.«

Das musste Birthe erst einmal sacken lassen. Der Spruch passte zu dem anderen, den sie von Henning gehört hatte. »Ich glaube, dann mache ich lieber Fehler. Was hat ein ostfriesischer Schweinebauer mit einem Osnabrücker Schulleiter zu tun? Wo ist die Verbindung?«

»Nun grüble man nicht so viel, min Deern. Das wird unser Henning schon machen. In solchen Dingen ist er recht passabel.

Vielleicht stellt sich heraus, dass Frerichs der Vater von dieser Lehrerin aus Norden ist oder ein früherer Lebensgefährte oder … na ja, jedenfalls jemand, der eine Rechnung offen hatte mit diesem Cannstetter. Vielleicht war es auch ganz anders und das alles war nur Zufall. Ein Verkehrsunfall mit tödlichem Ausgang. Es hätte jeden treffen können. Wir graben hier nach Motiven und brauchen womöglich keine. Aber das lass uns man herausfinden. Das schaffen wir wohl. Vertrau mir einfach, ich habe 20 Jahre mehr Berufserfahrung als du.« Gutmütig zwinkerte er ihr zu.

»Ich hätte trotzdem gern die Adresse von diesem Bauern. Ich möchte mir selbst ein Bild machen.«

Fiete kratzte sich am Kopf und legte dabei sein Gesicht in Falten. »Du, ich will dir nicht zu nahe treten, aber das ist eher unser Hoheitsgebiet, würde ich mal behaupten. Auch wenn Cannstetter Osnabrücker war und ich durchaus Verständnis dafür habe, dass die Osnabrücker Kollegen eine reizende junge Dame zur Aufklärung vorbeigeschickt haben, so ist der Beschuldigte jemand von hier. Dafür sind wir zuständig. Und wir ermitteln wegen fahrlässiger Tötung. Schlicht und einfach. Kein Mord. Wenn wat löppt, nie an fummeln. Also nicht dran rühren, wenn was funktioniert«, fügte er gleich erklärend hinzu. »Wie gesagt, du kannst getrost nach Hause fahren, Birthe. Trink mal in Ruhe deinen Kaffee aus und dann begleite ich dich nach unten.«

So schnell ließ sie sich nicht abwimmeln. »Ich möchte hinfahren«, sagte sie in bestimmtem Tonfall. »Sofort. Bitte gib mir die Adresse!«

Fietes Gesicht nahm einen genervten Ausdruck an. »Das ist eine Bagatelle, Frau Kollegin! Du diskreditierst damit unsere Arbeit. Ist dir das überhaupt bewusst? Lass Henning machen und halt dich zurück. Das bringt nichts. Du wirst bestimmt in Osnabrück gebraucht! In so einer Großstadt passiert doch viel mehr als bei uns!«

Birthe bedauerte es inzwischen, mit Fiete Bontjes per Du

zu sein. Man sollte viel mehr Distanz wahren, dachte sie, das vereinfachte die Sache ungemein, besonders in Konfliktsituationen. »Ich bin nicht extra hergekommen aus Osnabrück, um mich beim geringsten Fahndungserfolg in die Flucht schlagen zu lassen«, erklärte sie seelenruhig. »Ich muss wissen, wo die Verbindung ist. Ich glaube nach wie vor nicht an einen Unfall und will mir selbst ein Bild machen. Ich bekomme die Adresse auch ohne dich heraus, das weißt du. Aber für unser Vertrauensverhältnis wäre es besser, wenn du sie mir gibst«, betonte sie und musterte ihn kühl.

Als Birthe wenig später das Anwesen von Arnold Frerichs hinter einer Allee von dichten Laubbäumen ausgemacht hatte, sah sie Hennings Wagen in der Hofeinfahrt stehen. Sie stellte ihr Auto direkt daneben. Als sie ausstieg, entdeckte sie auf der gegenüberliegenden Seite den Ford Mondeo, der auf dem Blitzerfoto gut zu sehen gewesen war. Birthe ging um das Fahrzeug herum und bemerkte eine Delle und einen Kratzer auf der Beifahrerseite. Sie strich mit dem Finger darüber. Es wirkte frisch. Und wenn sie sich nicht täuschte, waren Spuren von silbernem Lack sichtbar. Sie machte ein paar Fotos. Birthe hatte das starke Gefühl, dass Bontjes ihr nur die halbe Wahrheit erzählt hatte.

Sie ging auf das rote Backsteinhaus zu, das von beiden Seiten von Nebengebäuden mit Stallungen umgeben war. Das ganze Ensemble machte einen gepflegten Eindruck.

Auf ihr Klingeln hin öffnete ihr eine kleine, stämmige Frau in Jeans und karierter Bluse die Tür. Das musste Inken Frerichs sein, die Frau des Bauern. »Ein Kollege von Ihnen ist auch schon da«, sagte sie und sah misstrauisch zu Birthe auf. »Mein Mann war das aber nicht, das habe ich dem anderen Polizisten schon gesagt!« Sie führte Birthe in die geräumige Wohnküche, in der Henning Achterdiek und Arnold Frerichs bei einer Tasse Tee auf einer gepolsterten Eckbank beisammensaßen.

Henning zwinkerte ihr zu. »Schön, dass du da bist! Offenbar hat Fiete dir gesagt, wo du mich finden kannst«, begrüßte er sie freundlich. »Das ist aber sehr nett von ihm.«

Birthe nickte. »Das hat mich auch einiges an Kraft und Nerven gekostet.« Dann reichte sie Frerichs die Hand, der sie zögernd ergriff. »Oberkommissarin Birthe Schöndorf«, stellte sie sich vor.

»Kommt man bei Verkehrsdelikten neuerdings zu zweit?« Frerichs wies ihr mit schwieligen Fingern einen Küchenstuhl zu.

Henning Achterdiek suchte Birthes Blick. »Es war sein Sohn«, sagte er leise. »Er selbst saß nicht am Steuer.«

»So ist es«, sagte Frerichs mürrisch. »Das auf dem Foto bin ich nicht, wie man eigentlich sehen müsste. Das ist unser Hauke.«

»Ist Ihr Sohn zu Hause?«, fragte Birthe.

»Nee, der ist unterwegs.«

»Vielleicht etwas genauer? Oder hast du das schon gefragt?«, wandte sich Birthe an ihren Kollegen.

»Er weiß es nicht«, antwortete Henning, bevor der Landwirt etwas sagen konnte. »Er vermutet, bei seiner Freundin, er könnte aber auch bei einem seiner Kumpels sein.«

»Hat Ihr Sohn sein Handy dabei?«, fragte Birthe. »Können Sie ihn benachrichtigen?«

»Sein Handy ist ausgeschaltet«, erwiderte Henning anstelle des Bauern. »Wir warten noch eine halbe Stunde. Wenn er bis dahin nicht auftaucht, bekommt er eine Vorladung.«

»Und Hauke ist also mit Ihrem Wagen gefahren, Herr Frerichs?«, wandte sich Birthe direkt an den Bauern. Es nervte sie, dass Henning für ihn antwortete. »Er selbst hat keinen?«

Arnold Frerichs schüttelte den Kopf. »Der hat seinen zu Schrott gefahren und einen neuen bekommt er nicht. Meinen darf er eigentlich auch nicht fahren, aber meine Frau wird ab und zu weich und erlaubt es dann doch. So wie Frauen eben nun mal sind.«

»Und wer bezahlt die Strafzettel?«, wollte Birthe wissen.

»Hauke natürlich. Abarbeiten auf dem Hof«, erklärte er. »Das muss er und das weiß er!«

»Hast du schon …?«, fragte sie Henning, doch der schüttelte den Kopf.

»Was soll er haben?«, mischte sich Inken Frerichs ein und stellte eine weitere Teetasse vor Birthe ab. Mit einer Kandiszange gab sie zwei Kluntjes hinein und bat die Kommissarin, sich selbst einzuschenken.

»Haben Sie die Kratzspuren im Lack schon entdeckt?«

Überrascht stand Arnold Frerichs auf und wollte sofort nachsehen. Seine Frau hielt ihn am Ärmel fest.

»Was für Spuren? Wovon reden Sie?«, wollte der Bauer wissen.

»Kratzer im Lack auf der Beifahrerseite Ihres Pkw. Ihr Sohn hat bei einem Überholmanöver vermutlich ein anderes Fahrzeug touchiert.«

»Hat er Fahrerflucht begangen? Sind Sie deswegen hier?« Sein ohnehin schon grantiger Gesichtsausdruck wurde noch eine Spur grimmiger.

Birthe hielt seinem Blick stand. »Herr Frerichs, Ihr Sohn steht unter Verdacht, auf der L 26 hinter Canhusen einen schweren Verkehrsunfall mit Todesfolge verursacht zu haben.«

Inken Frerichs stieß einen stummen Schrei aus und hielt sich die Hand vor den Mund, während ihr Mann erst einmal gar nichts sagte.

Für einige Sekunden senkte sich Schweigen über die Küche. Dann ergriff Inken Frerichs das Wort. »Unser Hauke? So was macht der nicht! Der doch nicht! Der ist ein ganz Sensibler! Der will noch nicht mal beim Schweineschlachten mit dabei sein! Wie können Sie herkommen und so etwas behaupten?«

Ihr Mann stützte sich mit den Händen auf dem Tisch auf und lehnte den Oberkörper vor. Sein Gesicht war zornesrot. »Haben Sie dafür Beweise?«

»Es sieht nicht gut aus für Ihren Sohn«, erklärte Henning sachlich. »Die Erfassung Ihres Fahrzeugs durch die fest installierte Blitzanlage kurz nach dem Unfall, also die zeitliche Nähe zum Unfallgeschehen. Die Kratzer und Lackspuren auf der Beifahrerseite. Das sind Indizien, die gegen ihn sprechen. Es ist bisher nur ein Verdacht. Ich habe veranlasst, dass Ihr Wagen heute noch abgeholt und auf weitere Spuren untersucht wird. Sollte sich unser Verdacht bestätigen, dass sich Lackspuren Ihres Wagens an dem Unfallauto wiederfinden, hat Ihr Sohn ein ernstes Problem.«

Inken Frerichs sah aus dem Fenster hinaus. »Da kommt er«, sagte sie tonlos.

Von draußen war das Knattern eines Motorrads zu hören. Keiner sagte etwas. Alle warteten gespannt auf Hauke Frerichs.

KAPITEL 28

»Birthe fehlt«, bemerkte Carlo Oltmann, unmotiviert vor der Kaffeemaschine stehend. Er öffnete die Kaffeedose und zählte jeden Teelöffel voll Pulver laut mit. Seine Hand zitterte etwas dabei.

Daniel sah ihm misstrauisch zu. »Lass gut sein. Ich mach das lieber selbst.« Er sprang auf und füllte Wasser in die Kanne. »Bei dir ist er mir zu dünn.«

»Birthe fehlt natürlich nicht wegen der Kaffeemaschine«, sinnierte Carlo, nahm wieder an seinem Schreibtisch Platz und holte seine Brotdose aus der Aktentasche. »Wird Zeit, dass sie zurückkommt.«

»Und sonst alles klar bei euch? Hat sich deine Tochter wieder eingekriegt?« Daniel schüttete den Filter fast randvoll mit Kaffeepulver.

Carlos Tochter Jana hatte gerade ihr Abitur bestanden, ziemlich knapp, mit der Note 3,6. Damit waren mehrere Träume auf einmal zerplatzt. Die Aufnahmeprüfungen an zwei Schauspielschulen hatte sie nicht bestanden, worüber Carlo nicht allzu traurig war. Viel schlimmer war, dass sie auch von der Polizeiakademie in Hannover abgelehnt worden war. Und dass die Bewerbungen bei Banken und Versicherungen ebenfalls nur Absagen gebracht hatten. Aus Frust hatte sich Jana ein grellbuntes Tattoo auf den Oberarm stechen lassen. Diese Aktion hatte das Fass zum Überlaufen gebracht und zu Streit und endlosen Diskussionen mit ihren Eltern über ihre Zukunft im Allgemeinen und ihre Persönlichkeitsreife im Besonderen geführt. Carlos Frau Gudrun hatte Jana schließlich die kalte Schulter gezeigt, woraufhin sie abgehauen war. Tagelang hatte Carlo nach ihr gesucht. Es hatte ihn frustriert, dass ihm nicht die üblichen polizeilichen Mittel zur Verfügung standen. Er hatte seine Tochter nicht zur Fahndung ausschreiben können, denn Jana war volljährig.

Nach drei Tagen war sie in ihr Elternhaus zurückgekehrt – mit dreckigen, durchgeschwitzten Klamotten und ungewaschenen Haaren. In der kurzen Zeit ihrer Abwesenheit hatte sie einen Typen kennengelernt – Malte, ein Rockmusiker mit Rastalocken, Tunnelohrringen, Piercings und Tattoos. Bei ihm hatte sie zwei Tage und Nächte verbracht.

»Na ja, sie hat sich einigermaßen eingekriegt. Sie will jetzt ein Freiwilliges Soziales Jahr in Kenia machen, zusammen mit diesem speckigen Dreckskerl. Gudrun ist völlig durch den Wind. Sie heult stundenlang und wenn sie gerade nicht heult, dann vergräbt sie sich in Fotoalben. Sobald sie die süßen Baby- und Kinderfotos von Jana sieht, geht es wieder los. Dabei geht schon mal 'ne ganze Kleenex-Packung drauf. Ja, so ist das«, seufzte er. »Das heulende Elend zu Haus.« Carlo biss gedankenverloren von seinem mit Gurkenscheiben belegten Brot ab. »Und sie selbst hat auch so ihre Probleme.«

»Ach ja?«, fragte Daniel und ging zu seinem Schreibtisch.

Carlo nickte und seufzte tief. »Sie hat abgenommen. Ihre schönen Rundungen sind verschwunden. Sie fühlt sich gar nicht mehr so gut an. Abends rennt sie ein paar Runden um den Block. Zweimal in der Woche geht sie in Yoga- und Kokoloreskurse und ernährt sich neuerdings von so einem hypergesunden Gemüse- und Tofuzeug, was weiß ich. Veganerin ist sie nun. Fleisch meidet sie wie der Teufel das Weihwasser«, sagte er traurig.

»Hm, klar«, machte Daniel. »Ist ja wohl in zurzeit.«

»Und sie hat was an sich machen lassen.« Er verschränkte seine Hände im Nacken und blickte nachdenklich zur Deckenlampe. »Sie hat eigentümlich dicke Bäckchen bekommen und aufgedunsene Lippen. Botox und Aufspritzungen, wie ich inzwischen erfahren habe. Sie will sich auch die Brüste machen lassen. Hat einen OP-Termin vereinbart, ohne mich nach meiner Meinung zu fragen.«

Daniel grinste.

»Was gibt's da zu grinsen?«, fragte Carlo missmutig.

Daniel zuckte mit den Schultern. »Vielleicht will sie dir gefallen.«

Lange sah Carlo ihn an. »Weißt du was? Ich hab deine Lebensweise noch nie verstanden. Aber manchmal beneide ich dich.«

Überrascht tippte Daniel auf seine Brust. »Du … beneidest mich?«

»Ich habe viel nachgedacht in der letzten Zeit. Eines weiß ich nun: Man sollte sein Leben genießen und sich nicht so viel Sorgen machen. Es ist so verdammt kurz. Viel kürzer, als ich bisher gedacht habe. Eines Tages wachst du auf und stellst fest, dass du alt geworden bist. Zwei Drittel sind schon rum. Stell dir vor, du hast zwei Wochen Urlaub. Die erste Woche genießt du, nimmst alles mit, was du kriegen kannst. In der zweiten Hälfte kommt Wehmut auf, weil die schöne Zeit langsam zu Ende geht. Und in den letzten drei Tagen denkst du nur noch an die Abreise. Da steh ich nun. Besonders viel Zeit bleibt mir nicht mehr. Manchmal kommt mir das wirklich so vor. Es geht so langsam ans Kofferpacken. Ja, so ist das. Ich frage mich, wie viele Sommer ich noch habe, wie oft ich noch vor meinem Gartenhäuschen sitzen und den Johannisbeersträuchern beim Wachsen zusehen kann.«

Daniel lachte. »Komm, hör auf zu lamentieren, alter Sack! Mach dich nicht älter als du bist, Anfang Fuffzig, habe ich recht? Tu nicht so, als wärst du kurz vorm Abnippeln. Hast noch mindestens 20 gute Jahre, Kumpel!«

»Eben, wie ich schon sagte, nicht mal mehr die Hälfte. Verglichen mit einem 14-tägigen Urlaub sind das vielleicht noch drei Tage.«

Daniel rollte die Augen. »Muss ich das verstehen?«

»Nein, musst du nicht. Dafür bist du noch zu jung. Manchmal beneide ich dich um deine Jugend und um deine Freiheit!«

Daniel lachte auf. »Freiheit? Ich werde zurzeit gestalkt. Nennst du das Freiheit?«

»Von wem?«

»Melli heißt sie. Ich habe sie neulich über Nacht mitgenommen, da meinte sie gleich, ich müsste sie heiraten. Hab keine Ruhe mehr. Das hab ich nun davon.«

»Was macht sie denn?«, wollte Carlo halbherzig interessiert wissen.

»Sie schickt mir Nachrichten im Halbstundentakt. Klingelt mich an. Ich habe mein Handy schon auf lautlos gestellt. Oft mache ich es ganz aus und lege es weg. Ich antworte schon lange nicht mehr, aber sie hört nicht auf. Manchmal sitzt sie im Treppenhaus neben meiner Wohnungstür, wenn ich nach Hause komme, und heult. Kannst du dir das vorstellen? Irgendjemand macht ihr immer die Tür unten auf. Mann, geht die mir auf den Geist!« Er schüttelte den Kopf. »So viel zu meinem freien Leben.«

»Puh, ja, anstrengend, glaube ich dir.« Carlo wischte sich mit dem Taschentuch über die Stirn, als wäre er selbst betroffen. »Ist der Kaffee gleich durch?« Sehnsüchtig blickte er in Richtung Kaffeemaschine. Ein Stück Gurkenbrot hatte er übrig gelassen.

»Was kann ich nur tun – was zum Teufel kann ich tun?«, fragte Daniel verzweifelt. »Ich bin doch selbst Polizist und bin hilflos wie noch nie.«

Der Nachsatz ging im Läuten des Telefons unter. Daniel hob ab. Er hörte aufmerksam zu, bedankte sich und legte wieder auf. »Die KTU«, sagte er. »Alwin Müllers Computer sind in Ordnung. Es wurde nichts Auffälliges festgestellt, weder auf seinem dienstlichen noch auf seinem privaten PC. Wundert mich etwas, ehrlich gesagt. Ich hätte schwören können, dass er die Drohmails verfasst und verschickt hat.«

Kaum hatte er das gesagt, klingelte das Telefon erneut. Daniel rollte die Augen und nahm den Hörer ab. »Brunner«, sagte er geschäftig.

»Schulte von der Autobahnpolizei Köln. Ein schwerer Verkehrsunfall auf der A 1 hinter Remscheid vor circa einer Stunde. Ein Toter, mehrere Verletzte. Der Unfallverursacher ist gegen die Leitplanke geprallt, vermutlich aufgrund von überhöhter Geschwindigkeit. Es gab an der Stelle eine

Geschwindigkeitsbegrenzung von 120 Stundenkilometer. Er muss aber deutlich schneller unterwegs gewesen sein. Der Pkw wurde zurückgeschleudert und kollidierte mit dem nachfolgenden Wagen. Daraufhin Karambolage mit mehreren Fahrzeugen. Der Unfallverursacher, der Fahrer eines schwarzen BMW Cabriolet M6, ist tot.«

»Aha, und was wollen Sie da von uns?«, fragte Daniel wenig interessiert zurück. Die Kaffeemaschine brodelte. Der aromatische Duft nach frisch aufgebrühtem Kaffee zog durch den Raum.

Carlo blickte fragend auf, doch Daniel winkte ab.

»Der Tote hat verschiedene Papiere bei sich. Er stammt aus Osnabrück.«

Endlich erwachte Daniel aus seiner Lethargie. »Wie meinen Sie das?«

»Was? Dass er Osnabrücker ist?«

»Nein, was hat es mit den Papieren auf sich?«

»Gefälschte Ausweispapiere. Checken Sie doch bitte, unter welchem Namen und welcher Anschrift er in Osnabrück gemeldet war. Wir haben anzubieten: Dieter Brömme, Lortzingstraße 5; Hubertus von Hohenleye, Gesmolder Straße 120; Robert von Hagen, Am Natruper Steinbruch 14a und Ferdinand von Hellensdorf, Erich-Maria-Remarque-Ring 11. Vier Ausweise, perfekte Fälschungen, einer davon könnte richtig sein, das muss allerdings noch überprüft werden. Wir haben sie alle in seiner Brieftasche gefunden. Darin war übrigens auch sehr viel Geld.«

»Wie viel?«

»20.000 Euro.«

»Respekt«, meinte Daniel, plötzlich ganz Ohr, »eine wahre Armee Adliger – wow! Allein mit den Namen dürfte er in der Damenwelt offene Türen eingerannt haben. Und mit der Kohle wird er auch etwas Bestimmtes vorgehabt haben.«

»In die Richtung könnte es gehen. Überprüfen Sie bitte die Personalien und schauen Sie, ob es Angehörige gibt.«

»Notfallnummern im Handyspeicher vielleicht?«

»Kommen wir noch nicht ran. Sperrvorrichtung. Unsere Leute von der Computerabteilung kümmern sich darum.«

Daniel ließ sich die Namen und Anschriften diktieren und wiederholte sie.

»Noch etwas«, sagte Schulte. »Der Wagen ist auf keinen der Namen zugelassen, sondern auf einen gewissen Dr. Alexander Blankenfeld, wohnhaft in Osnabrück in der Parkstraße. So steht es in den Fahrzeugpapieren.« Er nannte Daniel noch die Hausnummer.

»Aha«, sagte Daniel, der sich seine Überraschung nicht anmerken lassen wollte.

»Na, dann haben Sie ja einige Anhaltspunkte«, sagte Schulte, der langsam die Geduld verlor. Er murmelte einen knappen Gruß und legte auf.

»Robert von Hagen?«, wiederholte Carlo. »Der Name kommt mir bekannt vor. Mit dem hatten wir doch schon mal was.« Er verschränkte seine Hände vor dem Bauch und atmete hörbar ein und aus.

»Bist du sicher?«

»Ja, ich meine doch. Wollen wir mal nachsehen.« Er rollte mit seinem Schreibtischstuhl an den Computer und suchte nach dem Namen in der polizeilichen Datenbank. »Na, da schau her!«, rief er nach wenigen Sekunden aus. »Da ist er ja! Robert von Hagen. Hübscher Kerl, was? Alter Bekannter gewissermaßen. Birthe kennt den auch. Ein seit Langem gesuchter Heiratsschwindler im Raum Osnabrück. Gegen ihn laufen viele Strafanzeigen, aber wir konnten ihn nie fassen. Sein Spitzname ist Windhund. Er ändert laufend Namen, Handynummern, E-Mail-Accounts und Anschriften. Wirklich ein Windhund durch und durch.«

»Und die anderen Namen?«, fragte Daniel. »Sagen die dir auch was?«

»Nee, die nicht. Die hat er sich wahrscheinlich nach und nach zugelegt.«

»Wie viele Strafanzeigen gibt's denn?«

»Es sind sechs. Aber da werden noch mehr Frauen betroffen sein. Viele schämen sich ja, wollen nicht zugeben, dass sie auf so einen reingefallen sind. Komm, wir fahren zu dem Fahrzeughalter. Dr. Blankenfeld kann uns hoffentlich weiterhelfen.«

»Und der Kaffee?«

»Den halten wir warm.«

KAPITEL 29

Hauke Frerichs sah aus wie die jüngere Version seines Vaters, nur dass seine Haare dunkelblond waren und nicht ergraut. Er hatte die gleiche kräftige Statur, die engstehenden Augen, das kantige Gesicht mit dem breiten Kinn, den schmalen Mund. Der stand ihm offen, als er mit den Vorwürfen konfrontiert wurde.

»Aber Sie geben schon zu, dass Sie das auf dem Radarfoto sind, oder?«, fragte Birthe. Es war keine Frage, es war eine Tatsache. Hauke Frerichs hatte die ganze Zeit über geleugnet, etwas mit dem Unfall zu tun zu haben.

»Klar«, sagte Hauke und schob sich mit der Hand den Pony zur Seite. »Was bleibt mir anderes übrig?«

»Und weiter?«, bohrte Henning nach. »Sie haben den Fahrer vor ihnen bedrängt, genötigt und schließlich gestreift, sodass er die Kontrolle über sein Fahrzeug verloren hat und gegen einen Baum geprallt ist.«

»Bullshit!«, stieß Hauke hervor. Sein Gesicht färbte sich rot.

»Sie müssen doch gemerkt haben, wie Sie das andere Fahrzeug gestreift haben. Das muss einen Knall gegeben haben, ein dumpfes, knarzendes Geräusch, das spürt man.«

»Ich habe niemanden gestreift. Was reden Sie?«

»Auf der Beifahrerseite des Ford Mondeo ist ein Kratzer. Das dürfte Ihnen doch bekannt sein. Ihr Vater weiß jedenfalls nichts von dem Schaden. Und Ihre Mutter fährt nicht mit dem Wagen.«

»Ja und? Der kommt vom Einparken. Ich war neulich auf dem Kundenparkplatz von Netto in Norden, da ist es passiert.«

»Haben Sie den Schaden Ihrer Versicherung gemeldet?«

Hauke ließ sich zwei Sekunden Zeit mit der Antwort. »Klar, am nächsten Morgen.«

»Wir werden das natürlich nachprüfen.«

Hauke riss die Hände hoch. »Ich habe nichts getan, wirklich nicht!«

»Sie sind verbotenerweise mit Fernlicht unterwegs gewesen, noch dazu mit viel zu hoher Geschwindigkeit, haben den Fahrer vor Ihnen bedrängt, zu unkontrollierten Reaktionen genötigt und so den schweren Unfall verursacht, bei dem er sein Leben verloren hat. Durch Ihr Fehlverhalten ist er noch am Unfallort verstorben.«

»Nein!«

»Ein Mensch ist zu Tode gekommen, Herr Frerichs.«

»Und wenn schon. Ich meine, das ist natürlich tragisch, aber mir können Sie dafür nicht die Schuld in die Schuhe schieben! Ich war das nicht!«

»Nein, das dürfen Sie nicht«, pflichtete seine Mutter ihm bei. »Unser Hauke ist ein besonnener Fahrer, der bringt andere nicht in Gefahr.«

Betreten sah Arnold Frerichs zu Boden.

»Sie sind nicht zu schnell gefahren?«, fragte Birthe und zog die Stirn kraus.

»Doch, das schon.«

»Sie haben außerdem die Lichthupe betätigt. Mehrmals.«

»Nein! Nein!« Er starrte Birthe an, wandte dann abrupt den Blick und schien über die Frage nachzudenken.

Birthe wartete ab.

»Hören Sie auf! Ich habe mit dem Unfall nichts zu tun! Wie kommen Sie überhaupt darauf?«

»Es gibt Zeugen.«

»Wen denn? Da war niemand! Die Landstraße war dunkel, keine Häuser, niemand war unterwegs, das hätte ich doch sehen müssen.« Sein düsterer Blick wanderte zwischen den beiden Kommissaren hin und her. »Sie bluffen!«

»Ich bluffe nicht. Sie haben sich vermutlich über die Fahrweise des Fahrers geärgert. Er war nicht von hier, fuhr vielleicht nicht schnell genug, telefonierte während der Fahrt, hat Ihnen die Sicht genommen, Ihre flotte Fahrweise blockiert. Sie waren einfach genervt, wollten schnell vorankommen … War es so, Herr Frerichs?«

Hauke hielt dem Blick der jungen Kommissarin nicht stand. »Vielleicht einmal«, gab er zu.

»Na also.«

»Ich würde Ihnen raten, sich einen Anwalt zu nehmen«, bemerkte Henning. »Und morgen früh erwarte ich Sie auf der Polizeiinspektion.«

»Dann sag doch, wie es war«, brachte Inken Frerichs heraus. »Hauke, sag die Wahrheit. Sonst machst du alles noch viel schlimmer!«

»Ich bin ganz normal gefahren, war vielleicht ein bisschen zu schnell unterwegs, aber das machen doch alle, die von hier sind. Die Touris nerven einfach. So ist es doch. Das sagt ihr auch dauernd, Papa! Außerdem kenne ich die Strecke in- und auswendig. Ich kenne jede Kurve, jede Unebenheit, jeden Stein, jeden Baum und jeden verdammten Hof, an dem ich vorbeikomme.«

»Das ist ja gerade das Problem«, gab Henning zu bedenken. »Unfallverursacher sind auf diesen Strecken meist nicht die Auswärtigen, sondern die Einheimischen. Man meint, alles unter Kontrolle zu haben, und dann passiert es völlig unverhofft.«

»Kannten Sie das Unfallopfer?«, fragte Birthe.

»Ich weiß nicht mal seinen Namen.«

»Georg Cannstetter.«

»Nie gehört«, sagte Hauke entschieden und machte eine abwehrende Handbewegung.

Birthes Mobiltelefon brummte und zeigte den Eingang einer Textnachricht an. Sie erkannte Daniels Nummer und steckte das Handy ein.

KAPITEL 30

Franziska Blankenfeld saß stocksteif auf der Sofakante.

Daniel blickte sie fasziniert an. Sie war eine auffällig attraktive Erscheinung, gewiss über 40, was ihm normalerweise zu alt war, aber mit ihrem schmalen Gesicht, den dunklen, puppenhaften Augen, der feinen, geraden Nase und dem vollen Mund sprach sie ihn sofort an. Sie war nicht besonders groß, sehr schlank und mit ihrem dunkelblauen Outfit stilvoll angezogen wie eine Französin. Einziger Stilbruch waren ihre schwarzen Pantoletten mit bunten Filzblumen.

»Wo haben Sie Dieter Brömme kennengelernt?«, fragte Carlo. Er fühlte sich unwohl ohne seine Schuhe. Nie zuvor war es ihm im Dienst passiert, dass er ein Gespräch in Socken führen musste. Zu spät hatte er bemerkt, dass sein rechter Strumpf ein Loch hatte. Er versuchte, ihn unter dem anderen zu verstecken.

»Ich kenne keinen Dieter Brömme«, erklärte Franziska Blankenfeld.

»So lautet sein wahrer Name. Wir haben Ihnen eben versucht zu erklären, dass Ihr Freund sich verschiedene Identitäten zugelegt hat und in Wahrheit Dieter Brömme hieß. Wir haben seinen Ausweis bei ihm gefunden, zusammen mit den gefälschten Papieren.«

»Er heißt Ferdinand. Ferdinand von Hellensdorf«, widersprach sie leise und schüttelte sich plötzlich. »Der andere Name passt überhaupt nicht zu ihm.«

»Das wird er wohl gewusst haben. Deshalb die wohlklingenden adeligen Namen«, sagte Daniel, der nicht auf der niedrigen Couch sitzen wollte, sondern sich den mit derbem Leder bespannten Designerstuhl ausgesucht hatte.

»Wollte er Geld von Ihnen, Frau Blankenfeld?«, fragte Carlo.

Franziska wich seinem Blick aus.

»Hat er Bares von Ihnen verlangt? Haben Sie es ihm gegeben?«

Sie nickte zögerlich.

»Wie viel?«

»1.000 Euro.«

»Ach. Nicht mehr?«

»Die habe ich sofort zurückbekommen, ein, zwei Tage später, zusammen mit einem Blumenstrauß.« Sie schwieg. Es war ihr anzusehen, dass sie weitersprechen wollte, es ihr jedoch Mühe bereitete.

»Sagen Sie es uns, Frau Blankenfeld.«

»Also gut. Das war erst der Anfang. Danach wurden es 5.000, die hätte ich sicher auch zurückbekommen, wenn ich sie ihm nicht geschenkt hätte, schließlich 20.000.«

»Was wollte er mit dem Geld?«, wollte Carlo wissen.

Sie zuckte mit den Schultern. »Irgendwelche Geschäfte, Schulden, was weiß ich … Ganz genau hat er es mir nicht gesagt.«

»Haben Sie die 20.000 zurückbekommen?«

»Er hätte sie mir bestimmt wiedergegeben, wenn er nicht …« Sie senkte den Kopf. »Er hätte mir das Geld zurückgebracht, das weiß ich genau. Er war ja vorher auch sehr zuverlässig.«

»Ich glaube nicht, Frau Blankenfeld. Er hatte genau diesen Betrag bei sich. Wissen Sie, was er mit dem Geld vorgehabt hat?«

»Nein.«

»Wo wollte er denn hin?«

»Nach Luxemburg. Zumindest hat mir das gesagt.«

»Na gut, eins dieser Steuerparadiese, war ja klar. Für mich klingt der Verlauf, ehrlich gesagt, eher typisch für diese Art von Straftätern.«

Franziska riss erschrocken die Augen auf. »Straftäter?«, wiederholte sie. »Ferdinand ist doch kein Straftäter.«

Carlo verschränkte seine Hände ineinander. »Frau Blankenfeld, es ist vielleicht nicht der richtige Zeitpunkt, aber bevor Sie es aus der Presse erfahren, sagen wir es Ihnen lieber selbst: Dieter Brömme war ein Betrüger, ein stadtbekannter Heiratsschwindler. Es liegen seit 2010 sechs Anzeigen gegen ihn vor. Die Dunkelziffer dürfte noch höher sein, denn viele Opfer zeigen den Täter aus Scham nicht an. Er hat unter den Namen Robert von Hagen, Hubertus von Hohenleye und eben Ferdinand von Hellensdorf viel Geld von Frauen ergaunert. Er ist immer auf die gleiche perfide Art und Weise vorgegangen. Vielleicht erkennen Sie sich wieder in dem, was ich Ihnen jetzt erzähle. Sein Auftreten war seriös und höflich. Er wusste, wie er einen guten Eindruck hinterließ. Um die Frauen für sich zu gewinnen, hat er seinen Charme spielen lassen, Komplimente gemacht, sie um den Finger gewickelt, ihnen zugehört, Verständnis gezeigt, Wärme gegeben, Freundschaft vorgegaukelt, schließlich Liebe. Er hat ihnen eingeredet, sie seien die einzig Richtigen für ihn und die tollsten Frauen überhaupt – bis er mit ihnen machen konnte, was er wollte. Bis er sie in der Hand hatte. Schließlich hat er sie emotional erpresst. Mit allen Frauen hatte er Sex. Einvernehmlichen Sex – die Frauen haben angegeben, er sei ein guter, einfühlsamer Liebhaber gewesen. In der Regel waren es etwas ältere Damen, die sich einsam fühlten. Verstehen Sie mich nicht falsch, Sie dürften bisher die Jüngste gewesen sein und vermutlich auch die Attraktivste. Einige von ihnen waren Witwen. Nicht unbedingt vermögend, aber sie alle hatten gemeinsam, dass sie Geld für ihn lockermachen konnten, viel Geld. Ohne lange zu überlegen. Keine von ihnen hat es je wiedergesehen.«

Franziska starrte ihn mit halboffenem Mund an. »Die 1.000 Euro hat er mir wiedergegeben. Und die 5.000 habe ich ihm geschenkt.«

»Und ansonsten? Erkennen Sie sich wieder, Frau Blankenfeld?«, fragte Carlo weich.

Langsam schien Franziska aus ihrer Erstarrung aufzuwachen und nickte nach einer Weile. Zu ihrer eigenen Überraschung fühlte sie keine Trauer mehr, stattdessen so etwas wie … – sie schämte sich fast für diesen Gedanken – Erleichterung. Ja, sie war tatsächlich erleichtert, dass sich das Problem Ferdinand von Hellensdorf in Luft aufgelöst hatte, dass ihr die Entscheidung abgenommen worden war. Zu lange hatte sie mit sich gerungen, ob sie die Trennung von ihm wirklich wollte oder nicht. Wie belastend die Situation für sie gewesen war, spürte sie jetzt erst, wo die Anspannung von ihr abfiel.

»Haben Sie sein tolles Domizil je gesehen, seine Penthouse-Wohnung mit Dachterrasse, Whirlpool und Sauna? Waren Sie je dort?«, fragte Daniel und spielte an seiner sportlichen Armbanduhr.

»Es wurde gerade renoviert«, sagte sie und schluckte. »Wir waren im Hotel. Oder bei mir. Mein Mann ist oft beruflich unterwegs.«

»Das dachte ich mir. Und haben Sie je seine Familie kennengelernt oder seine Freunde?«

Franziska schüttelte den Kopf.

»Typisch«, sagte Daniel. »Die Luxuswohnung gibt es nicht. Diese Typen leben mal hier, mal dort, lassen sich für eine Weile von den Damen aushalten. In der Zwischenzeit steigen sie in einfachen Hotels oder Pensionen ab und zwar so lange, bis sie wieder neue Kontakte geknüpft haben. Weil sie gut aussehen, charmant sind und Einfühlungsvermögen haben, dauert das in der Regel nicht lange. Das sind eiskalte Profis ohne Skrupel. Die wittern nur ein lukratives Geschäft. Sie wecken Hoffnungen und Träume, kassieren ab, und wenn sie die Kohle haben, sind sie weg.«

Darüber dachte Franziska eine Weile nach. »Was ist mit meinem Auto?«, fragte sie schließlich.

»Totalschaden«, antwortete Daniel.

Sie ließ die Schultern hängen. »Bitte sagen Sie meinem Mann nichts davon. Ich versuche, es ihm zu erklären.«

»Das wird schwierig sein. Ihr Mann ist offiziell der Halter des Fahrzeugs.«

»Es ist mein Auto, okay? Damit kann ich machen, was ich will.«

»Es ist auf seinen Namen angemeldet«, sagte Carlo bedauernd.

»Verdammt, das Auto interessiert ihn überhaupt nicht. Er hat ein eigenes. Das Cabrio gehörte mir. Er hat es mir zum 40. Geburtstag geschenkt.«

Carlo zupfte sich am Ohr. »Frau Blankenfeld, spätestens, wenn Ihr Mann Post von uns und der Versicherung bekommt, wird er es erfahren. Daran führt kein Weg vorbei.«

»Dann geben Sie mir wenigstens Zeit, es vorher mit ihm zu klären. Im Moment ist er auf Dienstreise.«

Carlo nickte Daniel zu. Die beiden Männer verabschiedeten sich. Carlo war froh, als er im Flur endlich seine Schuhe wieder anziehen konnte.

KAPITEL 31

Henning hatte zum Ausklang des Tages das Restaurant Goode Wind am Ortsausgang von Norden vorgeschlagen. Sie saßen an einem Zweiertisch, vor sich ein kühles Jever.

»Worauf hast du Lust?«, fragte er, und als Birthe ihn einfach nur ansah, lachten sie gleichzeitig los, ein bisschen verlegen.

»Ich meine natürlich zu essen: Fleisch oder Fisch?« Er warf ihr einen treuherzigen Blick zu. Seine Augen waren dunkelblau.

»Was fragst du, wir sind an der Nordsee! Bestell du für mich!« Es war ihr in diesem Moment wirklich völlig egal.

»Willst du nicht einmal in die Karte sehen?«

»Wenn du Fisch bestellst, dann schließe ich mich an. Die Teller der anderen Gäste hier sehen alle klasse aus. Ich glaube, man kann nichts falsch machen.«

Als die Kellnerin erschien, bestellte er ein ganzes Menü für zwei: Currycremesuppe mit gewürfeltem Hühnerfleisch, als Hauptgang eine Butterscholle mit Bratkartoffeln und jungen Bohnen und zum Nachtisch Tiramisu.

»Ich freue mich, dass du dich entschlossen hast, in unserem Hotel einzuchecken«, sagte Henning.

»Du hast mich eben neugierig gemacht. Ich wollte unbedingt deine Eltern kennenlernen. Sie sind übrigens sehr nett.«

»Haben sie dir ein schönes Zimmer gegeben?«

»Sie sagen, es sei das schönste, das sie hätten, gerade frisch renoviert. Das Bad hat eine Luxusdusche und ein Bidet. Ich freue mich darauf. Eigentlich Verschwendung für nur eine Nacht.«

Er stützte sein Kinn auf die Hand auf und sah sie mit einem verträumten Ausdruck an. »Vielleicht macht das ja Lust auf ein paar Tage mehr.«

Bedauernd schüttelte Birthe den Kopf. »Morgen muss ich zurück, die Kollegen in Osnabrück machen mir schon Dampf. Ich denke, hier werde ich sowieso nicht mehr gebraucht. Den Unfallverursacher habt ihr ja nun gefunden. Obwohl mich das nicht ganz glücklich macht, immerhin sind da ja noch die Drohmails. Hauke Frerichs wird sie nicht geschrieben haben. Und die Sache mit den manipulierten Bremsen steht auch noch im Raum.« Sie zog die Schultern hoch. »Für mich ist der Fall noch lange nicht abgeschlossen.«

»Ich glaube auch, dass es eine Verbindung nach Osnabrück gibt«, sagte Henning. »Hauke Frerichs hat nur das zugegeben, was ihm nachgewiesen werden konnte. Ich fürchte dennoch, wir werden abgezogen von dem Fall, da der Unfallverursacher ermittelt ist. Darum kümmert sich jetzt die Verkehrspolizei. Was bleibt, ist ein sehr ungutes Gefühl. Ich bin gespannt, was die Staatsanwaltschaft dazu sagt.« Er nahm einen Schluck Bier und wischte sich den Schaum vom Mund. »Hauke Frerichs ist für morgen früh vorgeladen. Ich halte dich auf dem Laufenden. Lieber wäre mir natürlich, du könntest noch etwas bleiben.«

Ihre Blicke trafen sich und blieben eine Spur zu lange aneinander haften. »Hast du die Tage an der Nordsee wenigstens ein bisschen genießen können?«, fragte er und räusperte sich.

»Auf jeden Fall. Und ich weiß jetzt, dass es hier auch nette Kollegen gibt.« Sie lächelte und wandte schnell ihr Gesicht ab, weil er nicht sehen sollte, wie sie errötete.

Die Kellnerin servierte die Suppe. Während des Essens sprachen sie kaum. Birthe hatte nur wenig Appetit, dabei sah die Scholle ausgesprochen verlockend aus. Das Dessert schaffte sie auch nur zur Hälfte.

»Ich möchte dir gerne etwas zeigen«, sagte er mit weichem Blick, als sie beim Espresso angelangt waren. »Wenn du magst.«

»Und was?« Birthe lächelte etwas unsicher.

»Einen wunderschönen Sonnenuntergang. Ich habe nachgesehen: Der ist heute um 21.26 Uhr. Wir können es noch schaffen.«

»Noch mal ans Meer?« Bei der Vorstellung kribbelte es.

»Warum nicht?«

»Hm, einen Sonnenuntergang am Meer hatte ich schon lange nicht mehr«, sagte Birthe verträumt.

»Na dann los.« Er lächelte sie an. »Oder?« Als sie nichts

erwiderte, winkte er der Bedienung und zog seine Brieftasche aus der Hosentasche.

Sie fuhren mit seinem Kangoo die Norddeicher Straße entlang und stellten ihn auf dem Parkplatz vor dem Wellenbad ab. Von hier aus waren es nur noch wenige Meter bis zum Deich.

Hand in Hand gingen sie die Treppe hinunter und dann am Strand entlang. Reden mussten sie nicht unbedingt; sie genossen einfach die bezaubernde Abendstimmung. Irgendwann fanden sie sich am Hundestrand wieder. An diesem Strandabschnitt war nicht viel los. Nur sie und Henning und wenige Menschen mit ihren Vierbeinern. Es war gerade Ebbe. Ein paar Hunde tollten im Watt, ein älteres Ehepaar stand an einer Steinmole und blickte aufs Wattenmeer hinaus. Henning steuerte auf eine Bank nahe der Wasserkante zu. Er hatte einen Rucksack mitgebracht, den er nun öffnete. Mit leuchtenden Augen holte er eine Flasche Rotwein hervor, zwei Weingläser, die er in ein Geschirrtuch eingeschlagen hatte, einen Korkenzieher und eine Frischhaltedose mit Käsehäppchen und Weintrauben.

»Du bist überhaupt nicht vorbereitet, ne?«, spöttelte Birthe und nahm ihm ein Glas und die Dose ab.

»Habe ich vorhin ganz spontan im Netto besorgt«, sagte er grinsend.

»Nee, is klar.« Sie lachten.

Als sie einen langen Blick wechselten, dachte Birthe für einen Moment, dass er sie küssen würde. Sie war da eher zurückhaltend, ihrer Ansicht nach sollte der Mann den ersten Schritt wagen. Doch er traute sich offenbar nicht. Dafür nahm er sie in den Arm und schaute nach vorn, wo die Sonnenscheibe erstmals den Horizont berührte. Vor einem dunkelblauen Himmel erstrahlten die herrlichsten Farben: von Hellgelb über Dunkelgelb gingen sie in ein leuchtendes Orangerot über, um dann ins Dunkelrote zu wechseln. Kreisrund schwebte die Sonne über dem sich leicht kräuselnden Meer. Rechts davon schaukelte ein Motorboot auf den Wellen, etwas weiter entfernt ein Krabbenkutter. Es war ein atemberaubendes Schauspiel, das leider viel zu kurz andauerte. Nach vier Minuten war es dunkel. Und da endlich neigte er seinen Kopf zu ihr hin, wechselte noch einmal einen tiefen Blick mit ihr und küsste sie.

Später brachte er sie mit seinem Wagen zum Hotel zurück, das aus dunkelrotem Backstein gebaut war und sehr heimelig wirkte. Solarleuchten strahlten den gepflegten Vorgarten an, sodass die Hortensien, Heckenrosen und Stockrosen darin richtig zur Geltung kamen. An der blau-weißen Haustür hing ein Holzschild mit der freundlichen Begrüßung »Moin«.

»Danke für die Einladung«, sagte Birthe, als er das Auto zum Stehen gebracht hatte. »Ich habe noch nie eine so leckere Scholle gegessen und noch nie einen so wunderbaren Sonnenuntergang gesehen. Ein schöner Abend, Henning. Danke!«

Er sah sie schweigend an und sie wurde rot. »Gern geschehen, Birthe. Ich fand es auch zauberhaft. Ein ganz besonderer Abend.« Seine Stimme klang sanft und warm und löste ein Kribbeln in ihr aus.

»Dann sag ich mal tschüss und … ja … vielleicht bis irgendwann mal wieder!« Unsicher zuckte sie mit den Schultern.

»Klar. Bis irgendwann. Wir haben ja unsere Telefonnummern. Wenn ich darf, rufe ich dich mal an. Und wenn es was Neues im Fall Cannstetter gibt, sowieso.« Er nahm ihre Hände, hielt sie eine Weile fest und drückte sie.

Sie stieg aus, blieb kurz stehen und winkte. Der Moment war vorbei.

KAPITEL 32

Die Stimmung in der Danziger Straße in Osnabrück war getrübt. Carlo und Gudrun hatten am Abend zuvor gestritten und sich vor dem Schlafengehen nicht mehr versöhnt. Schweigend saßen sie am Frühstückstisch, als das Telefon klingelte. Durch die angelehnte Küchentür hörten sie Janas Stimme im Flur.

»Ja, sie ist da«, sagte sie. »Einen Augenblick bitte.«

Sofort sprang Gudrun auf und prallte in der Tür mit Jana zusammen.

»Für dich, Mama.« Jana reichte ihr mit einem überraschten Gesichtsausdruck das Mobilteil.

Gudrun schloss die Tür hinter sich.

»Wer war das?«, wollte Carlo wissen, als Jana sich schlecht gelaunt an den Küchentisch setzte. Seit gestern gab es die Regel, dass sie sich morgens beim Frühstück blicken lassen musste, sonst blieb sie bis zum Mittag im Bett. Ihre Schulzeit war vorbei, und wie es weitergehen sollte, stand noch in den Sternen.

Sein Gesichtsausdruck war ungewöhnlich ernst.

»Keine Ahnung«, sagte Jana achselzuckend. »Ein Mann halt.«

»Ein Mann, aha. Hat er seinen Namen genannt?«

Jana schüttelte den Kopf.

Carlo kratzte sich an den Bartstoppeln. »Jana, glaubst du, dass Mama … Hat sie irgendwann mal was verlauten lassen … hat sie jemanden kennengelernt?« Er atmete flach durch den halboffenen Mund.

Verwundert starrte Jana ihn an. »Mama? Die doch nicht.«

»Was ist daran so abwegig?«

Jana lachte laut auf. »Pfff, Mama interessiert sich doch nicht für irgendwelche Männer.«

»Bist du sicher?«

»Absolut. Sie hat doch dich!«

Carlo nickte. »Hoffentlich weiß sie das noch.«

»Warum soll sie das nicht wissen? Ihr seid echt komisch zurzeit.« Sie spielte mit ihren Armreifen. »Ist es okay, wenn ich mir das Auto nehme?«

»Wieso? Wo willst du hin?«, fragte er alarmiert und lauschte in Richtung Wohnzimmer, wo er Gudrun gedämpft telefonieren hörte.

»Muss mal kurz weg.«

»Zu diesem Kerl?«

»Der Kerl heißt Malte. Zufällig ist er mein Freund.«

»Jana, hör mir zu, glaubst du, dass er gut für dich ist?«

»Besser als ihr allemal. Zumindest ist er nicht so langweilig.«

»Was willst du damit sagen?«

»Na, dass ihr halt langweilig seid. Und so entsetzlich spießig! Guck dich doch mal um, wie ihr eingerichtet seid! Die Möbel sind so was von Retro, 80er, was weiß ich! Euer Musikgeschmack, eure Klamotten, euer gesamter Lifestyle – hey, das geht überhaupt nicht!«

Empört sah er sie an. »Weißt du was? Bevor du auf der Welt warst, waren wir nicht so langweilig. Da hatten wir auch unseren Spaß und jede Menge Flausen im Kopf.«

»Und warum habt ihr das nicht mehr? Was habe ich damit zu tun?«

»Vielleicht, weil wir Verantwortung tragen, mein Schatz? Wir können uns nicht gehen lassen, wir arbeiten, um dir ein angenehmes Leben zu ermöglichen und dich zu einem verantwortungsbewussten, vernünftigen Menschen zu erziehen! Die amerikanischen Serien, die du dauernd guckst, sind nicht das wahre Leben! Die haben nichts damit zu tun! Die Tussis, die da rumstöckeln mit ihren lächerlichen Handtäschchen über dem Arm, ihren High Heels und ihren teuren Designerklamotten, auch die müssen zwischendurch mal ihren Arsch hochkriegen, ihren eigenen Dreck wegputzen und den Müll rausbringen. Auch die können nicht den ganzen Tag bei Starbucks abhängen!«

Jana hatte genug. Sie stand einfach auf und ging. Kurz darauf fiel die Haustür hinter ihr zu.

»Jana!«, brüllte Carlo erfolglos hinter ihr her.

Schließlich schenkte er sich frustriert Kaffee nach. Das Gemurmel seiner Frau war verklungen. Sie hatte sich wahrscheinlich mit dem Telefon ins Schlafzimmer verzogen.

Es dauerte fast 20 Minuten, bis Gudrun mit einem verklärten Ausdruck im Gesicht wieder am Frühstückstisch auftauchte.

»Hast du mir etwas zu sagen?«, fragte Carlo verdrießlich.

»Nein, warum? Was war das eben für ein Streit zwischen dir und Jana? Warum hat sie die Haustür zugeknallt?«

»Ach, nichts weiter. Habe ihr nur gesagt, dass das echte Leben nicht bei Starbucks stattfindet. Mit wem hast du eben telefoniert?«

»Muss ich mich rechtfertigen?«

»Muss ich mich dafür rechtfertigen, dass ich überhaupt nachfrage?«

»Was soll die blöde Frage?«

»Gudrun, was ist los? Du hast dich verändert. Aufgespritzte Lippen und Wangen, nun eine Brustvergrößerung, was ist los mit dir, verdammt?«

»Ich kann mit meinem Körper machen, was ich will, oder nicht? Wenn ich mir anders besser gefalle, dann ist das eben so.« Sie nahm einen großen Schluck von ihrem Smoothie aus grünem Gemüse.

»Für wen machst du das? Für mich bestimmt nicht. Wie heißt er? Wer ist es? Ich denke, als dein Ehemann habe ich ein Recht darauf, die Wahrheit zu erfahren.«

»Welche Wahrheit?« Schweigend rührte sie in ihrem Smoothie.

»Wer war das eben am Telefon?«, fragte er bedrohlich leise.

»Mein Fitnesscoach«, sagte sie trotzig. »Er holt mich um 15 Uhr ab zum Training. Er heißt Patrick.«

»Patrick«, wiederholte er mit verkniffenem Mund. »Dann weiß ich wenigstens Bescheid.« Er nahm seine Aktentasche und verließ das Haus.

KAPITEL 33

»Moin!«

Carlo blickte von seinem PC auf. »Moin, Birthe! Sag mal, du Nordseekrabbe, du strahlst ja richtig! Die kleine Auszeit scheint dir gutgetan zu haben!« Er selbst war froh, der beklemmenden Situation bei sich zu Hause entkommen zu sein.

»Nix ist los, ich freue mich einfach, euch zu sehen!« Nacheinander strahlte sie Carlo und Daniel an, als sie jedoch nur fragende Blicke erntete, wandte sie sich der Kaffeemaschine zu.

»Jetzt wissen wir, was wir vermisst haben!«, sagte Carlo augenzwinkernd.

»Ich glaube eher, sie dreht uns den Rücken zu, damit wir ihr Gesicht nicht sehen«, meinte Daniel. »Irgendwas stimmt nicht mit ihr.«

»Das Gefühl habe ich auch. Na, Birthe, hast du uns was zu sagen?«

Halb drehte sie sich zu ihnen um. »Quatsch. Wollte euch nur eine kleine Freude machen. Nee, war ganz schön da.«

»Ganz schön da, aha. Nun spuck mal aus, lass dir nicht alles aus der Nase ziehen!«

»Lass sie doch erst mal ankommen, Carlo. Guck doch, wie verlegen sie ist!« Daniel reckte sich. Er hatte bis in die frühen Morgenstunden den Geburtstag eines Kumpels gefeiert und wirkte noch nicht richtig wach.

»Wieso sollte ich verlegen sein?«, fragte Birthe und bemühte sich, ihr Grinsen abzustellen. Sie lehnte an einem Sideboard und verschränkte ihre Arme. »Was ihr wissen solltet, wisst ihr schon. Der Unfallverursacher ist ein junger Mann namens Hauke Frerichs. Durch eine feste Blitzanlage sind wir ihm auf die Spur gekommen. Heute wird er vorgeladen. Er lebt in einem ostfriesischen Dorf namens Grimersum. Frerichs hat Cannstetter mit seiner Lichthupe genötigt und war viel zu schnell unterwegs.«

»Wir? Auch du bist ihm auf die Spur gekommen?«

Birthe verdrehte die Augen. »Also gut, die Nordener Polizei.«

»Mit der du dich inzwischen zu identifizieren scheinst«, bemerkte Daniel trocken. Er trug ein grellgrünes T-Shirt mit dem pinkfarbenen Aufdruck »Frauenflüsterer«.

Na klar, dachte Birthe, ausgerechnet er. Genervt warf sie ihm einen giftigen Blick zu. Sie erlebte ein Wechselbad der Gefühle. Henning gefiel ihr, ohne Frage, vielleicht war sie sogar ein bisschen verliebt. Jedoch konnte sie sein Verhalten nicht richtig einordnen, das verwirrte sie. Der Kuss am Strand war wunderschön gewesen und hatte Gefühle in ihr ausgelöst. Aber sein Verhalten danach machte sie ein wenig ratlos. Er hätte ein weiteres Treffen vorschlagen können, aber das hatte er nicht getan. Sie hatten überhaupt keine Perspektive für ein Wiedersehen. Am nächsten Morgen hatte er noch einen kurzen Gruß über WhatsApp geschickt, der nach ihrem

Geschmack etwas zu nüchtern und kühl ausgefallen war – zumindest nach dem tollen gemeinsamen Abend.

»Übrigens, Birthe, wir waren gestern in Cannstetters Autowerkstatt«, riss Carlo sie aus ihren Gedanken. »Dort teilte man uns mit, dass Cannstetter Anfang Mai mit seinem Fahrzeug bei der Inspektion gewesen war. Bei der Gelegenheit wurden auch die Bremsen überprüft. Alles war in Ordnung.«

»Alles andere hätte mich auch überrascht«, stellte Birthe fest.

»Und dass es einen weiteren Toten gibt, hast du auch mitbekommen?«

Birthe musste kurz überlegen. »Ferdinand von Hellensdorf, ihr seht, ich bin auf dem Laufenden. Auf der Rückfahrt ist mir auch eingefallen, in welchem Zusammenhang ich seinen falschen Namen Robert von Hagen gehört habe. Den haben wir doch mal in einem Lokal in der Lotter Straße gesehen – zusammen mit der Witwe eines früheren Mordopfers. Carlo, du warst auch dabei. Wie hieß die doch gleich?«

»Iris Birklund«, half Daniel aus. »Habe ich vorhin noch einmal nachgesehen. Gattin eines Osnabrücker Wertanlageberaters bei einer großen Bank. Der Fall Birklund hat uns ja eine ganze Weile beschäftigt.«

»Stimmt«, sagte Birthe. »Ist etwa zwei Jahre her.«

»Ferdinand von Hellensdorf alias Robert von Hagen hat Iris Birklund ebenfalls kräftig übers Ohr gehauen«, sagte Daniel. »Von ihr liegt eine Strafanzeige gegen ihn vor. Kurze Zeit später hat er wohl wieder seine Identität gewechselt und wurde zu Hubertus von Hohenleye. Mit diesem Namen muss er die meisten Erfolge verbucht haben. Gleich fünf Frauen haben ihn angezeigt. Unter seinem richtigen Namen Dieter Brömme hätte er wohl weitaus weniger Erfolge verzeichnen können. Als es ihm zu heiß wurde, hat er erneut die Identität gewechselt und fortan als Ferdinand von Hellensdorf die Damenwelt beglückt. Und nun hat uns der Zufall in die Hände gespielt.«

»Er sah schon gut aus. Wie ein Schauspieler aus alten amerikanischen Filmen. Ich kann verstehen, dass die Frauen auf ihn standen.«

»Du auch?«, wollte Carlo wissen.

»Ach nee. Er war nicht nach meinem Geschmack, viel zu schön, zu glatt und makellos. Solche Männer gefallen mir nicht. Viel zu anstrengend.«

»Einschlägige Erfahrungen?«, fragte Daniel und strich sich mit der Handkante über seine kurzgeschorene Seitenpartie.

»Brauche ich gar nicht erst. Mir reicht die Vorstellung der neidvollen Blicke anderer Frauen. Und sein ewiges Fremdflirten. Allein, wie er mich im Lokal angesehen hat …« Angewidert schüttelte sie sich. »Bah!«

»Wir haben eben einen Anruf von der Autobahnpolizei Köln erhalten«, sagte Carlo. »Es geht um das Cabrio der Blankenfelds. Am Unfallort wurde das Phidias-Verfahren eingesetzt. Es gibt Ungereimtheiten, was den Unfallablauf anbelangt.«

Birthe stutzte. »Hilf mir mal kurz auf die Sprünge. Lange nicht mehr gehört.«

»Photogrammetrisches Interaktives Digitales Auswerte-System«, leierte Daniel mit hochgezogenen Augenbrauen herunter, als benutze er diesen Ausdruck tagtäglich. Dabei hatte er sich gerade erst wieder schlaugemacht.

»Ein rechnerunterstütztes Tatortaufnahmesystem zur Herstellung maßstabsgetreuer Skizzen«, ergänzte Carlo. »Um es auf den Punkt zu bringen: Es gab keinen objektiven Grund für diesen Unfall. Weder lag es an der Witterung noch an den Straßenverhältnissen noch an der Sicht. Er war einfach nur deutlich zu schnell unterwegs. Aber das allein ist bei einem so erfahrenen Fahrer wie Dieter Brömme keine Erklärung für einen solch tragischen Unfall.«

»Außerdem«, fuhr Daniel fort, »ist an dieser Stelle zu

erwähnen, dass Brömme kurz vor seinem Unfall auf dem Präsidium gewesen ist und seinen Pkw als gestohlen gemeldet hat. Roland Hasenecker aus dem ersten Stock hat uns darüber vor circa einer halben Stunde informiert.«

Diese Neuigkeit musste Birthe erst einmal sacken lassen. »Was geschieht nun?«, fragte sie nach einer Weile.

»Wir warten gespannt auf die Arbeit der KTU«, sagte Carlo. »Wenn wir Glück haben, bekommen wir die Ergebnisse der Spurensicherung in zwei bis drei Tagen. Es kann sein, dass euer junger Mann aus Ostfriesland nicht so viel zur Aufklärung des ersten Unfalls beitragen kann, wie es im ersten Moment den Anschein hatte.«

»Das ist genau mein Gefühl«, sagte Birthe nachdenklich. »Hauke Frerichs ist sicher nicht unschuldig an Cannstetters Unfall, aber ob er die Hauptlast trägt, ist fraglich. Natürlich kann er wegen zu schnellen Fahrens und wegen Unfallflucht belangt werden, doch damit ist der Fall noch nicht aufgeklärt. Es bleiben zu viele Ungereimtheiten. Die Drohmails, die anonymen Anrufe, die Manipulation der Bremsen. Da fällt mir ein, ich wollte noch bei Frerichs' Versicherung anrufen.«

»Warum?«

»Angeblich hat Hauke Frerichs beim Einparken auf einem Supermarktparkplatz in Norden ein anderes Fahrzeug gerammt.«

Keine fünf Minuten später erhielt sie die Information, dass weder von Hauke noch von Arnold Frerichs eine Schadensmeldung bei der Versicherung eingegangen war.

Carlo sah auf die Uhr. »Wir haben für 12.30 Uhr den Vater eines Schülers als Zeugen vorgeladen. Er war früher Kraftfahrzeugmechaniker, bevor er auf dem zweiten Bildungsweg sein Abitur nachgeholt und Lehramt studiert hat. Angeblich hatte der Schüler laufend Ärger mit Cannstetter. Cannstetter habe mit Schulverweis gedroht, weil Mike des Öfteren die

Schule geschwänzt und mit Cannabis gehandelt haben soll. Ganz bewiesen ist das jedoch nicht.«

»Wie heißt der Zeuge?«

»Reiner Ackermann, wohnhaft im Schinkel in Osnabrück.«

»Woher habt ihr die Information?«

»Von einer Lehrerin. Sie heißt Jutta Tiemeyer und unterrichtet Deutsch und Biologie am Erich-Kästner-Gymnasium.«

KAPITEL 34

Der Zeuge, ein dunkelhaariger Mann in Jeans und schwarzweiß kariertem Hemd, wippte mit den Füßen, als schlüge er den Takt zu einem Musikstück. Carlo nahm am PC die Personalien auf: »Reiner Ackermann, wohnhaft in der Venloer Straße im Schinkel.«

Der Angesprochene nickte und wippte weiter.

Birthe nutzte währenddessen die Zeit, ihn zu beobachten. Sie hatte das Gefühl, ihn schon einmal gesehen zu haben, wusste jedoch nicht wo und in welchem Zusammenhang. Als Carlo mit seinem Part fertig war, übernahm sie das Gespräch. »Sie haben einen Sohn am Erich-Kästner-Gymnasium, Herr Ackermann?«

Reiner Ackermann nickte. »Hat Mike was ausgefressen?«

»Dafür sind wir nicht zuständig. Es geht um Sie. Wir möchten uns gerne mit Ihnen unterhalten. Sagt Ihnen der Name Georg Cannstetter etwas?«

»Natürlich. Er war der Lehrer meines Sohnes.«

»Sie wissen, dass er tot ist?«

»Ich habe es aus der Zeitung erfahren.«

Birthe musterte ihn. Die einzige wahrnehmbare Veränderung, die er zeigte, war, dass er aufgehört hatte zu wippen. »Ist es richtig, dass Sie vor Ihrem Lehramtsstudium Kraftfahrzeugmechaniker waren?«

Verwundert zog Ackermann seine Augenbrauen hoch. »Ja … und?«

Birthe musterte ihn abwartend. »Sagen Sie mir doch bitte, was Sie am 9. Juli gemacht haben. Mich interessiert besonders der Nachmittag und die Zeit zwischen 21.30 und 22.30 Uhr.«

Unruhig rutschte Ackermann auf seinem Stuhl nach vorn. »Was hat das damit zu tun, dass ich Kfz-Mechaniker war? Ist das ein Verhör, oder was?«

»Herr Ackermann, bleiben Sie bitte ruhig, wir vernehmen zurzeit viele Bürger, die mit Cannstetter zu tun hatten. Eine reine Formalität.«

Reiner Ackermann beugte sich vor und machte sich dabei breit. »Was war das denn für ein Wochentag?«

»Ein Donnerstag.«

Er lehnte sich wieder zurück. »Pfff, das weiß ich doch nicht mehr. Ich müsste mal nachschauen, ob ich da einen Auftritt hatte oder zumindest 'ne Probe oder so. Ab Mittwoch wird geprobt. Müsste ich nachgucken.«

Birthe sah ihm direkt in die Augen. Sie waren von einem dunklen Braun, etwas mandelförmig. Dazu die zu dunkel gefärbten Haare, die ihm ungekämmt in die Stirn fielen. Wenn sie anders gestylt wären, hochtoupiert und schmierig glänzend, das Gesicht braun geschminkt, die Augen mit Eyeliner betont, die Augenbrauen nachgezogen …

Sie räusperte sich. »Herr Ackermann, kann es sein, dass ich Sie kenne?«

Reiner Ackermann warf sich in die Brust und grinste schief. »Möglich ist das.«

Birthe errötete, was ihr höchst selten im Dienst passierte. »Zumindest glaube ich, Sie schon einmal gesehen zu haben. Nicht real, aber auf einem Foto.«

»Vielleicht waren Sie ja mal auf einem meiner Konzerte?« Mit einer theatralischen Geste riss er die Arme auseinander.

Wie Ackermann vor ihr saß, sah er vollkommen unauffällig aus, wie ein Durchschnittsbürger beim Einkaufen im Supermarkt.

»Sind Sie Tony Tyler?«, fragte Birthe geradeheraus. Ihr Herz begann aufgeregt zu klopfen, was sie lächerlich fand.

Ackermann reckte beide Daumen in die Höhe. »Mensch, da bin ich baff«, sagte er grinsend, »dass man mich hier sogar schon kennt.«

Perplex von ihrer eigenen Erkenntnis starrte Birthe ihn an, während Carlo von seiner Akte hochblickte und Daniel sich zu ihnen umdrehte. »Ich will zurück nach Norderney«, murmelte Birthe und warf Daniel einen vielsagenden Blick zu.

»So bekannt bin ich also schon!«, sagte Ackermann und wackelte eitel mit dem Kopf. »Junge, Junge, das macht mich schon ein bisschen stolz.«

»Ist das der Name Ihres aktuellen Songs?«

Daniel gluckste und wandte sich ab.

»Der geht wie geschnitten Brot«, sagte Ackermann und ging nicht weiter darauf ein. »Soll ich eine Kostprobe zum Besten geben? Nur für Sie?« Er zückte sein Smartphone.

»Nee, lassen Sie mal stecken.« Birthe lächelte schmallippig. »Ich kenne das Lied bereits. Ist das Ihre dritte Karriere, Herr Ackermann? Das Singen?«

»Gezwungenermaßen. Mit dem Traumberuf Lehrer hat

es leider nicht geklappt, weil ich dank Cannstetter durchs beschissene Examen gerasselt bin, da musste ich mir was anderes überlegen. Zurück in die Autowerkstatt wollte ich nicht. Da habe ich mir gesagt, Reiner, es sind so viele Hirnis unterwegs, die nicht singen können, aber trotzdem abliefern auf Mallorca und so und damit 'ne Menge Kohle machen, das kannst du auch. Eine eingängige Melodie, ein einfacher Text, den man auch mit ein, zwei Promille noch gut mitgrölen kann, ein bisschen flirten mit der Damenwelt, darauf fahren die Ladys ab, da darfst du nicht scheu sein, und du bist der Star. Na ja, ganz so einfach war es dann doch nicht, jeder Anfang ist schwer, ich kenne es auch, ausgebuht zu werden, da bin ich ganz ehrlich, aber irgendwann ist der Knoten geplatzt. Die Bühne will mich und ich will die Bühne. Da gehöre ich hin.« Erneut breitete er seine kräftigen, stark behaarten Arme aus und strahlte entwaffnend.

Birthe räusperte sich. Langsam fing sie sich wieder. »Schön, dann haben Sie ja Ihre Berufung gefunden. Wie lange machen Sie das schon?«

»Soll ich alles mitschreiben?«, fragte Carlo von seinem Schreibtisch aus, doch Birthe schüttelte grinsend den Kopf.

»Die dritte Saison jetzt. War 'ne harte Zeit, aber nun läuft's für mich.«

»Das freut mich für Sie.« Birthe wurde wieder ernst. »Herr Ackermann, uns ist bekannt, dass Ihr Verhältnis zu Georg Cannstetter äußerst angespannt war, um nicht zu sagen problematisch. Sie haben ja eben schon angedeutet, dass Sie selbst mal bei ihm in der Ausbildung waren und dass er Sie hat durchfallen lassen. Als Rache dafür sollen Sie ihm nun als Vater das Leben schwer gemacht haben, indem Sie mehrfach in der Schule aufgekreuzt sind, ihn zur Rede gestellt und die anderen Eltern aufgehetzt haben.«

»Sagt wer?«

»Jemand, der Sie kennt.«

Ackermann machte einen bedauernden Gesichtsausdruck. »Die Sache mit dem Scheißexamen – geschenkt! Da bin ich nicht nachtragend, im Gegenteil. Dadurch ist mir meine Traumkarriere, die mir heute offensteht, überhaupt erst ermöglicht worden! Ich sehe das ganz positiv: Durch jede Tür, die einem vor der Nase zugeschlagen wird, geht eine andere auf. Aber mal Hand aufs Herz: Wie würden Sie denn reagieren, wenn jemand Ihrem Kind Sachen unterstellt, die es nicht getan hat? Wenn seine ganze Zukunft davon abhängt? Cannstetter wollte meinen Sohn von der Schule schmeißen. Andere Gymnasien haben sich geweigert, Mike aufzunehmen. Ich habe selbst rumtelefoniert wie ein Bekloppter, aber Cannstetter hatte wohl alle über ihn informiert. Jeder Schulleiter der Osnabrücker Gymnasien wusste plötzlich über Mike Bescheid. Mike ist labil, das wäre sein Ende gewesen.«

»Es ging um Drogen?«

»Mein Sohn hat mit dem Zeugs nichts am Hut. Der spielt sich gerne auf, Pubertät halt, aber er weiß, wo die Grenzen sind. Er wollte sein Taschengeld aufbessern damit. Selbst hat er nichts genommen. Ich habe mit ihm Klartext geredet und ihm ein Schlagzeug gekauft, damit er eine Beschäftigung hat und nicht auf dumme Gedanken kommt. Das ist ihm inzwischen wichtiger als alles andere. Mike will Musiker werden wie ich. Übt wie ein Besessener, hat gerade eine Band gegründet. Er weiß aber auch, dass ein guter Schulabschluss wichtig ist. Er will Musik studieren.«

»Sie sagten eben, dass Sie Lehrer werden wollten. Wenn Sie mit Cannstetter nicht gut klarkamen, warum haben sie es nicht woanders probiert?«

»Habe ich ja. Weil ich's nicht geschafft habe, verdammt. Zweimal haben sie mich durchrasseln lassen. An zwei verschiedenen Schulen. Weil sie mein Potenzial nicht erkannt haben, die Drecksäcke. Dabei gibt es kaum jemanden, der so gut mit Kids kann wie ich. Ich habe eine natürliche Autorität, das sagt jeder, der mich kennt. Die sind doch alle weltfremd, die sogenannten Pädagogen, gucken Sie sich die doch mal an! Die haben keine Ahnung, beziehen sich nur auf ihren verdammten Stoff, den sie mal studiert und nach dem Examen schnell wieder vergessen haben. Als Kinder waren die schon Streber. Das waren die, die niemand leiden konnte, weil sie sich bei den Paukern eingeschleimt haben. Gemobbt wurden die früher in der Schule. Niemand wollte die auf Geburtstagen oder Partys haben, bei der Mannschaftsaufstellung im Ballsport wurden sie nie gewählt und dann haben sie sich gerächt, indem sie Lehramt studiert haben. Vom Leben haben die keine Ahnung. Von Kindern schon gar nicht.«

»Aber Sie wollten doch auch Lehrer werden«, unterbrach Birthe seinen Redeschwall.

»Ja, weil ich's besser machen wollte. Ich habe eine natürliche Autorität, wie ich schon gesagt habe. Ich hätte denen was beibringen können, hätte denen was vom wirklichen Leben erzählen können! Ich hätte denen schon gezeigt, wo's langgeht!«

»Als Kraftfahrzeugmechaniker kennen Sie sich gut mit Autos aus, nicht wahr?«

Er wirkte überrascht. »Was soll das nun wieder? Ja klar, Motoren sind meine zweite Leidenschaft. In der Reihenfolge: Musik, Autos, Weiber. Früher waren's auch mal Kids, aber jetzt nicht mehr so. Man wollte mich ja nicht in der Schule.« Er räusperte sich.

»Hat Cannstetter Ihnen sein Auto mal anvertraut? Haben Sie Reparaturen für ihn durchgeführt?«

»Reparaturen?« Er riss die Augen auf. »Nee, für den bestimmt nicht.«

»Es geht mir nicht darum, ob Sie vielleicht schwarzgearbeitet haben, Herr Ackermann. Das will ich gar nicht wissen.

Es geht mir nur darum, ob er Ihnen mal sein Auto anvertraut hat.«

Böse funkelte er sie an. »Nein!«

»Haben Sie sich nicht manchmal gewünscht, dass Cannstetter etwas zustößt? Immerhin hat er Ihnen das Leben schwer gemacht. Ihnen und Ihrem Sohn.«

»Quatsch, so wichtig war der mir nicht. Der war mir furzegal.«

»Na, so egal auch nicht. Immerhin haben Sie sich beim Schulamt über ihn beschwert.«

»Und was hat es mir gebracht?«, fragte Ackermann wild gestikulierend. »Mein Sohn ist gemobbt worden seitdem. Von Cannstetter und der ganzen Klasse. Andere Schulen wissen Bescheid und schließen die Tür vor ihm. Das hat es mir gebracht.«

»Vielleicht wollten Sie wirklich nicht, dass er stirbt. Aber einen Denkzettel wollten Sie ihm verpassen, stimmt's, Herr Ackermann? Er hat Ihnen seinen Pkw zur Reparatur gebracht und Sie haben bei der Gelegenheit die Bremsen manipuliert, sodass nach und nach Bremsflüssigkeit ausgetreten ist, was zu einem Versagen der Bremsen geführt hat. Mit dem Ziel, dass er einen Unfall baut, einen Blechschaden. Damit wollten Sie ihn ärgern, mehr vielleicht wirklich nicht. Stimmt's, Herr Ackermann? Und nun sind Sie geschockt, wie sehr die Sache aus dem Ruder gelaufen ist. Cannstetter hatte nicht nur einen kleinen, sondern einen sehr schweren Unfall, den er nicht überlebt hat.«

Sekundenlang starrte er sie mit halb offenem Mund an. »Wovon reden Sie? Was soll der Bullshit mit den Bremsen? Ich habe nichts damit zu tun. Ich mache schon lange keine Reparaturen mehr für andere, für Cannstetter schon gar nicht.«

»Wenn Sie zugeben, dass Sie keine Tötungsabsicht hatten, dass das Ganze eskaliert ist, dann kommen Sie möglicherweise mit einer milden Strafe davon.«

»Lassen Sie mich in Ruhe!«

»Kennen Sie Arnold oder Hauke Frerichs?«

Ackermann schüttelte mit verkniffenem Mund den Kopf.

»Dieter Brömme?«

»Auch nicht.«

»Haben Sie schon einmal folgende Namen gehört: Hubertus von Hohenleye, Robert von Hagen, Ferdinand von Hellensdorf?«

»Häh? Bin ich schwul, oder was?«

Birthe machte ein genervtes Gesicht. »Herr Ackermann, ich weiß, dass Sie gerade an Ihrer Karriere basteln, aber wenn Sie wirklich Mist gebaut haben, wäre es besser, Sie geben es zu. Haben Sie anonyme Drohmails geschrieben? Haben Sie Cannstetter mit Telefonterror traktiert?«

»Wer behauptet so was?«

»Das spielt keine Rolle. Haben Sie oder haben Sie nicht?«

»Nein! So eine Kinderkacke mache ich nicht.«

»Aber Sie hatten so die Faxen dicke, dass Sie sich über sein Fahrzeug hergemacht und die Bremsschläuche angeritzt haben.«

»Was? Hören Sie doch damit auf!« Er winkte ab. »Noch mal zum Mitschreiben: Ich habe mit dieser Sache nichts zu tun. Ich bin nicht traurig über seinen Tod, okay, das gebe ich zu, aber ich bringe niemanden um, auch das Arschloch Cannstetter nicht. Schauen Sie mich an: Sehe ich aus wie ein Mörder? Ich genieße gerade mein Leben in vollen Zügen, freue mich darüber, dass es endlich mal gut läuft für mich. Ich bin immer schon heiß darauf gewesen, Erfolg zu haben. Den habe ich jetzt. Da bin ich doch nicht so blöd und verzichte für einen Typen wie Cannstetter auf all das: Weiber, so viel ich will, Sex, Drugs und Rock 'n' Roll. Soll doch jeder glücklich werden auf seine Art. Fragen Sie doch mal die Schlampe von Cannstetter. Die kann Ihnen bestimmt weiterhelfen.«

»Wen meinen Sie?«

»Na, seine Referendarin. Lüders heißt die. Mein Sohn hatte die mal in Deutsch. Wenn Sie meine Meinung wissen wollen, die zwei haben was miteinander.«

»Mich würde im Moment viel mehr interessieren, was Sie am 9. Juli gemacht haben, zwischen 21.30 und 22.30 Uhr. Die Frage haben Sie mir noch nicht beantwortet, Herr Ackermann.«

»Wie gesagt, ich erinnere mich nicht.«

»Vielleicht fällt es Ihnen ja noch ein. Es wäre für Sie auf jeden Fall sehr nützlich und könnte Sie entlasten.«

»Von was? Ich habe nichts getan, also muss mich nichts entlasten.«

»Von einem gewissen Verdacht, den Sie im Moment nicht ausräumen können.«

»Kann ich jetzt gehen?«

»Gut, Herr Ackermann. Ich denke, das war es vorerst. Ich lese Ihnen das Vernehmungsprotokoll noch vor und Sie müssen es unterschreiben. Danach können Sie gehen.« Birthe sah ihm forsch ins Gesicht. »Ach, und dürfte ich Sie noch um einen Gefallen bitten?«

KAPITEL 35

Daniel hob seinen Wäschekorb aus dem Porsche und trug ihn zum Haus seiner Mutter, das in einer Stichstraße in der Nähe des Friedhofs Hellern lag. Bärbel Brunner war 63 Jahre alt und stolze Alleinbewohnerin ihres Reihenhauses. Sie hatte auch nicht vor, das zu ändern, nachdem sie sich schon vor Jahrzehnten vom Kindsvater getrennt hatte. Daniel war da erst vier Jahre alt gewesen und gerade in den Kindergarten gekommen.

Bärbel stand im Vorgarten und betrachtete voller Stolz ihre üppigen Hortensienbüsche in lila, pink und dunkelrot. Dazwischen standen rosa und rote Stockrosen und pinkfarbene Zinnien in wunderschöner Blüte. Inspiriert von ihrem letzten Sylturlaub hatte sie eine kleine Mauer aus Natursteinen anlegen lassen. Dazwischen wuchsen Wildblumen in leuchtenden Sommerfarben.

»Ich habe ein großes Stück Braten für dich aufgehoben«, sagte sie und drückte ihm zur Begrüßung einen Kuss auf die Wange. »Dazu Rotkohl und Knödel. Freust du dich?«

»Aber so was von«, sagte Daniel glücklich, begleitete seine Mutter ins Haus und stellte den Wäschekorb im Flur ab. »Meine Kollegin zieht mich immer damit auf.«

»Womit?«, wollte sie wissen und streichelte ihm zärtlich über die Schulter.

»Na ja, sie meint, mit 37 Jahren brauche ich keine Mama mehr, die meine Wäsche bügelt.«

»Ach was, die ist doch nur neidisch«, meinte Bärbel mit einer wegwerfenden Handbewegung und brachte den Korb ins Gästezimmer. In dem schlauchförmigen Raum befanden sich eine Mangel, eine Dampf-Bügelstation, ein Tisch mit Nähmaschine, ein großer Nähkorb aus Rattan und ein großer Ikea-Schreibtisch, auf dem sie die Wäsche sortierte. Auf dem ausklappbaren Sofa in der Ecke des Zimmers schlief manchmal Daniel, wenn ihm zu Hause die Decke auf den Kopf fiel. Ansonsten nutzte Bärbel Brunner es, um darauf Stopf- und Näharbeiten für sich und ihren Sohn zu erledigen, auch wenn er sich hinterher beschwerte, das sei doch nicht nötig gewesen, er habe sich die Sachen auch neu kaufen können. Doch sie brauchte das. Bärbel Brunner fühlte sich ihrem einzigen Sohn besonders nah in diesen Momenten. Es gab ihr ein Gefühl der Geborgenheit, nach dem sie sich seit ihrer Kindheit zurücksehnte.

»Möchtest du jetzt warm essen oder soll ich dir den Braten einpacken? Ich habe nämlich auch gebacken – Rhabarberkuchen. Es ist zwar noch keine Kaffeezeit, aber wie ich dich kenne, bleibst du nicht bis dahin.«

Daniel ging das Herz auf. »So machen wir es, Mama.« Er liebte die Kochkunst seiner Mutter über alles. Wenn er ehrlich war, konnten ihm alle langbeinigen und großbusigen Frauen der Welt gestohlen bleiben, wenn sie nur ein wenig Ähnlichkeit mit seiner Mutter hatten und so gut kochen und backen konnten wie sie. Auch seine Low-Carb-Geschichte, mit der er im Büro und im Fitnessstudio gern prahlte, war genau genommen nur heiße Luft. Er liebte Kohlenhydrate – er brauchte sie, er konnte nicht ohne sie. Das war die Wahrheit!

Bei Kaffee und Kuchen erzählte er ihr von seinem Pech mit Frauen. Bärbel hatte stets ein offenes Ohr für ihn. Sie urteilte und kritisierte nicht, hörte einfach nur zu und war für ihn da. Sie liebte ihren einzigen Sohn abgöttisch und bedingungslos. Sie wollte nur eins: dass er glücklich war.

»Manchmal würde ich mich am liebsten einigeln«, sagte er trübsinnig und seufzte tief. »Mit einem Rucksack auf eine einsame Insel ziehen, nur das Nötigste mitnehmen und einen Riesenbogen um die Weiber machen.«

Sie lachte. »Ich habe es dir prophezeit, Daniel. Bleib bei Jette, habe ich gesagt, erinnerst du dich? Sie war die einzig Richtige. Als Mutter von zwei Kindern hat sie dich geerdet, hat dir gutgetan, aber du wolltest ja nicht.«

Er verzog den Mund und sah sie treuherzig an. »*Sie* wollte nicht mehr, Mama. Hat auch längst einen anderen, einen Schulfreund, ebenfalls alleinerziehend. Mir hat sie einmal vorgeworfen, ich mache in meiner Freizeit zu viel allein. Aber immer nur mit Familie, das wurde mir schnell zu eng. Das ist nichts für mich, du kennst mich ja.«

Mitfühlend nickte sie. »Das wird schon, Daniel. Komm, nimm noch ein Stück Kuchen. Weißt du, manchmal mache ich mir Vorwürfe, dass ich dir einen falschen Lebensstil vorgelebt habe.« Sie schenkte ihm Kaffee nach.

»Gibt es einen falschen Lebensstil? Der eine so, der andere so. Da war nichts falsch«, sagte Daniel mit vollem Mund.

»Na ja, aber andere Kinder haben vielleicht bessere Vorbilder. Wenn sie in einem harmonischen Elternhaus aufwachsen, haben sie es sicher einfacher, so wie deine Kollegin Birthe, von der du immer erzählst. Die scheint ja ganz vernünftig zu sein, ist aber wohl mit Mama, Papa und Schwester behütet aufgewachsen. Du kennst deinen Vater gar nicht, weil er nach der Trennung jeden Kontakt zu uns abgebrochen hat. Und ich wollte keinen anderen Mann mehr, hatte die Nase voll nach all den Geschichten. Bernd war einfach zu anstrengend. Ich habe mir geschworen, mich nie mehr von einem Kerl bevormunden und einengen zu lassen.«

»Du hast dich so entschieden und es war sicher richtig so«, meinte Daniel.

»Trotzdem hat jeder Mensch Bedürfnisse«, sagte sie und sah ihn vorsichtig von der Seite an.

»Klar.« Er schob sich ein Stück Rhabarberkuchen in den Mund.

»Wann hast du gemerkt, dass ich mir die im Urlaub manchmal erfülle?«, wollte sie wissen.

Er grinste. Er musste ungefähr 16 Jahre alt gewesen sein, als seine Mutter im Ägyptenurlaub erstmalig auf Einzelzimmer bestanden hatte. Abends war sie dann verschwunden und bis zum nächsten Morgen nicht mehr aufgetaucht. So waren die letzten vier Tage des Urlaubs abgelaufen, bis zu ihrer Abreise. Deutlich erinnerte er sich daran, wie einsam er sich damals gefühlt hatte. Er war mit seiner Mutter unterwegs gewesen und doch ganz allein. Den Sommer darauf hatte er dann lieber mit Freunden auf dem Campingplatz verbracht. »Machst du das immer noch so?«, fragte er etwas peinlich berührt.

Sie wurde rot. »Es hat seine Vorteile«, meinte sie. »Im Urlaub bin ich offen für alles, hab meinen Spaß. Den brauche ich ab und zu. Man kann ja nicht leben wie eine Nonne. Ein bisschen Bestätigung, ein bisschen Abwechslung, ein paar Highlights, ein bisschen Hautkontakt und Kuscheln – das tut gut und soll sogar gesund sein. Aber sobald ich zu Hause bin, will ich meine Ruhe haben. Hier kann ich den ganzen Tag machen, was ich will, muss niemandem Rechenschaft ablegen. Bevor der Streit um die Fernbedienung, um herumliegende Socken im Schlafzimmer, schmutziges Geschirr in der Spüle, leere Bierflaschen im Flur und Brotkrümel auf der Küchenanrichte ausbricht, bin ich lieber solo. Nein, einen Partner brauche ich nicht mehr.«

»Und wenn so eine Urlaubsbekanntschaft plötzlich mal hier aufkreuzt?«

»Das ist noch nie passiert. Ich nenne immer einen falschen Namen und gebe nie meine persönlichen Daten preis, nicht einmal meine Handynummer.«

»Keine Angst, dass ein Typ mal in deiner Handtasche rumkramt und deinen Pass findet?«

»Da passe ich schon auf«, meinte sie. »Für nächste Woche habe ich wieder Mallorca gebucht. Diesmal mit einer Freundin aus dem Kegelclub, der Roswitha. Die will das mal ausprobieren, will auch keinen Mann mehr im Haus. Ich habe mir ein neues Kleid gekauft, willst du mal sehen?« Mit glühenden Wangen verschwand sie im Schlafzimmer.

*

Am Freitagmorgen, rund eine Woche nach Cannstetters Unfalltod, warteten Birthe und Carlo in Cannstetters Direktorenzimmer auf Hannah Lüders. Die Schulsekretärin hatte den kleinen Raum aufgeschlossen und ihnen Kaffee mit zu viel Dosenmilch gebracht. Während Birthe an dem lauwarmen, süßlichen Getränk nippte, blickte sie sich um. Ein Schreibtisch ohne Computer, auf dem ein Stapel Hefte in roten Umschlägen lag. Ein leerer Tisch mit zwei stoffbezogenen Stühlen, ein Bücherschrank mit Schulbüchern und Lexika, ein grauer Aktenschrank, eine verdorrte Yuccapalme. An der Wand, die dringend einen frischen Anstrich benötigte, hing ein gerahmtes Foto, das Cannstetter mit Rettungsweste und roter Kappe auf einem Segelboot zeigte, der Martha. Birthe stellte sich direkt vor das Bild und betrachtete es eingehend. Es war ein anderes Foto als jenes, das sie bereits hatte. Cannstetter wirkte stolz und glücklich, wie ein in sich ruhender, sympathischer Mensch. Das Bild wollte nicht recht zu dem passen, das sich Birthe inzwischen von ihm gemacht hatte. Links von dem Foto befand sich ein dreigeteilter Kalender. Ein rotes Schiebetäfelchen zeigte den 9. Juli an; den Tag, an dem Cannstetter verunglückt war.

Es klopfte, und die Sekretärin vermeldete, sie habe gerade erst erfahren, dass Hannah Lüders außer Haus sei. Die Referendarin müsse einen Auswärtstermin mit ihrem Studienseminar wahrnehmen und käme frühestens in 90 Minuten zurück. Ob sie hier warten möchten? Birthe und Carlo tauschten einen Blick.

»Was meinst du?«, fragte Birthe.

»Gehen wir in die Stadt«, schlug Carlo vor und klopfte sich auf die Schenkel.

»Einfach so? Wollen wir nicht ins Büro zurück?«

»Wozu, ich habe mein Büro dabei.« Er tippte auf seinen Rucksack, in dem sich ein Tabletcomputer mit den eingescannten Ermittlungsakten befand. »Wir frühstücken gemütlich im Café und gehen alles noch einmal in Ruhe durch. Ich will auch kurz bei Wenner vorbei und einen Krimi für Gudrun kaufen. Vielleicht bessert sich dann ihre Laune.«

Birthe kannte Carlo. Termine in der Stadt waren für ihn immer auch Gelegenheiten für kulinarische Genüsse. So zog es ihn, kaum hatten sie die Haupteinkaufsmeile erreicht, in die Currywurstbude seines Vertrauens.

Birthe sah auf die Uhr. »Carlo, ich dachte, wir wollten frühstücken. Es ist gerade mal 11 Uhr.«

»Eben, Zeit für einen kleinen Imbiss. Danach machen wir, was du willst.« Er grinste sie an und ging schnurstracks auf die CurryLust zu, einem offenen Fast-Food-Restaurant in der Großen Straße. »Moin, Hans-Peter«, rief er über die Theke. Hans-Peter Fröbel, einer der Inhaber, winkte fröhlich, als er ihn erkannte. Carlo war hier Stammgast.

»Eine extra Scharfe mit Pommes rot-weiß. Ich nehme heute mal Schärfegrad acht. Die Sauce darf ruhig richtig scharf sein. Und eine Cola, bitte. Jetzt habe ich meine Kollegin gar nicht gefragt, was sie will.« Carlo machte eine Geste in ihre Richtung.

»Eine mit Brot, bitte, aber nicht so scharf! Dazu ein stilles Wasser«, bestellte Birthe. »Habe keine Lust, gleich Feuer zu spucken!«

Der Gastronom lachte und gab die erste Wurst in eine Schneidemaschine.

Carlo beugte sich über die Theke. »Hör mal, Hans-Peter, die Birthe war gerade in deiner alten Heimat.«

»Wo, in Norden? Urlaub gemacht?« Interessiert hob er die Augenbrauen.

»Rein beruflich«, antwortete Birthe.

»Oha, ist da gerade was los?«

»Ich musste ein paar Zeugen befragen«, sagte Birthe vage.

»Es muss ihr unglaublich gut gefallen haben«, warf Carlo grinsend ein.

Hans-Peter lachte. »Das kann ich verstehen! Norden ist eine absolut lebenswerte Stadt, man bekommt alles, was man braucht und hat das Meer quasi vor der Haustür. Ich fahre immer noch gerne hin!«

»Siehst du, Carlo«, sagte Birthe, »das ist es, warum ich so grinse, nichts anderes!«

»Ist klar, Birthe, ist klar!«, Carlo warf ihr einen treuherzigen Blick zu und bezahlte für sie beide.

»Viel Spaß noch«, rief ihnen Hans-Peter Fröbel fröhlich von der Theke aus zu.

Birthe und Carlo bedankten sich und gingen zu einem Stehtisch.

»Was hältst du von Ackermann?«, fragte Carlo und trank einen Schluck von der Cola.

Birthe nahm sich einen Moment Zeit für die Antwort. »Für mich ist er ein Verdächtiger. Von seiner Persönlichkeitsstruktur her käme er durchaus infrage. Er macht keinen gefestigten Eindruck, kennt sich mit Autos aus, war früher Kfz-Mechaniker. Ackermann hätte auf jeden Fall die Mittel, einen Pkw zu manipulieren, und er hätte ein Motiv. Er hatte noch eine Rechnung offen mit Cannstetter und dazu einen aktuellen Konflikt mit ihm wegen seines Sohnes.«

»Ich denke auch in die Richtung. Was allerdings nicht dazu passt, ist, dass er gerade als Popstar durchstartet. Da würde er sich ja selber alles kaputtmachen, wenn er so einen Mist baut. Es sei denn, er blufft.«

»Eben«, meinte Birthe. »Ich hab doch neulich ein Lied von ihm gehört. Meine Putzfrau ist ein großer Fan und hat mir einen Song auf dem Smartphone vorgespielt. Unterirdisch, sag ich dir. Der hat's absolut nicht drauf. Überhaupt kein Talent. Der hat keine Chance auf dem Markt, da kann er sich doch nicht behaupten. Das weiß er auch selbst, denke ich. Bestimmt stieg die alte Wut in ihm auf. Dazu kommen neue Spannungen, Enttäuschung, Resignation, Neid und Hass – da sammelt sich einiges an. Er will Rache. Deshalb steht er im Moment ganz oben auf der Liste der Verdächtigen.«

Carlo schob sich gedankenverloren ein Stück Currywurst in den Mund. »Boah, ist die Sauce scharf«, rief er aus und griff zu seiner Cola. »Aber gut!«

Dann kam er auf die Vernehmung von Hauke Frerichs zu sprechen. Birthe erklärte ihm, dass es nach ihrer Einschätzung einen Zusammenhang zwischen den beiden Fällen gebe, sie ihn aber noch nicht erkennen könne. »Es gibt aber bestimmt einen«, sagte sie nachdenklich. »Noch sind wir nicht so weit. Aber bevor wir gleich Hannah Lüders vernehmen, brauche ich einen Kaffee. Unbedingt.«

»Wir wollten ja sowieso frühstücken gehen.«

»Ist nicht dein Ernst«, sagte sie schmunzelnd.

»Wieso nicht, das hier war lediglich die Vorspeise«, sagte Carlo lapidar und rieb sich den Bauch.

Eine Viertelstunde später saßen sie im Café Läer in der Krahnstraße an einem Ecktisch. Carlo hatte einen Platz an der Wand gewählt, um sicherzugehen, dass ihm keiner über die Schulter sah. So konnte er während des Frühstücks immer mal wieder einen Blick in die Ermittlungsakten werfen.

»Dieser Westendorp ist auch nicht so ganz koscher«, meinte er. »Was hältst du von dem?«

»Ein Neider. Das Konkurrenzgerangel musste, wenn man

den Kollegen in der Schule Glauben schenkt, stark zugenommen haben in der letzten Zeit. Es kriselte heftig zwischen ihm und Cannstetter. Westendorp soll sich auch an seinen ständigen Flirts mit jungen, hübschen Lehrerinnen gestört haben. Wir werden ihm noch einmal auf den Zahn fühlen.«

»Und Müller?«

»Daniel hätte ihn am liebsten hinter Schloss und Riegel«, sagte Birthe scherzend. »Den mag er überhaupt nicht. Aber darum geht es ja nicht. Alwin Müller hat natürlich ein äußerst wackeliges Alibi. Seine pflegebedürftige Mutter hilft ihm da nicht wirklich. Als Hausmeister ist er natürlich auch Handwerker, kann also mit Werkzeug umgehen. Außerdem gehe ich mal davon aus, dass er weiß, wo die Bremsschläuche eines Pkw liegen. Falls nicht, lässt sich diese Info leicht besorgen.«

Carlo gab viel Milch in seinen Kaffee. »Stimmt es eigentlich, dass du dich in Ostfriesland verliebt hast?«, fragte er interessiert.

»In Ostfriesland oder in einen Ostfriesen?«

»Vermutlich beides?«

»Wer hat das gesagt?« Fest umklammerte sie ihre Kaffeetasse.

»Daniel.«

Birthe lächelte.

»Also stimmt es nicht?«

»Ich weiß es nicht, Carlo. Ein bisschen vielleicht. Aber erstens weiß ich nicht, wie Henning das Ganze sieht, wir kennen uns ja erst ganz kurz, und zweitens: Was soll das bringen? Er in Ostfriesland und ich hier in Osnabrück. Hat doch keinen Sinn. Ich werde nicht alles aufgeben und hinter mir lassen. Henning schon gar nicht. Er hat einen guten Job und seine Familie da oben. Sogar sein Opa lebt noch. Eine Wochenendbeziehung bringt nichts, denn geregelte Wochenenden haben wir ja nicht einmal.«

»Genieß doch einfach das wunderbare Gefühl, ohne es zu hinterfragen, es ist schön, verliebt zu sein. Bei mir ist das schon so lange her.«

Vorsichtig sah sie ihn an. »Aber du bist doch glücklich mit Gudrun, oder? Ich finde, ihr seid ein richtiges Vorzeigepaar.«

»Das finden alle. Ich arbeite daran, Birthe. Eine Ehe ist in erster Linie Arbeit, das merkst du in guten Zeiten weniger, in schlechten dafür umso mehr. Wir machen wohl gerade eher eine schlechte Zeit durch. Privat, beruflich und, na ja, eben auch politisch. Was soll's. Das Leben ist eben ein ständiges Auf und Ab. Wird auch wieder anders!«

»Sonst wär's ja langweilig.«

»Hm, weißt du, so geile Zeiten wie damals, als die Scorpions Anfang der 90er *Wind of Change* gesungen haben und Gudrun und ich uns gerade ineinander verliebten, ganze Tage und Nächte zusammen waren und nicht mehr ohne einander sein konnten, uns nur wie ein halber Mensch fühlten, wenn der andere nicht da war, als alles, auch politisch, auf Anfang stand, auf Neubeginn, Aufbruch, Besserung – solche Zeiten wünsche ich mir manchmal zurück!« Er stützte versonnen seinen Kopf in die Hände.

»Schade, dass ich nicht so viel davon mitbekommen habe. Ich war noch zu jung damals.«

Er nickte und packte seinen Tabletcomputer ein. »Macht es dir was aus, die Befragung von Hannah Lüders alleine zu übernehmen? Dann würde ich gleich ins Büro gehen und die Ackermann-Vernehmung protokollieren. Ich will mal schauen, ob ich heute noch einen Termin bei der Staatsanwaltschaft bekommen kann.«

»Kein Problem«, sagte Birthe und trank den letzten Schluck Kaffee aus.

Beim zweiten Anlauf klappte der Termin mit Hannah Lüders. Sie war bereits im Lehrerzimmer und korrigierte Hefte. Als sie Birthe in der Tür stehen sah, unterbrach sie ihre Tätigkeit und ging mit ihr in Cannstetters Arbeitszimmer. Die Referendarin trug einen Pferdeschwanz, Perlenstecker in den Ohren, eine dunkelblaue Bluse mit weißen Tupfen und eine dunkle Jeans. Ihre Füße steckten in weißen Leinenschuhen.

»Meine Kollegen haben schon mit einigen Lehrern gesprochen und ich möchte von Ihnen gerne wissen, in welchem Verhältnis Sie zu Georg Cannstetter standen«, sagte Birthe freundlich.

»Er war mein Ausbilder. Ich bin im Referendariat. Georg, also Herr Cannstetter, war mein Mentor für Deutsch.« Hannahs Ohren färbten sich rot.

Birthe betrachtete sie. Die dunkelhaarige Frau war der gleiche Typ wie Bianca Noll in Norden, nur kleiner und zierlicher. Hannah Lüders und Bianca Noll hätten Schwestern sein können.

»Das heißt, Sie sind noch keine fertige Lehrerin?«

»Nein. Ich stehe kurz vor meinem Zweiten Staatsexamen. Diese Hürde muss ich noch nehmen, dann bin ich Lehrerin. Im Moment nur Referendarin.«

»Wie war Ihr Verhältnis zu Ihrem Chef?«

»Gut, würde ich sagen.« Sie errötete leicht und sah die Kommissarin abwartend an.

»Hat er Sie ausreichend unterstützt?«

»Ja, da kann ich nichts Gegenteiliges sagen.«

»Sie können also gut vorbereitet und gelassen ins Examen gehen.«

Hannah zwirbelte eine Haarsträhne. An ihrem Mittelfinger trug sie einen goldenen Ring mit einem ovalen, weinroten Stein. Diesen Ring glaubte Birthe schon einmal gesehen zu haben.

»Ich weiß nicht«, sagte Hannah zögernd, »nun vielleicht nicht mehr.«

»Was heißt das?«

»Georgs Stellvertreter ist nicht gut auf mich zu sprechen. Er hätte mich sowieso in Biologie geprüft, nun aber auch noch in Deutsch. Ehrlich gesagt weiß ich nicht, ob ich unter diesen Bedingungen überhaupt eine Chance habe, das Examen zu bestehen.«

»Warum nicht? Ich dachte, bei einer Prüfung käme es auf die persönliche Leistung an.«

»Dachte ich auch immer.«

»Mithilfe von Herrn Cannstetter hätten Sie das Examen bestanden?«

Hannah nickte und wirkte verkrampft. »Ich habe noch nie so viel Willkür erlebt in meinem Leben. Wenn man das Examen erfolgreich bestehen will, reicht es anscheinend nicht, sich anzustrengen und besonders gute Unterrichtsentwürfe zu präsentieren. Es reicht nicht, exzellente Unterrichtsstunden abzulegen und anschließend die Stunden bestmöglich zu reflektieren. Es reicht nicht, sich akkurat auf die mündlichen Prüfungen vorzubereiten.«

»Was denn sonst? Was wird denn von Ihnen erwartet?«

Hannah Lüders' Mundwinkel zuckten und ihre Augen flackerten. Sie schwieg.

»Wie heißt der Stellvertreter von Georg Cannstetter, der jetzt für Sie zuständig ist?«, wollte Birthe wissen.

»Westendorp. Ansgar Westendorp«, sagte Hannah tonlos. »Glauben Sie ihm nicht, was er sagt. Er mag mich nicht.«

»Und Sie?«

»Ich schätze ihn ebenfalls nicht besonders.«

»Kennen Sie eigentlich Bianca Noll? Sie hat mal an dieser Schule unterrichtet.«

»Ich kenne sie nicht persönlich. Ich weiß nur, dass sie nach Ostfriesland gezogen ist. Nach Norden, glaube ich.«

»Sie sind ein ähnlicher Typ wie Frau Noll, wenn ich mir die Bemerkung erlauben darf.«

Hannah zuckte mit den Schultern. »Das mag sein.«

»Und Sie tragen zufällig den gleichen Fingerring.«

Hannahs Gesicht wurde plötzlich ausdruckslos. Sie betrachtete ihren Ring, als sähe sie ihn zum ersten Mal. Mit den Fingerspitzen strich sie behutsam über den Stein. Dann hob sie den Blick und sah Birthe direkt an.

»Haben Sie den Ring von ihm? Von Cannstetter?«

Hannah Lüders reagierte nicht sofort. Nach einer Weile nickte sie.

»Möchten Sie etwas dazu sagen, Frau Lüders?«

Die Referendarin schüttelte den Kopf. »Darf ich jetzt gehen?«, flüsterte sie. »Ich kann im Moment gar nichts sagen, muss auch langsam in meine Klasse. Entschuldigen Sie mich bitte.«

*

Als gegen Mittag Daniels Dienst begann, erwartete ihn Carlo grinsend. »Da war gerade ein Anruf für dich.«

»Ja, und?«

»Warte, ich hab's aufgeschrieben. *Crazy Horse*, sagt dir das was?«

»Nee«, meinte Daniel.

»Ich soll dir was ausrichten.«

Daniel sah ihn ausdruckslos an.

»Die Nelly hätte heute keine Zeit. Ob du auch mit der Ramona einverstanden wärst?«

»Bitte? Wer soll das sein? Ich kenne weder eine Nelly noch eine Ramona.«

»Na, das wirst du doch wissen. Die Dame am Telefon sagte mir, du seist da Stammkunde.«

Daniel lachte auf. »Quatsch. Ich kenne den Verein nicht mal. Muss eine Verwechslung sein.«

»Das glaube ich nicht. Sie meinte eindeutig Daniel Brunner von der Osnabrücker Polizei.«

Daniel zog ein Unterlid nach unten. Er gab den Gelangweilten, kochte jedoch innerlich vor Wut.

»Für mich klingt das eindeutig nach einem ähem … einem gewissen Etablissement«, sagte Carlo gestelzt. »Macht doch nichts, du musst dich nicht schämen, von mir aus kannst du in deiner Freizeit machen, was du willst. Wir alle brauchen mal Abwechslung vom tristen Alltag.« Carlo zwinkerte ihm zu.

»Glaubst du etwa, ich hätte so was nötig? Für wen hältst du mich, hä? Wenn ich Spaß haben will, finde ich den im echten Leben und nicht im Puff.«

»Jetzt reg dich doch nicht so auf!«

»Gib mir die Nummer, ich ruf da an.«

»Tut mir leid, die habe ich nicht. Die Dame sagte, du wüsstest schon Bescheid und hättest die Telefonnummern von beiden Damen.«

»Wah!« Daniel griff sich an den Kopf. »Ich habe so langsam, aber sicher das Gefühl, ich werde verarscht. Haben wir den ersten April?«

»Schon gut, hör zu, ich behalt das für mich. Spiel aber bitte nicht das Opfer. Ich kenne dich, so ganz unschuldig wirst du auch diesmal nicht sein.«

Daniel gab ein zischendes Geräusch von sich und drehte ihm den Rücken zu.

KAPITEL 36

Martha Cannstetter wartete vor dem Tor der Förderschule auf Samuel. Seine Lehrerin hatte angerufen, er liege auf dem Sofa und krümme sich vor Bauchschmerzen.

Nach etwa zehn Minuten erschien eine Integrationshelferin mit Samuel an der Hand. Er ging langsam neben ihr her und weinte. Martha hätte am liebsten dem Impuls nachgegeben, ihm entgegenzulaufen, doch das ging nicht, weil das Tor abgeschlossen war.

»Er hat immer wieder nach seiner Mama gefragt«, sagte die junge Frau hinter dem Gitter und kramte in ihrer Jackentasche nach dem Schlüsselbund. »Hat auf dem Sofa gelegen, sich den Bauch gehalten und geweint.« Sie probierte mehrere Schlüssel aus, bis sie den richtigen gefunden hatte. »Ich habe das noch nie gemacht, bin neu hier«, entschuldigte sie sich.

Als das Tor endlich aufsprang, warf sich Samuel sofort in Marthas Arme. »Was ist los, mein Schatz? Hast du etwas Falsches gegessen?«

»Ich will nach Hause!«, schluchzte Samuel an ihrer Brust.

»Klar, da gehen wir jetzt hin«, sagte Martha und strich ihm über die hellen, flaumigen Haare. Sie bedankte sich bei der jungen Frau und nahm Samuel an der Hand mit zum Auto.

Wenig später standen sie an einer Ampelanlage, als Samuel vom Beifahrersitz verkündete: »Ich will zu McDonald's, Mama.«

Sie fuhr herum. »Was willst du? Ich denke, du bist krank!«

»Nein, mir geht's besser.«

»Wenn du eben noch Bauchschmerzen gehabt hast, werden wir jetzt bestimmt keine Burger essen.«

»Doch! Ich will zu McDonald's, ich habe keine Bauchschmerzen mehr!«

Sie drosselte das Tempo. »Wenn das so ist, dann bringe ich dich zur Schule zurück.«

»Nein! Ich will nicht zur Schule!«

»Und warum nicht? Gibt es einen bestimmten Grund?«

»Die ärgern mich alle.«

»Wer ist *die*?« Martha fühlte Wut in sich aufsteigen. Sie zählte innerlich bis fünf, um sich zu beruhigen.

»Jeremy.«

»Was tut Jeremy? Womit ärgert er dich?«

»Er schreit ›Schlitzauge‹ hinter mir her und bespuckt mich. Er kneift mich und tretet nach mir.«

»Er tritt nach dir? Und was hast du getan?«

»Nichts.«

Martha seufzte. Provokationen dieser Art gehörten zum Schulalltag und Samuel ließ sich nun einmal sehr leicht provozieren. »Das ist nicht schön. Hast du es deiner Lehrerin erzählt?«

»Ja, aber die tut nichts.«

»Was soll sie denn tun?«

»Ihn hauen.«

»Das darf sie nicht, Samuel. Aber sie kann mit ihm reden.«

»Reden hilft nichts. Sie soll ihn hauen oder kneifen oder treten.«

»Man darf keine Kinder hauen oder treten.«

»Aber Jeremy macht das immer.«

»Dann werde ich heute Abend mal deine Lehrerin anrufen.«

»Ich will zu McDonald's.«

Martha warf ihm einen ärgerlichen Blick zu. »Samuel, hör zu. Ich verstehe, dass es dir momentan nicht gut geht, aber wir fahren nicht zu McDonald's. Wir fahren nach Hause und du reagierst dich erst einmal ab.«

Sekundenlang starrte Samuel sie an, dann ballte er seine Hände zu kleinen, dicken Fäusten und begann zu schreien. Es hörte sich an wie eine Kreissäge.

»Hör auf, Samuel«, schrie Martha dagegen an. »Hör sofort damit auf!«

Samuel hielt sich die Ohren zu und schrie und schrie.

»Willst du neue Fußballsammelkarten?«, fragte Martha verzweifelt.

Samuel schrie.

»Einen neuen Fußball? Wenn du sofort aufhörst, kaufe ich dir einen neuen Fußball.« Ihr Herz klopfte bis zum Hals.

Samuel warf den Kopf hin und her. Seine Haare waren inzwischen schweißnass.

»Wir fahren nicht nach Hause«, rief Martha völlig entnervt. »Ich bringe dich zu Oma und Opa.«

»Nein, ich will nicht, ich will nicht!«

Der Schweiß brach ihr aus allen Poren. Martha versuchte, Samuels Gebrüll zu ignorieren und sich aufs Fahren zu konzentrieren; der Verkehr war dicht um diese Zeit. Besonders die Radfahrer machten ihr zu schaffen. Sie fuhren oft zu weit links, nebeneinander her oder wechselten die Fahrbahn, ohne es anzuzeigen. Fast hätte sie einen jungen Mann gestreift, der beim Fahren auf sein Handy schaute und die Spur nicht hielt.

Eine Viertelstunde später parkte Martha in der Einfahrt vom Einfamilienhaus ihrer Eltern. Sie hatte Mühe, den Schlüssel aus dem Zündschloss zu ziehen. Ihre Knie waren butterweich, als sie ausstieg.

Samuel weigerte sich, ihr zu folgen.

Martha ließ ihn sitzen und ging auf das Haus mit dem senfgelben Klinker zu.

Horst Hagedorn öffnete ihr die Tür.

»Bitte, Papa, ich kann nicht mehr«, sagte Martha atemlos. »Hier sind die Autoschlüssel. Er sitzt noch drin und will nicht aussteigen. Ich nehme den nächsten Bus in die Stadt und bin heute Abend wieder zurück.«

*

Birthe musste nach dem kurzen Gespräch mit Hannah Lüders nur einen Raum weitergehen, denn dort befand sich das Zimmer von Konrektor Ansgar Westendorp. Gleich zu Beginn sagte er ihr, dass er höchstens fünf Minuten Zeit habe.

»Ich habe mich gerade mit Ihrer Referendarin unterhalten. Frau Lüders macht keinen sehr glücklichen Eindruck. Und ich glaube nicht, dass das am Tod von Herrn Cannstetter liegt.«

»Hannah Lüders ist ein echter Problemfall. Sie will wiedergutmachen, was ihr Mann vermasselt hat«, sagte er und lehnte sich in seinem Ledersessel zurück. »Der ist mit Pauken und Trompeten durchs Examen gefallen und hat die Meisterleistung vollbracht, das sogar ein zweites Mal zu schaffen und uns damit als Ausbilderschule zu diskreditieren. Der war einfach stinkfaul. Hannah Lüders ist zwar nicht faul, aber unbegabt. Ihre größte Schwäche ist mangelndes Selbstbewusstsein und die Fähigkeit zur Selbstreflexion. Wem die fehlt, der hat nicht das Zeug zum Lehrer. Eine Stunde kann völlig im Eimer sein, das passiert jedem manchmal, aber ich muss das einsehen und dem Ganzen auf den Grund gehen. Ich muss nachvollziehen können, wo der Unterricht schwächelte. Ich muss meine Schlüsse daraus ziehen, um die Chance zu haben, es beim nächsten Mal besser zu machen. Diese Fähigkeit hat Frau Lüders nicht. Bei ihr ist alles super, wenn man sie fragt, auch wenn es gar nicht so gewesen sein kann, auch wenn die Schüler am Ende nichts, einfach gar nichts begriffen haben. Das zeigt ja die Ergebnissicherung. Eine misslungene Unterrichtsstunde wird im Referendariat mit einer 5 bewertet. Ich kann sie theoretisch retten, indem ich anschließend eine gute Reflexion hinlege. Bei Frau Lüders bleibt eine 5 jedoch eine 5.«

»Georg Cannstetter schien das anders gesehen zu haben.«

Westendorps Mund verzog sich zu einem süffisanten Grinsen. »Cannstetter hat alles gevögelt, was nicht bei drei auf den Bäumen war. Entschuldigen Sie meine Ausdrucksweise, doch da gibt es nichts zu beschönigen. Im Grunde weiß das hier jeder. Hinter vorgehaltener Hand wurde schon lange über Cannstetter getuschelt. Besonders bei attraktiven, langhaarigen Damen ist er schwach geworden. Haben Sie sich mal die Tochter von Frau Lüders angesehen? Die kleine Lea ist ihm wie aus dem Gesicht geschnitten. Die gleiche Haarfarbe, die gleiche längliche Nase, die blauen Augen, das runde Kinn mit dem Grübchen, die hohe Stirn. Ich sage Ihnen was: Lea ist seine Tochter!«

Zweifelnd hatte Birthe seinen Ausführungen zugehört. Wenn das stimmte, dann hatte Cannstetter in wenigen Jahren mit drei Frauen Kinder gezeugt. Und alle drei wussten anscheinend nichts voneinander. »Ihr Ton gefällt mir nicht. Ein Kollege von Ihnen wirft Ihnen vor, Sie hätten an Cannstetters Stuhl gesägt.« Sie hatte geblufft und wartete nun gespannt auf seine Antwort. Wie würde der Lehrer auf ihre Provokation reagieren? Ließ er sich aus der Reserve locken?

Westendorp zog eine Augenbraue hoch. Eigentlich sah er gut aus, schien intellektuell und gebildet zu sein. Er war groß und schlank, hatte feine, gepflegte Hände, kurzgeschnittene, etwas lockige, dunkle Haare und trug eine markante Hornbrille. Es gab nur eine Sache, die ihn unattraktiv machte: der Neid, der ihm ins Gesicht geschrieben stand. Birthe hatte schon viele menschliche Beziehungen am Neid zerbrechen sehen.

»Ach. Wer war das?« Westendorp schob die Brille nach oben.

»Das darf ich Ihnen natürlich nicht sagen.«

»Natürlich nicht«, schnaubte er. »Wollen Sie meine Antwort hören?«

»Gerne«, sagte Birthe abwartend.

»Ich habe so etwas nicht nötig. Ich weiß, dass auf mich ganz andere Herausforderungen warten. Zufällig sitzt jemand beim Schulamt, der an mich glaubt, der mich protegiert. Das hier«, er machte eine raumgreifende Handbewegung, »ist sozusagen nur eine Etappe in meinem Lebenslauf, ein Übergang, eine Zwischenstation.«

»Und wie sieht die Herausforderung aus?«

Er musterte sie verächtlich. »Das darf ich natürlich nicht sagen.«

Birthe lachte trocken. »Hauptsache, Sie fühlen sich gut, Herr Westendorp.«

»Machen Sie sich um meine Person mal keine Sorgen, Frau Schöndorf.«

Sie tauschten einen kalten Blick.

»Was gäbe ich dafür zu wissen, was Ihnen durch den hübschen Kopf geht«, sagte er und stützte sein Kinn auf.

Sie setzte ein Pokerface auf und ließ sich Zeit mit ihrer Antwort. »Das können Sie gerne wissen. Ich frage mich, ob jemand, der am Stuhl eines anderen sägt, auch imstande ist, an den Bremsschläuchen seines Pkw zu sägen.«

Unwillkürlich musste Ansgar Westendorp grinsen. »Was für einen Blödsinn reden Sie da? Können Sie das bitte explizieren?«

»Es war kein zufälliger Unfall, Herr Westendorp. Es war Mord. Jemand hat absichtlich die Bremsleitungen angeritzt, sodass über kurz oder lang die Bremsen versagen mussten. Ein Crash war unausweichlich.«

»Und dieser Jemand soll ich gewesen sein?« Er tippte sich an die Brust. »Wissen Sie, was Sie da reden? Ich bin ein angesehener Pädagoge, aber ich verstehe Bahnhof von Autos. Ich weiß nicht einmal, wie man den Motordeckel anhebt, geschweige denn, wie man Öl nachfüllt. Ich will es auch gar nicht wissen, dafür gibt es Personal an der Tankstelle und in der Werkstatt. Lassen Sie mich mit Ihren abstrusen Theorien in Ruhe und hüten Sie sich davor, meinen Ruf zu schädigen. Ich habe überall Verbindungen und Kontakte, auch zur Polizei und Staatsanwaltschaft! Ich habe nicht an Cannstetters Stuhl gesägt, wie Sie behaupten, aber ich könnte mühelos an Ihrem sägen! Also passen Sie auf, was Sie sagen. Sie werden in den nächsten Tagen Post von meinem Anwalt bekommen. Ich werde auf Unterlassung klagen. Auf Wiedersehen, Frau Schöndorf, Ihre Zeit ist um. Ich habe jetzt Unterricht.«

»Trotzdem muss ich Ihnen noch eine Frage stellen, Herr Westendorp, und Sie werden sie mir beantworten. So viel Zeit muss sein. Was haben Sie am Nachmittag des 9. Juli gemacht?«

»Am Nachmittag? Ich denke, er ist spätabends gestorben.«

»Am Nachmittag.«

»Da muss ich nicht lange überlegen. Ich war in einer Konferenz. Mit Georg.« Seine Lippen wurden schmal.

»Und danach?«

»Danach bin ich nach Hause gefahren. Sie können meine Frau fragen.«

*

»Ist noch Kaffee da? Ich brauche dringend einen heißen, starken Kaffee.«

»Was ist los mit dir?«, fragte Carlo und betrachtete mit Interesse Birthes kalkweißes Gesicht und die verstrubbelten Haare.

»Der hat mich zur Weißglut gebracht.«

»Wer?«, fragte Carlo belustigt.

»Westendorp. Cannstetters Stellvertreter. Wenn einer schon mit seinem Anwalt droht, obwohl man nur Routinefragen stellt, schrillen bei mir die Alarmglocken. Wenn du mich fragst, der hatte seinen schärfsten Konkurrenten im Visier und wollte ihn loswerden. Neid auf den Job. Außerdem glaube ich, der war selber scharf auf die Frauen, die sich Cannstetter geschnappt hat. Weißt du, wie viele Kinder Cannstetter angeblich in den letzten drei Jahren in die Welt gesetzt hat? Neid auf Cannstetters Privatleben, auf seine Potenz, was weiß ich. Neid und noch mal Neid. Ich werde bei der Staatsanwaltschaft eine Hausdurchsuchung beantragen. Handy, PC, alles beschlagnahmen. Das wird interessant, sage ich dir.«

»Nun mal langsam, Birthe. Daniel und ich verfolgen gerade eine ganz andere Spur. Tony Tyler hatte am 10. Juli einen Auftritt in Norddeich und am 11. Juli auf Norderney. Ich habe mich beim Veranstalter erkundigt, in welcher Unterkunft er abgestiegen ist und dort angerufen. Jetzt pass auf: Er ist am 9. Juli spätabends in seiner Ferienwohnung in Norddeich angekommen, also an dem Tag, an dem Cannstetter verunglückt ist. Der Vermieter sagte mir, so gegen 22.45 Uhr hätte er bei ihm geklingelt und den Schlüssel abgeholt.«

»Ach nee! Also war er in der Gegend, als der Unfall passierte.«

»Genau so ist es. Daniel ist schon zu ihm gefahren. Wenn du willst und auf deinen Kaffee verzichten kannst, fahr ihm hinterher. Tony Tyler wohnt im Schinkel. Hier ist die Adresse!«

KAPITEL 37

Reiner Ackermanns Zuhause war eine enge Dreizimmerwohnung unter dem Dach eines Mehrfamilienhauses.

»Oh, hier ist es ja mollig warm«, sagte Birthe, als sie in den stickigen Flur trat. Es roch nach kaltem Rauch in den ungelüfteten Räumen.

»Ja, die Hitze ist kaum auszuhalten«, sagte Ackermann und ließ Birthe eintreten. »Aber was soll man machen, wenn einen die Frau Hals über Kopf verlässt, weil sie sich in einen Jüngeren, auch ein Kfzler, verliebt hat? Ein Jahr ist das jetzt her. Mit ihrer neuen Patchworkfamilie lebt sie in einer schicken Wohnung in Lotte und ich bin hier gelandet. Tja, so schnell kann das gehen. Ihr Gehalt hat immer für uns beide gereicht, Sie verdient ja gut als Lehrerin.«

»Und jetzt? Ich denke, als Tony Tyler wären Sie so erfolgreich!«

Er ging voran ins kleine Wohnzimmer, wo Daniel auf einem abgenutzten schwarzen Ledersofa saß und sich gerade mit einem Taschentuch über Stirn und Nacken wischte. Müde hob er die Hand zum Gruß, als er Birthe sah.

»Wie man's nimmt. Man kämpft halt. Mir wird von jeder Auftrittsgage 'ne Menge Kohle abgezogen, da bleibt nicht viel übrig. Steuern, Krankenversicherung bei der Künstlersozialkasse und andere Versicherungen, Saalmiete, Techniker, Crew, Licht und Ton; was glauben Sie wohl, wenn man die Bude nicht richtig vollkriegt, zahlen Sie am Ende noch drauf. Dann ist das ein teures Hobby, ehrlich gesagt.«

»Ihr Sohn ist nicht da?«

»Nein, Mike ist ständig unterwegs. Kumpels, Mädchen,

manchmal auch seine Mutter. Da ist es eben schöner als hier.«

»Warum zieht er nicht gleich bei ihr ein?«

»Weil ihr Heini das nicht will. Er will meine Ex nicht mit ihm teilen. Wollen Sie was trinken?«

Birthe hätte sich über etwas Wasser gefreut, aber als sie die staubigen Gläser auf der Anrichte sah, lehnte sie dankend ab. Daniel schien das nicht zu stören, denn er griff nach seinem Wasserglas.

»Ich habe ihn gerade nach der Strecke gefragt, die er genommen hat«, sagte Daniel. »Er ist wegen der Sperrung der Bundesstraße auch die Landstraße über Canhusen gefahren.«

»Haben Sie die Unfallstelle gesehen, Herr Ackermann?«, fragte Birthe.

»Nein, das habe ich schon Ihrem Kollegen gesagt. Da war nichts. Kein Unfall, ich habe nichts mitbekommen.«

»Der Vermieter der Ferienwohnung hat ausgesagt, dass Sie um 22.45 Uhr den Schlüssel abgeholt hätten. Das würde von der Uhrzeit her genau passen. Ungefähr eine halbe Stunde vorher hatte Cannstetter den Unfall. Wir haben Sie bereits nach Ihrem Alibi gefragt, da haben Sie angegeben, Sie könnten sich nicht erinnern. Sie hätten nur nachschauen müssen, dann wüssten Sie, dass Sie am folgenden Tag einen Auftritt in Norddeich hatten. Für den Abend haben Sie kein Alibi.«

Ackermann kratzte sich verlegen am Kopf. »Wo genau soll das denn gewesen sein, der Unfall?«

»Auf der L 26 hinter Canhusen, kurz vor Wirdum. Eine kurvenreiche Strecke, ich bin die selbst kürzlich gefahren. Die Straße ist relativ schmal und an beiden Seiten von Bäumen gesäumt. Hinter einer langgestreckten Rechtskurve ist es passiert.«

»Wie gesagt, ich habe nichts gesehen.«

»Herr Ackermann, Sie kennen Cannstetters Pkw.«

»Woher soll ich den kennen?«

»Eine Lehrerin des Gymnasiums hat gesehen, wie Sie einmal Cannstetter beim Ausparken geholfen haben, als er auf dem Parkplatz der Schule völlig zugeparkt gewesen war. Zufällig waren Sie in der Nähe, als er Hilfe brauchte. Sie haben sich in Cannstetters Wagen gesetzt, während er hilflos daneben stand und wild gestikulierte. In weniger als einer Minute haben Sie ausgeparkt.«

»Okay«, gab er zu, »okay, das hatte ich vergessen. Ein Volvo, was ist das schon, gediegenes Senioren- und Beamtenauto. Nichts für mich. Ich brauche ein paar mehr PS unter dem Arsch. Ich hätte die Kiste nie wiedererkannt. Und da oben hätte ich sie erst recht nicht vermutet. Was wollte der Typ überhaupt dort?«

»Mit was für einem Flitzer sind Sie denn unterwegs?«

»Alfa Romeo«, sagte Ackermann, lächelte breit und lehnte sich zurück. »Sportwagen. Klasse Straßenkreuzer. Er ist ohnehin sehr sportlich, trotzdem habe ich ihn noch ein bisschen flotter gemacht.«

»Nicht schlecht«, sagte Daniel anerkennend. »Ich fahre einen Porsche. Schon den zweiten, mit dem ersten habe ich viel Pech gehabt.«

»Respekt. Was für einen?«

»Einen 911 von 1988. Liegt prima auf der Straße. Und … Sie?«

Birthe merkte Daniel an, dass er den Zeugen am liebsten geduzt hätte. Wenn es um Autos und Sport ging, war er nicht mehr zu bremsen.

»911er sind relativ selten zu finden. Fett, Kollege! Da könnte ich glatt neidisch werden. Ich fahre einen Alfa 159, Diesel. Leider hat der Gute schon fast 200.000 auf dem Buckel, ist aber noch einmal prima durch den TÜV gekommen.«

»Welche Farbe?«, fragte Birthe schnell.

Ackermann verschränkte seine Arme vor der Brust. »Spielt das eine Rolle?«

Birthe nickte kühl.

»Frauen«, schnaubte Ackermann verächtlich und suchte den solidarischen Blickkontakt mit Daniel. »Was denen alles wichtig ist, tze!«

»Schwarz. So ein Untersatz wirkt am besten in einer kräftigen, dunklen Farbe.«

»Finde ich auch«, stellte Daniel fest. »Aber ein Porsche macht auch in Rot was her. Meiner ist von einem so richtig klassischen Silbergrau.«

Ackermann nickte anerkennend und stieß einen leisen Pfiff aus.

Birthe räusperte sich laut, sodass Daniel sich verlegen durch die kurz geschorenen Haare fuhr.

»Dürfen wir den Pkw einmal sehen?«, fragte sie.

»Gerne. Nur im Moment ist das schlecht. Der wird gerade überholt.«

»Wo ist er?«

»In der Garage. Bei einem Freund.«

»Wo wohnt der Freund?«

»In Lotte.«

»Der Freund ist nicht zufällig der Neue Ihrer Exfrau?«

»Doch. Warum?«

»Ach. Und der überholt Ihre Autos? Ich denke, Sie sind selbst Kraftfahrzeugmechaniker.«

»Ja, aber sehen Sie hier Platz zum Schrauben? Ich habe keine Garage. Mein Flitzer steht normalerweise auf der Straße.

»Dann nennen Sie uns bitte die Adresse Ihres Freundes. Wir möchten den Pkw sehen.«

Mit einem Ruck erhob sich Ackermann und lief in die winzige angrenzende Küche, um etwas zu schreiben zu holen.

Wütend riss er einen Zettel vom Block und krickelte die Adresse seiner Ex darauf.

»Hier!«, sagte er unfreundlich und knallte Birthe den Zettel hin. »Sie hat Sie aber ganz schön unter der Fuchtel«, sagte er an Daniel gewandt. »Warum lassen Sie sich das gefallen?«

Daniel grinste, und Birthe hätte ihn am liebsten gegen das Schienbein getreten, wenn es für sie erreichbar gewesen wäre.

*

»Boah, Daniel, was warst du wieder unprofessionell«, sagte sie Minuten später im Dienstwagen. Sie schüttelte missmutig den Kopf.

Er sah sie von der Seite an, um herauszufinden, wie sie das meinte. »Lass mich doch. Wenn ich merke, du machst deine Sache, kann ich mich doch entspannt zurücklehnen, oder? Dafür beobachte ich gut. Mir entgeht nichts.«

»Dir entgeht vor allem nicht, welche Automarke andere fahren oder mit welchem Sport sie ihren Astralkörper stählen.«

»Ach, Kind«, sagte er seufzend. »Wenn wir doch nicht so verschieden wären.«

Sie schmunzelte und schaltete einen Gang höher.

Er lächelte sie an. »Ich würde gerne mal wieder mit dir was trinken gehen«, sagte er. »Haben wir lange nicht mehr gemacht. Aber du willst ja nicht.«

Sie sagte nichts, konzentrierte sich auf die Fahrbahn.

»Hast 'n anderen?«

Sie musste unwillkürlich grinsen. »Was soll das heißen? Das würde ja bedeuten, dass du überhaupt mal infrage gekommen wärst.«

»Ach komm, Birthe, klar bin ich das. Du siehst es nur noch nicht. Brauchst eben etwas mehr Zeit.« Er verschränkte die

Arme vor seinem durchtrainierten Bauch. Sein T-Shirt war hellblau mit einem Retromotiv darauf, einem VW-Bus aus den 60er-Jahren.

Sie lächelte vielsagend.

»Was grinst du so? Aus dir werde ich nicht schlau! Aber ich bin nicht blöd. Du bist mit so guter Laune aus deinem Nordseeurlaub gekommen, dass ich mir schon meinen Teil denken kann.« Er zwinkerte ihr zu. »Was magst du denn für Männer?«, fragte er und hatte zum ersten Mal seit langer Zeit einen leicht verletzlichen Gesichtsausdruck. »Würde mich interessieren, nur mal so.«

»Einen ohne Sixpack.«

»Nicht mal ein breites Kreuz oder gut geformte Oberarme?«

»Nein, da stehe ich überhaupt nicht drauf.« Birthe winkte ab.

»Wie soll er denn sein? Auf was stehst du? Dünn oder fett oder was?«

»Weder noch, ganz normal.« Sie ärgerte sich über ihr Erröten. Daniel schien es aber nicht einmal zu bemerken.

»Hm. Was noch?«

»Na ja, er sollte schon gepflegt sein, aber ansonsten interessiere ich mich mehr für sein Innenleben. Die Persönlichkeit muss halt stimmen. Wenn ich mit ihm reden und lachen kann, ist das schon mal eine gute Voraussetzung.«

»Das kannst du mit mir auch.«

»Er interessiert sich mehr für Bücher als für Autos.«

»Oh Mann.« Daniel sah genervt aus dem Autofenster.

»Er hat einen ganzen Bücherschrank voll und er hat alles darin gelesen.«

Daniel verdrehte die Augen. »Sonst noch was?«

»Er mag Kultur und Städtereisen. Er geht gerne in Ausstellungen, ins Theater, in Museen, ins Kino …«

»Das tue ich auch.«

»Und sieht sich mir zuliebe auch mal Filme an, in denen nicht geballert wird.«

»Verdammt. Erzähl weiter.«

»Er hat das gewisse Etwas. Er ist witzig, er hat Humor, gute Manieren, ist aber nicht perfekt. Er hat Ecken und Kanten, die ihn interessant machen. Er zeigt auch mal seine schwachen Seiten. Er reist gerne, hat es jedoch nicht nötig, damit zu prahlen.«

»Und Sex? Mag er wenigstens Sex?«

Sie zögerte einen Moment. »Ja. Das auch.«

»Puh – da hab ich ja noch mal Glück gehabt!«

»Du?«

Sie sahen sich an und lachten.

»Ach, und eins habe ich vergessen: Er ist treu. Er liebt nur mich, darf aber auch mal mit anderen flirten. Ich tue es ja auch. Aber notorische Fremdgeher wie Cannstetter können mich mal.«

»Hm«, machte er schulterzuckend und seufzte tief.

»Und jetzt du, Daniel.«

»Was, ich?«

»Welchen Frauentyp magst du? Wie sollte sie sein, die perfekte Frau?« Sie grinste in sich hinein, weil sie die Antwort bereits zu kennen glaubte.

Er dachte an die Kochkünste seiner Mama, aber das behielt er für sich. Die perfekte Frau war ein Abbild seiner Mutter. Nur in jung. Sie würde für ihn kochen, waschen und bügeln, ihm aber nicht auf die Nerven gehen, wenn er es nicht gebrauchen konnte. Bärbel klammerte nicht, das war nicht ihre Art. Sie war die eigenständigste, verständnisvollste, aufrichtigste und warmherzigste Frau, die er kannte. »Ich denke da nicht so kompliziert wie du. Sie sollte einigermaßen gut aussehen und nett sein. Das reicht.«

»Aha. Die Riesenoberweite hast du vergessen.«

»Quatsch. Auf die Körbchengröße kommt es mir nicht an.«

»Nein?« Zweifelnd zog sie die Augenbrauen hoch.

»Nein. Habe ich das jemals behauptet?«

»Wer wohnt eigentlich zurzeit bei dir?«

»Bei mir? Keiner.«

Sie warf ihm einen raschen Blick zu. »Zweimal hintereinander hat eine Melli angerufen und wollte dich sprechen.«

»Wenn die sich noch mal meldet, sag ihr, ich bin beschäftigt, in einer Besprechung oder außer Haus.«

»Warum sagst du ihr nicht selbst, dass du sie nicht sprechen möchtest?«

»Hab ich ja versucht. Die lässt sich nicht abschütteln. Im Gegenteil, das macht sie erst richtig an.«

»Probleme hast du.« Sie musste kräftig in die Bremse treten, weil vor ihr plötzlich ein Radfahrer ausscherte. Das Zeichen dazu hatte er erst gegeben, als er fast schon vor ihrer Motorhaube gewesen war.

Daniel ließ das Seitenfenster runter und streckte seinen Kopf heraus. »Beim nächsten Mal macht das 20 Euro«, brüllte er und schloss das Fenster.

»Bei dir ist das ja billig«, meinte Birthe schnaufend. Ihr Puls war ziemlich hoch nach dem Schreck.

Eine Weile fuhren sie schweigend. Birthe stellte das Radio an.

»Du, ich glaube, der Ackermann hat nichts mit der Sache zu tun«, meinte Daniel schließlich.

»Glauben und wissen sind zwei Paar Schuhe«, sagte Birthe. »Ich will erst den Pkw sehen.« Ihr Handy klingelte und sie legte das Gespräch auf die Freisprecheinrichtung. »Carlo, was gibt's?«

»Wir haben soeben einen Anruf aus Norden bekommen. Ich soll dich schön grüßen von einem Henning Achterdiek.«

Unmerklich zuckte sie zusammen. »Oh, danke. Was sagt er?«

»Sie haben Hauke Frerichs festgenommen. Er sitzt in Untersuchungshaft, weil er aus der Vernehmung türmen wollte. Er konnte nicht länger leugnen, dass er den Unfall verursacht hat. Die Lackspuren auf der Beifahrerseite seines Ford Mondeo stammen eindeutig von einem silberfarbenen Volvo V60. Umgekehrt sind auch die Ergebnisse aus unserer Werkstatt da. Die schwarzen Lackspuren auf der Fahrerseite des Volvo können mit hoher Wahrscheinlichkeit dem Ford Mondeo zugeordnet werden, den er nachgewiesenermaßen zum Zeitpunkt des Unfalls gefahren hat.«

Sie wechselte einen Blick mit Daniel. »Dann können wir uns die Fahrt nach Lotte sparen. Reiner Ackermann hat da sein Fahrzeug stehen. Ich war mir eigentlich ziemlich sicher, dass wir etwas finden.«

»Das könnt ihr euch wirklich sparen. Noch etwas, Birthe: Die Kollegen aus Köln haben angerufen. Es geht um den Pkw von Dieter Brömme auf dem Sicherungsgelände, also eigentlich den Pkw der Blankenfelds. Gerade sind die Ergebnisse der Spurensicherung reingekommen. Es finden sich DNS-Spuren im Inneren des Fahrzeugs und ein Zigarettenstummel im Beifahrerfußraum. Blutanhaftungsspuren, die nicht vom Unfallopfer stammen, und Hautschuppen wurden am hinteren Radkasten, am Innenkotflügel und am Federbein nachgewiesen. Und jetzt der Hammer: Die Bremsschläuche des Pkw sind auf die gleiche Art und Weise mit einem Cutter angeritzt worden wie bei Cannstetters Volvo. Der Täter muss sich in der Eile leicht verletzt haben, daher die Blutspuren.«

»Danke, Carlo. Habt ihr schon einen DNS-Abgleich?«

»Noch nicht. Es wird ein paar Tage dauern. Wo seid ihr?«

»Auf dem Weg ins Büro.«

»Okay, wir sehen uns. Ich habe gleich eine Vernehmung, eine Lehrerin vom Erich-Kästner-Gymnasium. Sie wartet schon draußen auf dem Flur.«

KAPITEL 38

Jutta Tiemeyer hielt ihre große Tasche vor der Brust wie einen Schutzpanzer. »Wird das, was ich sagen werde, auch wirklich nicht bekannt?«, wollte sie wissen, nachdem sie ihre Personalien zu Protokoll gegeben hatte.

»Natürlich«, versicherte Carlo auf seine väterliche Art. »Sie können frei sprechen. Ihre Kollegen werden nichts davon erfahren.«

»Ich will nichts Schlechtes über Verstorbene sagen, das gehört sich nicht, aber Georg Cannstetter war mir nicht sympathisch. Er nicht und sein Stellvertreter Westendorp erst recht nicht. Die beiden sind meiner Meinung nach keine guten Pädagogen. Sie sind Machtmenschen, die die Kontrolle über andere brauchen. Sie verfolgen nur ihre eigenen Interessen, sind überhaupt nicht teamfähig. Andere Ansichten lassen sie nicht gelten. Was Kollegen über sie denken, ist ihnen egal.«

»Können Sie sich genauer ausdrücken?«

Jutta Tiemeyer verzog das Gesicht. Es war ihr anzusehen, dass es in ihr arbeitete. »Na ja, der Westendorp zum Beispiel.

Das ist so ein Kalter. Der macht sich keine Freunde an der Schule. Ständig brummt er uns Vertretungen auf, ohne uns zu fragen, streicht zum Beispiel Freistunden, die wir fürs Korrigieren brauchen. Er herrscht den Hausmeister an, einfach nur, weil er schlecht gelaunt ist, macht die Putzfrauen rund, spielt sich auf, als gehöre ihm der ganze Verein.«

Carlo nickte und dachte an den Hausmeister und Daniel. Er konnte sich ein Grinsen gerade noch verkneifen. »Sie wollten mir etwas anderes sagen, Frau Tiemeyer.«

»Ich darf das eigentlich nicht«, flüsterte sie. Ihr breiter Brustkorb hob und senkte sich beunruhigend schnell.

»Doch, das dürfen Sie, Frau Tiemeyer. Das sollten Sie sogar. Vielleicht können Sie uns helfen, Licht ins Dunkel bringen.«

»Ich habe gehört, es war Mord und kein Unfall.« Ihre Stimme zitterte leicht.

»Wer redet von Mord?«

»Jeder. Also die Kollegen hinter vorgehaltener Hand. Man vermutet so etwas, weil die Polizei dauernd bei uns aufkreuzt und Leute befragt. Bei einem Unfall werden doch nur Zeugen gesucht, die etwas gesehen haben. Und da wären Sie in unserer Schule ja wirklich fehl am Platz. Keiner von uns war dabei, als es passierte.«

»Was vermuten Sie, Frau Tiemeyer?«

Jutta Tiemeyer rang mit sich. »Wenn es wirklich Mord war … ich habe einen Verdacht.«

*

Zwischen ihren Vernehmungen gönnte sich Birthe eine kurze Pause. Sie hatte sich von zu Hause ein Birchermüsli, eine Banane und einen Apfel mitgebracht. Während sie aß und einen großen Milchkaffee trank, sah sie sich auf dem Smartphone die zwischenzeitlich eingegangenen E-Mails und Textnachrichten an. Zu ihrer Freude war eine Nachricht von Henning dabei. Birthe wurde warm ums Herz. Sie schloss kurz die Augen und dachte zurück an den herrlichen Tag mit Henning in Norddeich, wie sie Fisch gegessen und sich dabei tief in die Augen geschaut hatten, später dann auf dem Deich und am Strand spazieren gegangen waren und die gegenseitige Nähe genossen hatten. Er hatte ihre Hand gehalten, sie in den Arm genommen und sie geküsst. Stundenlang redeten sie, erzählten sich viele private Dinge, konnten aber auch gut miteinander schweigen, ohne dass es peinlich wurde. Und am späten Abend erlebten sie den romantischsten aller Sonnenuntergänge. Es hatte die ganze Zeit über gekribbelt wie verrückt.

Liebe Birthe,

ich bin kein Mann der großen Worte. Ich weiß nur, dass du mir nicht mehr aus dem Kopf gehst. Du hast mich vom ersten Moment an verzaubert. Es tut einfach gut, dich gefunden zu haben, es tut unglaublich gut, dass es dich gibt.

Mit jedem Tag, an dem wir uns nicht sehen, wächst meine Sehnsucht nach dir. Darum möchte ich dich fragen, ob du nächstes Wochenende wieder nach Norddeich kommen willst. Oder übernächstes? Oder wäre es dir lieber, wenn ich komme? Manchmal würde ich mich am liebsten sofort ins Auto setzen, alles hinter mir lassen, und dich einfach in Osnabrück abholen, um mit dir wieder ans Meer zu fahren. Aber ich weiß, dass du viel zu tun hast und auch ich kann hier nicht mal eben weg.

Ich möchte dir nur eins sagen: Du bist einfach wundervoll. Ich glaube, ich habe mich ein wenig in dich verliebt.

Henning

Birthes Herz machte einen großen Sprung. Für zwei, drei Minuten gab sie sich ihren Tagträumen hin. Per WhatsApp antwortete sie ihm, dass sie ihm am Abend eine Mail schreiben würde. Wenn der Fall Cannstetter sie nicht so in Atem halten würde, könnte sie sich nichts Schöneres vorstellen als ein Wochenende mit ihm allein. Ob in Norddeich oder Osnabrück wäre ihr egal. Aber das musste warten.

Wenig später suchte Birthe Jesper Lüders auf. Die Altbauwohnung in der Katharinenstraße, einer verkehrsberuhigten Straße am Rande der Innenstadt, machte den Eindruck einer typischen Studentenwohnung. Alte Schränke und selbst konstruierte Regale aus Bimssteinen und Obstkisten fanden sich genauso wie moderne Möbel aus Mitnahmemärkten. Auf den stumpfen Holzdielen lag ein grauer Hochflorteppich. Es gab auffallend viele Bücher, die stapelten sich kreuz und quer in Regalen, auf Stühlen, Tischen und in Ecken auf dem Fußboden. An den hohen weißgestrichenen Wänden hingen schwarzweiße Fotos in Wechselrahmen und von Kindern gemalte Bilder.

Eine Weile sahen sie der kleinen Lea zu, wie sie völlig versunken in ein Spiel mit Bauernhoffiguren war.

»Sind Sie oft nachmittags alleine mit dem Kind?«, fragte Birthe, die sich zu Jesper und seiner kleinen Tochter auf den Teppich gesetzt hatte.

»Ja. Hannah kann hier nicht lernen. Momentan bereitet sie sich auf Prüfungen vor.«

»Wo ist sie?«

»Bei ihren Eltern, in ihrem alten Kinderzimmer. Da hat sie Ruhe.«

»Sie sagen das etwas genervt. Eine belastende Situation, nicht wahr?«

»Genervt nicht, aber es ist schon eine Herausforderung, so eine Prüfungssituation mit einem kleinen Kind. Hannah nimmt ihre Aufgabe sehr ernst. Sie plagt sich ständig mit einem schlechten Gewissen herum. Wenn sie für die Prüfungen lernt, vermisst sie Lea, und es belastet sie, dass sie nicht bei ihr sein kann. Oft fühlt sie sich wie eine Rabenmutter, die ihr Kind vernachlässigt, obwohl sie ja nicht die einzige berufstätige Mutter ist. Aber die meisten anderen Mütter stehen nicht auch noch zusätzlich unter Prüfungsdruck. Wenn Hannah sich mit Lea beschäftigt, ist sie gedanklich beim Examen und ärgert sich darüber, dass sie nicht so viel Zeit hat zum Lernen wie andere Referendare. Hannah ist innerlich zerrissen, und darunter leidet nicht nur sie. Darunter leiden wir alle. Aber der Zustand ist ja zum Glück nicht von Dauer. Auch das geht vorbei. Wir haben schon ganz andere Krisen bewältigt.«

»Das alles kennen Sie auch aus eigener Erfahrung, nicht wahr, Herr Lüders?«, fragte Birthe vorsichtig.

»Was meinen Sie?«

»Na, die Prüfungssituation.«

Er stöhnte und griff sich in die Haare, die ihm seitlich über die Augen fielen und die Ohren bedeckten.

»Warum haben Sie Ihre Ausbildung nicht zu Ende gebracht?«

»Habe ich ja. Studium, Referendariat, ich habe alles durchgezogen. Bis zum bitteren Ende.«

»Ich habe erfahren, dass Sie nicht bestanden haben.«

»Das ist richtig.«

»Auch beim zweiten Anlauf nicht.«

»Nein.« Sein Blick flackerte und seine Kiefer mahlten. Offensichtlich hatte Birthe einen wunden Punkt getroffen.

»Woran hat es gelegen?«

»Puh, wenn ich das wüsste. Jedenfalls nicht an mir. Ich war bestens vorbereitet, hatte gute Klassen, die prima mitgemacht und mich unterstützt haben – es sah alles gut aus. Ich weiß nicht, ob es klug ist, darüber zu reden, zumal meine Frau noch in der Ausbildung steckt und von diesen Leuten abhängig ist, aber okay, ich versuche es mal. Cannstetter war ein rhetorisch äußerst versierter Ausbilder. Sein Werkzeug war seine

Sprache. Damit konnte er seine Gegner in wenigen Minuten schachmatt setzen. Er war klug, aber er war ein Arschloch. Er manipulierte andere. Sie drehten ihr Fähnchen nach dem Wind und änderten ihre Meinung, kaum, dass sie mit ihm gesprochen hatten. Oft genügte dafür ein einziges Gespräch. Anders kann ich mir die guten Examensnoten der anderen nicht erklären. Er hat seine Referendare benutzt, um sich selbst besser zu fühlen. Er hat sie insofern als Machtinstrument missbraucht.«

»Wie soll ich das verstehen?«

»Referendare, die nicht nach seiner Pfeife tanzten, die ihre eigenen Ansichten hatten, von denen er nichts hielt, hat er einfach auflaufen lassen. Er hat ihnen noch recht ansehnliche Vornoten gegeben, sodass sie die Prüfung überhaupt antreten konnten, und dann hat er sie stranden lassen. Das geht ganz einfach, indem der Prüfer die falschen Fragen stellt und damit den Kandidaten verwirrt und in die Enge treibt. Da kann man sehr leicht manipulieren. Das Gefühl von Macht hat er anscheinend gebraucht. Andersherum konnte jemand mit einer eher schlechten Vornote bestehen, und das sogar mit guten Noten, indem er ihn während der Prüfung gepusht und gelenkt hat – mit den richtigen Fragen, Bestätigungen und Kommentaren. Ich sage ja, Cannstetter war rhetorisch versiert. Die anderen Prüfer haben oft nichts mitbekommen, nur der Examenskandidat, der ihn kannte. Aber einige hatten es wirklich schwer bei ihm.«

»Zum Beispiel Reiner Ackermann?«

Verdutzt hielt Jesper inne. »Den kenne ich nicht.«

Sie ließ ihn einen Moment zappeln. »Sie sprachen von Gegnern. Wer waren seine Gegner?«

Jesper zog eine Augenbraue hoch. »Alle, die nicht seiner Meinung waren. Das wechselte von Tag zu Tag. Für ihn gab es nur schwarz oder weiß, nur Feind oder Freund. Er kannte keine Grauschattierungen.«

»Können Sie Namen nennen?«

Jesper Lüders schüttelte den Kopf.

»Ich brauche Namen, Herr Lüders.«

Er schaute seiner Tochter beim Spielen zu, wirkte teilnahmslos.

Birthe wartete eine Weile. »Wer waren denn seine Freunde?«

»Eine Freundin hatte er.«

»Okay, das habe ich schon gehört. Warum lief es mit Frauen anders?«

»Nicht mit allen. Nur, wenn sie seinem Beuteschema entsprachen. Sie mussten jung, hübsch und schlank sein und lange braune Haare haben. Darauf stand er. Mit Blondinen konnte er nichts anfangen.« Er lächelte verschmitzt, als er sich ihrer hellblonden Haare bewusst wurde. »Sorry«, sagte er.

»Frauen wie Hannah?«

Jesper wurde augenblicklich ernst. Als Marathonläufer war er athletisch schlank und sehnig. Beim Schlucken bewegte sich sein Adamsapfel.

Birthe betrachtete Lea, beobachtete sie bei ihrem Spiel. Dann richtete sich ihre Aufmerksamkeit wieder auf Jesper. Westendorp hatte recht, vom Aussehen her ähnelte sie Cannstetter, nicht Jesper.

»Hatte Georg Cannstetter etwas mit Ihrer Frau?«, fragte Birthe direkt. Sie konnte es nicht vermeiden, dass ihr Herz aufgeregt klopfte. Sie verspürte auf einmal Mitleid mit ihm. »Hatten die beiden eine Affäre?«

Jesper wartete, dann nickte er. »Ich denke schon.« Seine Stimme klang traurig und spröde.

»Sie wissen es nicht genau?«

Schweigend betrachtete er seine Hände, die auf seinen Knien lagen, und blies die Luft durch die Lippen aus. Er wirkte weit weg.

»Herr Lüders«, begann sie vorsichtig. »Ich hoffe, ich trete

Ihnen nicht zu nahe, aber Lea … Sie sieht ein bisschen aus wie er, finden Sie nicht? Ich habe Fotos von Cannstetter gesehen. Kann es sein, dass Lea Cannstetters Tochter ist?«

Lea hob den Kopf und lachte. Vermutlich, weil sie ihren Namen gehört hatte. Sie war noch zu klein, um die Gespräche der Erwachsenen zu verstehen.

»Hören Sie auf!«, brach es aus Jesper heraus. »Lassen Sie das! Gehen Sie! Ich will nichts mehr hören!« Er sprang auf und lief wie ein aufgescheuchtes Tier im Raum umher, hielt immer wieder die Hände gegen seine Wangen. Lea verzog das Gesicht und sah ängstlich zu ihm auf.

Birthe hoffte, dass sie nicht anfangen würde zu weinen. Am liebsten hätte sie die Kleine in den Arm genommen, aber sie traute sich nicht. »Herr Lüders, bitte beruhigen Sie sich und setzen Sie sich wieder hin. Es war nur eine Frage, ich kann mich auch irren.«

»Das glaube ich nicht!«, sagte er impulsiv. »Ich glaube nicht, dass Sie sich irren, aber ich weiß es nicht genau, verdammt, ich weiß es nicht! Es kann sein, ich vermute es sogar, aber ich will es nicht wissen. Die Vorstellung, dass dieses Schwein mit meiner Frau, dass er sie wiederholt gebumst hat und dass Lea …« Er schluchzte auf und schlug sich mit der flachen Hand gegen die Stirn.

Birthe fühlte sich unbehaglich. Sie rang nach Worten. »Haben Sie nie mit Ihrer Frau darüber gesprochen? Ich sehe doch, wie sehr es Sie belastet!«

Abrupt blieb er stehen. »Nein! Es wäre das Ende! Und das will ich nicht! Verstehen Sie? Ich würde mit so einer Diskussion ein Fass ins Rollen bringen. Keine Ahnung, was dann passiert. So kann ich mir immer noch einreden, es wäre nichts passiert und Lea wäre mein Kind. Ich will, dass wir zusammenbleiben. Lieber schweige ich für immer, als Hannah zu verlieren, denn – ich liebe sie.«

»Was ist mit Lea? Angenommen, Sie sind nicht der Vater, können Sie dann noch Lea lieben? Gerade mit der Ungewissheit, ich stelle mir das nicht einfach vor.« Kurz überlegte sie, ob sie den Ring zur Sprache bringen sollte, unterließ es dann jedoch.

»Das ist es nicht, natürlich liebe ich sie. Es macht für mich keinen Unterschied, ob sie nun von dieser Hackfresse ist oder von mir. Quatsch, das macht überhaupt keinen Unterschied.« Zärtlich nahm er Lea auf den Arm und trug sie aus dem Zimmer.

KAPITEL 39

Carlo lag ausgestreckt auf der Couch und sah sich eine Sportsendung an, als er ein Geräusch an der Haustür hörte. »Gudrun?«, rief er hoffnungsvoll.

»Ich bin's«, antwortete Jana aus der Diele.

»Weißt du, wo Mama ist?«, fragte Carlo mit Enttäuschung in der Stimme.

Jana erschien im Türrahmen, zwei Pizzakartons in der Hand. Sie trug eine verwaschene, zerfranste Jeans mit Löchern und darüber eine dunkelkarierte Hemdbluse. Am Handgelenk baumelte ihre kleine honiggelbe Handtasche. »Ich soll dir ausrichten, sie ist noch mit Patrick unterwegs! Sie hat vorhin angerufen.«

Er fuhr herum. »Mit Patrick? Jetzt noch? Die wollten sich doch schon heute Nachmittag treffen.«

Jana zuckte mit den Schultern. »Ich habe uns Essen vom Italiener mitgebracht. Du willst ja sicher auch mal wieder was Vernünftiges essen, oder, Papa?«

Er konnte sich nicht so recht freuen. »Danke, Spatzl«, sagte er. »Eine große Pizza? Mit ordentlich Belag?«

»Klar, was denkst du denn, ich weiß doch, was dir schmeckt.« Sie holte zwei Flaschen Bier aus dem Kühlschrank und deckte den Tisch für zwei. »Ich wollte mich entschuldigen, Papa.«

»Wofür?«

»Ich war nicht immer nett zu dir und Mama in der letzten Zeit.«

»Ach, geschenkt!«, sagte er. Er hatte keine Lust auf eine Aussprache, wollte einfach nur seine Ruhe und seinen Frieden.

»Ich habe Schluss gemacht mit Malte.«

Aufmerksam sah er sie an. »Ach ja?«

»Er war nicht der Richtige. Das wusste ich schon länger, wollte es mir aber nicht eingestehen. Vielleicht hätte ich die Beziehung schon früher beendet, wenn ihr nicht so mies drauf gewesen wärt!«

Sie aßen eine Weile schweigend.

Carlo war nicht nachtragend und hätte sich sogar mit Malte arrangiert. So verkehrt fand er ihn bei näherer Betrachtung gar nicht. Außerdem waren seine Gedanken sowieso bei Gudrun. Dass sie war wieder einmal mit Patrick unterwegs war, ließ ihm keine Ruhe.

»Kannst du Mama bei Gelegenheit mal fragen, ob sie mit diesem Typen … Na, du weißt schon. Wahrscheinlich wird sie dir sowieso nicht die Wahrheit sagen, aber vielleicht merkst du ja etwas an ihrer Reaktion.«

»In Ordnung, Papa. Mach dir keinen Kopf, da wird schon nichts sein.«

Er seufzte und trank gedankenverloren ein paar Schlucke Bier.

»Papa, ich habe noch eine Neuigkeit«, sagte Jana und strahlte. »Eine richtig gute!«

»Ja?«, fragte er freundlich. Er wollte ihr nicht zeigen, wie besorgt er war.

»Ich habe einen Studienplatz«, sagte sie stolz. »Ich studiere jetzt Wirtschaftswissenschaften.«

»Wie kommst du denn dazu?«

Sie zuckte mit den Schultern. »Kann man immer gebrauchen. Wer weiß, was ich später mache. Vielleicht gehe ich nach Australien oder Neuseeland und eröffne ein Café. Dafür brauche ich das.«

»Aha, und wo? Wo studierst du?«

»In Gießen.«

»In Gießen? So weit weg?«

»Das sind nur knapp 300 Kilometer, ich brauche das jetzt«, sagte Jana und warf ihre langen, glatten Haare zurück. »Ich muss endlich auf eigenen Füßen stehen. Und ihr habt dann wieder mehr Zeit für euch, auch nicht schlecht, so wie ich die Situation einschätze. – Willst du einen Espresso?«

»Sehr gerne«, sagte er nachdenklich.

*

»Möchtest du, dass ich dir noch etwas vorlese?«, fragte Martha und betrachtete ihren Sohn, wie er frisch geduscht, mit flaumigen hellblonden Haaren und in einem neuen Schlafanzug friedlich in seinem Rennfahrerbett lag, den Daumen im Mund.

»Ja, das Conny-Buch mit dem Fußball«, sagte er und lächelte zufrieden.

Sie nahm das Buch und legte sich zu ihm. »War dein Tag denn noch etwas schön?«, fragte sie.

»Nee, doof«, murmelte er und hörte auf zu lächeln.

»Warum? War es nicht schön bei Oma und Opa?«

»Bei Oma schon. Aber nicht bei Opa.«

»Warum nicht?«

»Opa war gemein.«

»Warum war Opa gemein?«

Er rieb sich ein Auge. »Ich hab was geklaut.«

»Was denn, Schatz?«

»Was aus dem Kühlschrank. Würste.« Er hielt drei Finger in die Luft. »Opa hat mich gehauen und eingesperrt.«

Schlagartig wurde sie ernst. »Was? Wo hat er dich gehauen?«, fragte sie beklommen.

Samuel streckte seine Hand aus.

»Wegen drei blöden Würsten hat er dich eingeschlossen und auf die Finger gehauen?«

Samuel nickte heftig.

»Und wo hat er dich eingeschlossen?«

»In dein altes Zimmer. Ich durfte nicht raus.«

Martha wurde kalt. Ihr Vater hatte von Anfang an ein Problem damit gehabt, dass Samuel nicht so tickte wie andere Kinder. Er hatte mal geäußert, das Kind mache ihm wegen seiner Andersartigkeit Angst, und glaubte, es mit rigorosen Erziehungsmethoden in seine Schranken weisen und formen zu können. »Er hat dich in meinem alten Kinderzimmer eingesperrt?«

»Ja, und da musste ich ganz lange drin bleiben.«

»Was hast du denn da gemacht?«, fragte sie mit zittriger Stimme. Sie bekam starkes Herzklopfen, als sie sich die Situation ausmalte.

»Ich habe mir Bücher angeguckt. Sie waren aber blöd. Dann habe ich sie auf den Boden geschmissen.« Er lachte laut.

»Hör auf zu lachen, Samuel«, sagte sie matt. »Wer hat dich denn wieder rausgelassen?«

»Oma. Sie ist gekommen, hat das Zimmer aufgeräumt und mir ein paar Brote geschmiert. Sie hat Muffins gebacken.«

»Hat sie mit Opa geschimpft?«

»Nö, der war gar nicht mehr da.«

»Wo war er denn?«

»Weiß ich nicht. Der ist blöd, der Opa.«

»Hm.« Martha atmete tief durch. »Ich lese dir jetzt vor, okay? Bist du bereit?«

»Ja, ist gut«, sagte er und kuschelte sich an sie.

KAPITEL 40

Alexander Blankenfeld war am Vorabend erst kurz vor Mitternacht von seiner Dienstreise zurückgekommen und entsprechend noch etwas müde. Deshalb frühstückten sie an diesem Morgen später als sonst. Er hatte sich freigenommen, da er im Laufe des Tages zu einem Ärztekongress nach Münster fahren würde.

»Was machen eigentlich die Leistungen unseres Sohnes? Hast du mal nachgehakt wegen der Nachhilfe?« Er gab zwei Süßstoffpillen in seinen Kaffee.

»Die läuft schon.«

»Dann ist es ja gut. Ich meine nur, weil ich ihn immer nur am Computer sehe. Weißt du, was er da macht?«

»Ich glaube, er hat eine Freundin.«

Überrascht sah er sie an. »Ach ja? Ist er nicht viel zu jung dafür?«

»So richtig ernst ist es wohl nicht. Zumindest ist sie hier noch nicht aufgetaucht. Aber sie chatten miteinander, mit Herzchen und Küsschen, ich habe zufällig mal was mitbekommen. Ich finde das ganz niedlich. Sie heißt übrigens Merle.«

»Merle, soso. Na gut, so lange die Noten einigermaßen sind, will ich nichts dagegen sagen.« Er wirkte zerstreut. »Mein Wagen ist übrigens gerade zur Inspektion in der Werkstatt«, sagte er beiläufig und führte seinen Becher mit schwarzem Kaffee zum Mund. »Und dein Cabrio bringe ich nachher zum TÜV.«

Franziska zuckte zusammen. »Was meinst du?«, fragte sie zurück und kaute auf der Unterlippe herum. Sie schmierte Orangenmarmelade auf ihre Brötchenhälfte. »Warum denn?«, hakte sie mit hoher Stimme nach.

Sein rechter Mundwinkel zuckte. »Weil es Zeit wird, was soll die Frage …? Mach dir keine Gedanken, er wird schon durchkommen, er war ja gerade erst in der Inspektion.

»War etwas kaputt?«, fragte sie nervös.

»Nicht, dass ich wüsste. Aber Ölwechsel und Überprüfung der Zündkerzen sind immer mal angebracht. Und so eine Inspektion ist normalerweise nicht gerade billig.«

»Seit wann schaust du aufs Geld?«, fragte Franziska.

»Immer dann, wenn ich nichts davon habe. Ich meine, es spielt doch keine Rolle, ob eine Inspektion von einer teuren Werkstatt durchgeführt wird oder von einer billigen, oder? Inspektion bleibt Inspektion. Man sieht es dem Auto nicht an, wer sie gemacht hat.«

Sie räusperte sich. »Also hast du sie von einer billigen Werkstatt durchführen lassen«, schlussfolgerte sie und führte mit zittriger Hand ihr Glas zum Mund.

»Na ja, da kam so ein Angebot ins Haus. Sommerinspektion, alles mal durchchecken lassen, Ölwechsel, Zündkerzen austauschen und so weiter, für 49 Euro inklusive. So ein Schnäppchen lasse ich mir doch nicht entgehen. Ich habe gleich einen Termin ausgemacht und dein Auto am nächsten Tag abholen lassen. Auch das gehört zum Angebot. Rundumservice, und das zu diesem Spottpreis, da kann man nichts sagen. Wo ist es eigentlich?«

»Was meinst du?«

»Na, dein Cabrio, es steht nicht in der Garage.«

Ihr Herz klopfte zum Zerspringen. Sie hatte sich etwas zurechtgelegt, doch unpassender hätte der Moment nicht sein können. Ihr Atem stockte, als sie den einstudierten Satz herauswürgte: »Mein Auto ist gestohlen worden.« Kaum ausgesprochen, wusste sie, wie unglaubwürdig es klang.

»Was?« Er lachte künstlich. »Aus der Garage?«, fragte er ungläubig.

»Nein, nicht aus der Garage. Bei … Ikea. Ich hatte es auf dem Parkplatz stehen, weiter hinten, und als ich zurückkam, war es weg.«

Angewidert sah er zu ihr hin. »Schatz, erzähl keine Märchen.«

»Nein, tu ich nicht.«

»Wenn es wirklich so wäre, hättest du mich sofort informiert.«

»Ich habe es versucht. Ich habe dich nicht erreicht.«

»Dann hättest du es doch noch mal versucht. Das ist etwas, das ich sofort wissen muss, das weißt du. Und es ist dein Auto, das brauchst du doch!«

»Eigentlich schon, aber irgendwie kam ich nicht dazu. Ich konnte dich nicht erreichen.«

»Wann soll das gewesen sein?«

»Vorgestern«, sagte sie und schluckte. »Ich wollte es dir sagen, aber gestern warst du ja nicht da.«

»Hallo? Wir haben telefoniert. Wir haben gesimst, nur

über Belanglosigkeiten, wenn ich mich recht erinnere. Da war keine Rede von einem Autodiebstahl. Hat das einen bestimmten Grund? War das Auto etwa nicht abgeschlossen? War etwas Wertvolles drin und du wolltest es mir verschweigen?«

Sie zuckte mit den Schultern und sah ihn kläglich an. »Ich wollte dich nicht aufregen. Und ich hatte Angst vor dir.«

Er schob seinen halb vollen Teller beiseite und warf die Serviette daneben. »Warst du bei der Polizei?«

»Ja, natürlich.«

»Und was sagt die?«

»Sie vermutet Bandendiebstahl aus Osteuropa oder so.«

»Oder so«, sagte er und strafte sie mit einem verächtlichen Blick. »War das Auto abgeschlossen? Lagen Wertsachen darin? Jetzt sag mir endlich die Wahrheit!«

»Natürlich habe ich es abgeschlossen. Es war nichts Besonderes im Auto, nicht einmal CDs.«

»Tja, die hatte ich auch für die Inspektion rausgenommen«, sagte er zynisch. »Dann bekomme ich ja bald Post von der Versicherung«, sagte er. »Oder ich kümmere mich selber drum und rufe nachher mal an.«

»Das brauchst du nicht«, beeilte sie sich zu sagen. »Ich mache das schon.«

»Versprochen?«

»Ja, klar«, sagte sie und lächelte schief.

*

Birthe hatte es eilig. In einer halben Stunde musste sie auf der Dienststelle sein. Vorher wollte sie noch Frau Siebkötter einweisen. Die Fenster hatten es mal wieder nötig, geputzt zu werden. Sie waren voller Blütenstaub und Fliegenkot.

»Und wenn Sie damit fertig sind, Frau Siebkötter, würden

Sie dann den Balkon feucht wischen? Das wäre nett. Kaffee habe ich schon vorgekocht. Der ist in der Thermoskanne.«

»Muss eben noch de Milch inne Kühlschrank stellen«, sagte Frau Siebkötter. »War noch mal kurz nach Aldi hin. Ist das ne Hitze heute, näh? Da brauchste schon morgens wieder 'ne Dusche. Dunni noch eins, ist das alles teuer geworden! Nur de Milch tun se einem hinterherschmeißen. De Bauern könn einem ja fast leidtun, näh? Schlümm, so was. Wasn Elend. Die werden ja richtig arm, hörn Se mal, die kommn nicht drumrum. Ein alter Schulfreund von mir, der Michi, der ist Bauer, der tut nix mehr vom Melken verdienen, sagt er. Jetzt mal in Ernst, ich bin nich kniepich oder so, is auch wüaklich ne arme Socke der Michi, aber ich bin froh, wenn ich was sparen kann, näh? Auch wenn's mir inne Seele wehtut, wüaklich, Frau Schöndorf! Verdammi noch eins, jeder muss selber kucken, wie er rumkommt heutzutage. Oder, was meinen Se, Frau Schöndorf?«

»Hm, ja, es geht nicht alles gerecht zu. Ich denke auch manchmal darüber nach, warum es sein muss, dass manche Produkte so billig sind, und finde es nicht gut. Die Bauern sollten mehr verdienen. Auch die armen Arbeiter in den Entwicklungsländern. Ich würde mehr für die Klamotten zahlen, wenn ich wüsste, die Fabrikarbeiter würden dann besser bezahlt.«

»Näh, gerecht ist das nicht, hörn Se mal! Unter mir die Petra, die hat doch nie viel Geld gehabt und nun kucken Se sich mal der ihren Balkon an! Da hängen feine Unnerhosen und BHs von ihr aufm Wäscheständer, sarich Ihnen! Jede Woche sieben Stück vonne Buxen und auch vonne BHs und immer andere! Alles mit so Spitze und so, in Rosa und Rot und Lila und Schwarz! Winzige Teile sarich Ihnen! Das muss doch unheimlich teuer gewesen sein. Ich weiß nicht, was das soll, ein auf Schickimicki machen, wo es keiner sieht! Ich habe so was aus Baumwolle, jahrelang die gleichen, in Weiß und

Beige, ganz bequem und groß genug, wie es sich gehört, und bei der dusseligen Kuh muss es Spitze sein und Farbe! So was kostet doch ein Vermögen! Verschwendungssucht, was meinen Se, Frau Schöndorf?«

»Ich muss leider los, Frau Siebkötter.«

»Sie müssen nache Arbeit, ich weiß. Ich wollt Ihn nur noch kurz erzählen von Christel und Heinz. Die waren auch immer so sparsam. Und jetzt ham se ein neues Auto, einen Jappse-Koyota. Und sie geht dauernd zum Friseur. Hat sogar ne Dauerwelle und neue Farbe, beides auf einen Schlach. Braun is se nu wieder. Und neue Blusen, alles modern, mit Muster und so und schicke Westen drüber. Hab ich genau hingeguckt, weil, die ham ihren Balkon links von mir. Da hab ich auch gesehen, dass se eine neue Markise ham. In Gelb-Weiß, ganz vornehm, sarich Ihn. Und neue Blumenkübel ham se auch. So große, wie se grad modern sind. So was gibt's ja auch nich für umsonst. Jetzt wollen sie sogar anne See fahrn und tun angeben ohne Ende. Hörn Se mal, die ham doch im Lotto gewonnen und wollens nur nich sagen, ich dachte, ich guck nich richtich.«

Birthe zuckte mit den Schultern und packte eine Wasserflasche und einen Apfel in den Rucksack.

»Und de Gisela vom Balkon rechts von mir tut nachmittags um drei mit ihrer Katze und nem Korn inne Schaukelstuhl fläzen. Die tut auch nich mehr alle stramm ham, was meinen Sie? Früher hat die mich noch aufn Korn eingeladen, aber jetzt trinkt se ihn alleine, direkt aus der Pulle. Ich will ja nix sagen, aber ich glaube, der Helmuth hat sie verlassen. Der ihr Gesicht kann ich nich sehen, weil die hat ja ein Katzennetz, dasse Katze nich abhauen tut. Ich muss mal die Roswitha vom vierten Stock fragen, ob die was weiß. Mit mir spricht de Gisela nich mehr. Die is aber auch in letzter Zeit ein richtiger Nöselpriem geworden, auch zu annern, hörn Se mal. Immer nur am Rummeckern mitte Helmuth, als er noch da war, der arme Kerl. Manchmal tut sie ihn richtich anschreien. Und er dann stundenlang allein im Liegestuhl gesessen aufm Balkon. Nur gesessen, nichts gemacht, nur dagesessen und inne Luft geguckt. Traurig, so was. Dabei tut der gar nix dafür könn. Ich hab schon gesagt zum Kalle, ›Kalle‹, hab ich gesagt, ›lange geht das nich gut!‹ Aber der antwortet nich, is ja inne Puberteet. Nur mal so aus Spaß hab ich den Stecker aus dem sein Computer gezogen, da hat er mal wieder was gesacht. ›Altaa, biste dull oder was‹, hatta gesacht.«

Birthe liebte ihr Handy, wenn es im entscheidenden Moment klingelte, so wie jetzt. Sie verabschiedete sich mit einem freundlichen Kopfnicken von Frau Siebkötter und zog schnell die Wohnungstür hinter sich zu.

KAPITEL 41

»Polizeistation Norden, Henning Achterdiek.«

»Hallo, Henning.«

»Birthe! Hi! Danke für deine Nachricht! Sie war wunderschön, wenn auch etwas verhaltener als meine.« Er lachte.

Birthe freute sich, seine Stimme zu hören. Wie gern hätte sie mit ihm geplaudert, doch sie war nicht allein im Büro. »Darüber können wir uns ein andermal unterhalten.« Schnell wechselte sie das Thema: »Henning, lass ihn frei, er kann's nicht gewesen sein!«

Er brauchte einen Moment. »Frerichs? Birthe, wir haben inzwischen Beweise, dass er nicht nur zu schnell gefahren ist, sondern Cannstetter abgedrängt hat. Er ist eindeutig der Unfallverursacher! Er hat Cannstetters Fahrzeug gerammt, sodass es von der Straße abgekommen und gegen einen Baum geprallt ist. Sieht nicht gut aus für Frerichs, gar nicht gut. Weißt du, was ihm wegen fahrlässiger Tötung und Unfallflucht droht? Eine Haftstrafe von bis zu vier Jahren. Und wir halten ihn fest, weil er auf der Wache randaliert hat, mit Kraftausdrücken um sich geworfen hat und fliehen wollte. Beamtenbeleidigung, das lasse ich mir nicht bieten. Fiete schon gar nicht.«

»Das will ich ja auch nicht abstreiten. Doch er hatte mit Sicherheit keine Mordabsicht. Er kannte das Opfer überhaupt nicht. Es war fahrlässige Tötung, okay, Unfallflucht sicherlich auch. Aber der Unfall ist ja nur passiert aufgrund der defekten Bremsen. Cannstetter hatte seinen Pkw vermutlich schon längere Zeit nicht mehr richtig im Griff – zumindest auf der letzten Strecke. Das muss Frerichs als ungeduldigen Ortskundigen genervt haben.«

»Du glaubst, die Lichthupe und die Raserei auf der Landstraße waren nur Zufall?«

»Das vielleicht nicht, aber mit dem eigentlichen Fall haben sie nichts zu tun. Cannstetter wäre wegen der defekten Bremsen so oder so verunglückt, aber vielleicht wäre es glimpflicher ausgegangen, wenn er nicht durch die Fahrweise von Frerichs genötigt worden wäre. Wobei … der Unfall von Dieter Brömme war ja auch tödlich. Ohne dass ihn jemand von der Straße abgedrängt hat.«

Darüber musste Henning einen Moment nachdenken. »Wer ist denn nun der Mörder, Frerichs oder der andere, der Unbekannte?«

»Der andere, Henning. Frerichs hat zwar den Unfall verursacht und dafür wird er auch belangt werden, aber er hatte keine Tötungsabsicht. Der andere ist auch der Mörder von Dieter Brömme. Wir suchen also jemanden, der beide kannte.«

»Habt ihr schon einen Abgleich der gefundenen Spuren?«

»Inzwischen ja. Es ist ein und dieselbe Person. Der genetische Fingerabdruck ist zu 100 Prozent identisch. Wir wissen es selbst erst seit wenigen Stunden. Die gesuchte Person hat sowohl die Bremsen von Cannstetters als auch von Brömmes Pkw manipuliert. Und es ist nicht Hauke Frerichs. Es ist jemand, der nicht in der Datenkartei gespeichert ist. Das Einzige, was wir über ihn wissen, ist, dass er raucht.«

»Dann müssen wir wohl den Fall endgültig an euch abgeben, hm?« Er machte eine kurze Pause, bevor er weitersprach. »Birthe?«

»Ja?«

»Wann sehen wir uns wieder? Ich habe gehofft, du würdest etwas vorschlagen.«

Sie drehte sich mit dem Bürostuhl weg, schirmte das Telefon mit der Hand ab und sagte leise: »Sobald ich kann.«

»Ich vermisse dich, Birthe.«

»Geht mir auch so.«

»Können wir heute Abend telefonieren?«

Sie fühlte sich von Daniel beobachtet. »Können wir machen.«

»Ich würde dich jetzt gerne in den Arm nehmen.«

Sie hörte das Lächeln in seiner Stimme und fühlte einen Schauder am ganzen Körper.

»Es war schön mit dir«, sagte er.

»Ja, fand ich auch«, antwortete sie schnell. »Ich melde mich.« Mit hochrotem Kopf legte sie auf.

Als sie mit dem Stuhl an ihren Schreibtisch zurückrollte, spürte sie wieder Daniels Blick.

»Du stehst total auf ihn!«, sagte er.

Sie versuchte, sich nicht anmerken zu lassen, wie sehr sie das kurze Gespräch mit Henning aus dem Konzept gebracht hatte. »Quatsch!«

»Hätte ich mir gleich denken können. Du hast dich auf deiner Dienstreise verknallt!«

»Ach, Unsinn. Er ist ganz nett, mehr nicht.« Sie wusste, dass der nervöse Griff in ihre Haare sie verriet.

»Du kannst dich nicht verstellen, dafür kenne ich dich zu lang.«

In diesem Moment kam Carlo herein und trottete zu seinem Arbeitsplatz. Birthe warf einen warnenden Blick in Daniels Richtung.

»Gibt's was Neues?«, fragte Carlo argwöhnisch. »Etwas, das ich nicht wissen soll?«

»Wie kommst du darauf?«, wollte Daniel feixend wissen.

»Nun, ihr macht so einen seltsamen Eindruck. Habt ihr gerade über mich geredet?«

Birthe verneinte und berichtete kurz von dem Telefongespräch aus Norden. »Was meint ihr? Wenn Frerichs es nicht gewesen sein kann, zumindest nicht die Sache mit den zerstörten Bremsschläuchen, wer dann?«

»Für mich kommen alle infrage«, meinte Daniel nach kurzer Überlegung.

»Wer … alle?«

»Zum Beispiel Reiner Ackermann. Ein Loser, der sich im Leben immer wieder abstrampeln musste, um am Ende doch auf die Schnauze zu fallen. Er ist zweimal durchs Examen gerasselt, hatte eine Mordswut auf Cannstetter, der beim alles entscheidenden zweiten Versuch die Vertretung für seinen erkrankten Mentor übernommen hatte. Das Gleiche gilt für … wie heißt der andere gescheiterte Referendar?«

»Jesper Lüders«, sagte Birthe.

»Genau. Jesper Lüders hat ebenfalls Cannstetter zu verdanken, dass er jetzt Taxi fahren und ein Baby hüten muss. Zudem verdächtigt er ihn, der Vater seiner kleinen Tochter zu sein. Mensch, der muss den doch hassen wie die Pest. Wer weiß, wie weit er in seinem Hass gegangen ist? Die beiden sind für mich die Hauptverdächtigen, ohne Frage.«

»Kannten Ackermann und Lüders auch Dieter Brömme?«, warf Birthe in die Runde.

Carlo und Daniel blickten ratlos drein.

»Was glaubst du denn, Birthe?«, fragte Carlo.

»Nun, der Täter muss jemand sein, der beide Opfer kannte, der eine Verbindung zu beiden hatte. Und der einen Grund hatte, beide aus dem Weg zu räumen, zumindest hart zu bestrafen.«

»Dieter Brömme ist das große Fragezeichen. Da er sein Privatleben so unter Verschluss gehalten hat, ist wenig über ihn bekannt, nur über seine Masche.«

»Vielleicht war es eine Frau?«, warf Daniel ein. »Was glaubt ihr, wie rachsüchtig die sein können, die Weiber, wenn die meinen, sie wären nicht zu ihrem Recht gekommen. Die geraten dermaßen außer Kontrolle, dass sie kaum noch zu stoppen sind. Ja, warum eigentlich keine Frau? Habt ihr echt noch nicht daran gedacht? Eine Frau, die von Cannstetter und Brömme enttäuscht worden war und sich rächen wollte. Eifersucht und Rachlust sind die Hauptmordmotive, das wisst ihr doch.«

»Also, ich bin ja handwerklich nicht völlig unbegabt«, sagte Birthe, »ich kann zum Beispiel Regale zusammenschrauben und ein bisschen mit der Bohrmaschine umgehen, aber ehrlich gesagt, wüsste ich nicht, wie man Bremsschläuche anritzt.«

»Im Internet wirst du fündig«, meinte Daniel. »Da gibt es für alles Anleitungen, auch für die handwerklichen Volltrottel.«

»Was ist mit Ansgar Westendorp?«, warf Carlo ein. »Der hätte zumindest was Cannstetter angeht ein Motiv. Er war der ewige Zweite, stand immer in Cannstetters Schatten, beruflich und privat. Cannstetter hat sich alles genommen, was Westendorp gern gehabt hätte.«

»Der hat aber als Einziger ein wasserdichtes Alibi«, meinte Birthe. »Die Bremsschläuche müssen einige Stunden vor dem Unfall angeritzt worden sein, wie wir inzwischen wissen. Da war er bei der Konferenz, zusammen mit Cannstetter. Außerdem bestreitet er, Dieter Brömme gekannt zu haben.«

»Das bestreiten fast alle«, sagte Daniel.

Sie schwiegen eine Weile.

Birthe stützte ihre Ellenbogen auf den Tisch, legte ihr Gesicht in die Hände und ging in Gedanken noch einmal alle Fakten durch. Dann atmete sie tief ein und streckte die Beine von sich. »Wir brauchen die Verbindung zwischen den beiden und noch haben wir sie nicht. Aber wir werden sie finden«, murmelte sie.

»Ich sag noch mal, lass uns nach einer Frau suchen. Es kann nur eine Frau gewesen sein«, warf Daniel in den Raum.

»Vielleicht war Dieter Brömme ein Zufallsopfer«, sagte Birthe nachdenklich. »Vielleicht war er gar nicht gemeint, sondern Herr oder Frau Blankenfeld. Es war schließlich nicht sein Pkw, mit dem er verunglückt ist.«

»Was machen die eigentlich beruflich?«, fragte Carlo.

»Er ist Frauenarzt, leitet die Gynäkologie der Klinik. Seit zwei Jahren bietet er zudem Schönheitsoperationen an. Das habe ich recherchiert.«

»Und sie?«

»Franziska Blankenfeld arbeitet in derselben Klinik als Physiotherapeutin, allerdings nur stundenweise, soviel ich weiß.«

»Tja, es bleibt uns nichts anderes übrig, wir brauchen DNS-Abgleiche. Und zwar von allen Verdächtigen«, meinte Carlo ruhig.

KAPITEL 42

Martha Cannstetters Gesichtszüge wirkten deutlich entspannter als bei den letzten Besuchen. Sie bat Birthe und Carlo ins Wohnzimmer und bot ihnen etwas zu trinken an. Beide baten um ein Glas Wasser.

Birthe berichtete ihr über Brömmes tödlichen Unfall und auch darüber, dass sein Fahrzeug auf die gleiche Art und Weise manipuliert worden war wie der Wagen ihres Mannes. Natürlich wollte sie wissen, ob Martha Cannstetter Brömme kannte.

Martha saß da wie vom Donner gerührt. Sie wirkte verloren in ihrem flaschengrünen Leinenkleid, das so gut zu ihrem blassen, sommersprossigen Teint und ihren roten Haaren passte.

Birthe ließ ihr Zeit, die Nachricht zu verdauen. Ihr Blick fiel auf die Fotos auf der Anrichte, von denen einige Samuel zeigten. Samuel als Baby, als Kleinkind mit einer Rassel, als Kindergartenkind mit Schaufel in der Hand, dann als Schulkind mit Ranzen und Schultüte. Ein Hochzeitsbild war auch darunter. Martha und Georg in jungen Jahren – Martha mit hochgesteckten rotbraunen Haaren, ein Blütenkranz in der Stirn. Ein anderes Foto zeigte das Paar im Urlaub. Er in Shorts und Polo, sie im geblümten Sommerkleid. Marthas Haare waren lang und dunkel.

»Wer in Ihrem Bekanntenkreis kannte sowohl Ihren Mann als auch Dieter Brömme?«, fragte Birthe.

Martha Cannstetter legte den Zeigefinger an ihre Lippen und schüttelte den Kopf. »Ich habe diesen Namen noch nie gehört.«

Birthe zählte Brömmes Pseudonyme auf.

Martha hob eine Augenbraue. »Das soll ein und dieselbe Person gewesen sein?«

Birthe nickte. »Ein stadtbekannter Heiratsschwindler, der unter verschiedenen Namen unterwegs war.«

»Steckte mein Mann da irgendwie mit drin?«

»Das wissen wir zurzeit noch nicht. Es deutet aber nichts darauf hin.«

»Das könnte ich mir auch nicht vorstellen«, sagte Martha. »Auch wenn ich meinem Mann seit Langem misstraue, was unsere Ehe angeht, aber das … nein! Das passt nicht zu ihm.«

»Dann bleiben wir jetzt erst einmal bei Ihrem Mann. Die Drohmails, Frau Cannstetter, die anonymen Anrufe bei Ihrem Mann, dann der Pkw, der Volvo Ihres Mannes …«

»Welche Anrufe?«, fragte Martha und bekam Farbe im Gesicht. »Was meinen Sie damit?«

Innerlich fluchend bemerkte Birthe ihren Fehler und presste die Lippen zusammen. Sie warf Carlo einen hilfesuchenden Blick zu. Der nickte.

»Mein Mann ist tot. Woher wissen Sie von den Anrufen?«

Birthe holte tief Luft. »Ich weiß, es ist nicht einfach und sicher nicht der richtige Zeitpunkt, aber wann ist er das schon? Sie sollten wissen, dass Ihr Mann eine Geliebte hatte. Es tut mir sehr leid, dass ich Ihnen das jetzt sagen muss. Es muss schwer sein für Sie, aber es ist wichtig, dass Sie davon erfahren. Ihr Mann hatte eine Geliebte. – Und mit ihr ein Kind«, fügte sie hinzu. »Von ihr weiß ich das.«

»Das glaube ich nicht«, flüsterte Martha. Sie fiel sichtlich in sich zusammen.

Carlo kam Birthe zur Hilfe. »Sie haben das wirklich nicht gewusst, Frau Cannstetter?«

Martha wurde blass. Ihre Augen wirkten leer, als sie fragte: »Wer? Wo …? Wo ist das Kind?«

»In Norden, in Ostfriesland. Bei seiner Mutter.«

Mit Tränen in den Augen wandte Martha sich ab. Nach einer Weile beugte sie sich über den Tisch und füllte mit zittriger Hand ihr Glas auf, ohne die beiden Polizisten zu fragen, ob sie auch noch etwas wollten. »Junge oder Mädchen?«, fragte sie mit rauer Stimme.

»Ein Junge«, antwortete Birthe. »Er heißt Moritz und ist zwei Jahre alt. Und das nächste Kind ist unterwegs. Die Mutter ist im vierten Monat schwanger. Ihr Mann wusste noch nichts davon. Sie wollte es ihm an dem Abend sagen, als er verunglückte.«

Martha wirkte wie erstarrt, atmete flach durch den halboffenen Mund.

»Frau Cannstetter?«, fragte Birthe besorgt. »Ist alles in Ordnung mit Ihnen?« Eine Floskel, Birthe war sich darüber im Klaren, doch sie musste diese Frage einfach stellen.

Wütend funkelte Martha sie an. »Nichts ist in Ordnung, gar nichts«, sagte sie. »Sie wissen ja nichts. Sie können es nicht wissen. Ich war schon einmal schwanger, gleich nach der Hochzeit. Mein Mann wollte das Kind nicht, er wollte überhaupt kein Kind. Er wollte, dass ich noch mal eine Ausbildung mache und Erzieherin werde. Gut, das war auch mal mein Wunsch, ich habe es ihm schon gleich bei unserem ersten Treffen erzählt und es hat ihn nicht mehr losgelassen. Ich sollte im Betrieb meines Vaters kündigen und ganz neu anfangen auf einer Fachschule für Pädagogik. Mein Mann hat mich gezwungen, das Kind wegmachen zu lassen.« Sie umklammerte mit beiden Händen die vor ihr stehende Wasserflasche.

»Er hat Sie zur Abtreibung gezwungen? Und Sie haben sich zwingen lassen?«, fragte Birthe.

»Ich wusste selber nicht, was ich machen sollte«, sagte Martha verzweifelt. »Ich war jung, ich dachte ja auch, ich könne noch mal von vorn anfangen. Das war der Plan. Und plötzlich war alles anders und ich war schwanger! Richtig glücklich war ich darüber im ersten Moment auch nicht.«

»Aber wenn Sie das Kind selbst nicht wollten, dann können Sie doch nicht behaupten, dass Ihr Mann Sie gezwungen hat abzutreiben«, sagte Carlo.

»Carlo, bitte!«, warf Birthe ein. »Lass mich das machen, okay?«

»Doch, hat er! Er hat meine Unsicherheit ausgenutzt und immer wieder gesagt: ›Mach es weg, Martha, mach es weg. Du kannst später immer noch Kinder kriegen, wenn es besser passt, zum jetzigen Zeitpunkt nicht. Geh bitte in die Klinik und lass es abtreiben! Ich gebe dir das Geld dafür!‹ Er hat immer wieder auf mich eingeredet, bis es mir selbst als die richtige Entscheidung erschien.« Martha war grau im Gesicht. »Ich wusste einfach nicht, was ich sonst machen sollte. Und da habe ich es eben getan.«

»Und Sie haben es bereut!«, sagte Birthe leise.

»Ja, und wie!« Martha stieß einen tiefen Seufzer aus. »Ich habe wieder die Schulbank gedrückt und mit Mädels zusammengesessen, die zehn Jahre jünger waren als ich. Bald habe ich gemerkt, das ist nicht das Richtige für mich. Da war ich sogar in der Schreinerei meines Vaters glücklicher. Und ich habe die Abtreibung fürchterlich bereut, konnte nachts nicht mehr schlafen. Kaum standen die ersten Prüfungen an, bin ich zusammengebrochen. Burn-out, drei Monate Klinik. Danach ging nichts mehr.«

Für Sekunden senkte sich Schweigen über den Raum.

»Und dann sind Sie wieder schwanger geworden?«, durchbrach Birthe plötzlich die Stille.

»Ja, und es war eine Fehlgeburt«, sagte Martha mit monotoner Stimme.

Birthe und Carlo sahen sich betroffen an.

»Ich dachte, damit wäre das Thema für immer erledigt. Doch ein halbes Jahr später war ich wieder in anderen Umständen. Diesmal sah erst alles gut aus. Das Baby wurde geboren. Es war Samuel.« Sie fuhr sich mit dem Handrücken über die Augen.

»Aber Samuel war nicht gesund. Mein Mann ist fast in Ohnmacht gefallen, als er erfahren hat, dass das Kind behindert ist.«

»Haben Sie das gewusst? Ich meine, es gibt doch Vorsorgeuntersuchungen in der Schwangerschaft«, fragte Carlo vorsichtig, was ihm einen warnenden Blick von Birthe einbrachte.

»Ja, und? Was wollen Sie damit sagen? Dass ich auch dieses Kind besser hätte wegmachen lassen sollen?«, fragte Martha mit tränenerstickter Stimme. »Dass es nicht wert ist zu leben?«

»Nein ... natürlich nicht, so hat mein Kollege das nicht gemeint«, wand Birthe sich und schämte sich für Carlo.

»Nein, so habe ich das wirklich nicht gemeint«, fügte Carlo kleinlaut hinzu.

Birthe fühlte sich plötzlich unsicher. Sie bewegten sich auf heiklem Terrain. Auch wenn sie in der Ausbildung Gesprächsführung geübt hatten und sie über Grundkenntnisse in Psychologie verfügte, gab es immer wieder Situationen, die sie überforderten.

»Natürlich war ich regelmäßig bei Vorsorgeterminen. Da wurde nichts Auffälliges festgestellt. Ich habe mich geschont, mich gesund ernährt und alles Schädliche vermieden, schließlich wollte ich dieses Kind unbedingt!«

»Wie hat Ihr Mann auf die Schwangerschaft reagiert?«, fragte Carlo. »War er diesmal einverstanden oder hat er Sie erneut zur Abtreibung gedrängt?« Er räusperte sich. Er war froh, sich wieder gefangen zu haben.

»Nein, er hat nichts dazu gesagt. Ich habe ihm auch erst davon erzählt, als es unausweichlich war, als mein Bauch immer runder wurde und mich andere schon darauf angesprochen haben. Da wäre es für eine Abtreibung sowieso zu spät gewesen. Diesmal hat er sich mit dem Gedanken arrangiert, Vater zu werden. Ich glaube, er hat einfach nur gehofft, dass ich aus meinem Tief herauskomme. Ich war ja unglaublich depressiv zu der Zeit und hätte sowieso nicht mehr arbeiten können. Und das hat sich durch die Schwangerschaft tatsächlich gelegt. Ich wurde wieder lebensfroher, habe positiv in die Zukunft geblickt.«

»Und als das Kind geboren war?«, fragte Carlo zögernd.

»Da wurde alles noch schlimmer als zuvor«, sagte Martha tonlos.

»Mein Mann hat Samuel wochenlang nicht angefasst, kaum angesehen, er wollte nichts mit ihm zu tun haben. Ein beeinträchtigtes Kind passte nicht in seinen Lebensentwurf. Einmal, kurz nach der Geburt, hat er mich gefragt, ob wir es nicht weggeben sollten, in ein Heim oder in eine Pflegefamilie – nur ein einziges Mal. Ich habe ihm daraufhin einen so vernichtenden Blick zugeworfen, dass er sich nie mehr getraut hat, mir diese Frage zu stellen. Es war eine furchtbare Situation für mich. Für uns alle.« Sie starrte ins Leere, atmete schwer. »Aber nicht nur mein Mann hat so reagiert«, fügte Martha resigniert hinzu.

»Wer denn noch?«, fragte Birthe mit belegter Stimme.

»Meine Eltern. Ihr Verhalten war seltsam, vor allem das meines Vaters. Er hat wohl schon geahnt, dass ich nie wieder in seinen Betrieb zurückkehren würde.«

»Und, war es so?«

»Ja, natürlich. Ich habe mich von da an nur noch um mein Kind gekümmert. Damit hatte ich ja auch genug zu tun. Alles andere war zweitrangig.«

»Frau Cannstetter, ich möchte Ihnen gern eine Frage stellen«, sagte Birthe. Ihr Herz klopfte, als sie Martha Cannstetter direkt anblickte. Sie tat ihr unglaublich leid, doch Birthe musste in ihren Ermittlungen weiterkommen.

Martha nickte.

»Haben Sie Ihren Mann gehasst?«

Martha verschränkte die Hände ineinander, ehe sie zur Antwort ansetzte. »Das nicht. Obwohl ich an seiner Treue gezweifelt habe, gerade in der letzten Zeit.«

»Sie wussten, dass er kein Segelboot in Greetsiel hat?«

Überrascht sah Martha auf. »Ich habe es geahnt, ja.«

»Die Sache mit der Abtreibung und mit Ihrem Sohn … Konnten Sie ihm das verzeihen?«

»Ja, weil er sich geändert hat. Als Samuel größer wurde und in den Kindergarten kam, hat er sich mehr um ihn gekümmert, auch mal mit ihm gespielt, ihm vorgelesen und mit ihm Borkenschiffchen gebastelt, die sie im Badewasser fahren lassen haben. Es gab schöne Momente zwischen ihnen, wenn sie auch selten waren. An sie erinnere ich mich gern. Georg konnte ein liebevoller Vater sein.«

»Wie geht Samuel mit dem Tod seines Vaters um?«

»Er ist traurig und fragt oft nach ihm. Daran sehe ich, dass die Beziehung zwischen ihnen gar nicht so schlecht gewesen sein kann.«

Für einen Moment schwiegen sie.

»Und Ihre Eltern?«

»Was ist mit ihnen?«

»Ist Ihr Verhältnis immer noch angespannt?«

Martha runzelte erstaunt die Stirn. »Nein, natürlich nicht.«

»Auch nicht zu Ihrem Vater? Ich denke, er hat Samuel abgelehnt.«

»Ich hasse niemanden. Mein Vater hat stets das Beste gewollt. Aber leider ist er sehr dominant, was diese Dinge anbelangt. Er meint immer genau zu wissen, was andere brauchen, um glücklich zu sein. So auch bei mir. Er hatte sich damals einen Mann für mich ausgeguckt, den ich heiraten sollte, weil er fand, dass wir gut zusammenpassen würden. Ein Mann, der halt ganz anders war als Georg. Kurt Naumann. Kurti.« Sie schmunzelte.

»Und Sie waren anderer Meinung«, sagte Birthe.

»Ach, Kurti war überhaupt kein Thema für mich. Er war langweilig. Ein guter Schreiner, keine Frage, aber außer Fußball und Autos hatte der nichts im Kopf. Wer im Spind eine nackte, vollbusige, tätowierte Frau hängen hat, von dem können Sie meiner Meinung nach nichts erwarten.« Zufällig blickte sie auf ihre Armbanduhr und machte ein erstauntes Gesicht. »So spät schon, ich muss leider los. Entschuldigung, ich muss meinen Sohn abholen. Er hat gleich therapeutisches Reiten.«

»Eine Frage müssen Sie sich noch gefallen lassen, Frau Cannstetter. Es geht um Ihr Alibi für die Unfallnacht. Der Unfall geschah zwischen 22.00 und 22.15 Uhr. Sie hätten also genügend Zeit gehabt, Ihren Mann zu verfolgen und noch in der Nacht nach Osnabrück zurückzufahren. Wo waren Sie am Donnerstag, den 9. Juli, zwischen 19.30 und 0.30 Uhr?«

Die Antwort kam wie aus der Pistole geschossen. »Ich war hier. Wo sonst? Ich habe ein behindertes Kind. Was denken Sie? Ich würde meinen Sohn nicht eine Minute lang sich selbst überlassen.«

KAPITEL 43

Dr. Alexander Blankenfeld winkte kurz, bevor er mit zügigen Schritten die geräumige Diele durchquerte. Vor der Haustür standen sein gepackter Trolley und seine Aktentasche. »Ich bin übermorgen wieder da«, rief er seiner Frau zu, während er nach seinem Sakko und dem Autoschlüssel griff. Sein Auto war von der Werkstatt nach der Inspektion sofort zurückgebracht worden. »Wenn Westendorp anruft wegen Konrad, dann mach einen Termin für nächste Woche aus. Wir haben heute den 20. Juli, also nicht vor dem 27. Juli. Das ist ein Montag. Ich will bei dem Gespräch dabei sein, hörst du?«

»Ja, natürlich«, sagte Franziska und reichte ihm einen Beutel mit Essen.

»Rosinenbrötchen und Äpfel«, stellte Dr. Blankenfeld kopfschüttelnd fest und steckte den Beutel in seine Aktentasche. »Gerade so, als ob ich auf den Bau fahren würde, dabei geht es zum Ärztekongress nach Münster. Da gibt es ein ausgezeichnetes Catering, Schatz. Fehlt nur noch die Thermoskanne mit Kaffee.«

»Ich will, dass du an mich denkst«, sagte seine Frau und trat mit ernster Miene auf ihn zu.

»Das tu ich doch unentwegt«, sagte Alexander unwirsch und küsste sie flüchtig auf die Wange.

»Wirklich?«, fragte sie und sah zwischen getuschten Wimpern hindurch zu ihm auf. Ihre Haare trug sie zu einem straffen Pferdeschwanz gebunden.

Mechanisch rieb er ihr über den Rücken. »Ich muss los«, sagte er und zog die Schiebestange seines Trolleys heraus.

»Ruf kurz an, wenn du da bist«, rief sie ihm nach.

»Komm, übertreib nicht«, sagte er. »Es ist nur Münster, nicht der Irak, okay? Sei froh, dass ich das Angebot abgelehnt habe, als plastischer Chirurg für *Ärzte ohne Grenzen* zu arbeiten, sonst wäre ich jetzt für ein paar Monate weg. Wäre dir das lieber?«

»Es wäre der Horror, das weißt du. Obwohl ich nicht damit gerechnet hatte, dass du das machst. Du hast dich ja gerade erst auf Schönheits-OPs spezialisiert.«

Ihr angespanntes Gesicht mit den vielen Querfalten auf der Stirn, an denen sie nichts machen lassen wollte, ihre verkrampfte Körperhaltung, ihre hohe, gepresste Stimme, ihr Ordnungs- und Sauberkeitsfimmel. Sie ließ ihm keine Luft zum Atmen, schon seit Jahren nicht mehr. Franziska tat ihm nicht gut. Das Klammern wurde von Tag zu Tag schlimmer. Sie ängstigte sich vor jeder Kleinigkeit, die täglichen Nachrichten bedrückten sie. Immer öfter nahm sie einen Tranquilizer oder eine Schlaftablette, um überhaupt zur Ruhe zu finden. Konrad brauchte eine starke Mutter, doch das war sie nicht. Kein Wunder, dass er in der Schule versagte. Er war ein verweichlichtes, hypersensibles Muttersöhnchen.

Dr. Blankenfeld ließ sie einfach stehen und ging, ohne sich noch einmal umzudrehen, über den gepflasterten Weg zur Garage, in der sich normalerweise die beiden Familienautos befanden. Jetzt stand dort nur sein anthrazitfarbener BMW. Unglaublich, dass sie ihm so lange nichts vom Diebstahl des Cabrios erzählt hatte. Diese Frau ging ihm nur noch auf die Nerven. Er verstand sie nicht mehr. Weg, einfach nur weg, sagte er sich. Er freute sich über jede Pause von Franziska und wenn sie noch so kurz war.

Beim Ausparken aus der Doppelgarage sah er sie am Fenster stehen. Sie winkte, aber er reagierte nicht.

*

Kaum hatte er die A 1 erreicht, zog er auf die linke Spur. Wenn er eins nicht ertragen konnte, dann waren es konsequente Links- und Mittelstreifenfahrer, die alle Zeit der Welt zu haben schienen. Junge Frauen am Steuer ihres Kleinwagens und Rentner in ihren hochgesetzten silbergrauen Minivans, mit verkrampfter Körperhaltung und stoischem Blick nach vorne, er hasste sie. Er fuhr dicht auf und drängelte rigoros. Wenn der Fahrer oder die Fahrerin vor ihm nicht parierte, setzte er die Lichthupe ein. Gut, er hatte einen aggressiven Fahrstil, die feine Art war es nicht, aber diese Bummler nahmen ja auch keine Rücksicht. Sie gingen ihm einfach auf die Nerven. In diesen Momenten war sein Hass auf Franziska, auf seinen faulen Sohn, auf seinen Beruf, die nervigen Kollegen und anspruchsvollen, fordernden Patientinnen so groß, dass er sich ein Ventil verschaffen musste. Und das waren nun einmal lahme Autofahrer.

Nach dem fünften Überholmanöver wurde er von einem VW Polo behindert, der trotz seiner Warnsignale nicht auf die rechte Spur wechseln wollte. Alexander musste stark in die Bremse treten, um nicht aufzufahren. Doch etwas stimmte nicht, die Bremse funktionierte nicht richtig. Fast wäre er mit dem Polo zusammengeprallt, wenn er nicht im letzten Moment das Steuer herumgerissen hätte. Zum Glück war rechts von ihm gerade keiner, sonst hätte das übel geendet.

»Verdammt«, zischte er und behielt vorsichtshalber das geringere Tempo bei. Der Hintermann hupte und zeigte ihm den Vogel. Alexander machte mehrere Bremsversuche hintereinander und merkte, dass er das Pedal jedes Mal stärker durchtreten musste, damit überhaupt etwas passierte. Er fluchte, griff nach seinem Handy und tippte die Nummer eines Kollegen ein.

»Mark«, bellte er in die Freisprechanlage, »Alexander hier. Du, ich habe ein Problem. Irgendwas stimmt mit der Bremse nicht. Ich fahre in eine Werkstatt, komme also etwas später. Nur damit du Bescheid weißt, falls jemand nach mir fragt. Ich hoffe, ich bekomme sofort einen Leihwagen. Sonst nehme ich mir ein Taxi.«

»Kein Problem, ich richte es aus! Sieh zu, dass du deine Angelegenheit in den Griff kriegst, ist erst mal wichtiger! Bis später dann!«

»Ja, bis später«, sagte Dr. Blankenfeld und legte auf. Plötzlich war ein dunkler Wagen vor ihm, den er vorher nicht wahrgenommen hatte. Die Bremslichter leuchteten auf. Alexander Blankenfeld vernahm einen heftigen Knall. Dann wurde es dunkel um ihn herum.

KAPITEL 44

»Ist gerade über Funk reingekommen, habt ihr das gehört? Ihr wart ja vorhin im Haus unterwegs.« Carlo drehte sich mit seinem Bürostuhl zu Birthe und Daniel um. »Schwerer Verkehrsunfall zwischen Osnabrück und Münster. Zwei Schwerverletzte bei einem Zusammenprall zweier Pkw auf der A 1 Richtung Münster. Einer der Männer ist Osnabrücker, Dr. Alexander Blankenfeld. Klingelt's bei euch?«

Birthe stutzte. »Dr. Blankenfeld? Klar, was ist mit ihm?«

»Er liegt schwer verletzt im Klinikum Osnabrück, Unfallchirurgie. Zur Stunde wird er operiert.«

»Besteht Lebensgefahr?«

»Man muss wohl den Ausgang der OP abwarten.«

»Weiß seine Frau schon davon?«

»Nein, zwei Leute sollen hinfahren. Macht ihr das?«

Daniel zuckte mit den Schultern.

»Na, los«, sagte Birthe.

Im Auto fiel ihr ein, dass vor etwa einer Stunde jemand für Daniel angerufen hatte.

»Eine Schönheitsklinik«, sagte sie. »Ich soll dir ausrichten, dass deine OP verschoben werden muss.«

Daniel, der am Steuer saß, drehte sich völlig perplex zu ihr hin. »Wovon sprichst du? OP? Welche OP?«

»Korrektur der Schlupflider, Nase und Ohren«, sagte Birthe, so beiläufig wie möglich. »Und Fettabsaugung am Bauch. Sie soll um zwei Wochen verschoben werden, da sich der Chirurg beim Golf den Arm verrenkt hat. Sie muss vorher schon in anderen Abteilungen angerufen haben, denn das geht auf dem Präsidium gerade rum wie ein Lauffeuer.«

Daniel schlug mit beiden Händen aufs Lenkrad. »Hör mal, könnt ihr euch nicht mal ein anderes Opfer für eure saublöden Witze suchen?«

»Die Dame am Telefon klang ausgesprochen seriös«, sagte Birthe feixend. Sie wusste, wie schwer es Daniel gerade mit den Frauen hatte, wusste, dass sie sich einen Scherz mit ihm erlaubten und machte gerne mit.

»Erst Carlo mit dem Puff, jetzt du mit Fettabsaugung, was kommt als Nächstes?«

»Carlo mit dem Puff? Welchem Puff? Warum weiß ich nichts davon?«

Daniel rief Melli mit seinem Handy an und schaltete die Freisprechanlage ein. Sie war sofort dran. »Melli«, schnaubte er, »du hörst sofort auf mit dem Scheiß oder das hat empfindliche Konsequenzen für dich!«

Kichern in der Leitung. Er hörte genau hin. Das war nicht nur Mellis Lachen. Da waren mindestens zwei Frauen.

»Du bist nicht allein, stimmt's? Ist Manu bei dir? Ihr macht gemeinsame Sache? Habt euch gegen mich verschworen? Blöde Weiber«, zischte er.

»Kannst du mir mal sagen, was hier läuft?«, fragte Birthe freundlich.

»Ach nee, jetzt nicht«, erwiderte Daniel grimmig und starrte durch die Windschutzscheibe. Vor ihnen fuhr seit geraumer Zeit ein Skoda Roomster in Silbergraumetallic. Seine betont defensive Fahrweise auf dem Neuen Graben machte Daniel erst recht aggressiv. »Fahr doch, du Penner«, blökte er. »Hier ist Tempo 50, nicht 40, du Schnarchnase! Und einen Blinker hast du wohl auch nicht?«

»Daniel, er kann nichts für deine Laune«, versuchte Birthe ihn zu beschwichtigen.

Daniels Augen verzogen sich zu Schlitzen. Unermüdlich behielt er das Heck des Fahrzeugs im Auge. Als der Skoda vor der Abzweigung zur Uhlandstraße ohne erkennbare Absicht noch langsamer fuhr und Daniel in die Eisen treten musste, um nicht aufzufahren, reichte es ihm. »Lass mich bitte mal machen«, zischte er und griff nach der alten Polizeikelle, die er für diese Zwecke im Handschuhfach bereithielt.

»Spinnst du, Daniel?«, sagte Birthe. »Das ist nicht legal, das weißt du.«

»Tangiert mich nicht«, brummte er. »Einfach mal weggucken, Birthe.« Er fuhr dicht auf den Skoda auf und winkte ihn zur Seite. Am Heinrich-Lübke-Platz kamen sie zum Stehen. Der Fahrer, ein korpulenter Endfünfziger mit grauem Haarkranz, ließ die Scheibe herunter und blickte Daniel ängstlich an, als er auf ihn zutrat. »Schönen guten Tag auch«, sagte Daniel und blinzelte ihn unfreundlich an. »Wissen Sie, warum ich Sie anhalte?«

»Nein, ich frage mich das gerade«, antwortete der Mann schüchtern.

»Sie gefährden mit Ihrer Fahrweise den Straßenverkehr.«

»Ich tue doch gar nichts. Ich bin doch ganz langsam gefahren.«

»Eben, das ist ja das Problem.«

»Verstehe ich nicht.«

»Wie schnell dürfen Sie in geschlossenen Ortschaften fahren?«

»50?«, fragte der Mann vorsichtig.

»Richtig geraten«, gab Daniel mürrisch zur Antwort. »Dann fahren Sie bitte auch 50 und nicht 30.«

»Bin ich das denn? Das war mir gar nicht bewusst!«

»Das haben Sie. Und Sie hätten fast einen Auffahrunfall provoziert. Damit rechnet doch keiner, dass da so eine Schnarchnase angeschlichen kommt. Und wo ist Ihr Blinker? Haben Sie den zu Hause vergessen?«

»Das nächste Mal blinke ich und fahre etwas schneller. Versprochen.«

»Ich sollte Sie eigentlich noch einmal in die Fahrschule schicken.«

»Oh, das tut mir leid. Und jetzt?«, fragte der Fahrer nervös und wischte sich mit der Hand über die Glatze.

Birthe bekam langsam Mitleid mit dem Mann.

»Wir belassen es heute mal bei einer Ermahnung«, sagte Daniel gnädig. »Das nächste Mal kriegen Sie aber einen ordentlichen Strafzettel. Der wird Ihnen wehtun, ich schwöre es Ihnen!«

»Danke schön«, sagte der Mann devot. »Das ist nett von Ihnen!«

Daniel nickte ihm zu und stieg zufrieden grinsend zu Birthe ins Auto.

»Musste das sein?«, fragte sie genervt.

»Ja«, sagte Daniel. »Ein-, zweimal im Jahr muss das sein.«

Als sie in die Parkstraße einbogen, bemerkte Birthe: »Mich würde es nicht wundern, wenn auch bei ihm die Bremsen versagt hätten.«

»Bei Blankenfeld? Wie kommst du darauf?«

Birthe wiegte den Kopf. »Dr. Blankenfeld kannte Cannstetter. Er mochte ihn nicht. Außerdem wurde der Liebhaber seiner Frau auf diese Art getötet. Eine ziemlich starke Verbindung, findest du nicht? Sobald es möglich ist, fahre ich zu ihm in die Klinik.«

KAPITEL 45

Franziska Blankenfeld wirkte überrascht, als Birthe und Daniel vor ihrer Tür standen. »Gibt es noch etwas zu besprechen?«, fragte sie argwöhnisch.

»Dürfen wir bitte hereinkommen?«, fragte Birthe freundlich und wunderte sich, dass Daniel seine Schuhe auszog und ordentlich nebeneinander auf eine Schmutzfangmatte stellte. Sie wollte gerade an ihm vorbeigehen, als sie von Franziska Blankenfeld aufgehalten wurde.

»Ich bitte Sie darum, Ihre Schuhe auszuziehen!«

»Wie bitte?«, fragte Birthe perplex. »Die sind nicht dreckig, die trage ich nur im Büro.« Sie hatte nicht mal ihre ausgelatschten Doc-Martens-Schuhe an, sondern trug ihre neuen Sommerstiefeletten mit schickem halbhohem Absatz.

»Entschuldigen Sie, aber bei uns müssen die Schuhe ausgezogen werden. Wir haben überall teures Parkett.«

»Hm, darauf bin ich jetzt nicht eingestellt«, sagte Birthe und blieb im Türrahmen stehen.

»Ging mir beim ersten Mal genauso«, feixte Daniel und sah belustigt auf seine Socken mit Homer-Simpson-Motiven herab. »Ist doch nicht so schlimm.«

»Ich bin Polizistin, gerade im Dienst, und sehe überhaupt nicht ein, meine Schuhe auszuziehen«, sagte Birthe trotzig.

»Mensch, Birthe, hab dich doch nicht so. Denk mal an das Gespräch, das wir gleich führen müssen, hm?«

Doch sie blieb stur. Bei ihrer Schwester oder besten Freundin wäre das kein Problem gewesen, aber selbst bei denen durfte sie ihre Schuhe anbehalten. »Ich ziehe meine Schuhe nicht aus«, sagte sie mit fester Stimme. »Wenn Sie darauf bestehen, schlage ich vor, wir treffen uns in der Dienststelle.«

Ungläubig riss Daniel die Augen auf.

»Warten Sie«, sagte die Hausherrin seufzend. »Ich habe etwas für Sie.« Sie verschwand mit ihren schwarzen Hausschuhen aus Filz mit aufgenähten Blüten in einem der hinteren Räume, die vom langen Flur abgingen.

»Musste das sein?«, zischte Daniel. »Das ist doch wirklich lächerlich.«

»Nein, ist es nicht. Das Getue von der Frau ist lächerlich. Als ob ich Dreck ins Haus bringe. Das grenzt ja an Beamtenbeleidigung.« Sie besah sich ihre Schuhsohlen. »Siehst du da irgendwo Dreck?«, fragte sie mit provozierend leiser Stimme.

»Manche Leute sind eben pingelig«, meinte Daniel. »Die essen und schlafen wahrscheinlich auf ihrem Boden.«

»Pfff«, machte Birthe. »Das kann man Kindern sagen, aber doch nicht Erwachsenen. Wir sind Amtspersonen! Unmöglich so was.«

Franziska Blankenfeld kam zurück. »Da, nehmen Sie das«, sagte sie und reichte Birthe je zwei Gefrierbeutel und Weckringe.

»Bitte?« Birthe starrte auf die Beutel und die Gummiringe in ihrer Hand. »Was soll ich damit?«

»Überziehen«, erklärte Franziska freundlich und deutete auf Birthes Stiefeletten.

»Das ist nicht Ihr Ernst!«

»Oh doch, natürlich, oder wollen Sie mein Parkett ruinieren, indem Sie es mit Steinchen zerkratzen?«

Als Birthe Daniels genervten Blick auffing, streifte sie sich schließlich widerwillig die Gefrierbeutel über. Sie wusste, dass sie ihren Gesichtsausdruck gerade nicht unter Kontrolle hatte.

»Mit den Ringen fixieren«, schlug Franziska vor, »sonst könnte es sein, dass sie sich lösen.«

Seufzend befestigte Birthe die Ringe an ihren Fesseln. Endlich durfte auch sie den Flur betreten. Sie folgte Daniel im Watschelgang. Er schritt mit seinen Simpson-Socken voran ins Wohnzimmer, das groß, sparsam eingerichtet und penibel aufgeräumt war.

»Was führt Sie zu mir?«, fragte Franziska Blankenfeld, nachdem sie den beiden Kommissaren Plätze auf den Sofas angeboten hatte. Ihre Kleidung war farblich aufeinander abgestimmt. Sie trug eine legere Leinenbluse in Naturtönen zu einer khakifarbenen Hose.

»Ich muss Ihnen leider eine bedauerliche Mitteilung machen. Ihr Mann ist verunglückt«, kam Birthe gleich zur Sache. Sie wusste, dass sie einfühlsamer sein sollte, aber mit Gefrierbeuteln über ihren Stiefeletten gestaltete sich das im Moment etwas schwierig.

»Wie bitte?« Franziska Blankenfelds Gesicht versteinerte sich.

Daniel kam ihr zu Hilfe. »Ihr Mann hatte einen Unfall, Frau Blankenfeld. Er ist ins Klinikum Osnabrück eingeliefert worden. Es geht ihm aber den Umständen entsprechend passabel. Es besteht keine Lebensgefahr mehr, wie ich gerade gehört habe.«

»Keine Lebensgefahr mehr?« Franziska Blankenfelds Gesicht färbte sich tiefrot. »Wenigstens ist er nicht tot. Gott sei Dank!« Sie verschränkte die Hände ineinander. »Wie konnte das passieren?«, fragte sie mit zittriger Stimme. »Schon wieder ein Unfall? Das kann doch kein Zufall sein! Alexander ist ein guter Fahrer.«

»Das Fahrzeug wird zur Stunde auf technische Mängel untersucht«, warf Birthe ein. »Ich vermute mal, dass man besonders auf die Bremsen achten wird.«

»Sie glauben, die Bremsen haben versagt? Das Auto war doch gerade erst in der Werkstatt.«

Birthe horchte auf. »Ach ja? Das Auto war in der Werkstatt? Und in welcher?«

Franziska schlug sich die Hand vor den Mund. »Mein Gott, da fragen Sie mich was! Um solche Dinge kümmert sich mein Mann. Ist das wichtig?«

»Ja, natürlich, das ist sogar sehr wichtig. Vielleicht schauen Sie mal im Rechnungsordner nach?«

»Und warum eigentlich?«

»Nun, wenn es ein technischer Fehler war, könnte man die Werkstatt dafür verantwortlich machen, oder nicht?«

Das leuchtete Franziska ein. »Wer trägt überhaupt die Schuld an dem Unfall?«

»Das ist noch nicht geklärt.«

Franziska Blankenfeld zögerte einige Sekunden, ging dann aber doch in den Nebenraum, um nachzusehen. Nach einer Weile kam sie zurück – mit leeren Händen. »Tut mir leid«, sagte sie seufzend. »Nichts zu finden. Und jetzt entschuldigen Sie mich bitte. Ich möchte in der Klinik anrufen.«

KAPITEL 46

»Höchstens fünf Minuten«, sagte die Stationsschwester mit dem Namensschildchen »Hanne« und blieb mit Birthe vor der Tür stehen. »Dr. Blankenfeld hat komplizierte Frakturen erlitten, die operativ versorgt werden mussten, am rechten Arm und am rechten Bein. Außerdem hat er eine Kopfverletzung, eine Gehirnerschütterung und Rippenprellungen. Er darf sich nicht aufregen.«

Birthe nickte, woraufhin Schwester Hanne leise die Tür öffnete. »Dr. Blankenfeld? Hier ist Besuch für Sie. Frau Schöndorf von der Kripo Osnabrück.«

Dr. Alexander Blankenfeld lag hochaufgerichtet mit Kopfverband und bandagiertem Arm in seinem Krankenbett. Auf dem linken Handrücken befand sich der Zugang zu einer Infusionslösung. Mit einem Auge blinzelte er Birthe an, das andere Auge war bläulich unterlaufen und zugeschwollen.

»Guten Tag, Herr Dr. Blankenfeld«, sagte Birthe. »Wie geht es Ihnen?«

Der Angesprochene öffnete leicht die Lippen, ohne sich zu rühren. »Es ging schon mal besser«, nuschelte er und räusperte sich vorsichtig.

»Das glaube ich! Sie hatten einen schweren Unfall.«

»Wie geht es dem anderen? Ist er tot? Die Schwester will es mir nicht sagen.«

»Er liegt auf der Intensivstation. Wird aber wohl auch durchkommen.«

»Das ist gut.« Er machte eine Pause, starrte gedankenverloren an die Zimmerdecke. »Welchen Tag haben wir heute?«

»Mittwoch, den 22. Juli.« Birthe wartete ein paar Sekunden, bevor sie weitersprach. »Was ist passiert? Können Sie sich an den Unfall erinnern?«

»Die Bremse. Sie war kaputt. Ich konnte plötzlich nicht mehr bremsen, bin einfach gegen das andere Auto geprallt. Hab noch versucht auszuscheren, ging aber nicht. Da war irgendwas im Weg.«

»Hatten Sie das schon mal?«

»Nein. Das erste Mal. Dabei war das Auto gerade erst überholt worden.« Erneut räusperte er sich. »Doch, kurz vorher ging die Bremse auch nicht mehr richtig. Ich wollte eine Werkstatt aufsuchen.«

»Wo denn, Herr Dr. Blankenfeld?«

»Was meinen Sie?«

Birthe musste näher an ihn herantreten, weil sie ihn kaum verstand. »Wo wurde Ihr Wagen überholt?«

»Weiß ich nicht mehr.« Er starrte sie an. »Müssen Sie das wissen? Komme gerade nicht drauf.«

»Eine größere Autowerkstatt? In Osnabrück?«

»Keine Ahnung. Ist alles überholt worden. Zündkerzen und so. Alles ausgetauscht.«

»Versuchen Sie sich an den Namen der Werkstatt zu erinnern. Das ist sehr wichtig, Herr Dr. Blankenfeld!«

Er hob seine Hand mit der Infusionsnadel und ließ sie kraftlos sinken. »Tut mir leid. Fällt mir nicht ein.« Seine Stimme klang leise und schwach.

»Bei Reiner Ackermann vielleicht?«

»Nein. Idiot, der Mann. Bestimmt nicht.«

»Sie kennen sich?«

»Jungs in einer Klasse«, murmelte er. »Schwachkopf, der Mensch. Schlagerfuzzi. So einem würde ich mein Auto nie anvertrauen.«

»Okay, Herr Dr. Blankenfeld. Wo wollten Sie eigentlich hin, bevor Sie den Unfall hatten?«

»Ärztekongress im Mövenpick in Münster, Kardinal-von-Galen-Ring«, stammelte er. Er presste die Worte stoßweise heraus. Schweißperlen bildeten sich auf seiner Stirn.

Birthe nickte. »Also gab es schon auf dem Weg dahin Probleme?«

»Ja, gab es. Bremse stotterte. Erst ging's noch, dann reagierte sie immer weniger. Je mehr ich durchdrückte, umso schlimmer wurde es.«

»Ist gut, Herr Dr. Blankenfeld. Es ist sehr wichtig, dass Sie sich erinnern, in welcher Werkstatt Sie Ihr Auto hatten. Wo war sie, in der Innenstadt oder mehr im Randgebiet?«

»Ich weiß es nicht mehr. Da kam so ein Flyer mit der Post rein, ein Angebot, sehr günstig«, nuschelte er.

»Haben Sie den Flyer noch?«

Er schüttelte ganz leicht, kaum sichtbar den Kopf.

»Vielleicht zu Hause? Kann Ihre Frau mal nachsehen?«

»Nein. Ich heb so was nicht auf. Will nichts rumliegen haben.«

Birthe sah das penibel aufgeräumte Wohnzimmer vor sich, dachte an Daniels Simpson-Strümpfe und an ihre schmucken Gefrierbeutel und schmunzelte rückblickend in sich hinein. »Haben Sie vielleicht eine Visitenkarte von der Werkstatt?«

»Kann sein. Aber ich komme jetzt nicht an meine Geldbörse.«

In diesem Moment erschien die Schwester. »Die Besuchszeit ist leider vorbei, Frau Schöndorf.«

Birthe nickte ihr zu. »Natürlich, ich will nicht länger stören. Ich wollte sowieso gerade gehen.« Sie kramte in ihrer Tasche und reichte dem Patienten ihre Karte. »Wenn Ihnen der Name der Werkstatt wieder einfällt, Herr Dr. Blankenfeld, oder etwas anderes im Zusammenhang mit dem Unfall, dann rufen Sie mich bitte an oder lassen mich anrufen. Bitte unverzüglich, es ist sehr wichtig!«

»Mach ich«, versprach Dr. Blankenfeld matt.

»Ach, und noch was: Sagt Ihnen der Name Dieter Brömme etwas?«

»Nein.«

»Vielleicht Ferdinand von Hellensdorf? Hubertus von Hohenleye? Robert von Hagen?« Birthe freute sich, dass ihr Gedächtnis sie nicht im Stich ließ.

»Sie sollten jetzt wirklich gehen«, ermahnte die Schwester, die sich direkt hinter ihr postiert hatte.

»Nein. Keiner von denen«, murmelte Dr. Blankenfeld.

Birthe runzelte die Stirn. »Aber Georg Cannstetter, den kannten Sie.«

»Das wissen Sie doch. Der unfähigste Lehrer, der mir je begegnet ist.«

»Bei ihm haben auch die Bremsen versagt. Aber er hatte nicht so viel Glück wie Sie.«

»Auch die Bremsen versagt?«

Birthe nickte. »Ruhen Sie sich aus, Herr Dr. Blankenfeld. Wir reden ein anderes Mal weiter.«

»Ist gut«, flüsterte Dr. Blankenfeld und schloss das nicht zugeschwollene Auge.

Vom Auto aus rief Birthe Martha Cannstetter an. »Sie haben mir von Ihrer Vergangenheit erzählt, von Samuels Geburt und der ganzen Vorgeschichte. In welchem Krankenhaus waren Sie, Frau Cannstetter?«

»Im Klinikum Osnabrück«, lautete die spontane Antwort.

»Bei allen drei Klinikaufenthalten?«

»Ja.«

»Und bei wem? Bei welchem Frauenarzt? Oder waren es verschiedene Ärzte?«

»Nein, ich wollte immer nur zu dem einen, zu dem ich Vertrauen aufgebaut hatte. Er hat seine Praxis in der Innenstadt, aber Belegbetten im Klinikum.«

»Sagen Sie mir bitte seinen Namen!«

»Dr. Blankenfeld.«

»Dr. Alexander Blankenfeld?«

»Ja. Kennen Sie ihn?«

»Bleiben Sie bitte, wo Sie sind, Frau Cannstetter, ich bin auf dem Weg zu Ihnen.«

KAPITEL 47

»Meine Eltern haben lange nichts von der Vorgeschichte gewusst«, sagte Martha. »Erst vor einigen Wochen habe ich mich getraut, ihnen die Wahrheit zu sagen.«

»Ihre Eltern wussten nichts von der Abtreibung?«

Martha schüttelte den Kopf. »Sie haben sich nur gewundert, woher meine plötzlichen Depressionen kamen.«

»Und auch nicht von der Fehlgeburt?«

»Nein, auch das nicht. Mir war es irgendwie unangenehm. Ich weiß, es gibt keinen Grund, aber ich habe mich geschämt, dass ich nicht so funktionierte wie andere Frauen. Ich wollte damit in Ruhe gelassen, nicht angesprochen werden.«

»Die dritte Schwangerschaft mit Samuel haben Ihre Eltern dann von Anfang an mitverfolgt?«

»Ja, aber auch erst, als ich aus dem gefährlichen dritten Monat heraus war.«

»Wie kam es dazu?«

Martha Cannstetter trank einen Schluck Tee. Sie hatte schon den Tisch gedeckt gehabt, als Birthe in der Kölner Straße eingetroffen war. Martha hatte sie erwartet, sie hatte sich auf den Besuch vorbereitet. So saßen sie jetzt bei Tee und Keksen beisammen wie alte Bekannte. Birthe war es im ersten Moment seltsam vorgekommen, doch der gedeckte Tisch sorgte für ein Gefühl von Nähe und Vertrautheit zwischen ihnen. Schon nach wenigen Minuten hatte Martha sich geöffnet, was sie sicher nicht getan hätte, wenn Carlo oder Daniel mit dabei gewesen wären.

»Wir hatten Streit«, sagte Martha und tunkte einen dänischen Butterkeks in den Tee. »Mein Vater fing wieder damit an, ich solle endlich in die Schreinerei zurückkommen. Das war ein ewiges Thema zwischen uns. Mein Vater war wie besessen von der Idee, dass ich die beste Schreinerin aller Zeiten sei und meine Zeit verschwende, wenn ich nicht für ihn arbeite. Er wollte das Geschäft in meine Hände geben. Ich sollte es in seinem Sinne weiterführen. Aber ich wollte nicht. Damals nicht und heute auch nicht. Er musste endlich begreifen, wie kaputt ich bin. Dass es zwecklos ist, weiterzubohren. Darum habe ich alles auf eine Karte gesetzt und ihm mein Herz ausgeschüttet.«

Birthe nickte. »Warum wollten Sie eigentlich nicht mehr für ihn arbeiten?«

»Weil ich mich nur auf eine Sache richtig konzentrieren kann. Die Arbeit in der Schreinerei erforderte meine volle Konzentration, weil ich sehr ehrgeizig bin. Ich wollte nicht nur gut, ich wollte perfekt sein. So war ich immer, schon in der Schule. Ich war nur zufrieden, wenn ich die Beste war. Furchtbar, aber ich kann es nicht ändern. In der Schreinerei nahm mein Ehrgeiz fast krankhafte Züge an. Alles musste stimmen, sowohl in der Planung als auch in der Ausführung – bis ins Detail. Ich habe mir nicht den geringsten Fehler erlaubt. Ich will nicht unbescheiden sein, aber ich war tatsächlich die Beste in der Meisterklasse. Sie können meinen Vater fragen, er wird es Ihnen bestätigen.«

»Warum sollte ich Ihnen das nicht glauben?«

»Ich weiß nicht. Seit meiner Heirat mit Georg hat mein Selbstbewusstsein stark gelitten.« Sie steckte den Keks in den Mund, kaute und dachte nach. »Und genauso perfekt wollte und will ich als Mutter sein. Ich muss aber zugeben, dass das wesentlich schwieriger ist, ja dass man eigentlich nur scheitern kann. Jede berufliche Aufgabe ist leichter planbar und einfacher zu bewältigen als das Muttersein. Als Mutter fühle ich mich wie eine Versagerin. Je besser ich es machen will, desto schlechter werde ich. Nebenbei noch als Schreinerin zu arbeiten, hätte ich nie hinbekommen. Das hätte mich komplett überfordert. Tja, und jetzt stehe ich da, vor den Trümmern meines Lebens, habe nichts Vernünftiges zustande bekommen und weiß ehrlich gesagt nicht, wie es weitergehen soll.«

Birthe bemerkte, dass Marthas Haare viel kürzer als auf früheren Bildern waren. Sie waren auch rötlicher. Georg Cannstetter schien jedoch Frauen zu lieben mit langen kastanienbraunen Haaren; Frauen, die aussahen wie Martha in jungen Jahren. »Ich glaube nicht, dass Sie als Mutter versagt haben«, sagte sie mitfühlend. »Samuel ist doch ein fröhlicher Junge und er bekommt bei Ihnen alles, was er braucht. Wer oder was gibt Ihnen das Gefühl, eine schlechte Mutter zu sein?«

Martha dachte nach. »Ich wollte ihn zum Beispiel früher nie fernsehen lassen. Als ich selbst noch keine Kinder hatte, habe ich Frauen verachtet, die ihre Kleinen vor dem Fernseher parken oder ihnen aus lauter Bequemlichkeit Computerspiele erlauben, die noch gar nicht für sie geeignet sind. Jetzt ertappe ich mich selbst dabei, dass ich die Stunde, in der Samuel vor dem Fernseher oder Computer sitzt, genieße und in erster Linie für mich selber brauche – zum Luftholen, um runterzukommen und auch mal was für mich zu tun. Theorie und Praxis, verstehen Sie? In der Theorie hört sich das alles so einfach an, können wir alle mitreden, wissen wir genau, wie es laufen sollte.«

»Was machen Sie denn gerne?«

»Lesen, Musik hören und malen. Außerdem engagiere ich mich für Samuels Schülerzeitschrift.«

»Dann ist es doch in Ordnung. Sie brauchen sich nicht zu rechtfertigen, Frau Cannstetter. Ich denke, neben der Schule und all den Therapien braucht Samuel auch mal Ruhe und sei es beim Fernsehen oder Computerspielen. Da kann er sicher genauso gut abschalten und entspannen wie Sie beim Lesen.«

»Glauben Sie?«

»Ja, ganz sicher. Ich finde es völlig in Ordnung.« Birthe nickte ihr aufmunternd zu.

»Und ich bin inkonsequent. Ich sage nein, wenn er etwas haben will und ich dagegen bin, ertrage es aber nicht, wenn er weint, schreit oder lange schmollt. Schließlich lasse ich es ihm dann doch durchgehen.«

»Na gut. Ich bin zwar noch nicht Mutter, aber ich sehe an meinen Nichten, wie anstrengend das manchmal ist. Meine Schwester hat zwei kleine Kinder und ist auch oft inkonsequent, weil sie nicht immer die Nerven hat, ihr Programm durchzuziehen. Ich glaube Ihnen, dass Sie manchmal Ruhe und Zeit für sich brauchen, besonders mit einem Kind wie Samuel. Darf ich Ihnen eine private Frage stellen?«

»Gerne.« Martha wirkte wie erlöst, sich vieles von der Seele reden zu können, und schien es zu genießen, dass ihr jemand aufmerksam zuhörte.

»Sie müssen aber nicht darauf antworten. Wie war es für Sie, als Sie hörten, dass Ihr Kind beeinträchtigt war? Hat man es Ihnen gleich gesagt oder haben Sie es selbst bemerkt?«

»Ich habe kein Problem mit Ihrer Frage. Es war so: Samuel kam per Kaiserschnitt zur Welt. Er schrie nicht. Die Ärzte und Schwestern sahen besorgt aus, was mir große Angst eingejagt hat. Sie sprachen plötzlich nicht mehr miteinander, warfen sich nur stumme Blicke zu. Niemand lächelte oder gratulierte mir. Eine Schwester nahm ihn und brachte ihn weg. Mein Mann hat sofort meine Hand losgelassen und ging ebenfalls weg. Später, als ich wieder auf der Station war und mein Mann bei mir saß, trat Dr. Blankenfeld an mein Bett. Ich fragte ihn, was mit meinem Sohn sei, sie hätten ihn ja gleich fortgetragen. Er hat mir auf den Kopf zugesagt, dass mein Kind das Downsyndrom habe, Trisomie 21, aber dass das ja heutzutage kein Problem mehr sei, es gäbe ja genug Förderungsmöglichkeiten. Oft könnten die Kinder normale Schulen besuchen, wenn sie von Anfang an gut gefördert würden. Er nannte uns Anlaufstellen, an die wir uns wenden könnten, und so weiter. Wir konnten kaum etwas aufnehmen in dem Moment, waren wie vor den Kopf geschlagen.« Sie machte eine Pause, trank etwas. »Noch im Krankenhaus wurde ein Herzfehler diagnostiziert, der erst später operiert werden sollte. Nach einer Woche wurde ich mit Samuel aus der Klinik entlassen. Doch damit begannen erst die Probleme. Es war von Anfang an nicht leicht. Eine Frühförderin von der Lebenshilfe kam schon nach wenigen Tagen ins Haus. Ihre erste Frage war: Wie geht es Ihnen mit Ihrem behinderten Kind? Da hätte ich wieder losheulen können, beziehungsweise ich habe es getan, als sie weg war. Samuel brauchte unzählige Therapien, schon als Baby. Sofort begannen Frühförderung und Physiotherapie. Kurz nach seinem ersten Geburtstag wurde er am Herzen operiert. Auch da haben wir große Ängste ausgestanden. Nach einer weiteren Operation trägt er nun einen Herzschrittmacher. Später kam Ergotherapie dazu, dann, als er die ersten Worte brabbelte, Logopädie. Als er drei war, begann pädagogisches Reiten, Wassergewöhnung und Musiktherapie. Fast alle Therapien braucht er bis heute noch. Es ist immer noch schwer zu akzeptieren, dass er eine Beeinträchtigung hat und ihm nicht alle Möglichkeiten offenstehen wie einem gesunden Kind. Aber natürlich liebe ich ihn und würde ihn für nichts auf der Welt hergeben. Ich würde ihn nicht mehr eintauschen wollen gegen ein gesundes Kind. Ich habe mich zu sehr an ihn gewöhnt und brauche ihn. Samuel ist meistens gut gelaunt, ein fröhlicher Junge, der mich oft zum Lachen bringt. Er ist ein Sonnenschein, ich möchte ihn nicht missen. Aber es gibt immer wieder Momente, in denen ich hadere. Das Schwerste ist, dass er nicht die volle Akzeptanz aus der Gesellschaft erfährt, die ich mir für ihn wünsche.«

»Wie meinen Sie das?«

»Nun, er wird zum Beispiel nicht auf die Geburtstage anderer Kinder eingeladen. Schon im Kindergarten suchen Mütter für ihren Nachwuchs geeignete Spielkameraden aus, mit denen sie möglichst durch die gesamte Schulzeit gehen sollen. Da werden Seilschaften geknüpft, schlimmer als in der Politik, das kann ich Ihnen sagen. Manche Mütter wissen schon in der Kita genau, wer mit ihrem Kind aufs Gymnasium gehen soll. Der Weg bis zum Abitur ist genau geplant. Da fällt ein Kind wie Samuel natürlich hinten runter. Vordergründig sind alle freundlich zu ihm, keine Frage. Da will sich ja keiner eine Blöße geben. Aber eingeladen wird er nie. Bis heute nicht, zumindest nicht von den Regelkindern. Besonders für meinen Mann ist es nicht leicht. – *War* es nicht leicht, wollte ich sagen«, fügte sie hinzu. »Er wollte ja eigentlich keine Kinder. Er hat mich immer gefragt, ob ich auch die Pille nehme. Ich habe ja gesagt, aber heimlich jeden Tag die Pille aus der Schachtel gedrückt und ins Klo geworfen, denn ich wünschte mir sehnlichst ein Kind. Als ich schwanger wurde, habe ich es mit einer Magen-Darm-Grippe begründet, dass die Pille nicht gewirkt hätte. Georg wirkte sehr unzufrieden und enttäuscht. Erst als klar war, dass es ein Junge wird, hat er sich allmählich damit abgefunden. Irgendwann freute er sich sogar ein bisschen und machte Pläne. Sein Kind sollte einmal Abitur machen, an die Uni gehen, Lehramt studieren und Gymnasiallehrer werden wie er. Oberstudienrat sollte der Junge werden. Davon träumte er.«

»Ein Kind mit Downsyndrom war in seinem Lebensplan wohl nicht vorgesehen«, stellte Birthe fest.

»Absolut nicht, nein.«

»In welcher Schreinerei haben Sie eigentlich gearbeitet?«

»In der Schreinerei meines Vaters, Hagedorn. So hieß ich auch, als ich noch nicht verheiratet war: Martha Hagedorn. Die Firma befindet sich an der Halle Gartlage.«

Birthe nickte. »Glauben Sie, Ihr Vater wäre für eine kurze Befragung bereit?«

Martha stutzte. »Warum?«

»Nur so. Ich möchte mir gerne ein Bild machen, mit so vielen Bürgern wie möglich sprechen.«

»Es ist eine Privatangelegenheit«, sagte Martha knapp und zeigte plötzlich wieder ihr verschlossenes Gesicht.

»Natürlich respektiere ich Ihre Geschichte. Ich werde nach Möglichkeit nicht auf Ihren Streit zu sprechen kommen«, versprach Birthe. »Auch das, was Sie mir gerade persönlich anvertraut haben, bleibt natürlich unter uns.«

»Warum wollen Sie ihn dann überhaupt sprechen?«, fragte Martha argwöhnisch.

»Es wird nur eine kurze Befragung geben, nichts weiter. Routineangelegenheit.«

»Dann lassen Sie es doch, es bringt nichts.«

»Ich muss Sie nicht um Erlaubnis fragen, das wissen Sie. Ich wollte nur höflich sein.«

»Dann seien Sie doch bitte jetzt so höflich und halten meine Eltern da raus, besonders meinen Vater. Er hat sich zwar nie um Samuel gekümmert, aber das ist ja wohl kaum eine Straftat.«

Birthe reichte ihr die Hand, doch Martha nahm sie nicht. »Auf Wiedersehen, Frau Cannstetter«, sagte sie und ging allein zur Tür.

KAPITEL 48

Die Sonne brannte vom Himmel und es war drückend heiß, als Birthe die Schreinerei Hagedorn in der Schlachthofstraße im Osnabrücker Viertel Gartlage erreichte. Da es mittlerweile auf den Nachmittag zuging, hatte sie sich unterwegs mit belegten Brötchen, einem Kaffee to go und einer Flasche Wasser versorgt. Nachdem sie ihren himmelblauen Seat im Hof abgestellt hatte, ging sie auf die Werkstatt zu. Schon das Außengelände wirkte peinlich sauber und aufgeräumt. Der Hof war frisch gefegt; kein Blatt, kein Krümel, keine Erde von den frisch geharkten Blumenbeeten war zu sehen. Vor der Tür stand ein bärtiger Mann unter einem Vordach und rauchte. Drinnen brüllte eine Männerstimme. Der Mann mit dem Vollbart nickte ihr mit ausdruckslosem Gesicht zu. Birthe öffnete die Eingangstür zur Halle und blieb auf der Schwelle stehen.

»Pack deine Scheißsachen zusammen und such dir was anderes«, polterte die Stimme. »Faultiere wie dich können wir nicht gebrauchen. Ich will dich nie wieder sehen, hörst du? Hier wird malocht, du Drecksstift, nicht telefoniert oder gesimst oder im Internet rumgesurft. Handys gibt's nur in der Pause, wie oft habe ich dir das schon gesagt? Das ist das Einzige, was dich interessiert, nicht wahr? Wenn du dich besser auf deinen Job konzentriert hättest, hättest du nicht die Tür von dem Kunden ruiniert; das war eine sehr wertvolle, antike Tür, aber davon verstehst du ja nichts. Du hast sie zerstört, weil du lieber mit deinem verdammten Handy rummachst, als dich auf die Arbeit zu konzentrieren! Wenn du meinst, du könntest machen, was du willst, kaum, dass ich dir den Rücken zudrehe, hast du dich verdammt noch mal gehörig geschnitten! Sieh zu, wie du die Tür bezahlst, und dann will ich dich nie wieder sehen!« Hagedorn hatte Birthe erblickt und fuhr herum. »Was wollen Sie?«, herrschte er sie an.

»Sind Sie Horst Hagedorn?«

Der Angesprochene nickte.

»Haben Sie einen Moment Zeit für mich?«

»Was kann ich für Sie tun?«

»Mein Name ist Schöndorf von der Kripo Osnabrück«, sagte Birthe förmlich und zückte ihren Dienstausweis. »Können wir irgendwo in Ruhe reden?«

Hagedorns Blick flatterte durch die Werkshalle. Er wischte sich mit dem Handrücken über die Stirn und rieb sich den Nacken. »Weitermachen«, donnerte er in Richtung seiner Mitarbeiter. »Und du verpisst dich«, zischte er dem jungen Mann zu, den er gerade rundgemacht hatte. Der packte mit verkniffenem Mund seine Sachen zusammen. Dann nahm Hagedorn die Kommissarin ins Visier. »Kommen Sie mit«, sagte er eine Spur freundlicher und ging voran.

Birthe folgte ihm durch die Halle, an deren Ende sich das kleine Büro befand. Dort angekommen, ließ er sich auf seinem Ledersessel nieder und bot Birthe einen einfachen Holzstuhl an.

»Kommen Sie zur Sache«, sagte er. »Viel Zeit habe ich nicht.«

»Ihr Schwiegersohn ist tödlich verunglückt«, kam Birthe seiner Aufforderung nach.

»Das weiß ich. Womit kann ich Ihnen helfen?«

»Erzählen Sie mir etwas über Ihr Verhältnis zu Georg Cannstetter.«

»Da gibt es nichts zu erzählen, was Sie interessieren würde. Er war mein Schwiegersohn. Punkt. Nicht mehr und nicht weniger.«

»Das klingt für mich nach keinem guten Verhältnis.«

»Wir hatten zum Schluss gar kein Verhältnis mehr. Aber deswegen bringt man ja niemanden um, nicht wahr?«

Birthe fixierte ihn mit ernstem Blick. »Wer redet denn von umbringen?«

Horst Hagedorn veränderte seine Körperhaltung. »Niemand«, sagte er zerstreut. Sein Brustkorb hob und senkte sich. »Aber wenn die Kripo hier auftaucht, dann doch nicht, um einen Verkehrsunfall aufzuklären.« Seine Stimme klang leicht gehetzt.

»Was störte Sie denn an Ihrem Schwiegersohn?«

Hagedorn räusperte sich. »Er lebte in einer anderen Welt als wir, war ein Besserwisser, ein Klugscheißer. Lehrer eben. Was soll ich sonst noch sagen?« Er grinste schief. Als Birthe nicht reagierte, setzte er nach: »Aber er war in Ordnung, hat sich um meine Tochter und meinen Enkel gekümmert, gut für sie gesorgt, alles ganz okay.«

»War Ihr Verhältnis von Anfang an angespannt oder hat sich das so entwickelt?«

»Es war nie angespannt. Georg war mir eher egal. Mehr habe ich nicht dazu zu sagen.«

»Ihre Tochter hat das anders geschildert.«

»Martha? Was hat sie gesagt?« Hagedorn machte eine Geste der Ratlosigkeit.

»Sie hat gesagt, dass Sie sauer auf ihn waren. Ihr Schwiegersohn wollte nicht, dass Martha weiterhin in der Schreinerei arbeitet. Ist das so?«

»Mag sein. Und weiter?«

»Und dass Sie Ihren Enkel nicht akzeptiert hätten.«

»Unsinn. Natürlich akzeptiere ich ihn. Samuel ist ein besonderes Kind. Nicht einfach, aber wir haben ihn in unser Herz geschlossen, meine Frau und ich. Samuel wird seinen Weg schon gehen.«

Birthe sah sich suchend um. »Wird in dieser Werkstatt nur mit Holz gearbeitet?«

»Es ist eine Schreinerei, wie Sie sehen. Womit sollen wir sonst arbeiten? Mit Milch? Mit Blumen?« Er stieß ein heiseres Lachen aus.

»Nein, mit Werkzeugen an Autos zum Beispiel«, sagte Birthe und nahm ihn ins Visier.

KAPITEL 49

Carlo stand unschlüssig im Türrahmen, während Gudrun eine kleine Reisetasche packte.

»Muss ich das verstehen?«

»Nein, ich habe dich nicht darum gebeten«, sagte sie und faltete eine bequeme Jogginghose zusammen.

»Warum tust du das? Warum mutest du deinem gesunden Körper eine Operation zu, von der du nicht weißt, wie sie ausgeht und welche Folgen sie für dich haben wird? Vielleicht bekommst du gesundheitliche Probleme, hast dauerhaft Schmerzen, vielleicht verträgst du die Narkose nicht, vielleicht wachst du gar nicht mehr auf …«

»Hör auf, Carlo, mach dich nicht lächerlich!« Sie packte weiter.

»Und wenn du dir anschließend nicht gefällst? Wenn du deinem alten Busen hinterhertrauerst?«

Sie warf ihm einen vernichtenden Blick zu. »Das wird nicht passieren.«

Er setzte sich aufs Bett und sah ihr eine Weile zu. »Seit wann geht das zwischen dir und dem Sportlehrer?«, brach es schließlich aus ihm heraus. Mühsam hielt er die Tränen zurück.

Sie fuhr herum. »Wovon sprichst du?«

»Seit wann habt ihr ein Verhältnis?«

»Was? Wir haben nichts miteinander. Patrick ist viel zu jung für mich!«

»Spielt das heutzutage noch eine Rolle? Es fragt doch niemand mehr nach dem Alter.«

»Mag sein, aber mich interessiert das nicht. Ich habe schon einen Mann. Außerdem ist Patrick nun wirklich nicht mein Typ. Mit ihm kann ich nur über das Training reden, über Muskeln, Ernährung und so. Das ist mir auf Dauer zu langweilig.«

»Aha. Na, du musst ja nicht viel mit ihm reden.«

»Hör auf, Carlo, das ist mir zu blöd.«

»Was ist los mit dir? Warum bist du dauernd auf Veränderung aus? Warum kann nicht alles so bleiben, wie es war? Wie es ist?«

»Die Schönheits-OPs meinst du? Ich habe einfach zu lange für andere gelebt. Erst für dich und Jana, als sie klein war, dann für meine Eltern, bis sie gestorben sind. Ich denke einfach, es ist Zeit, etwas nur für mich zu tun. Es gibt so vieles, was mich stört. Ich gefalle mir nicht mehr. Mein Körper macht auf einmal, was er will. Überall Falten, Besenreiser, schlaffe Haut, zu viele Kilos, meine Güte, ich erkenne mich manchmal selbst nicht mehr.«

»Ich bitte dich, Gudrun, wir werden alle älter. Das gehört nun einmal dazu. Wenn du etwas für dich tun willst, verstehe ich das. Aber es gibt andere Möglichkeiten, als an dir rumschnippeln zu lassen. Sag mir, was du brauchst, und ich strenge mich an, es dir zu ermöglichen. Meinetwegen treib weiter deinen Sport, das kann ja nicht schaden. Wollen wir einmal übers Wochenende wegfahren? Nur du und ich, ein paar Tage entspannen in einem Wellnesshotel? Uns so richtig verwöhnen lassen?«

Sie stemmte die Hände in die Hüften. »Das sagst du? Ausgerechnet du? Du lebst doch nur für die Arbeit, für deine Fälle, die du unbedingt lösen willst, bevor es andere tun. Lass mich bitte in Ruhe packen, Carlo. Wir können reden, wenn ich aus der Klinik zurückkomme. Im Augenblick bin ich zu nervös dazu.«

Sie wurden vom Läuten des Telefons unterbrochen. »Gehst du ran?«, fragte Gudrun und nahm ein großes Handtuch aus dem Schrank.

Carlo nickte und ging in den Flur. Wenig später kam er mit dem Telefon zurück. »Für dich«, sagte er, »jemand aus der Klinik.«

Sie nahm ihm das Mobiltelefon ab. Während sie zuhörte, verdüsterte sich ihr Ausdruck. »Oh«, sagte sie. Das Handtuch hielt sie immer noch in der Hand. »Und wie lange? Ich meine, wie lange fällt er aus? Wann bekomme ich einen neuen Termin?« Sie lauschte eine Weile, dann sagte sie mit rauer Stimme: »Nein, ich glaube nicht. Vielen Dank. Auf Wiederhören.«

»Was wollte die denn?«, fragte Carlo.

»Sie hat den Termin abgesagt. Der Chefarzt ist krank. Er hatte einen Unfall.«

»Keine OP?«, fragte er und konnte nicht vermeiden, dass er erleichtert lächelte.

»Nein«, sagte Gudrun und legte das Handtuch in den Schrank zurück. »Keine OP. Sie haben mich an einen anderen Chirurg verwiesen, aber das will ich nicht. Ich habe nur Vertrauen zu Dr. Blankenfeld. Bist du nun froh?«

»Ja«, sagte Carlo und zog sie in seine Arme. »Lass es sein, Schatz. Ich liebe dich!«, raunte er in ihr Ohr. »Mit all deinen Macken, deinen süßen Fältchen und Falten, deinen Besenreisern und deinem Hintern, den du als etwas zu dick empfindest.« Er streichelte ihren Po. »Ich liebe diesen Po. Er ist genau richtig: knackig, rund und sexy. So, wie er sein sollte. Du bist für mich perfekt, Guddi, du bist schön. Vielleicht habe ich dir das zu lange nicht mehr gesagt. Ich hätte das öfter sagen sollen. Dafür sage ich es jetzt, sooft du es hören willst und noch öfter: Du bist schön und verdammt sexy und ich liebe dich über alles!«

»Ach, Carlo«, sagte sie und schlang ihre Arme um seinen Hals.

KAPITEL 50

Birthe verließ mit ihrem Wagen das Betriebsgelände in der Schlachthofstraße und fuhr um die nächste Straßenecke. In einer Haltebucht in der Baumstraße, etwa 50 Meter von der Schreinerei Hagedorn entfernt, blieb sie stehen. Vom Auto aus rief sie im Klinikum an und ließ sich mit der Unfallchirurgie verbinden. Sie verlangte nach Schwester Hanne. Die hatte jedoch keinen Dienst, stattdessen meldete sich die stellvertretende Stationsschwester.

»Ich bin's noch mal, Schöndorf von der Kripo Osnabrück. Ich war vorhin bei Ihnen. Ich möchte gern mit einem Patienten auf Ihrer Station sprechen. Sein Name ist Dr. Alexander Blankenfeld. Bitte verbinden Sie mich mit ihm!«

»Das geht nicht. Der Arzt hat ihm Ruhe verordnet.«

»Dr. Blankenfeld kennt mich persönlich. Ich war bei ihm und wir haben über eine Autowerkstatt gesprochen. Es geht nur um diese eine Frage: Ich muss wissen, ob er sein Auto in der Werkstatt Hagedorn hatte. Hören Sie, Hagedorn, im Stadtteil Gartlage.« Sie sprach den Namen betont laut und deutlich aus.

»Das darf ich nicht«, antwortete die Schwester. »Ich kenne Sie nicht. Da kann ja jeder behaupten, er sei von der Polizei.«

Birthe musste ihr Recht geben. »Dann verbinden Sie mich bitte mit Herrn Dr. Blankenfeld. Es dauert keine zwei Minuten.«

»Herr Dr. Blankenfeld darf nicht gestört werden. Es geht ihm nicht gut.«

»Nur diese eine Frage. Es ist wichtig! Ich muss wissen, ob er sich an den Namen Hagedorn erinnern kann und ob er sein Auto dort in der Inspektion hatte. Es geht um Leben und Tod.«

»Tut mir leid.«

»Bitte … Schwester … Wie war noch mal Ihr Name?«

»Brigitte.«

»Schwester Brigitte, Ihr Patient ist möglicherweise Opfer eines Mordanschlags geworden. Wir müssen wissen, ob er Kontakt zu der Werkstatt Hagedorn hatte. Das würde uns helfen, den Fall zu lösen.«

Pause in der Leitung. Nach einer Weile meldete sich Schwester Brigitte wieder. »Wo befindet sich Ihre Dienststelle?«

»Kollegienwall.«

»Wie lautet Ihr genauer Dienstgrad?«

Mann, die Frau ließ aber auch nicht locker. »Kriminaloberkommissarin«, antwortete Birthe geduldig.

»Ihr Vorgesetzter?«

»Herr Olaf Hurdelkamp«, sagte Birthe wie aus der Pistole geschossen und hoffte inständig, Schwester Brigitte damit zufriedenstellen zu können.

»Die Namen Ihrer direkten Kollegen hätte ich noch gerne gewusst.«

Birthe hielt die Luft an. »Daniel Brunner und Carlo Oltmann«, gab sie brav an.

Pause. Birthe konnte die Krankenschwester atmen hören. »Ich glaube Ihnen. Warten Sie einen Moment«, sagte sie schließlich.

»Gerne.« Birthe war erleichtert, denn gedanklich hatte sie sich schon darauf eingestellt, noch einmal zur Klinik zu fahren, auch wenn der Versuch womöglich vergebens gewesen wäre. Man hätte sie vermutlich nicht zu Dr. Blankenfeld vorgelassen, der ein Einzelzimmer auf der Privatstation hatte.

»Hallo, hören Sie?« Schwester Brigittes sonore Stimme ertönte am anderen Ende der Leitung. »Ich darf Sie durchstellen. Warten Sie einen Augenblick.«

»Oh ja, vielen Dank.« Birthes Herz klopfte vor Anspannung eine Spur schneller.

»Blankenfeld.«

»Herr Dr. Blankenfeld, hier spricht Schöndorf von der Kripo Osnabrück. Verzeihen Sie, ich will Sie nicht lange stören.«

»Was wollen Sie?«

»Es geht um den Namen der Werkstatt, in der Sie Ihr Auto zur Inspektion hatten.«

»Mein Auto und das meiner Frau«, sagte er.

»Sagt Ihnen der Name Hagedorn etwas? Hagedorn im Stadtteil Gartlage?«

Nach einer kurzen Pause ertönte ein Räuspern am anderen Ende der Leitung. »Ja genau, das ist richtig. So hieß die Werkstatt. Hagedorn. Stimmt. Das war der Name, er war mir entfallen.«

»Und wer hat die Inspektion vorgenommen? Herr Hagedorn persönlich?«

»Das weiß ich nicht. Ich habe die Werkstatt nicht gesehen. Die Autos wurden nacheinander bei mir zu Hause abgeholt.«

»Und von wem? War es ein älterer, weißhaariger Mann mit kurzem Spitzbart und rotem Gesicht? Relativ klein, so um die 1,70 Meter und kräftig?«

»Nein. Er war eher mittelalt und hatte keine weißen Haare. Er war auch größer, mindestens so wie ich. Und ich bin 1,85 Meter.«

»Wie sah er denn aus?«

Dr. Blankenfeld überlegte. »Wenn ich das noch so genau wüsste. Einen Bart hatte er, war eher unscheinbar. Die Haarfarbe weiß ich nicht mehr, aber weiß war sie nicht.«

»Einen Vollbart, so mittel- bis dunkelblond mit ein paar grauen Strähnen? Haarfarbe ebenso?«

»Kann sein.«

»Hat er geraucht?«

»Nein, jedenfalls nicht in meiner Anwesenheit.«

»Gut«, sagte Birthe und bedankte sich für seine Auskunft.

»Und was hat das jetzt zu bedeuten?«

»Das erfahren Sie später.« Sie verabschiedete sich und steckte das Handy ein. Als sie gerade den Motor anlassen wollte, bemerkte sie, wie Hagedorn plötzlich aus der Halle kam. Er sah sich kurz um und ging dann zu dem Bärtigen, der immer noch oder schon wieder unter dem Vordach rauchte. Hagedorn sprach kurz mit dem Mann, gestikulierte dabei auffällig. Der Werkstattbesitzer wirkte aufgebracht, wütend, schien sich über irgendetwas aufzuregen. Birthe konnte jedoch nicht verstehen, was er sagte. Sie war zu weit weg, hatte die Fenster wegen des Telefonats mit der Klinik geschlossen und wagte nicht, sie einen Spaltbreit zu öffnen, weil sie dabei quietschten. Sie musste die Gummidichtungen unbedingt einmal pflegen. Nach einem kurzen Schlagabtausch trat der Bärtige seine Zigarette aus und folgte Hagedorn in die Werkshalle.

Birthe wartete noch einen Moment ab, ob er noch einmal herauskam, und griff dann erneut zum Handy. Ihr Kollege war zum Glück sofort dran.

»Daniel, ich bin's, Birthe«, sagte sie leise. »Du, ich habe eine ganz heiße Spur. Ich weiß noch nicht wieso und weshalb, das Motiv liegt bislang im Dunklen, aber ich bin mir ziemlich sicher, dass Horst Hagedorn in der Sache drinsteckt. Hagedorn ist der Schwiegervater von Cannstetter.«

»Wo bist du?«

»Ich stehe direkt vor seiner Werkstatt.«

»Erzähl kurz, was du weißt.«

»Ich habe herausgefunden, dass Dr. Blankenfeld seine beiden Wagen bei Hagedorn in der Werkstatt hatte. Den Pkw seiner Frau fuhr Dieter Brömme, der Heiratsschwindler. Und mit seinem Auto ist er selbst verunglückt.«

»Ich denke, Hagedorn hat eine Schreinerei. Wieso repariert er Autos?«

»Da bin ich grad dran. Sicher ist, dass er Dr. Blankenfeld ein besonders günstiges Angebot für eine Sommerinspektion geschickt hat. Das war wohl ein Lockangebot.«

»Und Cannstetter?«

»Ich nehme an, der hat das gleiche Angebot erhalten.«

»Hast du schon seine Frau befragt?«

»Das werde ich tun.«

»Alles klar«, sagte Daniel. »Wie bist du Hagedorn eigentlich auf die Spur gekommen?«

»Seine Tochter hat mich auf die Idee gebracht. Martha Cannstetter hat von Spannungen berichtet.«

»Kommen die nicht in jeder Familie vor?«

»Erinnerst du dich an die Hassmails?«

»Klar.«

»Er hat im Streit mit einem seiner Mitarbeiter einen Ausdruck benutzt, den ich vorher noch nie gehört habe: ›Drecksstift‹. Diese Beleidigung ist auch in einem der anonymen Schreiben gefallen. Ich bin beim Lesen darüber gestolpert. Außerdem hat mir Martha Cannstetter erzählt, dass ihr Vater seinen Schwiegersohn gehasst habe, weil er nicht wollte, dass sie in der Schreinerei arbeitet. Georg Cannstetter hat sie zur Abtreibung gedrängt – der erste Schritt in einer Kette verhängnisvoller Umstände. Der Alte macht seinen Schwiegersohn für alles verantwortlich – für die Abtreibung, die darauf folgende Depression seiner Tochter, die Fehlgeburt, die erneut ausbrechende Depression und schließlich das behinderte Kind.«

»Und Dr. Blankenfeld?«

»Das ist der Frauenarzt von Martha Cannstetter. Dem gibt er die Mitschuld an allem.«

»Und Brömme?«

»Brömme könnte ein Zufallsopfer sein. Hagedorn wollte sich an Dr. Blankenfeld rächen. Da er nicht genau wusste, welchen Wagen er fuhr, hat er gleich beide manipuliert. Er konnte nicht wissen, dass Brömme den Wagen ausgeliehen hat.«

»Okay, sag mir, was ich tun soll.«

»Mach dich auf den Weg, so schnell du kannst. Ich werde gleich Hagedorn mit den Anschuldigungen gegen ihn konfrontieren. Wir müssen sein Alibi überprüfen und brauchen eine DNS-Probe. Und beantrage bitte einen richterlichen Durchsuchungsbefehl bei der Staatsanwaltschaft. Mit Eilvermerk. Gefahr in Verzug.«

»Okay, mach ich. Ich komme so schnell wie möglich. Gib mir noch mal die Adresse durch!«

Kurze Zeit später rief Birthe Martha Cannstetter an, um eine Personenbeschreibung von Kurt Naumann einzuholen. Und als Martha der Bitte nachkam, bekam Birthe weiche Knie.

*

Als Daniel nach 25 Minuten immer noch nicht aufgetaucht war, verlor Birthe allmählich die Geduld. Vom Kaffee und dem halben Liter Wasser, den sie getrunken hatte, meldete sich ihre Blase. »Daniel, verdammt, wo steckst du? Dir ist schon klar, dass ich auf dich warte, oder?«

»Ich wollte dich auch gerade anrufen. Du glaubst nicht, was mir passiert ist. Ich stecke am Berliner Platz fest, jemand hat mir die Vorfahrt genommen. Der Vollhonk ist mir in die Seite gedonnert. Ich warte hier auf die Kollegen.«

»Och nee, das darf nicht wahr sein! Ist dir etwas passiert?«

»Nee, alles gut. Hab einen kleinen Schreck bekommen, nichts weiter. Der Puls beruhigt sich schon wieder.«

»Vielleicht gehst du besser zum Arzt? Vorsichtshalber, meine ich.«

»Wozu? Damit er mir sagt, dass ich mich schonen soll? Ich kenne meinen Körper selbst am besten.«

Birthe seufzte. »Wie du meinst. Wo steckt eigentlich Carlo?«

»Carlo musste eben weg, seine Frau hat sich ausgesperrt. Hatte wohl den Schlüssel vergessen.«

»Und jetzt? Was soll ich machen?«

»Warte, ich schicke dir einen Kollegen. Hast du einen besonderen Wunsch? Den blonden Till, den schüchternen Dietmar oder den förmlichen Roland Hasenecker?«

»Ach, komm, ist egal«, sagte sie, von seinen Sprüchen genervt. »Schick mir irgendjemanden, Hauptsache, schnell. Ich muss aufs Klo«, sagte sie mit gepresster Stimme.

»Typisch Birthe«, sagte er lachend.

»Was heißt typisch? Hast du nie menschliche Bedürfnisse?«

»Klar, aber ich mach keine Staatsaffäre draus. Geh ins Gebüsch, Schatzi! Oder ist da keins?«

»Gute Idee, ich klettere über den Zaun und hocke mich ins Blumenbeet, mitten in die Rabatten. Da guckt gerade eine Frau aus dem Fenster, die freut sich sicher, wenn ihr etwas geboten wird.«

»Geduld, Birthe, Kollege ist unterwegs!«

»Sag den Kollegen, ich bin in der Schreinerei. Ich hoffe, ich finde die Toilette selbst.«

»Warte doch lieber, bis sie da sind!«

Birthe legte auf. Jetzt, nachdem sie ihre Qual beim Namen genannt hatte, war kein Halten mehr. Notgedrungen stieg sie aus und lief die 50 Meter zurück zur Werkstatthalle, um sich endlich zu erleichtern.

KAPITEL 51

»Kann ich Ihnen helfen?«, rief ein Mann im blauen Overall, der gerade damit beschäftigt war, den Boden zu fegen. »Wir machen gleich Feierabend.«

»Jetzt schon?«, fragte Birthe mit Blick auf die Uhr.

»Heute etwas früher, wegen der Hitze.«

»Ich möchte zu Herrn Hagedorn«, sagte Birthe.

»Der müsste noch in seinem Büro sein!«, rief der Mann ihr zu. »Durch die Halle quer durch, ganz hinten. Aber Sie kennen sich ja aus.« Es war der Bärtige, der unter dem Vordach geraucht hatte.

»Entschuldigung, darf ich vielleicht Ihre Toilette benutzen?«

»Im Hof, zweite Tür links«, sagte der Mann mit verkniffenem Gesichtsausdruck.

»Danke.« Erleichtert trat Birthe wieder in den Hof hinaus.

Der Bärtige blickte ihr misstrauisch hinterher und ging dann zu seinem Chef.

»Was ist los?«, bellte Hagedorn, der gerade damit beschäftigt war, Akten in Umzugskartons zu stopfen.

»Die Bullen-Tussi ist wieder da.«

Auf Hagedorns Stirn bildete sich eine steile Falte. »Wo steckt sie?«

»Sie ist auf dem Pott.«

Hagedorn grinste. »Gibt's doch nicht«, sagte er kopfschüttelnd und packte einen weiteren Ordner in den Karton. »Hat die nichts Besseres zu tun?«

»Was machst du da?«

»Siehst du das nicht? Ich räume ein bisschen auf. Das Zeug

muss weg, Kurti. Wenn sie es finden, sind wir geliefert. Ich rechne ohnehin damit, dass sie mit einem Durchsuchungsbeschluss wiederkommt.«

»Okay. Was soll ich tun?«

»Du gehst in die Halle und schickst alle nach Hause. Sofort. Sie sollen den Dreck heute einfach mal liegen lassen. Und dann verschwinde, Kurti, so schnell wie möglich. Nimm dir ein paar Tage frei. Bleib zu Hause und lass dich hier nicht blicken.«

»Und dann?«

»Dann gehst du am besten für immer fort, wenn du nicht im Knast landen willst. Tauch unter, am besten im Ausland, und komm erst zurück, wenn Gras über die Sache gewachsen ist.«

»Ich soll weggehen? Und meine Frau und die Kinder im Stich lassen?«

Horst Hagedorn verdrehte die Augen und stöhnte. »Du kannst natürlich auch bleiben und dich vor den Augen deiner Frau und deiner Kinder festnehmen lassen. Das ist deine Entscheidung!«

Kurt Naumann trat einen Schritt auf seinen Chef zu und zeigte mit dem Finger auf ihn. »Du hast mich da reingeritten! Ohne dich hätte ich diese Scheiße niemals gemacht!«

Horst Hagedorn trat ihm entgegen mit wutverzerrtem Gesicht. »Überleg dir gut, was du sagst. Du hattest keine Wahl, das weißt du. Ich hätte längst dafür sorgen können, dass du im Knast landest! Du hattest vorher schon Dreck am Stecken! Hast du das etwa vergessen? Und als ich dich gefragt habe, ob du mitmachst, hast du keine Sekunde gezögert.«

»Du hast mich erpresst mit deiner Scheiß-Bürgschaft! Sonst hätten sie mir das Haus unter dem Arsch weggerissen. Das hast du ausgenutzt, du Wichser!«

Hinter ihnen knarrte eine Tür.

»Herr Hagedorn?« Birthe Schöndorf war nur wenige Schritte entfernt.

»Scheiße«, zischte Hagedorn und packte seinen engsten Mitarbeiter am Oberarm, um ihn in Richtung Ausgang zu bugsieren. »Hau ab!«

Der hatte verstanden und zwängte sich mit gesenktem Kopf an Birthe vorbei, die ihm hinterhersah, ehe sie sich an Hagedorn wandte. »Hatten Sie Streit?«

»Nein. Nur eine Diskussion.«

»Wollen Sie umziehen?«, fragte Birthe und deutete mit dem Kopf auf die Umzugskisten.

»Renovieren«, gab Hagedorn zur Auskunft. »Ich muss das Büro vorübergehend räumen. Nächste Woche kommen die Maler.«

»Ach so«, meinte Birthe und griff sich einen Ordner.

»Lassen Sie das«, sagte Hagedorn gereizt und riss ihr die Unterlagen aus der Hand.

»Ich nehme an, Sie haben eine Erklärung für Ihr seltsames Verhalten?«

»Ich bin Ihnen nichts schuldig.«

»Mit mir gehen Sie nicht so um wie mit Ihren Mitarbeitern. Wer war das eben?«

Horst Hagedorn blickte stur zur Seite.

»Wer das war, habe ich gefragt«, sagte Birthe laut.

»Kurt Naumann«, grunzte Hagedorn. »Ein Mitarbeiter.«

»Ach, der Kurti«, sagte Birthe süffisant.

»Woher kennen Sie den?«, fragte Hagedorn argwöhnisch.

»Ihre Tochter hat mir von ihm erzählt. Kurt Naumann war Ihr Wunschschwiegersohn, nicht wahr? Sie sollte ihn heiraten, aber sie wollte nicht.« Sie sah ihm fest in die Augen und machte sich noch größer, als sie ohnehin schon war. »Hätten Sie auch Kurt getötet, wenn er Ihr Schwiegersohn geworden wäre?«

»Halten Sie die Klappe«, fauchte er. »Ich habe niemanden getötet.«

»Stimmt, Herr Hagedorn. Sie haben töten lassen.«

Horst Hagedorns Mund verzog sich zu einem Strich. Seine Augen funkelten und sein Gesicht wurde noch röter, als es ohnehin schon war. »Verschwinden Sie aus meinem Büro, bevor ich mich vergesse.«

»Soll ich Ihnen sagen, was ich denke? Kurt Naumann hat die Wagen manipuliert. Er kennt sich mit Autos aus. Bremsschläuche anzuritzen dürfte ein Kinderspiel für ihn sein.«

»Reden Sie nicht so einen Unsinn und spielen Sie sich nicht auf wie Miss Marple!«

»Ich bin Kommissarin«, sagte Birthe, äußerlich gelassen, »zufällig darf ich mich aufspielen, wie ich will, und ich kann Sie auch vorläufig festnehmen, wenn ich das für nötig halte.«

»Wegen was?«

»Wegen Mord beziehungsweise Anstiftung zum Mord in zwei Fällen und versuchtem Mord und gefährlicher Körperverletzung in einem Fall. Vermutlich auch wegen Steuerhinterziehung«, bemerkte Birthe mit Blick auf die verpackten Ordner. »Aber dafür ist eine andere Abteilung zuständig.«

Er baute sich vor ihr auf. »Mord und gefährliche Körperverletzung? Hören Sie mal zu, Sie kleine Schnüfflerin.« Seine Stimme brach und er schluckte.

Sie schenkte ihm ein überlegenes Lächeln, wobei sie auf ihn hinabsah, denn er reichte ihr gerade bis zum Kinn. Dann wurde sie ernst. »Herr Hagedorn, warum haben Sie das getan und warum haben Sie Kurt Naumann mit reingezogen? Ist er Ihnen was schuldig? Ich kann mir nicht vorstellen, dass er aus reiner Gefälligkeit seine Zukunft ruiniert.«

Wütend funkelte er sie an, wobei an seinem Hals die Sehnen überdeutlich hervortraten. Seine Halsschlagader pulsierte.

Gut vorstellbar, dass er Menschen, die von ihm abhängig waren, Angst einjagen konnte – seiner Familie und seinen Mitarbeitern. Vielleicht sogar auch Birthe im Privaten, im Dienst jedoch nicht. »Sie wollen mir nicht antworten?«, fragte sie schneidend.

»Ich habe Ihnen nichts zu sagen«, entgegnete er und stemmte die Hände in die Hüften.

»Mir vielleicht nicht, aber meinen Kollegen, die bereits unterwegs sind. Ich fürchte, Sie kommen hier nicht mehr als freier Mann heraus. Und Ihr Freund auch nicht.«

Plötzlich hob Hagedorn den Blick und blinzelte.

Birthe registrierte es, doch bevor sie darauf reagieren und ihre Dienstwaffe aus dem Halfter ziehen konnte, bekam sie einen kräftigen Schlag gegen den Hinterkopf. Fast gleichzeitig trat ihr jemand mit Wucht in die rechte Kniekehle. Sie stöhnte laut auf, taumelte und ging zu Boden. »Scheiße«, murmelte sie, als sie registrierte, dass sie einen riesengroßen Fehler gemacht hatte. Niemals hätte sie allein auf das Gelände gehen dürfen.

Der Bärtige fackelte nicht lange. Er griff ihr unter die Arme, zog ihre Dienstwaffe aus dem Halfter, schleifte sie rückwärts aus dem Büro quer durch die Halle bis zur Heizung. Dort fesselte er sie mit einem Kabelbinder und band ihre Handgelenke am Heizungsrohr fest. Die Aktion hatte keine drei Minuten gedauert.

Der Bärtige suchte den Blickkontakt mit seinem Chef. »Zufrieden?«, fragte er atemlos, während er Birthes Waffe in den Händen drehte. Hagedorn nickte.

»Was soll der Scheiß? Lassen Sie mich los, das bringt doch nichts, meine Kollegen sind jeden Moment hier!« Birthe fühlte sich benommen. Seltsamerweise verspürte sie keinen Schmerz.

»Sieht nicht so aus«, feixte der Bärtige mit Blick aus dem Fenster.

Birthe riss an dem Kabelbinder und versuchte mit aller Kraft, ihre Handgelenke herauszuwinden, doch Kurt Naumann hatte es so fest gebunden, dass sie keine Chance hatte.

Als sie merkte, dass ihre Dienstwaffe verschwunden war, stöhnte sie auf.

»Und jetzt?«, fragte Kurt seinen Chef.

»Jetzt geht es nur noch um uns«, antwortete Hagedorn mit gedämpfter Stimme.

Kurt Naumann zuckte mit den Schultern und spielte mit Birthes Heckler & Koch. Dabei beobachtete er Hagedorn, wie er nach hinten ging und mit einem Brandbeschleuniger zurückkam. »Das ist nicht dein Ernst«, donnerte er. »Drehst du völlig durch? Da mache ich nicht mit. Mach dich nicht unglücklich, Horst.«

Hagedorns Blick war gefährlich ausdruckslos geworden. »Jetzt ist doch eh alles egal, oder nicht?« Als Naumann nicht antwortete, brüllte er: »Oder nicht? Sag was, du Dummkopf!«

»Ich steig aus, Horst, ich will das nicht. Damit will ich nichts zu tun haben!« Er steckte die Waffe in die Tasche seiner Arbeitshose und machte ein paar Schritte rückwärts in Richtung Ausgang.

»Dann mach, dass du fortkommst! Ich brauch dich nicht mehr, du Achselrasierer«, schnaufte Hagedorn und schüttete den Inhalt des Brandbeschleunigers über einem Sekretär aus antikem Weichholz aus. »Was glotzt du so blöd, hau ab!«, schleuderte er Naumann entgegen.

Der spuckte auf den Boden und verließ hastig die Halle.

Birthe zerrte an dem Kabelbinder. »Herr Hagedorn, Sie haben keine Chance! Lassen Sie mich frei! Sie machen alles noch viel schlimmer!«

Hagedorn sah zu ihr hin. Er hielt etwas in der Hand, das wie ein Sturmfeuerzeug aussah.

»Oh nein, Herr Hagedorn, lassen Sie das! Stecken Sie das Ding weg! Denken Sie an Ihre Frau, Ihre Tochter, Ihren Enkel. All diese Menschen brauchen Sie!«

»Quatschen Sie nicht so blöd, niemand braucht mich!«

»Das ist nicht wahr. Sie haben viele Menschen in Ihrem Umfeld, die Sie gern haben. Wenn Sie das umsetzen, was Sie vorhaben, werden Sie das Gefängnis nicht mehr zu Lebzeiten verlassen! Ihre Lieben würden Ihnen das niemals verzeihen!«

»Reden Sie nicht so geschwollen! Ich habe keine Lieben mehr. Sie werden mir nicht verzeihen. Ich habe zwei Menschen auf dem Gewissen, fast drei, weil es beim Doktor nicht so richtig geklappt hat. Damit bin ich so oder so am Ende. Meine Frau wird mich verlassen und Martha wird mir den Rücken zukehren.«

»Warum haben Sie das überhaupt getan, Herr Hagedorn? Was hat Sie so wütend gemacht, dass Sie keinen anderen Ausweg mehr wussten, als Menschen zu töten?« Birthe versuchte, ihrer Stimme einen weichen Klang zu geben. Es war wichtig, Hagedorn in ein Gespräch zu verwickeln, wenn möglich, seine Laune zu verbessern. Es war überlebenswichtig, ein Stückchen Vertrauen zu gewinnen.

Er blickte ihr ins Gesicht, wobei seine Augen regelrecht vor Zorn glühten: »Er hat mir meine Tochter genommen. Martha war mein Ein und Alles, meine Zukunft und die Zukunft der Firma Hagedorn. So eine gute Schreinerin finden Sie nirgendwo. So ein Talent gibt es kein zweites Mal. Niemand beherrscht dieses Handwerk in so einer Perfektion wie Martha. Sie hat nie gepfuscht, sie war immer gut. Das hat er ihr nicht gegönnt, der Dreckskerl, und noch weniger mir. Er wollte nicht, dass sie für mich arbeitet. Er war neidisch auf ihren Erfolg, wollte sie von mir trennen. Er hat sie zur Abtreibung gezwungen. Wissen Sie, was das bedeutet?«, fragte er mit schneidender Stimme. »Das Erlebnis hat sie in die Depression gedrängt. Hätte sie das Kind bekommen, dann wäre es ein Sohn geworden, das spüre ich hier drin.« Er klopfte sich auf die Brust. »Der Junge wäre gesund gewesen, er wäre später Schreiner geworden wie Martha und ich und hätte das Unternehmen in meinem Sinne weitergeführt.«

»Das wissen Sie doch gar nicht. Es hätte auch anders kommen können. Vielleicht wäre das Kind ein Mädchen geworden, das ganz anders gewesen wäre als Martha, oder ein Junge, der lieber einen anderen Beruf erlernt hätte. Und überhaupt: Ihr Enkel Samuel ist ein wunderbarer Junge, ein besonderer Mensch. Ihre Tochter hat mir viel von ihm erzählt. Auch mit seinen eingeschränkten Fähigkeiten kann er sehr viel, hat schon eine Menge gelernt und möchte noch viel lernen. Er ist liebenswert und lebensfroh. Er liebt das Leben! Er gibt viel Liebe und möchte geliebt werden. Auch von Ihnen! Sie sind sein Großvater, Herr Hagedorn. Samuel braucht Sie!«

»Ich spüre das hier drin.« Wieder hämmerte er sich gegen die Brust. »Ich weiß das einfach. Mein Enkel, der nie leben durfte, wäre Schreiner geworden. Er wäre genauso gut geworden in seinem Beruf wie Martha damals. Aber mit Samuel ist das nicht möglich. Auch die Fehlgeburt hätte nicht sein müssen. Sie war eine Folge von Georgs zerstörerischem Wesen. Er hat Martha kaputt gemacht, darum konnte sie nicht mehr normal gebären. Georg hat alles zerstört! Er hat meine Firma zerstört, unsere Familie, mein Lebensglück. Nebenbei hat er klammheimlich eine neue Familie gegründet, in Norden, in Ostfriesland, dieser Feigling. Aus dem Staub gemacht hat er sich, weil er es zu Hause nicht mehr ausgehalten hat! Ich bin ihm mal gefolgt, weil ich ihm nicht getraut habe. Da oben lebt eine Frau mit einem kleinen Kind. Das Kind ist seins. Ein völlig gesundes, normales Kind. Es heißt Moritz. Moritz ist ihm wie aus dem Gesicht geschnitten. Ich habe gehört, wie der Kleine gesagt hat: ›Komm, Papi, ich zeig dir was!‹« Er schnaubte verächtlich.

»Haben Sie Martha davon erzählt?«

»Nein.«

»Warum nicht?«

»Ich wollte sie schonen. Sie hat genug durchgemacht.«

»Stattdessen haben Sie beschlossen, Ihren Schwiegersohn zu tyrannisieren.«

Hagedorn blickte missmutig zur Seite.

»Sie haben ihm Drohmails geschrieben.«

Er reagierte nicht.

»Sie haben ihn spätabends am Telefon belästigt. Immer wieder.«

Stumm kniff Hagedorn den Mund zusammen. Er sollte besser nichts mehr sagen. Warum war er nur so redselig? Die Antwort kannte er. Weil es ihm guttat. Weil es guttat, sich endlich den ganzen Mist von der Seele zu reden. Gleich wären die Kollegen der Kommissarin da, dann hätte er keine Gelegenheit mehr dazu.

»Irgendwann haben Sie beschlossen, ihn zu töten. Wann war dieser Moment, Herr Hagedorn? Wann haben Sie den Entschluss gefasst?«

»Warum fragen Sie so blöd, wenn Sie doch schon alles wissen?«

»Sie haben den Entschluss gefasst, als sich Martha Ihnen und Ihrer Frau anvertraut hat. War es so, Herr Hagedorn? Und Dieter Brömme? Warum musste er sterben?«

»Ich kenne keinen Dieter Brömme.«

»Er hat den Wagen von Dr. Blankenfelds Frau gefahren.«

»Was ist der auch so bescheuert und steigt in das Auto! Konnte ich das ahnen? Bin ich ein Hellseher? Den wollte ich nicht töten!«

»Gut, die Vermutung hatte ich auch schon. Dass Sie keinen Dieter Brömme kennen, nehme ich Ihnen ab. Aber Dr. Alexander Blankenfeld, den kennen Sie!«

»Natürlich. Das ist der Schwachkopf von Arzt, der die Abtreibung bei meiner Tochter vorgenommen hat. Der für die Fehlgeburt verantwortlich ist. Und der das behinderte Kind aus ihr rausgeholt hat.«

»Wie haben Sie Kurt Naumann dazu gekriegt, das zu tun? Warum tötet jemand in Ihrem Namen?«

Hagedorn sah an ihr vorbei. »Er hat Werkzeug vom Hof verschwinden lassen und nebenbei schwarzgearbeitet. Das habe ich rausbekommen, weil ich mich als potenziellen Auftraggeber ausgegeben und ihn angeworben habe. Er ist darauf reingefallen und hat mir ein interessantes Angebot gemacht. Außerdem hat er in meiner Werkstatt heimlich Kleinmöbel geschreinert, mit meinem Holz, von meinem Geld, und sie im Internet vertickt.« Hagedorn war nicht mehr zu stoppen. Mit hochrotem Gesicht redete er sich in Rage. »Überarbeiteten Schund hat er als exquisite Antiquitäten ausgegeben und teuer verkauft. Damit hat er nebenbei viel Kohle gemacht. Er hatte Schulden. Sein Haus sollte zwangsversteigert werden. Seine Ehe stand auf dem Spiel. Seine Frau hat ihn als Loser beschimpft. Und er selbst stand vor dem Nichts!«

Birthe blinzelte. Durch die Nervosität hatte sich ihr Blick verschleiert. »Sie haben ihn erpresst?«

»Ich versprach ihm, ein Auge zuzudrücken, was diese Dinge anbelangt, und habe ihm eine Bürgschaft für sein Haus angeboten, außerdem 10.000 Euro für jeden Todesfall.« Er senkte den Blick und betrachtete seine Sicherheitsschuhe.

»Was sollte das mit den Anrufen, mit den Mails?«

»Ich wollte ihn kleinkriegen, nichts weiter. Ich wollte ihn verunsichern.«

»Und die Mail-Adresse P.Mueller02@web.de? Wie kommen Sie darauf?«

Hagedorn grinste maliziös. »Das war ein kleines Spielchen. Mein Schwiegersohn hat sich oft tierisch über den Hausmeister aufgeregt – und der heißt Müller. Der Mann hat einen Tick, eine Schwäche.« Er lachte auf. »Er spricht mit seinem Haustier. Das ist aber kein Hund und keine Katze, es ist ein Reptil, stellen Sie sich das vor! Das P steht für Paule, irgendeine

Echsenart, ich habe die Bezeichnung vergessen. Sieht aus wie ein Mini-Dinosaurier. Der Hausmeister soll sogar ein Foto davon in seiner Werkstatt haben. Georg hat sich darüber lustig gemacht. Auf jedem Familientreffen war das Thema. Und 02 steht für nichts anderes als den Raum, in dem sich dieser Müller verkriecht«, erklärte Hagedorn stolz. »Mein Schwiegersohn hat ihm deshalb den Spitznamen 02 verpasst.«

»Dann haben Sie sich ja richtig Mühe gegeben«, meinte Birthe ironisch.

»Nee, da muss ich Sie enttäuschen, das war eine spontane Idee.«

»Wie haben Sie Dr. Blankenfeld dazu gekriegt, Ihnen sein Fahrzeug anzuvertrauen?«

»Ich habe ihm ein Angebot geschickt für eine Sommerinspektion, ein Superschnäppchen, er musste einfach zugreifen. Ich wollte ihn erwischen. Kurt hat die Autos bei ihm zu Hause abgeholt, beide Autos, sein eigenes und das seiner Frau. Das war ursprünglich nicht geplant, aber ich wollte sichergehen, dass es ihn erwischt, also wurden beide präpariert. Wer das andere Auto benutzen würde, darauf hatte ich keinen Einfluss.«

»Sie haben in Kauf genommen, dass unschuldige Menschen sterben.«

Hagedorn zuckte mit den Schultern. »Man kann nicht alles im Blick haben.«

»Warum sind Sie so zynisch, Herr Hagedorn? Wer hat Ihnen so viel Leid zugefügt, dass Sie so hassen?«

»Lassen Sie Ihren Psycho-Scheiß. Sie langweilen mich.«

»Gut, dann frage ich anders: Wie sind Sie an den Pkw von Ihrem Schwiegersohn gekommen?«

»Ganz einfach. Ich wusste, wann er das nächste Mal nach Norden fahren würde. An dem Nachmittag, als er in der Konferenz war, bin ich mit Kurt zur Schule gefahren. Kurt ist ausgestiegen, während ich im Wagen gewartet habe. Wenig später war er wieder da.«

»Und niemand hat Sie oder Naumann gesehen?«

»Ich habe aufgepasst. Nachmittags ist da nichts los«, sagte Hagedorn.

Als in der Ferne ein Martinshorn ertönte, zuckte er zusammen.

»Ruhig, Herr Hagedorn, bleiben Sie ruhig. Ich werde dafür sorgen, dass Sie einen guten Anwalt bekommen. Ich kenne einen, der ist wirklich gut, der kann Ihnen helfen«, presste Birthe hervor. Ihr Herz klopfte ihr bis zum Hals. Noch nie hatte sie so große Todesangst ausgestanden.

Hagedorn hielt dem Druck nicht mehr stand. Wild um sich blickend atmete er mit offenem Mund und ließ das Feuerzeug hektisch auf- und zuschnappen. Während das Martinshorn lauter wurde, nahm Hagedorns Nervosität zu. Unruhig fummelte er an dem Feuerzeug herum.

»Nicht, Herr Hagedorn, lassen Sie das! Stecken Sie das Feuerzeug weg! Denken Sie an Ihre Firma, an alles, was Sie sich aufgebaut haben! Das ist so viel wert! Ihre Frau kann die Firma verkaufen und von dem Geld leben. Sie wird Ihnen dankbar sein, sie braucht ja eine Existenz! Wenn Sie die Schreinerei abfackeln, bleibt ihr nichts! Sie wollen doch etwas hinterlassen. Es ist Ihr Lebenswerk, Herr Hagedorn! Denken Sie an Ihre Familie! Die wartet auf Sie und will Sie gesund wiedersehen!«

Hagedorn beachtete sie nicht mehr. Er bediente das Reibrad, versuchte hastig, das Sturmfeuerzeug zu entzünden. Beim dritten Versuch gelang es ihm. Er hielt die Flamme dicht an den mit Brandbeschleuniger übergossenen Sekretär. Eine Stichflamme loderte auf und erfasste Hagedorns Arm. Er schrie auf und fluchte.

Birthe sah mit Entsetzen zu, wie die Flamme immer größer wurde, auf die Holzarbeitsplätze übergriff und die halbfertigen Fenster, Türen, Schränke und Kommoden in Brand setzte. Rasend schnell breitete sich quälende Hitze aus. Hagedorn war eine lebende Fackel. Er rannte im Raum umher und schrie und schrie. Als das Feuer die herumliegenden Späne, Farben und den Leim erfasste, wurde der Gestank unerträglich. Birthe war sich sicher, bald zu ersticken. Ihre Augen tränten und sie konnte sie nicht mehr offen halten. In wenigen Sekunden war die Halle von Rauch erfüllt.

Birthe hustete und rang nach Luft. Schweiß rann ihr übers Gesicht. Ihre Kleidung war mittlerweile klatschnass und klebte heiß an ihrem Körper. In ihren Ohren dröhnte es, Blut rauschte und übertönte bald das markerschütternde Geschrei Hagedorns, das allmählich leiser wurde.

KAPITEL 52

Die Feuerwehr in der Nobbenburger Straße am Westerberg hatte an diesem Tag noch keinen größeren Einsatz gehabt, als gegen 17 Uhr ein Anruf in der Zentrale einging. Eine aufgeregte, heiser klingende Männerstimme meldete einen Brand in einer Schreinerei im Osnabrücker Stadtteil Gartlage. Der Mitarbeiter, der den Anruf entgegengenommen hatte, berichtete dem Gruppenführer Henrichs über Funk: »Großbrand in Schreinerei. Vermutlich Personen im Gebäude.«

Henrichs blieb ruhig. Er war ein erfahrener Feuerwehrmann nach 22 Dienstjahren und wusste sofort, was zu tun war. Routiniert orderte er einen Löschzug an den Einsatzort. »Angriffstrupp mit Brechwerkzeug zur Personensuche«, lautete sein knapper Befehl. »Bereitet den Löschangriff vor.«

»Wie hoch ist der Kräfteeinsatz?«, kam prompt die Antwort über Funk.

»Zweimal HLF 20, einmal mit DLA 23/12, einmal RW und drei RTW«, sprach Henrichs konzentriert in sein Funkgerät. »14 Mann BF und FF in gleicher Stärke.«

»Verstanden.«

Es dauerte nur wenige Minuten, bis die 14 Männer von der Berufsfeuerwehr mit den beiden Hilfeleistungslöschfahrzeugen die Schlachthofstraße erreichten. Sie hatten 30 Meter lange Drehleitern dabei. An den Tross schloss sich ein Rüstwagen mit Werkzeug an. Kurz darauf traf die Freiwillige Feuerwehr mit drei Rettungswagen ein und nach zwei weiteren Minuten die Rettungswagen der Johanniter mit gleicher Mannschaftsstärke.

Der Angriffstrupp, bestehend aus sieben Männern, sprang mit feuerfesten Uniformen und Atemschutz als Erstes aus den Fahrzeugen. Aus dem Rüstwagen holten sie ein Halligan-Tool, eine Brechstange, und eine Wärmebildkamera. Jeder wusste, was zu tun war. Kein Wort wurde gesprochen, was unter den Masken des Atemschutzgerätes ohnehin nicht möglich gewesen wäre. Mit der amerikanischen Brechstange verschafften sie sich innerhalb von wenigen Sekunden gewaltsam Zutritt zu dem in Flammen stehenden Gebäude.

Unmittelbar darauf folgte der Wassertrupp, bestehend aus ebenfalls sieben Männern, mit einem C-Rohr zur Brandbekämpfung.

Ein Mann von kräftiger Statur entdeckte die bewusstlose Birthe nahe beim Eingang und wollte sie über die Schulter nehmen, als er feststellte, dass sie an ein Heizungsrohr gefesselt war. Blitzschnell zog er ein Einhandmesser hervor, schnitt die Kabelbinder durch, hob die Verletzte hoch und trug sie über die Schulter gelegt ins Freie. Dort übergab er sie sofort an die Einsatzkräfte des Rettungswagens.

Kurz darauf wurde mithilfe der Wärmebildkamera eine zweite Person im Gebäude gefunden und herausgetragen.

Die ganze Aktion hatte nur wenige Minuten gedauert. Der Einsatzleiter gab Rückmeldung an die Leitstelle: »Zwei Personen geborgen, davon eine Person gerettet.«

KAPITEL 53

Als Birthe die Augen aufschlug, ahnte sie, dass etwas nicht stimmte. Das war nicht ihr Bett, nicht ihr Zimmer. Es roch fremd, nach Reinigungs- und Desinfektionsmitteln. »Wo bin ich?«, fragte sie und räusperte sich. Selbst ihre eigene Stimme kam ihr fremd vor. Sie bekam einen Hustenanfall.

»Sie sind im Krankenhaus.«

Vorsichtig drehte Birthe den Kopf, der sich schwer anfühlte und schmerzte. Sie ließ ihn kraftlos zurück ins Kissen sinken. Sie schielte zum Nachbarbett, um zu sehen, wer mit ihr gesprochen hatte. Eine fremde dunkelhaarige Frau lag darin.

»Was ist passiert?« Birthe begann gleich wieder zu husten.

»Ich glaube, Sie haben eine Rauchvergiftung. Und Sie haben sich wohl verletzt, denn Sie tragen Verbände«, sagte die Frau mitfühlend.

Erst jetzt wurde sich Birthe ihrer verbundenen Hände und Beine bewusst, die nicht zugedeckt waren. Und erst jetzt fühlte sie den Schmerz. Nicht nur ihr Kopf drückte, hämmerte und pulsierte, sondern auch ihre Hände und Füße brannten. Es war ein stechender, reißender Schmerz. Wie Feuer – alles brannte wie Feuer. Als hätte sie auf eine glühend heiße Herdplatte gefasst.

Langsam kamen die Erinnerungen zurück. Die brennende Werkstatt, die Hitze, der dichte Rauch, der unerträgliche Gestank, der ihr den Atem nahm, die Schmerzen. Sie wollte fliehen, aber sie konnte nicht. Sie war gefesselt. Wie hatte das passieren können, dass jemand sie überwältigte und fesselte? Sie brauchte Minuten, bis ihr auch das wieder einfiel. Jemand hatte ihr einen heftigen Schlag gegen den Kopf verpasst und in ihre Kniekehle getreten. Danach war es dunkel um sie herum geworden. Und dann hatte plötzlich Hagedorn dagestanden, mit einem Feuerzeug in der Hand. Dazwischen hatte sie eine Gedächtnislücke. Sie begann zu zittern bei der Erinnerung. Hagedorn, er war auch im Gebäude gewesen.

Die Kopfschmerzen wurden dröhnend. »Kann jemand kommen wegen der Schmerzen?«, stöhnte Birthe. »Ich brauche was.«

»Klar, ich rufe die Schwester«, sagte die Frau und drückte einen Knopf an ihrer Fernbedienung.

Kurz darauf erschien eine Krankenschwester und wechselte die Infusionsflasche. Birthe sah ihr mit einem mulmigen Gefühl zu. »Was habe ich denn?«, fragte sie und zitterte so sehr, dass sie mit den Zähnen klapperte. »Wie viel von meinem Körper ist verbrannt? Werde ich sterben?«

»Ich glaube, es ist nicht so schlimm«, versuchte die Schwester sie zu beruhigen. »Die Haut wird heilen, wohl auch ohne

Transplantation. Aber darüber müssen Sie mit dem Arzt sprechen. Vielleicht kommt er nachher noch mal, sonst spätestens morgen früh. Heute Vormittag haben Sie geschlafen, als er zur Visite da war.«

»Sind meine Angehörigen informiert? Meine Eltern und meine Schwester?« Erneut musste sie husten.

»Ja sicher. Ihre Eltern waren da, als Sie geschlafen haben.«

»Und meine Dienststelle?«

»Machen Sie sich keine Gedanken.«

Ihr fiel ihr Gespräch mit Daniel wieder ein. Und dass er nicht gekommen war, weil er in einen Unfall verwickelt gewesen war. Hätte sie bloß auf ihn gewartet oder auf die Kollegen! Daniel hatte versprochen, sie umgehend loszuschicken. Es war ein großer Leichtsinn gewesen, ein zweites Mal allein in das Gebäude zu gehen. Sie wusste nicht mehr, warum sie das getan hatte. Ein solch folgenschwerer Fehler war ihr noch nie passiert!

»Wie lange habe ich geschlafen?«, murmelte sie.

»Seit gestern Abend, als Sie eingeliefert wurden. Sie haben Medikamente bekommen, gegen die Schmerzen, zur Beruhigung und zur Stabilisierung des Kreislaufs. Es ist gut, dass Sie so lange geschlafen haben. Das ist für den Körper das Beste!«

Nachdem die Krankenschwester Blutdruck und Fieber gemessen sowie Blut für das Labor genommen hatte, ging sie wieder.

Hagedorn. Sein rotes, fiebriges, zorniges Gesicht tauchte vor ihr auf. Sie selbst, wie sie angekettet an ein Heizungsrohr um ihr Leben bangte. Hagedorn hatte sich in Rage geredet. Er hatte wirres Zeug erzählt. Noch bekam sie nicht alles zusammen.

Wenig später trat ein Arzt an ihr Bett. »Sie haben verdammtes Schwein gehabt«, sagte er. »Eine ganze Kompanie von Schutzengeln war um Sie herum, Junge, Junge! Keine fünf Minuten später, und man hätte den Bestatter rufen müssen.«

»Werde ich das hier überleben?« Sie hüstelte.

»Sie sind über den Berg, Frau Schöndorf. Sicher werden Sie in der nächsten Zeit nicht hinter Verbrechern herjagen können, aber es besteht keine Lebensgefahr mehr. Sie haben eine Rauchvergiftung erlitten und kleinere Brandwunden ersten und zweiten Grades. Aber die werden heilen. Wenn Sie Glück haben, bleiben kaum Narben zurück. Die Rettungssanitäter haben Ihnen sofort Sauerstoff gegeben und ein Gegenmittel gegen Cyanid injiziert. Das ist die gefährliche Blausäure, die Sie eingeatmet haben. Sie waren für kurze Zeit bewusstlos. Schon im Rettungswagen wurde alles Notwendige unternommen, um Sie zu stabilisieren. Fühlen Sie sich benommen?«

»Ja. Benommen, schläfrig und furchtbar schwindlig. Eben wollte ich mich aufsetzen, das ging gar nicht. Mein Herz rast, das macht mir Angst. Ich habe Schmerzen am ganzen Körper und einen fürchterlichen Hustenreiz. Meine Stimme klingt wie ein Reibeisen.«

»Das sind die Auswirkungen der Rauchvergiftung und Verbrennungen. Der Körper streikt im Moment. Aber das wird wieder, Frau Schöndorf. Sie bleiben eine Weile hier, bis Sie sich erholt haben. Ich gebe Ihnen noch etwas für den Kreislauf.«

»Wie lange kann ich nicht arbeiten?«

»Schwer zu sagen. Ein paar Wochen sollten Sie sich schon Zeit nehmen. Vielleicht würde Ihnen nach dem Aufenthalt hier eine Kur guttun, hm?«

»Kann ich die überall machen? Auch an der Nordsee?«

»Warum nicht, da soll's gute Kurkliniken geben.«

»Schön«, sagte Birthe matt.

Der Arzt murmelte noch ein paar aufmunternde Worte, bevor er sich verabschiedete. Dann machte er auf dem Absatz kehrt. »Da ist jemand für Sie, ein Kollege. Ich habe ihm gesagt, dass es jetzt nicht passt, das ist doch richtig?«

»Wer ist es denn?«

»Ein Herr Brunner. Soll ich ihn wegschicken?«

»Nein. Ist schon gut!«

Da war er. Unter seiner sonnengebräunten Haut zeichnete sich gräuliche Blässe ab. »Mensch, Birthe, scheiße«, sagte er zur Begrüßung. »Was machst du für Sachen, wenn man dich kurz aus den Augen lässt!« Betrübt schüttelte er den Kopf. Über sein Gesicht zogen sich sorgenvolle Falten.

»Da bist du ja! Ein bisschen spät, aber besser als nie«, sagte Birthe grinsend. »Wie geht es dir denn?«

»Dieser blöde Auffahrunfall gestern!« Er schlug sich gegen die Stirn. »Ein Rentner, der völlig blind in mich reingedonnert ist! Nimmt mir einfach die Vorfahrt, der Trottel! Hätte der besser aufgepasst, dann wärst du jetzt nicht hier!« Verlegen kratzte er sich am Kopf.

»Oder es hätte *dich* böse erwischt!«

»Quatsch, Birthe, zu zweit wäre uns das nicht passiert. Wieso gehst du überhaupt allein in so ein Gebäude? Nur um Pipi zu machen?«

Jetzt fiel es ihr wieder ein. Was für ein banaler Grund! »Ich war doch nur in der Schreinerei von Horst Hagedorn, dem Schwiegervater von Georg Cannstetter.«

»Eben. Und gerade deshalb hättest du nicht alleine gehen dürfen, zumal du schon wusstest, dass er es war.«

»Woher weißt du …?«

»Hast du mir doch am Telefon gesagt, dass du ihn verdächtigst. Du bist uns anderen meistens ein, zwei Schritte voraus. Das muss man dir lassen.« Er machte eine kurze Pause, bevor er weitersprach: »Die Einsatzkräfte haben gesagt, die Position nahe beim Eingang hat dir das Leben gerettet! Da war der Rauch nicht ganz so dicht wie hinten, und sie haben dich schnell rausbekommen.«

»Rücksichtsvoll von diesem Typen, mich ausgerechnet am

Heizungsrohr festzubinden, was? Stell dir vor, er hätte …« Ihre letzten Worte gingen in einem Hustenanfall unter.

Er wartete, bis sie sich beruhigt hatte. »Nein, ich will es mir nicht vorstellen.« Daniel klang ungewohnt ernst. Und ebenso ernst sah er sie an. »Birthe, du bist mir wichtig, weißt du das? Wir flachsen ja viel zusammen, aber dass du mir wirklich ans Herz gewachsen bist, wurde mir erst so richtig bewusst, als dich dieser Schrank von Feuerwehrmann aus dem Gebäude getragen hat. Ich sage es nicht gerne, aber in dem Moment liefen mir Tränen übers Gesicht.«

»Danke, Daniel, lieb von dir«, sagte sie gerührt. »Ich mag dich auch! Und ich werde sehr gerne demnächst mit dir ein Bier trinken gehen!«

»Einen flotten Dreier in der Grünen Gans?«, sagte er grinsend.

»Hallo?«

»Ein Pfefferstück, Bier und Schnaps. Was dachtest du denn?«

Einen Moment tauschten sie einen Blick aus, in dem viel Wärme und Verständnis lag.

»Hast du Schmerzen?«

»Jetzt gehen sie gerade weg«, sagte Birthe und unterdrückte den Hustenreiz.

»Schön. Ich soll dir übrigens Grüße ausrichten, von Yuki und Hoi-Hoi. Ich habe sie in der Stadt getroffen.«

»Beide? Gab es doch keinen Streit um den Schweinebauern?«

»Nee du, die haben nach zwei Tagen ihre Koffer gepackt. Die Show war wohl doch nicht das Wahre für sie. Jetzt sind sie froh, wieder in Osnabrück zu sein und Germanistik studieren zu dürfen.«

»Kann ich verstehen. Dann wird es in der Küche morgens ja wieder nach Fisch und Reis riechen. Habe ich so vermisst!«

»Ehe ich's vergesse, ich habe dir etwas mitgebracht. Hab

mir überlegt, was dir Freude bereiten könnte. Hoffentlich ist es das Richtige!«

Neugierig beobachtete sie, wie er etwas aus der Tasche seiner Lederjacke zog. Dabei fiel ihr Blick auf sein giftgrünes, hautenges T-Shirt, auf dem Kermit der Frosch abgebildet war. Birthe schmunzelte in sich hinein.

»Da«, sagte er verlegen, »ich hoffe, du freust dich!« Er überreichte ihr eine kleine Geschenkpackung im Format einer Scheckkarte.

Als sie den Inhalt herauszog, verzog sie das Gesicht: Es war ein Gutschein für ein Piercingstudio.

»Na ja, du hast mal davon gesprochen, dass du dir gerne ein Nasenpiercing stechen lassen würdest. Ist das noch aktuell?«

Sie runzelte die Stirn. »Lieb von dir, aber im Moment könnte ich kein weiteres Aua ertragen.«

»Der Gutschein ist drei Jahre lang gültig«, sagte er.

»Eigentlich war das als Scherz gedacht, ich stehe nicht so auf Piercings, aber ich werde es mir überlegen.«

»Warte, das war noch nicht alles.« Er grinste frech und legte eine Eintrittskarte auf ihre Bettdecke.

Sie brauchte einen Moment, um zu verstehen. Dann musste sie lachen. »Aua, das tut richtig weh«, sagte sie und griff sich an die Seite.

»Das Geschenk oder dein Lachen?«

»Beides«, brachte sie unter Stöhnen hervor.

»Das wertvolle Geschenk ist allerdings nicht von mir. Das hat Frau Siebkötter heute Morgen für dich auf der Wache abgeliefert, zusammen mit einer Grußkarte. Warte …« Er kramte in seiner Jackentasche.

Liebe Frau Schöndorf,

ich wünsche Ihnen gute Besserung! Von mir bekommen Sie

eine Konzertkarte für Tony Tyler! Sie finden den auch so toll wie ich, darum schenke ich sie Ihnen. Die andere Karte hängt bei mir in der Küche an der Pinnwand. Ich freue mich schon darauf, mit Ihnen zusammen da hinzugehen. Wird bestimmt super. Werden Sie schnell wieder gesund! Aber das Konzert ist ja erst Ende Oktober in der Lagerhalle. Bis dahin sind Sie wohl wieder fit. Ich drücke Ihnen ganz doll die Daumen!

Alles Liebe und bis bald,

Ihre Eva Siebkötter

»Daniel, willst du nicht …?«, fragte Birthe feixend.

Er lachte und machte eine abwehrende Handbewegung. »Hat sie sich eigentlich über die Autogrammkarte gefreut, die du Tony Tyler bei seiner Vernehmung abgeluchst hast?«

»Oh ja, hat sie«, sagte Birthe. »Sie hat mich gedrückt und geküsst. Aber das hat sie wohl völlig falsch verstanden. Sie hält mich jetzt auch für einen Fan. Apropos, was machen eigentlich deine beiden Fans?«, erkundigte sie sich.

Er schien für einen Moment ratlos. »Ach, die Stalkerinnen, meinst du? Ich habe ihnen die Paragrafen vorgebetet, nach denen sie belangt werden können, und nun ist Ruhe.«

»Also nach wie vor Single, Daniel?«

»Stell dir vor, ja. Und so soll das auch bleiben.«

»Für immer?« Ihr Lachen ging in einen erneuten Hustenanfall über.

»Wahrscheinlich nicht.« Er zwinkerte ihr schelmisch zu.

Plötzlich fiel ihr etwas ein und ihr Herz klopfte schneller. »Was ist eigentlich mit Hagedorn?«, fragte sie.

»Er lag im hinteren Teil der Halle und hatte keine Chance.«

»Oje. Hat er noch gelebt, als sie ihn gefunden haben?«

Daniel schüttelte den Kopf. »Nein. Er war schon tot, als die Feuerwehr das Gebäude gestürmt hat.«

Plötzlich überkam Birthe ein Gefühl von Traurigkeit. Sie

trauerte nicht um Hagedorn, sie bemitleidete nicht sich selbst, sie trauerte, weil die Menschen es nicht schafften, glücklich zu leben und andere leben zu lassen; ohne Rachegefühle, Neid und Hass. Dass sie es nicht fertigbrachten, in Frieden zu leben. Nicht mal in ihren Familien, nicht mal im Kleinen.

»Hast du Appetit, Schatzi? Soll ich dir etwas aus dem Café holen?«

»Au ja, etwas Ungesundes, bitte. Kuchen und Schlickerzeug. Dazu Kaffee und eine eisgekühlte Cola!«

»Bin gleich wieder da«, sagte er und ließ sie allein.

*

Als Daniel eine halbe Stunde später erneut das Patientenzimmer betrat, fand er Birthe in einer innigen Umarmung mit einem fremden Mann vor. Abrupt blieb er stehen. »Verzeihung«, murmelte er und stellte schnell die Snacks und Getränke auf dem Tisch ab.

Der Mann ließ Birthe los und stand auf.

»Oh, danke!«, sagte Birthe. »Darf ich vorstellen? Daniel, das ist Henning.«

»Hab ich mir schon gedacht«, brummte Daniel. Er zögerte einen Moment, bevor er Henning die Hand gab.

Die beiden Männer begrüßten sich freundlich distanziert, wie man es tut, wenn man kein Interesse aneinander hat und es einem am liebsten wäre, dass der andere sich so schnell wie möglich verzieht.

»Ich hab heute Morgen bei euch angerufen«, sagte Henning. »Carlo Oltmann hat mir erzählt, was passiert ist. Meine Güte, Birthe, ich hab mir sofort für zwei Tage freigenommen und bin hergefahren. Ich bin fast wahnsinnig geworden vor Angst.«

»Warum das denn?«, fragte Daniel.

»Vielleicht, weil sie mir etwas bedeutet? Ich kenne diese

Frau noch nicht lange, beginne sie gerade zu mögen, ja sehr zu mögen, und schon ist sie in Lebensgefahr.«

»Ach was«, spielte Daniel die Situation runter. »Ihr geht's prima, das siehst du doch, sie hat schon wieder Bock auf Cola und Schokoriegel. Und sie will schnell gesund werden, denn sie hat eine Karte für ein geiles Popkonzert.« Er zwinkerte Birthe zu.

»Ist das so?«, fragte Henning.

Birthe lachte und hustete.

Daniel stand unschlüssig am Fußende des Bettes, während Henning bereits wieder auf der Bettkante saß und Birthes Hand festhielt. Daniel wusste nicht recht, was er sagen sollte, wollte jedoch nicht dastehen wie der stumme Dritte. »Was ist eigentlich aus eurem Verkehrsrowdy geworden?«, fragte er deshalb.

»Hauke Frerichs? Der wartet zu Hause auf seine Verhandlung. Wird aber wohl noch einige Monate dauern, bis es so weit ist.« Henning hatte nur Augen für Birthe.

»Hm, okay«, brummelte Daniel.

»Du warst ja eben lange weg«, bemerkte Birthe an Daniel gewandt. »War so viel los im Café?«

»Eigentlich nicht, aber ich habe Dr. Blankenfeld getroffen, zusammen mit seiner Frau und seinem Sohn. Er saß im Rollstuhl. Sie haben Kaffee getrunken und Kuchen gegessen. Wir haben uns eine Weile unterhalten. Er wird wohl nächste Woche entlassen. Dann geht er in die Reha.«

»Das sind ja mal gute Nachrichten«, meinte Birthe. »Hört sich an wie Friede, Freude, Eierkuchen. Ist das so?«

Daniel zuckte mit den Schultern. »Keine Ahnung. Auf mich machten sie jedenfalls einen ganz harmonischen Eindruck. Wie eine nette Kleinfamilie. Sie sahen entspannt aus, alle drei. In sie reinschauen kann man natürlich nicht. Aber vielleicht berappeln sie sich ja wieder.«

Birthe wandte sich Henning zu. Sie tauschten einen langen Blick.

Daniel räusperte sich. »So, ich gehe dann mal«, sagte er. »Ich habe gleich noch eine Vernehmung im Pflegeheim.«

»Im Pflegeheim? Wen vernimmst du denn da?« Birthe richtete sich im Bett auf.

»Alwin Müller wurde angezeigt. Von seiner eigenen Mutter, stell dir vor! Seit vorgestern lebt sie im Paulusheim am Schölerberg. Da muss ich gleich hin. Sie klang ganz fröhlich am Telefon. Carlo kommt mit. Ich bin gespannt. Ich bin wirklich sehr gespannt!« Er verzog den Mund zu einem breiten Grinsen.

»Warum hat sie ihn angezeigt?«

Er zögerte einen Moment. »Ich rufe dich nachher an, okay? Mach's gut, Birthe! Ach, und ich soll dir auch noch einen schönen Gruß von Carlo ausrichten. Hätte ich beinahe vergessen. Er kommt morgen nach Dienstschluss vorbei.«

»Danke, sag ihm, ich freu mich!«

Daniel nickte, klopfte auf Birthes Bettdecke, schulterte seine Lederjacke und ging.

ENDE

DANKE

Ich bedanke mich bei meiner Familie: Thomas, Julia, Nele und Sascha. Schön, dass es euch gibt und ihr so viel Verständnis für meine Leidenschaft habt!

Danke meinen beiden Experten Frank Henseler und Jörg Wißmann für eure fachkundige Unterstützung!

Ich danke meiner Lektorin Katja Ernst, die mich bereits zum fünften Mal feinfühlig und kompetent bei der Überarbeitung eines Romans unterstützt und ihm den letzten Schliff gegeben hat! Danke für die supergute, vertrauensvolle Zusammenarbeit!

Danke auch Daniel Abt für das Aufspüren einiger Unstimmigkeiten!

Danke dem gesamten Team des Gmeiner-Verlags, das an der Herstellung und Veröffentlichung von »Deichkrone« beteiligt war!

Das Neueste aus der Gmeiner-Bibliothek

Unser Lesermagazin

Bestellen Sie das kostenlose Krimi-Journal in Ihrer Buchhandlung oder unter www.gmeiner-verlag.de

Informieren Sie sich …

www … auf unserer Homepage:
www.gmeiner-verlag.de

@ … über unseren Newsletter:
Melden Sie sich für unseren Newsletter an unter www.gmeiner-verlag.de/newsletter

f … werden Sie Fan auf Facebook:
www.facebook.com/gmeiner.verlag

Mitmachen und gewinnen!

Schicken Sie uns Ihre Meinung zu unseren Büchern per Mail an gewinnspiel@gmeiner-verlag.de und nehmen Sie automatisch an unserem Jahresgewinnspiel mit »mörderisch guten« Preisen teil!

SPANNUNG